Jürgen Ehlers

Nur ein gewöhnlicher Mord

Bisher vom Autor bei KBV erschienen:

»Mann über Bord«
»Mitgegangen«
»Neben dem Gleis«
»Die Nacht von Barmbeck«
»In Deinem schönen Leibe«
»Der Spion von Dunvegan Castle«
»Blutrot blüht die Heide«

Jürgen Ehlers wurde 1948 in Hamburg geboren und lebt heute mit seiner Familie auf dem Land. Seit 1992 schreibt er Kurzkrimis, die in verschiedenen Verlagen im In- und Ausland veröffentlicht wurden, und ist Herausgeber von Krimianthologien. Er ist Mitglied im »Syndikat« und in der »Crime Writers' Association«. Sein erster Kriminalroman »Mitgegangen« wurde in der Sparte Debüt für den Friedrich-Glauser-Preis nominiert.

Jürgen Ehlers

Nur ein gewöhnlicher Mord

KBV

Originalausgabe

www.kbv-verlag.de
E-Mail: info@kbv-verlag.de
Telefon: 0 65 93 - 998 96-0
Fax: 0 65 93 - 998 96-20
Umschlaggestaltung: Ralf Kramp
unter Verwendung von:
Hamburger Kunsthalle: Der Fluss, 1939, von Aristide Maillol
Foto: © Jürgen Ehlers
Redaktion: Volker Maria Neumann, Köln
Druck: Aalexx Buchproduktion GmbH, Großburgwedel
Printed in Germany
ISBN 978-3-95441-170-2

Vorspiel

Sonnabend, 22. Juli 1939

Zwei Männer standen am frühen Nachmittag auf dem Anleger der St. Pauli Landungsbrücken. Der eine, Bucher, war hier, weil sein Freund ihm Hamburg zeigen wollte. Der andere, Schorsch, war hier, weil er einen Menschen töten wollte. Leise murmelte er vor sich hin: »Ach, Schatz, bist du das? Nein, so ein Zufall! – Ach, Schatz, bist du das?«

Gustav Bucher wunderte sich über seinen Freund, der so völlig in sich gekehrt schien. Er räusperte sich.

Schorsch schrak hoch. »Das ist nun also die Elbe«, sagte er.

Ja, das war die Elbe, daran bestand kein Zweifel.

Schorsch zündete sich eine Zigarette an – schon die dritte an diesem Nachmittag.

Er ist nervös, dachte Bucher, er hatte keine Ahnung warum. Das war nicht sein Problem. Er hatte jedenfalls vor, sich in Hamburg zu amüsieren. Schade nur, dass es so kühl war. Er hätte sich eine Strickjacke anziehen sollen. »Und – wie kommen wir denn jetzt von hier zu Reeperbahn?«

»U-Bahn«, sagte Schorsch knapp. »Später.«

Ja, für St. Pauli war es wohl wirklich noch zu früh. Was jetzt? Eine Weile gingen sie schweigend nebeneinander her. Bucher registrierte, dass sie nicht zu der U-Bahn-Haltestelle gingen, von der sie gekommen waren. Stattdessen führte ihn sein Freund durch ein paar schmale Straßen, bis sie schließlich am Fuße des Michels standen. Bucher fürchtete schon, sein Freund könne vorschlagen, dass sie hinaufsteigen sollten. Sicher hatte man dort oben einen wunderbaren Ausblick über die ganze Stadt, aber sicher musste man zunächst ein paar Hundert Stufen erklimmen, wenn man diesen Ausblick genießen wollte.

Doch Schorsch hatte andere Pläne. »Also, du weißt, was du zu tun hast?«, sagte er unvermittelt.

Richtig, das hatte er ganz vergessen. »Ich soll diese Frau anrufen?«, sagte Bucher zögernd.

»Ja. Du rufst sie an und sagst ihr schöne Grüße. Und du seist ein Kollege von … von Volker Krafft. Krafft, mit zwei F, merk dir das. Und du hast ein Paket für sie, das du ihr persönlich aushändigen sollst.«

»Aber ich habe doch gar kein Paket.«

»Das ist völlig egal.«

»Und wenn sie nun fragt, was das für ein Paket ist? Wenn sie nun wissen will, was in dem Paket drin ist?« Je länger er darüber nachdachte, desto schwachsinniger kam ihm der Auftrag vor.

»Du sagst einfach, du weißt es nicht. Sie ist eine Frau; Frauen sind neugierig. Und wenn ein schönes, großes Paket für sie angekommen ist, dann wird sie es garantiert haben wollen. Du bestellst sie zum Dammtorbahnhof, und dann gehst du mit ihr in Richtung Stephansplatz. Da ist das große Postamt, und da liegt das Paket. Aber so weit kommt es gar nicht. Wenn ihr aus dem Dammtorbahnhof herauskommt, dann komme ich euch zufällig entgegen, und in dem Augenblick, wo ich euch sehe, da rufe ich: ›Ach, Schatz, bist du das? Nein, so ein Zufall!‹ Und dann gehe ich mit ihr in den Botanischen Garten.«

Bucher konnte sich nur schwer vorstellen, warum eine Frau, die eigentlich ein Paket abholen wollte, nun plötzlich einen Spaziergang durch den Botanischen Garten machen sollte. Aber das war nicht sein Problem; damit musste sein Freund fertig werden. Für ihn ging es nur darum, diesen dämlichen Anruf hinter sich zu bringen. »Und wie treffen wir uns hinterher wieder?«

»Du gehst zurück zum Dammtorbahnhof. Da setzt du dich einfach in den Wartesaal, und wenn ich fertig bin, dann hol ich dich da ab.«

»Ja. – Sag mal, was soll das denn jetzt werden? Was machst du denn mit den Schuhen?«

Schorsch war dabei, sich die Schuhe auszuziehen. »Die drücken«, behauptete er. »Wenn ich gleich im Park spazieren gehen soll, da will ich mir lieber ein bequemeres Paar anziehen.« Er lachte.

Zu seiner Verblüffung sah Bucher, wie sein Freund seine Aktentasche öffnete und ihr tatsächlich ein zweites Paar Schuhe entnahm. Dieses zog er jetzt an.

»Sind dir die nicht zu groß?«, wollte Bucher wissen.

Schorsch schüttelte den Kopf. »Für diesen Zweck genau richtig.«

Im Dammtorbahnhof gab es nur eine Telefonzelle. Natürlich besetzt. Bucher musste einen Moment warten, während sein Freund unruhig in der Bahnhofshalle auf und ab ging. Endlich hatte der Mensch sein Gespräch beendet. Bucher schlüpfte in die Zelle, legte sich den Zettel mit der Telefonnummer bereit, warf die Münzen ein und begann zu wählen.

Jetzt, dachte Schorsch, jetzt passiert es.

Noch einmal überprüfte er den Inhalt seiner Aktentasche. Zuoberst die Schuhe, darunter das Messer.

Es ist ganz leicht, redete er sich ein. Denk an das Geld! 40.000 Mark! In diesem Jahr und in jedem weiteren Jahr, bis an dein Lebensende. Zehn Minuten Angst, und du bist ein reicher Mann, Schorsch!

Warum zitterten seine Hände? Er konzentrierte sich darauf, die Finger ruhig zu halten. Wenn er sich große Mühe gab, dann gelang es ihm. Fast.

In diesem Augenblick kam Bucher aus der Telefonzelle. »Da geht keiner ran«, sagte er.

* * *

»Hören Sie mal, Herr Wachtmeister! Das ist doch furchtbar!«

Der Angesprochene zuckte mit den Schultern. »Musik ist das«, sagte er. »Ich verstehe ja nicht viel davon, aber ich würde sagen, das ist Musik.«

»Musik? Dieses Gedudel da oben? – Lärm ist das in meinen Augen! Und so geht das nun Tag für Tag. Man hat keine ruhige Minute mehr in diesem Haus. Keine ruhige Minute. Und ich brauche meine Ruhe, Herr Wachtmeister.«

»Das verstehe ich.« Der Polizist hatte keine Lust, sich in die häuslichen Streitigkeiten einzumischen. »Haben Sie schon einmal daran gedacht, sich an den Blockwart zu wenden?«

»Ach der – der kümmert sich um gar nichts.«

Der Wachtmeister kratzte sich am Kopf. »Und diese Musik da oben – das geht Tag und Nacht immer so weiter, sagen Sie?«

»Nachts nicht. Jedenfalls nicht jede Nacht. Aber sonst – immerzu! Während anständige Menschen zur Arbeit gehen, feiern die da oben wilde Feste.«

»Wenn andere zur Arbeit gehen ...« Der Wachtmeister betrachtete die aufgeregte Frau. Warum war sie nicht bei der Arbeit? Zu alt war sie jedenfalls nicht. Der Wachtmeister beschloss, diesen Punkt nicht weiter zu vertiefen, um die Krise nicht unnötig zu verschärfen.

In diesem Augenblick wurde offensichtlich eine neue Schallplatte aufgelegt, die mit lautem Johlen begrüßt wurde. Und dann hörte man, wie mehrere Personen zu den Klängen des Grammophons begeistert im Takt auf den Fußboden trampelten. Sehr schwungvoll, das musste der Wachtmeister zugeben, aber eben auch sehr laut.

»Da hören Sie es! Und immer diese Negermusik!«

»Sie haben Holzbalkendecken, oder?«, fragte er mitfühlend.

»Ja. Man hört hier jeden Schritt, den die da oben machen. Und was sie sonst so machen, das hört man auch.«

»Ich werde mal mit den Herrschaften reden«, sagte der Wachtmeister. »Sie bleiben am besten hier unten«, fügte er hinzu, als die Dame Anstalten machte, ihn in das obere Stockwerk zu begleiten.

Inez Reuther stand auf dem Klingelschild. Der Wachtmeister läutete. Keine Reaktion. Womöglich war die Türglocke bei dem Lärm nicht zu hören. Er läutete noch einmal. Schließlich wurde drinnen eine Tür geöffnet, die Musik wurde entsprechend lauter, und der Wachtmeister sah, dass jemand durch den Spion spähte. Dann hörte er eine Frauenstimme: »Huch, ein Polizist! – Warten Sie, Herr Wachtmeister, ich zieh mir nur rasch was über.«

Nicht nötig, dachte der Polizist. Der Stimme nach zu urteilen, war das eine junge Frau.

Es dauerte ein paar Minuten, bis sie zurückkam. Sie hatte sich nur einen Morgenmantel übergestreift, aber sich nicht die Mühe gemacht, ihn auch noch zuzubinden.

Der Wachtmeister bemühte sich, nicht dort hinzusehen, wo es am interessantesten war. »Sind Sie die Frau Reuther?« Die Frau mochte knapp dreißig Jahre alt sein.

»Kommen Sie wegen der Musik? – Das sind ganz neue Schallplatten. Direkt aus den USA. Count Basie und Benny Goodman. Das hat einen ganz anderen Schwung als das, was hierzulande so produziert wird! Swing ist das. Mögen Sie Swing? Dann kommen Sie doch rein – ach ja, und Swing Heil, Herr Wachtmeister!«

»Heil Hitler«, erwiderte der Wachtmeister etwas lahm. Schade, dass er auf das verlockende Angebot der Dame nicht eingehen konnte. »Es hat Beschwerden gegeben, wegen des Lärms aus Ihrer Wohnung.«

»Lärm?« Sie lachte schrill. »Das ist nicht Ihr Ernst, Herr Wachtmeister! Das ist Musik, und richtig flotte Musik, die muss so laut sein.«

»Tut mir leid, aber …«

»Was haben Sie gesagt?« Sie drehte sich um und schrie in die Wohnung hinein: »Macht doch mal leiser, ich kann ja gar nicht verstehen, was der Wachtmeister sagt.«

Die Musik wurde leiser. Nun konnte man hören, dass außerdem noch irgendwo ein Telefon klingelte. Am anderen Ende des Flures wurde eine Tür geöffnet, und ein nackter Mann wurde sichtbar. »Huch!«, sagte der und knallte die Tür wieder zu. Ein Hund bellte. Eine andere Frauenstimme ertönte: »Aus, Harro, aus!« Die Stimme einer etwas älteren Frau. War das die Besitzerin dieser Wohnung? »Geh doch mal jemand ans Telefon!«, rief der Mann durch die Tür. Vermutlich meinte er die junge Frau im Morgenmantel. Die reagierte nicht. Wahrscheinlich war sie betrunken.

»Jedenfalls möchte ich Sie bitten, die Musik etwas leiser zu stellen und sich auch sonst so zu verhalten, dass die anderen Bewohner dieses Hauses nicht gestört werden.«

»Ja, Herr Wachtmeister, wenn Sie das so anordnen, dann machen wir das. – Macht doch mal leiser, das Grammophon!«

Die Musik wurde noch leiser, es trampelte auch niemand mehr mit den Füßen auf den Boden, aber der Hund bellte noch immer, und das Telefon hörte nicht auf zu läuten. Schließlich wurde die Tür zum Wohnzimmer erneut aufgerissen, und eine nackte Frau stürzte heraus. Leider hatte der

Wachtmeister keine Gelegenheit, diesen Anblick zu genießen, denn gleichzeitig mit der Frau kam ein großer Schäferhund aus dem Zimmer gestürmt und sprang den Wachtmeister an. Der ging unter dieser ungestümen Zuneigung zu Boden, was der Hund freudig begrüßte, indem er ihm mit seiner Zunge durchs Gesicht leckte.

»Mist! – Der hat aufgelegt.«

Ja, richtig. Während der Wachtmeister den Hund abschüttelte und sich mühsam erhob, registrierte er, dass das Läuten des Telefons aufgehört hatte.

Ein gewöhnlicher Mord

Sonntag, 30. Juli 1939

Urlaub«, schlug Wilhelm Berger vor. »Was hältst du von Urlaub?« Berger war Kriminalkommissar bei der Hamburger Polizei. Er saß mit seiner Frau und ihrem gemeinsamen Sohn beim sonntäglichen Frühstück.

»Urlaub wäre schön«, sagte Dagmar. Sie sah ihren Mann an. Wilhelm hatte bisher noch nie vorgeschlagen, dass sie in Urlaub fahren sollten. Es ist die Lage, dachte sie.

Die politische Lage war noch immer angespannt. Nach der Kristallnacht im letzten Jahr und der Krise im März hatten sich die Gemüter zwar wieder etwas beruhigt, und inzwischen schien es, als hätte sich die Welt mit der Besetzung der Tschechei und der Aufteilung der Slowakei abgefunden. Aber natürlich gab es noch andere Krisenherde. Danzig zum Beispiel. – Vielleicht war dies die letzte Gelegenheit, gemeinsam Urlaub zu machen. Sie hatten seit vielen Jahren keinen Urlaub gemacht.

»Glaubst du denn«, fragte sie zögernd, »dass deine Mörder dir ein paar Tage freigeben?«

Berger nickte. Die Mörder waren nicht das Problem. So viele gab es gar nicht in Hamburg, und der Letzte, den sie erwischt hatten, der stand jetzt vor Gericht. Wahrscheinlich gab es keinen Urlaub, bis der Becker-Prozess vorbei war. Für den Fall, dass er doch noch als Zeuge gehört werden sollte. Aber das Verfahren sollte Ende der kommenden Woche abgeschlossen sein.

»Urlaub?«, sagte Horst. »Klasse!« Ihr Sohn war jetzt zehn Jahre alt. Er schlug die *Jugendburg* zu und kam zu ihnen an den Tisch.

Es war eine spontane Idee, aber warum nicht? Sowohl sein Chef Richter als auch Pagels, der neue Mann, waren Junggesellen. Die brauchten keine Rücksicht auf die Schulferien zu nehmen.

»Wo fahren wir hin?«, wollte Horst wissen.

Darüber hatte sich Wilhelm Berger noch keine Gedanken gemacht.

»In der Zeitung habe ich neulich Anzeigen gesehen. Hotels und Pensionen an der Nord- und Ostsee. Das muss hier doch noch irgendwo …« Dagmar hatte sich auch keine Gedanken über Urlaub gemacht, aber seit die Bank sie entlassen hatte – sie war ja Halbjüdin –, brauchte sie niemanden mehr um ein paar freie Tage zu bitten. Zum Glück war sie noch nicht dazu gekommen, das Altpapier wegzuwerfen. Der Stapel lag noch neben der Spüle. Da war die Zeitung, die sie gesucht hatte. Der *Hamburger Anzeiger*, Wochenendausgabe vom 10./11. Juni.

Wilhelm Berger warf einen Blick auf die Schlagzeilen. *Olympische Winterspiele in Deutschland – Ein ehrenvoller Auftrag.* Richtig, das hatte er schon wieder vergessen. Das klang verheißungsvoll. Die Schweiz hatte wegen irgendwelcher Querelen ihren eigenen Antrag zurückgezogen, und so war Garmisch für die Winterspiele 1940 ausgewählt worden. Niemand würde sich um die Olympiade bewerben, der in den Krieg ziehen wollte, dachte Berger. Überhaupt war die Zeitung voll von positiven Nachrichten. Zum Beispiel gab es eine neue Flugverbindung nach Oslo. Die Lufthansa setzte jetzt Großflugzeuge vom Typ Condor ein. Reisegeschwindigkeit: 375 Kilometer pro Stunde. Fantastisch! Auf diese Weise konnte man bequem in vier Stunden nach Norwegen fliegen. Vielleicht sollte man … Berger verwarf den Gedanken. Das war jenseits ihrer finanziellen Möglichkeiten. Susannes überstürzte Abreise nach Amerika hatte den Rest ihres Vermögens aufgezehrt.

Susanne.

Gleich nach der Kristallnacht hatte Berger dafür gesorgt, dass sie außer Landes kam. Sie war Jüdin. Dagmar hatte ihre Tochter mit in die Ehe gebracht. Mit der Flucht hatten sie Susannes leiblichen Vater überrumpelt, und Dagmar und Wilhelm hatten einige bange Wochen überstehen müssen, aber es hatte geklappt. Und wenn auch Susanne vermutlich drüben nicht recht willkommen war, hatte der Vater sein Kind doch wenigstens nicht nach Deutschland zurückgeschickt.

Dagmar blätterte inzwischen die Angebote der Badeorte durch. »Natürlich langen sie in den Schulferien besonders kräftig zu«, sagte sie empört. »Guck mal hier, das Kurhaus Kühlungsborn zum Beispiel. Im Juli und August nehmen sie 8,50 RM für die Vollpension. Und außerhalb der Schulferien nur 3,50 RM. – Als ob die Lebensmittel in den Ferien teurer wären!«

Außerhalb der Schulferien kam nicht infrage. »Es gibt sicher auch günstigere Angebote«, sagte Berger.

»Ich will sowieso nicht an die Ostsee«, sagte Horst. »Da ist ja überhaupt nichts los. Keine vernünftigen Wellen, nicht mal Ebbe und Flut, einfach gar nichts. Können wir nicht woanders hinfahren?«

»Dann nehmen wir die Nordsee«, schlug Dagmar vor. Sie hatte rasch die Preise überflogen. Um die 5 RM für Vollpension würden sie schon ausgeben müssen. Und dann kam wahrscheinlich noch die Kurtaxe hinzu. »Oder ganz etwas anderes? Thüringen vielleicht?«

»Thüringen ist auch nicht billiger«, erklärte Horst. »Und da gibt es überhaupt kein Wasser. Und wie diese Orte schon heißen: Finsterbergen zum Beispiel. Das kann gar kein fröhlicher Urlaub sein.«

»Gut.« Wilhelm Berger bezweifelte, dass ihm ein Strandurlaub gefallen würde. Aber wenn die anderen es so wollten …

»Soll ich gleich anrufen?«, fragte Dagmar. »Hier sind Telefonnummern angegeben. Haus Dohrn zum Beispiel. St. Peter-Ording. Die nehmen nur 4,50 RM.«

Nein, das war Wilhelm Berger dann doch zu überstürzt. Er musste zumindest vorher mit den Kollegen gesprochen haben.

»Wir sollten es kurzfristig machen«, sagte Dagmar. »Ganz, ganz kurzfristig. Du klärst das morgen mit Richter, und übermorgen fahren wir los. Sonst kommt doch wieder irgendetwas dazwischen.«

»Ich spreche morgen mit Richter«, versprach Berger. »Aber dass wir übermorgen losfahren, das geht nicht. Das ist zu kurzfristig. In einer Woche vielleicht …«

* * *

»Polizeirevier 10, Jurowski.« Welcher Idiot rief denn jetzt am Sonntagmorgen an? Jurowski warf einen Blick auf die Uhr. Es war noch nicht einmal neun!

»Ist da das Polizeirevier in der Martinistraße?« Eine aufgeregte Männerstimme.

»Ja. – Wer spricht dort, bitte?«

»Hören Sie, im Schröders Park – wissen Sie, wo das ist? – also, im Schröders Park, da liegt ein Mann auf einer Bank.«

»Ja, und?«

»Der ist – ich glaube, der ist ohnmächtig oder so …«

»Ja, wir werden uns darum kümmern. Wenn Sie mir bitte Ihren Namen … Hallo?« Wütend knallte Jurowski den Hörer auf die Gabel.

»Was ist denn los?« Sein Kollege lachte, hatte offenbar beste Laune.

Na, das würde sich jetzt gleich ändern. »Ein anonymer Anruf: In Schröders Park liegt ein Besoffener auf einer Bank. Kümmere dich drum! – Und geh nicht allein, nimm einen der Kollegen mit, falls der Kerl renitent sein sollte.«

Der Mann im Park war nicht renitent. Es war überhaupt gar kein Mann, sondern eine Frau, die dort lag, und die lag nicht auf der Bank, sondern daneben. Und sie war tot. Als Berger eintraf, lief gerade ein Zug in die Station Kellinghusenstraße ein. Der Fundort der Leiche lag direkt neben dem Damm der Hochbahn. Schon von Weitem sah Berger die Absperrung. Ein Schupo hielt ihn auf; Berger zeigte seinen Ausweis, durfte passieren.

Vorsichtig näherte er sich der Toten. »Oh«, sagte er.

Pagels grinste. »Das habe ich auch als Erstes gesagt.« Pagels war vor drei Monaten als Ersatz für Fehlandt gekommen. Ein kleiner, zäher Bursche. Angeblich aus gutem Hause. Aber ein Zyniker. Berger mochte ihn nicht.

Richter erhob sich. »Sieht übel aus.«

Ja, die Tote sah übel aus. Eine Frau, vielleicht vierzig Jahre alt. Sie lag halb auf dem Weg, halb auf dem Rasen. Jemand hatte ihr den Schädel eingeschlagen und ihr obendrein das Gesicht zerschnitten. Sie war vollständig bekleidet; ein Sexualdelikt konnte man also vermutlich ausschließen.

»Raubmord?«, fragte Berger.

»Dies hier?« Richter deutete auf die Kopfverletzungen der Toten.

»Die Handtasche fehlt«, sagte Berger. »Keine Frau geht ohne Handtasche.«

»Dass die Handtasche fehlt, habe ich auch gesehen. Und an der rechten Hand, hier an den Fingern, da hat sie wohl irgendwelche Ringe getragen. Die sind auch weg. Du siehst die Abdrücke. Aber die Armbanduhr ist noch da. Und das ist keine billige Uhr. Andererseits diese Verletzungen …«

»Brutal«, sagte Berger.

»Der Schädel ist eingeschlagen. Absolut tödlich innerhalb weniger Minuten. Aber sie war noch nicht ganz tot, als er ihr das Gesicht zerschnitten hat. Das Blut ist noch geflossen, wie du siehst …«

»Schweinerei«, sagte Pagels. »So was tun keine Räuber. So was tun gekränkte Liebhaber vielleicht, eifersüchtige Ehemänner …«

»Kennst du dich aus auf dem Gebiet?«, fragte Berger.

»Schluss damit!« Richter duldete keinen Streit unter seinen Mitarbeitern. »Das wird sich herausstellen. Hier, mit dem Stein hat er sie jedenfalls niedergeschlagen.« Es war ein Teil einer Gehwegplatte aus Beton.

»Wo kommt der Stein her? Liegen die hier im Park herum?«

»Nicht dass ich wüsste.«

Die Bank, vor der die Tote lag, stand in einer kleinen Nische, die gegen den Bahndamm durch eine niedrige Trockenmauer aus Feldsteinen gesichert war. »Warum hat er nicht einen dieser Steine genommen?«

»Keine Ahnung. – Wenn wir ihn haben, können wir den Kerl ja fragen.«

»Wer hat überhaupt den Fund der Leiche gemeldet?«

»Weiß ich nicht. Es war ein anonymer Anruf.«

»Ein Mann?«

»Ja, ein Mann, so viel steht fest. Aber mehr wissen wir nicht. Der Anruf war ziemlich konfus.«

»Wahrscheinlich der Schock.«

»Ja, möglich. – Hinter dem Park, das ist alles mehrgeschossige Bebauung. Wer zur Bahn will, nimmt diese Abkürzung.

Loehrsweg, Woldsenweg, Loogestieg und so weiter. Ein paar Hundert Wohnungen. Die müssen wir alle abklappern und fragen, ob jemand irgendetwas gesehen oder gehört hat.«

»Großartig. – Wissen wir schon, wer die Tote ist?«

»Papiere hat sie nicht bei sich. War wahrscheinlich alles in der Handtasche, und die hat jetzt der Täter.«

»Wir gehen also davon aus, dass es nur einer war?«

»Wir gehen von gar nichts aus, Wilhelm. Alles ist noch offen.«

»War der Arzt schon da?«

»Ja. Er sagt, der Schlag sei von vorn ausgeführt worden. Die Verletzung ist von ihr aus gesehen links am Kopf, also ist der Täter Rechtshänder. Der erste Angriff kam wohl völlig überraschend. Es gibt Abwehrverletzungen an den Händen. Schnittverletzungen; offenbar hat sie sich gegen die Messerstiche noch gewehrt.«

»Ich seh mich mal um«, sagte Wilhelm Berger. Hier konnte er im Augenblick nichts mehr tun.

Der kleine Park war schnell inspiziert. Es gab einen Rundweg, und an der tiefsten Stelle des Geländes lag ein Teich, die Wasseroberfläche vollständig bedeckt mit Entenflott. Insgesamt gab es für Bergers Geschmack viel zu viele Bäume. Dazwischen stand, halb verborgen, ein altes Fachwerkhaus mit Reetdach, verschlossen natürlich. Berger warf einen Blick durch das Fenster. Das Haus war nicht bewohnt.

Berger umrundete den Teich. Vom gegenüberliegenden Ufer hatte man einen freien Blick auf den Tatort. Ganz gleich, auf welchem Wege man den Park durchquerte, die Leiche hätte man kaum übersehen können.

Was hatte die Frau in diesem Park gewollt? Eine Verabredung mit irgendeinem Freund oder Liebhaber?

Beamte waren dabei, den Park erneut abzusuchen.

»Was gibt es denn noch?«, fragte Berger. »Fehlt etwas?«

»Das Messer«, sagte Richter. »Wir suchen das Messer. Den Stein hat er liegen gelassen, aber wo ist das Messer?«

Wilhelm Berger sah hinüber zu dem grün überwucherten Teich. »Da würde ich es hineinwerfen«, sagte er.

Richter zuckte mit den Schultern. »Den Stein hätte er dort auch hineinwerfen können«, sagte er. »Hat er aber nicht getan.«

»Er wird doch nicht das blutige Messer mitgenommen haben«, sagte Berger. »Das hat doch überhaupt keinen Sinn.«

»Der ganze Fall hat keinen Sinn. Bis jetzt jedenfalls nicht. Wir werden den Teich abpumpen müssen.«

* * *

Dagmar schwitzte. Nicht nur, weil sie sich für diesen Spaziergang den bisher heißesten Tag des Jahres ausgesucht hatte, sondern außerdem, weil sie Angst hatte. Das Treffen mit diesem Herrn Krüger, zu dem sie ihr Freund, der englische Konsul, überredet hatte, war ihr unheimlich. Was sei schon dabei, hatte der Konsul gesagt, es stehe ihr doch schließlich frei, sich mit jedem beliebigen Bürger irgendwo in Hamburg zu treffen und zu unterhalten.

Aber natürlich ging es nicht darum, sich mit irgendeinem beliebigen Bürger zu unterhalten. Es ging um geheime Unterlagen, die Herr Krüger beschafft hatte, und die sie an den Konsul weiterleiten sollte.

Sie hatten sich am Stuhlmann-Brunnen in Altona verabredet, um 15.00 Uhr. Dagmar war überpünktlich, aber bevor sie Zeit hatte, sich die riesigen, um einen gewaltigen Fisch ringenden Zentauren des Brunnens in Ruhe anzusehen, war ein Herr im grauen Anzug an sie herangetreten und hatte sich als Krüger vorgestellt.

»Angenehm«, hatte Dagmar gesagt. Sie war keineswegs gewillt, diesem Fremden ihren Namen preiszugeben. Wahrscheinlich hieß der Mann auch gar nicht Krüger, sondern hatte irgendeinen ganz anderen Namen.

Dagmar wollte das Treffen so schnell wie möglich hinter sich bringen, aber Krüger schien keine Eile zu haben. »Ich denke, wir sollten das schöne Wetter ausnutzen und zur Elbe gehen. Es sind ja nur ein paar Hundert Meter.«

»Warum?«

»Ich möchte Ihnen etwas zeigen!«

»Was denn?«

»Die Zukunft!«

Dagmar war an der Zukunft nur mäßig interessiert. Ihr fiel auf, dass der Mann auf dem Weg zur Elbe mehrere Male stehen blieb, um ihr irgendwelche städtebaulichen Details zu erläutern. In Wirklichkeit ging es ihm offenbar darum, sich unauffällig umzusehen, ob ihnen jemand folgte. Dagmar drehte sich nicht um. Wenn ihnen jemand gefolgt war, war es jetzt sowieso zu spät, irgendetwas dagegen zu tun.

Sie passierten das Altonaer Rathaus. »Die Architektur ist mein Steckenpferd«, schwärmte Krüger. »Und in Hamburg bekommt man in dieser Hinsicht demnächst einiges geboten. Hamburg ist ja schließlich Führerstadt! Der gesamte Elbhang wird umgestaltet. Hier, wo wir jetzt stehen, auf dem Altonaer Balkon, wird das neue Gauhaus gebaut. Fünfzig Stockwerke soll es haben, und es wird insgesamt zweihundertfünfzig Meter hoch. Gut hundert Meter höher als der Turm der Nikolaikirche, und der war bei seiner Fertigstellung 1874 das höchste Bauwerk der Welt! – Heute sind die Wolkenkratzer in New York natürlich höher.«

»Interessant«, sagte Dagmar. Für Architektur interessierte sie sich nicht. Schon gar nicht für die bombastischen Bauten der Nazis.

Der Mann war nicht zu bremsen. »Daneben kommt dann die Festhalle für zehntausend Personen. Und weiter links, in Richtung Landungsbrücken, da entsteht eine fünfundsechzig Meter breite Prachtstraße, die von Hochhäusern gesäumt sein wird. Die Straße verläuft auf halber Höhe am Elbhang; Lastwagen werden dort nicht fahren dürfen, um das schöne Gesamtbild nicht zu stören. – Und wenn Sie nach rechts blicken, was sehen Sie dann?«

»Die Elbe«, sagte Dagmar.

»Ja, das ist das, was Sie heute sehen. Aber werfen Sie einmal einen Blick in die Zukunft! In ein paar Jahren steht hier die Elbe-Hochbrücke, über die Hamburg an die Reichsautobahn nach Bremen angeschlossen wird. Eine gigantische Hängebrücke mit über hundertachtzig Meter hohen Pylonen. Alle Passagiere, die per Schiff in Hamburg ankommen, müssen dieses großartige Tor zur Welt passieren.«

»Sie reden wie ein begeisterter Nationalsozialist.« Diese Bemerkung konnte sich Dagmar nicht verkneifen.

Ihr Gesprächspartner schüttelte den Kopf. »Ich bin keiner. Aber ich bin Ingenieur, und in dieser Eigenschaft faszinieren mich solche großartigen Pläne. Und das sind ja nicht nur Gedankenspielereien. Die Voruntersuchungen für die Hochbrücke sind abgeschlossen. Hunderte von Bohrungen sind abgeteuft worden, Tausende von Bodenproben untersucht. Alles ist machbar. Was wollen Sie haben? Ein fast vierhundert Meter langes Trockendock, um die größten Schlachtschiffe der Welt zu bauen? Kein Problem. 1938 geplant – und schon ist es im Bau!«

»Ich glaube, Sie wollten mir etwas geben«, sagte Dagmar, der diese Unterhaltung allmählich unheimlich wurde.

»Ja, richtig, das hätte ich fast vergessen.« Krüger gab Dagmar einen unbeschrifteten, braunen Umschlag. Er war zugeklebt. »Sie wissen, was damit zu tun ist.«

Dagmar nickte. Sie verstaute den Umschlag in ihrer Handtasche, verabschiedete sich von dem redseligen Ingenieur und machte sich auf den Weg zurück zur S-Bahn.

* * *

»Inzwischen sind wir ein Stück weiter«, sagte Herbert Richter.

Berger sah ihn an. Richter hatte enorm an Autorität gewonnen. Als ahnungsloser Bubi war er zu ihnen gekommen, der nichts kannte außer die Parolen der Partei. Er war aufgrund seiner Beziehungen im Nu aufgestiegen in der Hierarchie, war zu Bergers Vorgesetztem geworden, aber er war gutwillig, und er hatte rasch dazugelernt.

»Dr. Reuß hat mir inzwischen seine ersten Ergebnisse mitgeteilt. Der Mediziner wollte sich natürlich nicht genau festlegen, aber nach der Körpertemperatur und nach der Ausbildung der Totenstarre ist der Mord nicht heute früh erfolgt, wie wir zunächst geglaubt haben, sondern bereits gestern Abend irgendwann zwischen acht Uhr und Mitternacht.«

»Na schön«, sagte Berger.

»Die Befragung der Anwohner hat bisher leider gar nichts erbracht. Niemand hat etwas gehört oder gesehen.«

»Wirklich niemand? – Das ist doch höchst unwahrscheinlich. Es muss doch irgendjemanden gegeben haben, der zu später Stunde noch mal den Hund ausgeführt hat ...«

»Das mag sein, aber wenn es so ist, dann hat sich dieser Jemand jedenfalls bisher nicht gemeldet. – Aber auf einem anderen Gebiet sind wir erfolgreich gewesen: Pagels hat versucht, die Herkunft der Gehwegplatte herauszufinden. Er hat sich in der näheren Umgebung von Schröders Park umgesehen. Mit Erfolg.«

Pagels sagte: »In der Schottmüllerstraße, gegenüber dem Haus Nr. 1, da gibt es einen Lagerplatz der Stadtreinigung. Da liegen solche kaputten Platten herum. Der Platz ist nicht gesichert; jeder kann sich bedienen, wenn er will.«

»Das spricht dafür, dass sich der Täter gut vorbereitet hat«, sagte Berger.

»Ja«, bestätigte Pagels, »der Mord wurde vorbereitet. Niemand schleppt so eine Platte aus Spaß durch die Gegend. Vier Pfund wiegt das Ding, wir haben es inzwischen gewogen ...«

»Sehr schön. – Und was hast du herausgefunden, Wilhelm?«

»Nichts. Es gibt in Hamburg keinen vergleichbaren Mordfall. Jedenfalls nicht in den letzten zehn Jahren. Und Überfälle in Parks, bei denen derartig brutal vorgegangen wird, die hat es unseres Wissens in Hamburg noch nie gegeben.« Berger hatte mit Fehlandt im Archiv gesprochen. Wenn einer sich mit den Kriminalfällen der letzten Jahre auskannte, dann war er es.

»Der Tote im Brack«, warf Pagels ein.

Berger wusste nichts von einem Toten im Brack, und auch Herbert Richter zuckte mit den Schultern.

»Der Schmied Franz Waldmeyer«, sagte Pagels und sah in seine Aufzeichnungen. »Am 23. März 1923 ist das gewesen. Waldmeyer war Österreicher, siebenundzwanzig Jahre alt; er wollte in Hamburg eine Schiffspassage nach Amerika bekommen. Siebzehn Messerstiche in den Kopf hat er stattdessen gekriegt, und eine Wäscheleine um den Hals, der Waldmeyer, und seine Leiche schwamm im Brack an der Eichenallee in Wilhelmsburg. Täter unbekannt.«

»Tja«, sagte Richter. »Ähnlichkeiten sind natürlich da, aber 1923 – das ist sechzehn Jahre her! Ich glaube nicht, dass es sich um denselben Täter handelt. – Die Anfrage an Berlin ist raus?«

»Natürlich.« Berger hatte sofort ein Telex abgeschickt. Vielleicht hatte Gennat in der Zentralkartei für Mordsachen irgendetwas Vergleichbares. Der große Gennat. Es war eine Freude gewesen, damals mit ihm zusammenzuarbeiten.

»Na, schön. Dann bleibt uns zunächst nichts anderes übrig, als abzuwarten. Irgendjemand wird sie schon vermissen, früher oder später.«

»Was ist mit einem Foto für die Zeitung?«

»Witzbold!« Pagels lachte.

»Natürlich nicht von ihrem Gesicht.« Berger war ärgerlich. »Eine Schaufensterpuppe mit ihren Kleidern, das würde schon weiterhelfen.«

»Ja, entsprechende Kleidungsstücke werden besorgt, das hab ich schon veranlasst.«

»Die Presse ist informiert«, sagte Richter. »Wir müssen so rasch wie möglich herausfinden, wer die Tote ist.«

»Ist das Messer inzwischen gefunden worden?«, fragte Berger.

Richter schüttelte den Kopf. »Die Feuerwehr hat den Teich abgepumpt. Ohne Ergebnis.«

Pagels kam mit der Nachricht, als Wilhelm Berger schon gehofft hatte, dass sich an diesem Tag nichts mehr tun würde. Gegen 14.00 Uhr war der Anruf von der Wache 48 eingegangen. Eine Frau Inez Reuther, Eppendorfer Landstraße, sei von ihrer Tochter vermisst gemeldet worden. Der Beschreibung nach handelte es sich um die Tote aus Schröders Park.

»Nobel«, sagte Pagels, als sie den Wagen in der Eppendorfer Landstraße parkten. Das Haus, in dem Inez Reuther gewohnt hatte, war ein fünfgeschossiger Prachtbau; nach den Jugendstil-Verzierungen über den Fenstern musste er um die Jahrhundertwende entstanden sein. Die Tochter der Toten empfing sie an der Haustür. Sie war kaum älter als zwanzig Jahre. Wenn sie besonders erschüttert war, so zeigte sie es jedenfalls nicht.

»Gestatten Sie, dass ich Ihnen zunächst einmal mein Beileid ausspreche«, sagte Richter.

»Danke. – Kommen Sie doch herein, und nehmen Sie Platz! Ich bin Luise Reuther, die Tochter von Inez. Kann ich Ihnen irgendetwas anbieten?«

Richter winkte ab. Die Polizisten setzten sich. Die junge Frau Reuther entnahm dem Buffet eine Flasche französischen Cognac und schenkte sich selbst großzügig ein.

Pagels zog die Augenbrauen hoch. Neben dem Cognac standen einige weitere Flaschen mit hochprozentigem Alkohol.

Berger taxierte die Wohnungseinrichtung. Mehrere Perserteppiche lagen zum Teil übereinander. Die Fransen des oberen sahen leicht lädiert aus, als hätte sich ein Hund oder eine Katze damit beschäftigt. Die Möbel machten einen soliden Eindruck. Sie waren sicher nicht ganz billig gewesen, aber die Sprungfedern der Chaiselongue waren ausgeleiert. Im Papierkorb hinter der Stehlampe stand eine leere Sektflasche.

»Sie haben hier mit Ihrer Mutter zusammen gewohnt?«, wollte Richter wissen.

»Ja. Die Wohnung ist groß genug, wir sind uns nicht in die Quere gekommen. Wer für sich sein wollte, der hat einfach seine Zimmertür zugemacht.«

In Richters eigener Wohnung wäre es nicht möglich gewesen, einander aus dem Weg zu gehen, und selbst Bergers Haus, das er von seinem Vater geerbt hatte, mochte zwar von der Wohnfläche her größer sein, aber von der Ausstattung her war es eher spartanisch. Wilhelms Vater, der Kaufmann Friedrich Berger, hatte im privaten Bereich jeden Luxus vermieden. Aber was sie hier sahen, das war Luxus.

»Und Ihr Herr Vater?«

»Schon lange geschieden.«

»Ist er informiert worden?«

»Von uns nicht.« Pagels schüttelte den Kopf.

Richter wandte sich an Luise Reuther. »Haben Sie die Adresse?«

»Nein. Wir haben keinen Kontakt mehr zu ihm.«

»Lassen Sie uns zunächst einmal die persönlichen Daten festhalten«, sagte Richter.

Pagels zückte sein Notizbuch. Gut. Berger hatte sich schon darauf eingestellt, dass die Frage, wer denn nun das Protokoll führen sollte, erst noch diskutiert werden müsste.

»Ihre Mutter hieß also Ines Reuther.«

»Inez. Mit Zett«, stellte ihre Tochter richtig. »Sie ist in München geboren. 1897.«

Zweiundvierzig Jahre! Damit war sie genauso alt wie Wilhelm Berger. Sie hatte offenbar jung geheiratet, wenn sie schon eine erwachsene Tochter hatte.

»Ist sie das?« Pagels deutete auf eine gerahmte Fotografie, die auf der Kredenz stand.

»Ja, das ist meine Mutter.« Sie hatte lange, braune Haare, ein strahlendes Lächeln. Sie lehnte lässig gegen irgendeine Mauer. Die Kleidung, die sie trug, gab es sicher nicht bei Karstadt. Und die Schuhe …

»Wann ist das Bild gemacht worden? Können wir uns das mal ausleihen?«

»Gern. Das ist im Frühling aufgenommen, im März, glaube ich. Im Stadtpark? – Ich weiß es nicht mehr. Irgendwo hier in Hamburg jedenfalls.«

»Und die anderen beiden Fotos – das sind Sie?«

»Nur das eine, das linke. Das andere, das ist Ingeborg, meine kleine Schwester. Zwei Jahre jünger als ich. Die wohnt nicht mehr hier, die ist nach Berlin gezogen.«

»Würden Sie uns bitte ihre Anschrift geben?«

»Sie wohnt in Charlottenburg. Danckelmannstraße, wenn ich mich recht entsinne. Die Nummer weiß ich nicht. Sie ist mit einem Waldemar Trapp verheiratet.«

»Und was ist gestern nun genau passiert?«, fragte Berger. »Wissen Sie, warum Ihre Mutter spät abends in Schröders Park gegangen ist?«

»Da ist ein Anruf gekommen. So gegen halb neun muss das gewesen sein. Meine Mutter ist rangegangen.«

»Hat sie gesagt, wer der Anrufer war?«

»Nein. Und, um das gleich zu sagen, ich habe auch nicht gehört, worüber gesprochen wurde. Es war jedenfalls nur ein sehr kurzes Gespräch. Dann hat meine Mutter gesagt: ›Ich geh noch mal raus!‹ Sie hat sich rasch gekämmt, und dann ist sie gegangen.«

»Ohne zu sagen, warum und wohin?«

Die junge Frau Reuther zog die Schultern hoch. »So war sie eben.«

»Hat sie irgendetwas mitgenommen?«

»Weiß ich nicht. – Was soll sie denn mitgenommen haben?«

»Na, eine Handtasche vielleicht.«

»Ich hab nicht drauf geachtet. Aber ihre Handtasche … Das kann ich leicht feststellen. Die steht nämlich immer … Nein, die ist nicht da. Also hat sie die Tasche wahrscheinlich mitgenommen.«

»Können Sie die Tasche beschreiben?«

»So ein kleines Ding aus rotem Ziegenleder, so groß ungefähr.« Frau Reuther zeigte mit den Händen ein vielleicht dreißig mal zwanzig Zentimeter großes Rechteck. Die Tasche hatten sie bei der Nachsuche im Park nicht gefunden.

»Und was haben Sie gedacht, als Ihre Mutter gar nicht zurückkam?«

»Dass sie vielleicht bei Freunden übernachtet.«

»Ohne Gepäck?«

»Ja. – Das gab es schon mal, dass sie spontan bei irgendwem übernachtet hat.«

»Bei wem zum Beispiel?«, hakte Berger nach.

»Weiß ich nicht. – Sie hat mir nicht alles erzählt.«

Diese Antwort kam zu rasch. »Denken Sie bitte noch einmal genau nach!«

»Nein, da fällt mir jetzt kein Name ein. Aber ich werde noch einmal darüber nachdenken, das verspreche ich Ihnen. Wenn ich etwas zur Ruhe gekommen bin. Ich bin jetzt doch sehr, sehr aufgeregt.«

»Hat Ihre Mutter eigentlich gearbeitet?«, fragte Richter.

»Mama?« Luise Reuther lachte. »Mama hat nie in ihrem Leben gearbeitet. Das hat sie nicht nötig gehabt. Ihre Schwester und sie haben ein ganz hübsches Vermögen geerbt. Ihr Vater war Arzt, wissen Sie …«

»Was verstehen Sie unter einem ›ganz hübschen Vermögen‹?«, hakte Richter nach. Die meisten Ärzte, die er kannte, hätten sich diese Wohnung hier in Eppendorf nicht leisten können.

»Den genauen Betrag weiß ich natürlich nicht, da hat Mama nicht drüber gesprochen. Aber außer den Papieren, die auf der Bank im Safe liegen, gibt es da ja noch unser Sanatorium in Baden-Baden. Das allein wirft seine zweitausend Mark im Monat ab, mindestens. Also für Inez und ihre Schwester jeweils eintausend. Davon kann man ganz bequem leben.«

Ja, das war offensichtlich richtig. Berger hatte für sich und seine Familie weniger als vierhundert Mark im Monat zur Verfügung.

»Und Sie?«, fragte Richter.

»Ich? – Ich bin arm wie eine Kirchenmaus!« Sie lachte.

»Jetzt nicht mehr«, sagte Pagels ganz ruhig.

* * *

Als Berger nach Hause kam, wartete seine Familie schon ungeduldig auf ihn. Keine Zeit mehr, sich umzuziehen. Sie waren bei Protzes zum Abendessen eingeladen. Hugo Protze, ihr Nachbar, war irgendein höheres Tier bei Dräger in Wandsbek. Seine Frau Hedwig hatte in Anbetracht des schönen Wetters den Wohnzimmertisch kurzerhand in den Garten tragen lassen und draußen aufgedeckt.

»Was für eine gute Idee«, sagte Dagmar. »Das sollten wir auch mal machen, Wilhelm!«

Das einzige Problem war, dass er oft so spät nach Hause kam, dass für derartige Vorhaben keine Zeit blieb.

»Ist Gerhard da?«, fragte Horst.

»Ja, guck einfach mal nach, ob er schon mit den Schularbeiten fertig ist.«

Horst lief in das Haus hinein und die Treppe hinauf.

Ilse, Gerhards Schwester, saß an einem Ende des Tisches. Sie hatte ihren Teller zur Seite gestellt und war damit beschäftigt, Fotos in ein selbst gemachtes Album einzukleben.

»Sie ist ja so fleißig«, sagte ihre Mutter. »Seit sie aus Ostpreußen zurück ist, ist sie fast die ganze Zeit damit beschäftigt, das Reisetagebuch fertigzustellen.«

»Ostpreußen?«, fragte Wilhelm Berger.

»Ja, ihre Großfahrt mit dem BDM! – Sie sind durch ganz Ostpreußen gewandert. Von Pillau über die Frische Nehrung, dann auf der anderen Seite nach Frauenburg und Elbing und am Ende schließlich nach Marienburg und Danzig.«

»Dürfen wir mal gucken?«, fragte Dagmar.

»Gern.« Mit ihren blauen Augen und den hochgesteckten, blonden Zöpfen sah Ilse aus, als wäre sie direkt einer Werbeschrift für den BDM entsprungen.

Der 22. Juli war für uns ein Tag voller Erleben. In einem Omnibus fuhren wir durch eine herrlich-schöne Gegend. Die Vielfältigkeit der Landschaft gab ihr ein besonderes Gepräge; und dazu schenkte der Himmel eine freundliche Helle. Die ganze Erde schien zu leuchten. Felder mit goldgelben, reifen Ähren, die hier noch in aller Fülle wogten, dort schon zu Garben gebunden waren, wechselten mit grünen Wiesen, und dazwischen verstreut die roten Dächer einzelner Häuser oder kleiner Dörfchen. Und wie oft wurde dieses Bild noch durch die blauen Seen Ostpreußens belebt! So könnten wir immer weiterfahren!

»Du bist ja geradezu eine kleine Dichterin«, sagte Berger anerkennend.

Ilse schüttelte unwillig den Kopf. Sie war weder klein noch Dichterin!

Als das Riesendenkmal vor uns auftauchte, waren wir von dem Anblick tief beeindruckt: Aus grüner Erde stieg der mächtige, rote Backsteinbau empor. Wir durften das Tannenberg-Denkmal besichtigen, das Ehrenmal für so viele deutsche Gefallene und die Gruft unseres großen Generalfeldmarschalls. Von dort ging es zum Waplitzer Ehrenfriedhof. Wir hörten von dem ergreifenden Schicksal unserer tapferen Kämpfer, die hier für ihr Vaterland das Leben ließen. Dann kamen wir zum Höllental. Hier hatten die Deutschen über eine zehnfache Übermacht gesiegt. Wir standen an den Schützengräben und sahen in das grüne Tal hinab, das mit seinen kleinen Seen so friedlich aussah. Wir konnten uns kaum vorstellen, dass dieses Tal einmal voller Schrecken, Tod und Verderben war.

Wilhelm Bergers Gedanken schweiften ab. Plötzlich sah er wieder jenen Wald in Galizien vor sich, das Tal mit den verwundeten Russen. Er hatte geglaubt, die Erinnerung daran vollständig getilgt zu haben. Er hatte sich geirrt. Die Schreie warteten nur darauf, wieder gehört zu werden. Und dazu reichte die naive Schilderung eines Schulmädchens aus.

Zu dem Foto des riesigen Betonkreuzes auf dem Ehrenfriedhof in Waplitz hatte Ilse in Schönschrift geschrieben: *Viel tausend Brüder fielen von des Feindes Hand …*

Und dann kam noch ein großes Erleben an diesem Tag: Wir gingen die Straße eines kleinen Dörfchens entlang, und plötzlich wurde der Weg durch einen Schlagbaum versperrt: Hier Deutschland, dort polnisches Gebiet; hier noch eine richtige Landstraße, dort ein von Gras überwucherter Feldweg. Nun standen wir vor dem Schlagbaum und sahen hinüber. Hier wie dort lagen genau dieselben Äcker und Häuser, aber irgendwo dazwischen verlief die unsichtbare, trennende Grenze. »Dort drüben der Bauer ist deutsch, sein Nachbar ist polnisch«, erklärte unser Führer. »Die Felder des deutschen Bauern liegen im Korridor.« In dem Gebiet also, das nach dem Weltkrieg an Polen gefallen war. Es schien so unverständlich, es sah doch alles so zusammengehörig aus! Und dort drüben wohnten deutschsprachige Leute, deren Kinder heute polnisch sprechen. – Wir fuhren dann weiter, und wo wir vorbeikamen, leuchteten die Gesichter der Menschen auf, die hier ihren harten Kampf führen und doch so treu an ihrem Deutschtum festhalten.

Hier zeigte ein Foto einen Schlagbaum quer über die Landstraße, völlig unbewacht. Jenseits davon lag Polen. Ilse hatte geschrieben: *Grenzlanddeutsch sein heißt:* ganz vorn *deutsch sein und* trotz allem *deutsch sein.*

Ilses Mutter lächelte. »Mir scheint, wir leben in einem Zeitalter der markigen Aussprüche.«

»Jedenfalls scheint es kein Zeitalter für irgendwelche Fragen zu sein«, stellte Wilhelm Berger fest.

Dagmar warf ihm einen besorgten Blick zu. Keine politische Diskussion, hieß das. Die Protzes waren liebe Nachbarn, aber wie sie über das Dritte Reich dachten, das konnte niemand wissen.

Wilhelm sagte: »Es ist wunderschön, dass die Kinder heute diese herrlichen Reisen machen können!«

»Ja. Das hatten wir früher nicht. – Ich habe neulich gelesen, dass der BDM heute fast drei Millionen Mitglieder hat. Zusammen mit der HJ über sieben Millionen.«

»Bald kann Horst ja auch mitfahren«, sagte Ilse. »Wie alt ist er jetzt?«

»Zehn Jahre.«

»Habt ihr von Susanne mal wieder etwas gehört?«

»Nein. – Was war denn das schönste Erlebnis auf der Reise? Der Besuch in Danzig?«, fragte Dagmar.

Ilse schüttelte den Kopf. »Die Schifffahrt auf dem Oberländischen Kanal.«

»Das ist der mit den geneigten Ebenen?«

»Ja.«

Berger sah seine Frau verblüfft an. Was sie alles wusste!

»Hier, das ist der Text dazu.«

Um 6.00 Uhr wurden wir geweckt. Hinaus! Wir marschierten nach einem guten Frühstück zum Hafen. Und dann gingen wir an Bord der »Hertha«. Der Elbing-Fluss führte in einen See, der nicht zu beschreiben ist, so schön war er. Sehr viele weiße Seerosen schmückten seine blaue Fläche. Kleine Schilfinseln mit Büschen und Bäumen stiegen aus dem See empor. In der Ferne ragten seine hügeligen Ufer in ihrer Farbenpracht auf. Wir waren begeistert von diesem selten schönen Landschaftsbild.

Sehr gespannt waren wir nun auf die berühmten »geneigten Ebenen«. Alles sah der ersten Ebene bei Neu-Kussfeld voll Erwartung entgegen. Unmerklich fuhr das Schiff auf den Schienenwagen hinauf, der dann lautlos an Land und den Berg hinaufgezogen wurde. Oben glitt das Schiff dann in den Oberländischen Kanal, und weiter ging die Fahrt. Fünf mal machten wir diese Überlandfahrten: So gelangte unser Schiff stufenweise in das Oberland.

»Das klingt sehr hübsch«, lobte Dagmar.

Hedwig lachte. »Als ich Ilse gefragt habe, was das schönste Erlebnis auf der ganzen Fahrt war, da hat sie gesagt: der Tag in Marienburg. Aber nicht etwa wegen der mittelalterlichen Burganlage …«

»Nein, in Marienburg mussten wir unser ganzes Taschengeld ausgeben, weil wir kein Geld mit über die Grenze nehmen durften. Es war herrlich.«

»Kein Geld mit nach Danzig?« Das hatte Wilhelm Berger noch nie gehört.

»Nach Danzig hätten wir es wohl mitnehmen dürfen«, erläuterte Ilse, »aber die Fahrt mit der Eisenbahn ging ja durch polnisches Gebiet, und da ist es verboten.«

»Nett, wie sich euer Gerhard um Horst kümmert.« Die beiden tobten durch den Garten. »Wie alt ist Gerhard jetzt? Er müsste doch schon bald mit der Schule fertig sein.«

»Ja, er macht im nächsten Jahr das Abitur«, sagte Ilses Mutter. Sie war mit der Entwicklung ihrer Kinder zufrieden.

»Wie geht's bei euch bei Dräger?«, fragte Wilhelm Berger den Gastgeber.

»Nicht schlecht. Für unsere Produkte herrscht immer Konjunktur. Und gerade jetzt, wo der Luftschutz so stark propagiert wird, sind wir natürlich mit unseren Gasmasken gut im Geschäft.«

Wilhelm Berger nickte. Die Anzeige für Luftschutzbedarf hatte er in der Zeitung gesehen.

»Wir müssen uns natürlich die Frage stellen, woher wir bei der gegenwärtigen Verknappung der Arbeitskräfte noch unser Personal nehmen sollen.«

»Verknappung der Arbeitskräfte?« Bisher hatte Berger eher den Eindruck gehabt, dass Deutschland unter einer verkappten Arbeitslosigkeit leide.

»Im Augenblick sind drei unserer wichtigsten Mitarbeiter zu Reserveübungen eingezogen worden. Die Manövertätigkeit der Wehrmacht hat ja stark zugenommen. Und wenn es einmal wirklich ernst werden sollte mit dem Krieg, dann haben wir Probleme. Jedenfalls sind wir angesprochen worden, ob wir uns vorstellen könnten, Zwangsarbeiter in unserem Werk zu beschäftigen.«

»Zwangsarbeiter? Wo sollen die herkommen?«

»Aus den KZs, nehme ich an. Über Details wurde nicht gesprochen. Ich habe natürlich gesagt, dass wir nicht imstande wären, derartige Arbeitskräfte dauernd zu bewachen. Das sei kein Problem, wurde uns versichert.«

»Und ihr seid auf dieses Angebot eingegangen?«

»Bisher nicht. Aber als Geschäftsmann könnte ich mir schon vorstellen, dass unsere Firma eines Tages darauf zurückgreifen würde.«

»Und – die moralische Komponente?«

»Tja, mein Lieber, diese Frage habe ich mir natürlich auch gestellt. Wäre es verwerflich, Zwangsarbeiter einzusetzen? – Ich bin zu dem Ergebnis gekommen, dass es nicht verwerflich wäre. Meiner Meinung nach würden es diese Leute besser haben, wenn sie bei uns arbeiten dürften, als wenn sie in dem harten KZ-Alltag zur Untätigkeit verdammt sind.«

Berger nickte, aber es war ihm anzusehen, dass ihm diese Geschichte nicht gefiel.

Zeit für einen Themenwechsel! »Fahrt ihr noch weg in diesem Sommer?«, fragte Dagmar.

»Nein, wahrscheinlich nicht. Ilse hat ja diese große Reise mit dem BDM nach Ostpreußen gemacht, und außerdem sind wir alle zusammen für ein paar Tage in Wien gewesen, unseren Onkel besuchen.«

Hugo Protze ergänzte: »Den Arthur meint sie. Aber der Seyß-Inquart ist natürlich gar nicht ihr Onkel. Die Verwandtschaftsverhältnisse sind viel komplizierter. Aber jedenfalls kennt er uns, und wir kennen ihn.«

»Also, die Schwester meiner Mutter …«, versuchte Frau Protze zu erklären.

»Wir waren alle zusammen in der Oper«, unterbrach sie Ilse. »Onkel Arthur hat die Karten besorgt. Wir haben ganz vorn gesessen. Ich habe extra ein neues Kleid bekommen, damit ich mich auch sehen lassen kann, hat Mama gesagt.«

»Wie schön«, sagte Wilhelm Berger. Onkel Arthur! Man lernte nie aus. Jedenfalls konnte es nur gut sein, wenn sie die Verbindung zur Familie Protze weiter pflegten.

»Wir hoffen, dass wir in ein oder zwei Wochen noch fahren können«, sagte Dagmar. »An die Nordsee. Aber wir können natürlich erst buchen, wenn dieser neue Mord in Schröders Park aufgeklärt ist ...«

»Das wird wohl nicht lange dauern«, warf Wilhelm Berger ein.

»… und wenn der Prozess gegen diesen Becker vorüber ist.«

»Was ist das für ein Prozess?«, fragte Hugo Protze.

»Der Becker hat seine Freundin umgebracht.«

»Oh, wie furchtbar. – Manchmal denke ich, in solchem Fall sollte man einfach kurzen Prozess machen. Auge um Auge, so wie es in der Bibel steht. Ja, Hedwig, guck nicht so. Ich weiß, du denkst darüber anders, aber wenn jemand seine Freundin totmacht – das ist doch einfach entsetzlich!«

Hedwig schüttelte den Kopf. »Niemand hat das Recht, einen anderen Menschen zu töten. – So, jetzt müsst ihr aber das Tagebuch mal zur Seite legen. Das Essen ist fertig. – Ilse, hilfst du mir mal beim Aufdecken?«

Montag, 31. Juli 1939

Die Morgenzeitung brachte den gewünschten Bericht über den *Raubmord in Schröders Park.* Wilhelm Berger überflog den Text beim Frühstück.

Gestern, gegen 9 Uhr, wurde in Schröders Park, gelegen an der Straße Rehhagen/Eppendorfer Landstraße, neben dem Hochbahnhof Kellinghusenstraße, eine bisher unbekannte Frau ermordet aufgefunden.

Diese Meldung war überholt. Aber natürlich war es möglich, dass sich noch irgendwelche Zeugen meldeten.

Die Tote hat zahlreiche Schnitt-, Stich- und Schlagverletzungen am Kopf, Hals und an den Händen. Sie ist etwa 30 bis 35 Jahre alt, 1,63 m groß, hat braunes, unduliertes Haar (etwa 20 Zentimeter lang), braune Augen, im Ober- und Unterkiefer mehrere Backenzahngoldkronen. Sie ist wie folgt bekleidet: Blauer Pullover mit braunen Querstreifen, beigefarbene Herrenhose mit Umschlag und Bügelfalte, gleichfarbige, seidene Strümpfe, dunkelbraune Schuhe (Pumps), Größe 36, mit Firmenbezeichnung »Unger, Jungfernstieg-Alsterarkaden«, blauer Büsten- und Hüfthalter, blauseidener Schlüpfer. Am rechten Arm trägt die Tote einen 2 Zentimeter breiten Goldreifen, als Ohrringe weiße Perlen, am Pullover eine ovale Brosche mit kleinen Rosen. Weiter wurde bei der Toten ein Taschentuch gefunden mit den Buchstaben F.D. und ein Schlüsselring mit drei Schlüsseln, davon einer mit Doppelbart (Haus- und Wohnungsschlüssel). Die Tat ist wahrscheinlich in der Nacht vom Sonnabend zum Sonntag verübt worden. Wer kann Angaben über die beschriebene Tote machen? Wer kennt ihren Umgang? Wer hat die Unbekannte zuletzt beobachtet, vielleicht in Begleitung eines Mannes? Wer hat in der Nacht zum Sonntag Schreie gehört oder sonst verdächtige Beobachtungen gemacht? Wer hat einen mit Blut oder sonst wie beschmutzten, verdächtigen Mann gesehen?

»Dein neuer Mordfall?«, fragte Dagmar.

Wilhelm nickte. »Hoffentlich dauert es nicht so lange, bis wir den Kerl haben.«

»Ach, das schafft ihr schon!«, tröstete ihn Dagmar. Aber ihr war natürlich bewusst, dass ihre Urlaubspläne jetzt stark gefährdet waren. Und Wilhelm Berger konnte nicht einmal an dem aktuellen Fall arbeiten. Er war als Zeuge in dem Prozess gegen Fridolin Becker ins Gericht bestellt worden.

Fridolin Beckers Lebensdaten wurden abgefragt. Das Meiste davon kannte Fehlandt schon. Er saß als Zuhörer im Gerichtssaal; Kommissar Berger musste als Zeuge draußen warten. Fehlandt hatte sich neben einen Journalisten gesetzt, den er von früheren Begegnungen her kannte.

Fridolin Becker sah schlechter aus als vor vier Jahren, als sie sich das letzte Mal begegnet waren. Wesentlich schlechter. Der Gefängnisaufenthalt hatte deutliche Spuren hinterlassen.

Becker war 1896 in Brisbane in Australien geboren, Sohn eines deutschen Pastors. Als Becker zwölf Jahre alt war, war seine Familie zurück nach Deutschland gezogen, nach Frankfurt am Main. Es gelang dem Jungen nicht, sich mit den veränderten Lebensverhältnissen abzufinden. Er fand keine Freunde, und seine Leistungen in der Schule ließen zu wünschen übrig. Fridolin Becker kam auf eine Privatschule, aber auch das half nichts. Er verließ die Schule in der Untertertia. Seine Eltern sorgten dafür, dass er eine kaufmännische Lehre beginnen konnte. Dann kam der Weltkrieg. Becker war verwundet worden, war zu sechzig Prozent schwerbeschädigt. Er bekam eine monatliche Rente von etwas über fünfzig Reichsmark.

Nach seiner Genesung fand er eine Anstellung im Maschinenbau. Das bescheidene Einkommen reichte ihm nicht. Er machte Schulden, wurde entlassen. Danach war er nach Berlin umgesiedelt, hatte dort mehrfach die Stellung gewechselt, überall Schulden hinterlassen und schließlich auch noch Geld unterschlagen. Der erneut arbeitslose Becker war dann nach Chemnitz gezogen, hatte sich dort als Bauarbeiter versucht – vergeblich. Anschließend hatte er in einer Spinnerei gearbeitet. Dabei lieh er sich fleißig weiter Geld, sodass sein Vater schließlich eine Anzeige in der *Allgemeinen Zeitung Chemnitz* aufgab: *Komme für die Schulden meines Sohnes nicht mehr auf.*

Das Abfragen seines Lebenslaufes ließ Fridolin Becker scheinbar ungerührt über sich ergehen. Einmal jedoch sprang er auf und rief empört: »Herr Richter, was soll das alles? Ja, ich habe einige kleine Schulden gemacht, jeder Mensch hat doch irgendwo Schulden, und das ist kein Verbrechen!« Becker wurde zur Ordnung gerufen.

Schließlich hatte Becker eine Beschäftigung gefunden, die offenbar seinem Talent entsprach. Er reiste in Sachen Bohnerwachs und Nähmaschinenöl durch die Lande. Er versuchte, die Produkte seiner Firma in allen möglichen Geschäften, Gaststätten und auch größeren Privathaushalten an den Mann zu bringen – meist ohne Erfolg. In anderer Hinsicht war er wesentlich erfolgreicher. Bei seinen Vertreterbesuchen traf er viele Menschen, die Mitleid mit dem armen, schwer Kriegsbeschädigten hatten. Sein Bohnerwachsvertrieb diente ihm dabei hauptsächlich als Vorwand, um mit Menschen ins Gespräch zu kommen, die er anschließend anbetteln konnte.

»Mit dem Geld aus Ihrer Rente und den zusätzlichen Zahlungen von der Wohlfahrt hätten Sie im Prinzip auskommen können, ist das richtig?«

»Jawohl.«

»Stattdessen haben Sie jahrelang in Hamburg und in den Elbevororten gebettelt.«

»Ja, das gebe ich zu. – Aber ist es nicht besser, dass ich von Tür zu Tür gegangen bin, um zu betteln, als dass ich Einbrüche verübt habe?«

Darauf ging der Richter nicht ein.

»Was würdest du machen, wenn du solch einen Sohn hättest?«, wollte Fehlandt von seinem Nachbarn wissen.

»Ich weiß nicht«, raunte der. »Wahrscheinlich hätte ich nicht einen solchen Sohn. Wahrscheinlich ist in dieser Familie irgendwo der Wurm drin, aber woran das vielleicht gelegen haben mag, dass der Kerl so auf die schiefe Bahn geraten ist, das steht hier nicht zur Diskussion, davon redet hier keiner.«

Der Richter blickte in ihre Richtung. Der Journalist hielt den Mund.

Fridolin Beckers Eltern, die inzwischen ebenfalls nach Hamburg gezogen waren, hatten jedenfalls 1922 die Schnauze voll. Sie trennten sich von ihrem Sohn. Doch die Mutter unterstützte ihn weiter heimlich, und Fridolin Becker pumpte Bekannte seines Vaters an. Sein Vater musste schließlich einspringen und bezahlte Tausende von Mark für seinen Fridolin. Der war ständig auf der Flucht vor seinen Gläubigern. Von 1923-34 wechselte er 64 mal die Wohnung. Er bettelte, kassierte Erwerbslosenunterstützung, zahlte seine Miete nicht und versetzte das Eigentum seiner Vermieter im Pfandleihhaus. Die Anklage hatte eine große Zahl von Zeugen aufgeboten, die den ungewöhnlichen Lebenswandel des Fridolin Becker bestätigten. Die Vernehmung zog sich über Stunden hin.

»Warum müssen wir das alles hören?«, fragte Fehlandt schließlich leise. »Was hat das mit dem Mord zu tun?«

Der Journalist zuckte mit den Schultern. Es war offensichtlich, dass es dem Staatsanwalt darum ging, den Angeklagten in einem besonders schlechten Licht stehen zu lassen. Aber ließ sich daraus wirklich ableiten: Wer so was tut, der bringt auch junge Mädchen um? Fehlandt hatte seine Zweifel.

Das junge Mädchen, um das es ging, hieß Else Kleist. Sie war damals achtundzwanzig Jahre alt. Becker hatte Else auf einer seiner Betteltouren kennen gelernt. Der redegewandte Schwindler hatte das Mädchen beeindruckt. Die Polizei hatte Briefe sichergestellt, die Else an ihren Fridolin geschrieben hatte. Daraus ließ sich ersehen, wie sehr der Mann sie um den Finger gewickelt hatte. Und es war völlig klar, dass er sie ausgenommen hatte wie eine Weihnachtsgans. Else hatte bei Reemtsma an der Flottbeker Chaussee als Gehilfin und Köchin gearbeitet. Am Sonntag, dem 14. Oktober 1934 hatte sie das Haus ihres Arbeitgebers abends nach 21.30 Uhr verlassen. »Ich geh noch mal weg«, hatte sie gesagt. Seitdem war sie verschwunden.

Gut einen Monat später, am 18. November, hatte ein Rentner, ein gewisser Erwin Schmann, in seinem Schrebergarten nahe dem Reemtsma'schen Grundstück beim Umgraben in der Nähe seines Komposthaufen die Leiche von Else Kleist entdeckt. Der Verdacht fiel sofort auf Fridolin Becker. Aber Fridolin Becker hatte ein Alibi. Jetzt kam der interessante Teil der Gerichtsverhandlung. Dieses Alibi hatte Wilhelm Berger seinerzeit nicht knacken können. Was hatte die neue Untersuchung des Falles zutage gebracht? Was hatte Berger übersehen?

Der Staatsanwalt fragte zunächst in aller Ausführlichkeit den Tagesablauf des Fridolin Becker ab, so wie er seinerzeit ermittelt worden war:

Fridolin Becker gab bereitwillig Auskunft. Er hatte an jenem Sonntag lange geschlafen. Gegen 12.00 Uhr mittags war er aus der Wohnung gegangen. Er wollte an dem Abend angeblich Else Kleist besuchen. Das hatte er jedoch nicht gemacht, sondern er hatte wegen des schlechten Wetters, wie er behauptete, stattdessen am Nachmittag und Abend verschiedene Lokale aufgesucht. Das Wetter hatte Berger damals überprüft. Siebzehn Millimeter Niederschlag und niedrige Temperaturen hatte die Seewarte für Hamburg festgehalten.

Was Florian Becker zwischen 12.00 Uhr und 21.00 Uhr gemacht hatte, kam nicht zur Sprache. Gegen 21.00 Uhr war er jedenfalls bei *Strübing* am Mittelweg 27 gesehen worden. Danach war er ein Lokal weitergezogen. Gegen 22.00 Uhr war er im *Herrenhäuser* am Mittelweg 156. Gegen 22.30 Uhr war er von dort zur Gaststätte *Hansahort* gegangen, am Schlump/Ecke Grindelberg. Gegen 23.00 Uhr war er schließlich in *Kolbows Stehbierhalle* gesehen worden, ebenfalls am Schlump. Dort hatte er sich fünf Mark geliehen. Anschließend war er bis gegen Mitternacht bei *Sternberg* im Valentinskamp gewesen. Danach war er noch im *Gottesberger Pilsener* in der Kaiser-Wilhelm-Straße. Von dort aus war er so gegen 1.30 Uhr morgens nach Hause gegangen. All diese Angaben hatte Wilhelm Berger damals überprüft; sie waren sämtlich bestätigt worden. Für den Mord in Flottbek hätte Becker mindestens eine Stunde gebraucht, wenn er mit der Straßenbahn hin und zurückgefahren wäre – oder gar mit dem Taxi. Diese freie Stunde gab es nicht.

»Wenn er so ein sicheres Alibi hat«, raunte Fehlandt, »dann ist er eben unschuldig.«

»Abwarten.«

Kommissar Berger war sich damals sicher gewesen, dass nur Becker als Täter infrage kam, aber er hatte es nicht beweisen können. Er hatte zwar herausgefunden, dass der Mann wieder und wieder gelogen hatte. Seinem Mädchen zum Beispiel hatte er die unglaublichsten Geschichten erzählt und ihr immer wieder Geld abgenommen. Aber ausgerechnet in dem entscheidenden Punkt ließen sich die Aussagen des Angeklagten nicht widerlegen. Und wenn er zu den angegebenen Zeiten in den angegebenen Lokalen gewesen war, dann kam er als Täter nicht infrage. Berger hatte aufgeben müssen. Und schließlich war Fridolin Becker wieder freigekommen. Für kurze Zeit jedenfalls.

Er hatte im September 1934 eine neue Stellung in einem Handelsbüro angetreten, wo er unter anderem die Portokasse zu verwalten hatte. Nach einem Monat fehlten 347 Mark; Becker wurde zu einer Gefängnisstrafe verurteilt, die er in Wolfenbüttel verbüßte. Schmitz hatte sich die Mordakten im Februar 1938 wieder vorgenommen. Schmitz war ein junger, ehrgeiziger Kollege, der sich bemühte, durch die Lösung von Fällen, die seine Vorgänger als unlösbar zu den Akten gelegt hatten, Karriere zu machen. Und Schmitz hatte offensichtlich Erfolg gehabt.

Schmitz hatte noch einmal alle Zeugen aus dem ersten Prozess befragt, und er war dabei, wie der Staatsanwalt ausführte, auf eine Lücke im Alibi gestoßen. Der Gastwirt Kolbow vom Schlump war sich plötzlich nicht mehr sicher, ob Fridolin Becker wirklich zu der genannten Zeit bei ihm in der Gaststätte gewesen war. Dadurch ergab sich ein Zeitfenster von zweieinhalb Stunden, das ausreichte, dass Becker sich – wie ursprünglich geplant – mit Else Kleist getroffen und sie ermordet hatte. Er hatte Becker im Gefängnis in Wolfenbüttel aufgesucht, ihn mit dieser Aussage konfrontiert, und Becker hatte schließlich unter Tränen zugegeben, dass er Else Kleist ermordet habe. Ende der Vorstellung. – Jedenfalls sagte das der Staatsanwalt.

Fridolin Becker sprang auf und rief in den Saal: »Ich bin unschuldig!« Er wurde zur Ordnung gerufen.

Pagels schüttelte den Kopf. »Das gibt's doch nicht«, sagte er. Irgendetwas war hier faul. Die Aussage des Gastwirts, der sich nach fünf Jahren nicht mehr genau erinnern konnte, wer damals spät abends bei ihm in der Gaststube gesessen hatte, war nichts wert. Das wusste die Verteidigung, und das wusste natürlich auch Fridolin Becker. Warum hatte dieser im Umgang mit der Polizei erfahrene, professionelle Lügner und Betrüger auf einmal einen Mord gestanden, den man ihm gar nicht nachweisen konnte? In einem schriftlichen Geständnis noch dazu! Aber davon würde erst morgen die Rede sein.

Wilhelm Berger war ungeduldig. Den ganzen Vormittag hatte er im Gericht darauf gewartet, als Zeuge aufgerufen zu werden, aber der Aufruf war nie gekommen. Und inzwischen waren die Kollegen mit der Bearbeitung des aktuellen Mordfalles keinen Schritt weitergekommen.

»Das stimmt nicht«, sagte Richter. »Wilhelm, der Bericht in der Zeitung hat uns ein gutes Stück weitergebracht.«

Damit war Berger nicht zufrieden. Und der Kaffee, den Richter gekocht hatte, war zu heiß; Berger verbrannte sich die Zunge. »Mist! – Ich werde mir noch einmal die Tochter vornehmen«, sagte Berger. »Heute Nachmittag.«

»Die heutige Regierung, das sind doch alles Hungerleider. Hitler? – Nichts als ein böhmischer Gefreiter.« Luise Reuther nahm kein Blatt vor den Mund.

»Nicht so laut! – Der Führer stammt übrigens aus Braunau am Inn. Das liegt nicht in Böhmen.«

»Ist mir Wurst. Und der Reichspräsident Hindenburg hat ihn auch nicht als böhmischen Gefreiten bezeichnet, weil er von Geographie keine Ahnung hatte, sondern weil er damit das hinterwäldlerisch Primitive dieses Mannes herausstellen wollte. Und nordisch, wenn wir einmal die von den Nationalsozialisten hochgehaltenen Kriterien dieser Pseudowissenschaft anwenden wollen, also nordisch ist der Hitler nun wirklich nicht. Ein ostisch-mongolischer Mischling, würde ich sagen.«

Wilhelm Berger lachte. Die übermütige, junge Frau gefiel ihm. Gleichzeitig machte er sich Sorgen, dass ihnen hier im Lokal jemand zuhören und sie anzeigen könnte. Er hatte in dieser Beziehung schlechte Erfahrungen gemacht.

»Weiter. Wen haben wir noch? Den Stellvertreter des Führers. Rudolf Heß. Reichsminister ohne Verstand und ohne Geschäftsbereich. Oder den Reichsminister der Luftfahrt, Hermann Göring. Unseren Goldfasan. Ein rauschgiftsüchtiger, brutaler Fettsack. Oder Goebbels mit seinem Klumpfuß. Der könnte nun wirklich das Musterbild eines jüdischen Untermenschen abgeben, wenn er nicht selbst einer von denen wäre, die bestimmen, wer jüdisch ist und wer nicht.«

»Ich glaube, es ist nicht besonders sinnvoll, diese Diskussion hier in der Öffentlichkeit fortzusetzen«, sagte Berger.

Luise war nicht zu bremsen. »Und der Herr Reichsminister des Auswärtigen, unser Sektreisender! – Nicht umsonst gibt es die Redewendung, jemand sei dumm wie Ribbentrop. Nur schade, dass man sie auf niemanden anwenden kann, denn Ribbentrop ist wirklich der Allerdümmste.«

»Lassen Sie uns gehen«, drängte Berger.

»Ja. – Aber es ist ohnehin nicht meine Idee gewesen, dass wir den ganzen Abend hier in diesem Kaffeehaus verbringen. – Ober! Zahlen!« Die junge Frau Reuther hatte eine durchdringende Stimme.

»Zusammen oder getrennt?«

»Zusammen.« Sie hatte bereits ihr Portemonnaie gezückt.

Berger schüttelte den Kopf. »Getrennt.« Das fehlte ja noch.

Als sie auf der Straße waren, lachte die junge Frau ihn aus. »Wenn man eine Einladung bekommt, dann ist es ein Gebot der Höflichkeit, dass man sie annimmt.«

»In diesem Fall verlangt es aber die Dienstvorschrift, dass ich die Einladung nicht annehme. Sonst könnte man das als Bestechung auslegen.«

»Sind Sie so leicht zu bestechen, Herr Kommissar?«

»Ich bin überhaupt nicht zu bestechen. – Es war nett, mit Ihnen zu plaudern, aber nun werden wir beide nach Hause gehen …«

»Schade, Herr Kommissar. Wo der Abend so nett angefangen hat. Wenn Sie mich nach Hause bringen, dann könnte ich Ihnen vielleicht unser Fotoalbum zeigen.«

»Fotoalbum?«

»Ja. Meine Mutter hat es gemacht. Da sind all die Herrschaften drin verewigt, mit denen wir hier in Eppendorf gefeiert haben. Fast alle jedenfalls. Könnte Sie das nicht doch vielleicht interessieren?«

»Hören Sie zu«, sagte Berger ärgerlich, »das, womit wir es hier zu tun haben, das ist nicht irgendein Spiel, bei dem man sich gegenseitig neckt und kleine Scherze macht, sondern das ist ein Mordfall, und zwar geht es um den Mord an Ihrer Mutter. Und mir ist es völlig unbegreiflich, wie Sie in dieser Situation Beweismittel zurückhalten …«

»Sie begreifen manches nicht, Herr Berger. Meine Mutter und ich, wir haben zwar zusammen gewohnt, das ist richtig, aber jede von uns hat ihr eigenes Leben geführt.«

»Menschenskind, es ist Ihre Mutter!«

»Ja, Herr Berger, das ist biologisch korrekt.«

»Was wollen Sie damit sagen?«

»Sie hat mich zu dem gemacht, was ich heute bin. Manchmal habe ich sie dafür gehasst, meistens war es mir egal. Aber Liebe hat es jedenfalls nicht gegeben zwischen uns beiden. Von meiner Seite nicht.«

Wilhelm Berger schwieg. War dieser spontane Ausbruch der Beginn eines Geständnisses?

Horst saß im Wohnzimmer auf dem Fußboden und spielte Reichsautobahn. Dagmar saß im Sessel und las. Von Zeit zu Zeit blickte sie auf und sah zu, wie die Blechautos auf dem Oval des Teppichs herumrasten.

»Gerhard sagt, es gibt sie inzwischen auch in elektrisch«, sagte Horst.

»Ja.« Natürlich war es mühsam, die Autos immer nach wenigen Runden wieder aufziehen zu müssen, aber eine elektrische Autobahn war teuer, und die konnten sie sich im Augenblick nicht leisten.

»Gerhard bekommt eine elektrische Autobahn zum Geburtstag.«

»Das ist doch schön. Dann könnt ihr vielleicht zusammen damit spielen.«

Horst schwieg. Auch er wusste natürlich, dass sie sich nicht alles leisten konnten. Das große Haus hatten sie ja nur geerbt, und Papas Gehalt war nicht allzu üppig. Es war schon erstaunlich, dass sie überhaupt in Urlaub fahren konnten.

Horst verstärkte die Barriere in der Kurve noch um eine weitere Reihe Dominosteine. Wie konnte man nur eine Autobahn konstruieren, bei der die Lastwagen jedes Mal aus der Kurve flogen? Ja, natürlich konnte man sich damit behelfen, dass man die Autos nicht voll aufzog, aber dann fuhren sie langsamer, und man wollte doch schließlich, dass sie so schnell wie möglich fuhren.

»Guck mal, Mama, jetzt geht es!«

Ja, tatsächlich. Horst hatte es geschafft, die Barrieren so zu verstärken, dass die Autos in der Spur blieben. Jedenfalls auf der äußeren Bahn. In der Innenkurve konnte man nichts machen.

Dagmar sah auf die Uhr. »Oh, es ist ja schon spät! Horst, du müsstest schon längst im Bett sein! – Gehst du jetzt bitte schlafen?«

»Ich bin noch gar nicht müde.«

»Das glaubst du, aber wenn du jetzt nicht ins Bett gehst, dann bist du morgen früh müde und kannst in der Schule nicht richtig aufpassen.«

Horst wusste, dass es sinnlos war, mit seiner Mutter über diesen Punkt zu diskutieren. Er fing an, die Dominosteine in die Schachtel zurückzupacken.

»Lass nur, Horst, ich mach das schon!«

»Danke.«

Während Horst in sein Zimmer ging, kniete sich Dagmar auf den Fußboden und zog die Klammern heraus, die die Autobahn zusammengehalten hatten. Sie war auf einmal von einer großen Unruhe erfüllt. Wilhelm müsste längst zu Hause sein. Aber das war der Nachteil, wenn man mit einem Polizisten verheiratet war. Man konnte sich nie ganz sicher sein, wann er endlich Feierabend hatte.

Dagmar packte die Autos zurück in die Schachtel. Alle Wagen zeigten inzwischen Spuren des häufigen Gebrauchs. Dagmar wusste, dass Horst und sein Freund auf der Autobahn spektakuläre Zusammenstöße inszenierten, wenn sie nicht dabei war. Jungs eben! Mädchen würden viel vorsichtiger mit ihren Spielsachen umgehen.

Es war nach 22.00 Uhr. Wenn Wilhelm länger bleiben musste, rief er normalerweise zu Hause an, damit sie sich keine Sorgen machte. Aber natürlich gab es auch Fälle, wo das nicht möglich war. Seltene Fälle. Oder war ihr Anschluss vielleicht gestört? Dagmar ging auf den Flur und hob den Hörer ab. Das Freizeichen. Nein, mit dem Telefon war alles in Ordnung.

Sie musste weiter warten. Einen Moment lang erwog sie, im Stadthaus anzurufen und nachzufragen, ob Wilhelm noch da war und wann er kommen würde. Aber das würde er missbilligen. Das würde ja geradezu so aussehen, als ob er sich zu Hause jedes Mal an- und abmelden müsste. Dagmar räumte die Spielsachen weg. Dann setzte sie sich wieder in ihren Sessel und las weiter.

Dienstag, 1. August 1939

Wo bleibt Berger?« Herbert Richter zündete sich nervös eine Zigarette an.

»Er wird schon kommen«, sagte Pagels. Obwohl er erst seit Kurzem mit Berger zusammenarbeitete, wusste er doch, dass der Kollege außerordentlich zuverlässig war.

»Normalerweise ist er pünktlich«, bestätigte Richter. »Das Problem ist nur, dass heute diese Gerichtsverhandlung stattfindet, und da ist Berger als Zeuge geladen.«

»Vielleicht ist er direkt ins Gericht gegangen?«

»Nein, das war nicht abgemacht. – Ich glaube, es ist am besten, wenn ich in Wandsbek anrufe.« Herbert Richter griff zum Telefon.

Am anderen Ende wurde fast sofort abgenommen: »Dagmar Berger, wer ist dort bitte?«

»Hier ist Herbert Richter. – Frau Berger, wissen Sie, ob Ihr Mann schon unterwegs ist? Er sollte heute Morgen im Gericht sein, bei der Verhandlung gegen diesen Fridolin Becker.«

Einen Augenblick herrschte Stille. Dann sagte Dagmar: »Ich weiß nicht, wo mein Mann ist. Herr Richter, er ist gestern Abend nicht nach Hause gekommen.«

»Und er hat nicht hinterlassen, wo er hinwollte?«

»Nein, kein Wort. – Inzwischen mache ich mir große Sorgen. Ich hatte mich schon gefragt, ob ich bei Ihnen anrufen sollte, oder ob ich vielleicht die Krankenhäuser anrufen sollte, ob er denn irgendwo eingeliefert worden ist. – Herr Richter, er ist doch nicht etwa mit irgendeinem gefährlichen Auftrag unterwegs?«

»Ich weiß von keinem gefährlichen Auftrag«, sagte Richter. »Frau Berger, wir werden der Sache nachgehen. Ich rufe Sie an, wenn ich Näheres weiß. Und rufen Sie uns bitte an, falls Ihr Mann zu Hause auftaucht.« Er legte den Hörer auf.

»Was hat das zu bedeuten?«

Das wusste Herbert Richter auch nicht. »Das Erste, was wir jetzt tun müssen, ist, dass wir Fehlandt ins Gericht schicken. Er soll dort ausrichten, dass der Zeuge Berger leider aus dienstlichen Gründen etwas verspätet ist. Er wird sich so rasch wie möglich im Gericht melden.«

»Wilhelm Berger hat gestern gesagt«, erinnerte sich Pagels, »dass er noch einmal mit Luise Reuther sprechen wollte. Soll ich einmal in der Eppendorfer Landstraße anrufen?«

Herbert Richter schüttelte den Kopf. »Besser nicht. Wilhelm Berger ein erwachsener Mann; er muss wissen, was er tut.«

* * *

Dies war nicht sein Bett. Verwundert betrachtete Wilhelm Berger das mit kleinen Rosen bestickte Kopfkissen. Wie kam er hierher? Wie kam er nackt in dieses Bett? Und die Frau neben ihm – doch, das wusste er, die Frau neben ihm, das war Luise Reuther. Sie schlief. Auch sie war nackt.

Wie kam er hierher? Das Nachdenken schmerzte. Nein, sein Kopf schmerzte, vom Trinken gestern Abend, und es war schwer, sich zu erinnern. Die Frau neben ihm, das war jedenfalls Luise. Er hatte sie nach Hause begleitet, weil sie ihm ein Fotoalbum zeigen wollte. Richtig, das war es. Ein Fotoalbum. Und dann? Was war dann geschehen? Und wer war der Mann, der dort in der Tür stand und mit einem spöttischen Blick zu ihm herübersah?

Wilhelm Berger richtete sich auf. »Kriminalpolizei«, sagte er.

Der junge Mann musterte Berger von oben bis unten. »Ich habe zwar schon immer gewusst, dass die Kriminalpolizei nicht uniformiert ist. Dass sie aber so völlig ohne Kleidung auftritt, das ist mir neu.«

»Die Sprüche können Sie sich sparen«, sagte Berger kalt.

Der Mann lachte.

Während Berger sich die Hose anzog, sagte er: »Mein Herr, diese ganze Angelegenheit ist nicht im Mindesten spaßig.

»Wie ich sehe, hat Sie das aber nicht daran gehindert, trotz allem ein bisschen Spaß zu haben!«

»Ich denke, es ist am sinnvollsten, wenn wir dieses Gespräch an einem anderen Ort fortsetzen«, knurrte Berger.

»Bin ich jetzt verhaftet?« Der junge Mann schien sich königlich zu amüsieren.

»Noch nicht«, sagte Berger, »aber das kann leicht kommen.« Die ganze Angelegenheit war mehr als ärgerlich. »Kommen Sie mit ins Präsidium!«

Der Mann zuckte mit den Schultern, warf der jungen Frau Reuther, die sich im Bett rekelte und allmählich aufwachte, eine Kusshand zu; dann folgte er Berger in Richtung Treppenhaus.

Mit der Straßenbahn schaffte es Wilhelm Berger gerade noch rechtzeitig, zum zweiten Tag der Verhandlung gegen Fridolin Becker zum Gericht zu kommen. Während er am Vortag darüber geflucht hatte, dass er die ganze Zeit unnötig auf dem Flur herumgesessen hatte, hoffte er heute, dass er nicht gleich dran sein würde, denn er hatte grauenvolle Kopfschmerzen. Doch es half nichts; der Zeuge Wilhelm Berger war als Erster an der Reihe.

»Sie haben damals gemeinsam mit dem Angeklagten eine Ortsbesichtigung vorgenommen. Aus den Unterlagen ergibt sich, dass der Angeklagte den Tatort kannte. – Ist das richtig?«

Berger nickte. »Ja, das ist richtig.«

»Am 20. November ist das gewesen?«

»Wenn das so in den Unterlagen steht, wird das wohl stimmen. An den genauen Tag kann ich mich nicht erinnern. Ich habe damals den Herrn Becker gefragt, ob er früher schon einmal in dem Schrebergarten gewesen sei. Das hat er verneint. Ich bin dann mit ihm an der Villa vorbei in Richtung Westen gegangen. Der Schrebergarten des Herrn Schmann grenzt direkt an die Flottbeker Chaussee. Als wir zu der Gartenpforte kamen, ist Becker plötzlich stehen geblieben …«

»Das ist nicht wahr! Sie sind stehen geblieben!«

»Ruhe bitte! Sie kommen gleich noch dran. – Herr Berger, wie ist das nun genau gewesen?«

»Wie das genau gewesen ist, das steht in den Akten. Der Herr Becker ist stehen geblieben. Und dann hat er die Pforte geöffnet, ohne hinzusehen. Das ist insofern bemerkenswert, als die Pforte einen Riegel auf der Innenseite hat, den man von der Straße her nicht gleich sieht.«

Das war alles, was Wilhelm Berger zu dem Prozess beisteuern konnte. Jetzt eine Aspirin, dachte er. Oder zwei. Im Stadthaus hatte er welche. Doch wenn er geglaubt hatte, nun entlassen zu werden, so befand er sich im Irrtum. Jetzt kam der Auftritt des Verteidigers.

»Herr Berger, was Sie uns hier berichten, das sind Dinge, die sich vor vier Jahren abgespielt haben sollen. Vor einer langen Zeit also. – Kann es sein, dass Ihnen Ihr Gedächtnis in dem einen oder anderen Punkt vielleicht einen Streich spielt?«

Berger riss sich zusammen. »Sie haben recht, vier Jahre sind eine lange Zeit. Wenn ich das jetzt aus dem Gedächtnis schildern soll, dann bin ich mir nicht mehr so sicher, was ich nun wirklich gesehen habe und was nicht. Aber was ich damals gesehen habe, das steht in den Akten. Mein Eindruck war jedenfalls, dass der Herr Becker von sich aus stehen geblieben ist. Und dann hat er die Pforte geöffnet, ohne genau hinzusehen.«

»Der Angeklagte hat aber gesagt, er sei nie zuvor in diesem Schrebergarten gewesen, in dem die Leiche der Else Kleist gefunden worden ist. Und dass er die Tür öffnen konnte – ich sehe darin nichts Ungewöhnliches. Wenn sie von außen keinen Türgriff hat, muss sie einen Riegel auf der Innenseite haben. Ist es wirklich so ungewöhnlich, wenn der Angeklagte automatisch nach diesem Riegel greift?«

»Ich kann nur wiederholen, was ich damals vermerkt habe. Mein Eindruck war, dass der Angeklagte den Tatort kannte.«

»Ich frage Sie: Ist es möglich, dass Sie sich damals geirrt haben?«

»Ich kann es nicht mit letzter Sicherheit ausschließen.«

Ein Raunen ging durch den Gerichtssaal. Berger registrierte, dass der Kollege Schmitz ihm einen bösen Blick zuwarf.

Wilhelm Berger fragte sich, worauf die Verteidigung hinauswollte. All das, was der Angeklagte hier vor Gericht von sich gab, ergab keinen Sinn. Der Mann hatte ein Geständnis abgelegt, mündlich und schriftlich. Und jetzt tat er so, als wäre er unschuldig – genau wie damals, bei seiner ersten Festnahme.

Der junge Mann hieß Franz von Drateln und war Assistenzarzt am Universitätskrankenhaus in Eppendorf. Er war über seinen Chefarzt mit Frau Reuther bekannt geworden. Sie hatten sich rasch geeinigt; der Chefarzt hatte die erfahrene Inez Reuther bevorzugt, sein Assistenzarzt dagegen die junge Tochter.

»Aber Sie sind sich vermutlich klar darüber gewesen, dass es im Leben von Luise Reuther auch noch andere Männer gab«, sagte Berger.

»Ja, das war mir bewusst. Nicht erst seit heute Morgen.«

»Und wie sind Sie damit klargekommen?«

»Ich hatte kein Problem damit.«

»Tatsächlich? Ist es nicht immer etwas riskant, wenn man mit den Gefühlen anderer Menschen einfach nur spielt?«

Der Arzt zuckte mit den Schultern. »Herr Kommissar, ich glaube, wir waren uns alle über die Regeln dieses Spiels im Klaren. Wir haben gut gegessen, gut getrunken. Wir sind ins Theater gegangen, in die Oper, und wir haben – wie sagt man das in Polizistendeutsch – Beischlaf ausgeübt? Das haben wir getan. Dabei ging es uns nicht um die Fortpflanzungsfunktion, sondern um das reine Vergnügen. Mehr wollte keiner von uns. Keiner von uns hat irgendwelche Besitzansprüche an seinen Partner gestellt.«

Berger konnte sich eine solche Beziehung ohne Bindung nur schwer vorstellen. »Aber dennoch hat es jemand gegeben, der Inez Reuther den Schädel eingeschlagen hat.«

»Offensichtlich. Aber ich war es nicht.«

»Nein, Sie vielleicht nicht, aber wie steht es mit Ihrem Vorgesetzten?«

Von Drateln schüttelte den Kopf.

»Könnte es nicht vielleicht so gewesen sein, dass Sie irgendwann einmal in seinem Revier gewildert haben? Dass Sie nicht nur mit der Tochter, sondern auch mit der Mutter angebändelt haben? Und dass der Chefarzt das mitbekommen hat, und dass er dann eifersüchtig geworden ist? So eifersüchtig, dass er vielleicht am Ende die Frau Reuther erschlagen hat?«

»Völlig ausgeschlossen. Zum einen habe ich nicht mit der Mutter angebändelt, wie Sie sich auszudrücken pflegen, und zum anderen sind wir nicht nur einigermaßen zivilisierte, gebildete Menschen, sondern auch äußerst tolerant. Das ist eine der Voraussetzungen, wenn man in unserem Beruf Erfolg haben will.«

»Toleranz? Auch gegenüber Andersdenkenden?«

»Andersdenkende? – Sie meinen doch nicht etwa diesen Fall – wann war das? 1932? 1933? – Diese Frau, die die Briefe unterschlagen hat. Und die behauptet hat, dass einer von unseren Ärzten Agenten nach Polen geschickt habe, die auf den Bahnhöfen Zahnstocher mit Milzbrand infizieren sollten? – Hätten wir das etwa tolerieren sollen? Nein, das haben wir nicht toleriert. Das konnten wir nicht tolerieren; die Frau, die war ja geistesgestört, die ist entlassen worden.«

Berger sah Richter fragend an. Der zuckte ganz leicht mit den Schultern. Nein, von dem Fall hatte er auch noch nichts gehört. »So einen konkreten Fall meinte ich eigentlich nicht.«

»Ansonsten Fehlanzeige. Ich meine, wenn einer von uns vielleicht Kommunist ist und er das nicht unbedingt vor sich herträgt, dann hat dagegen keiner viel einzuwenden.«

Herbert Richter warf Berger einen warnenden Blick zu. Die Vernehmung hatte eine Wendung genommen, die ihm nicht gefiel.

Berger ignorierte den Blick. »Und wenn einer Jude ist?«, setzte er nach.

»Jude? – Um ehrlich zu sein, ich hätte damit keine Probleme. Aber das ist ja nicht erlaubt. Es gibt keine Juden mehr bei uns am Universitätskrankenhaus. Aber was da an Umbesetzungen erforderlich war, das ist schon vor vielen Jahren abgelaufen. Gleich nach der Machtübernahme 1933. – Ich glaube, das muss wohl ein gutes Dutzend Personen gewesen sein, die entlassen worden sind.«

Wilhelm Berger hatte zum ersten Mal das Gefühl, dass dem Arzt irgendetwas unangenehm war. »Mit anderen Worten: Einige haben Pech gehabt, und andere haben davon profitiert. Sie zum Beispiel. Oder etwa nicht? Seit wann sind Sie in Eppendorf, Herr von Drateln?«

»Was soll die Frage? Hat das irgendetwas mit dem Mord an Frau Reuther zu tun?«

»Vielleicht ja, vielleicht nein. Das wissen wir nicht. Im Augenblick ermitteln wir in alle Richtungen.«

»Ich bin seit 1934 in Eppendorf. Ja, ich habe eine Stelle bekommen, die damals frei geworden ist. Und ich kann Ihnen jedenfalls mitteilen, dass das Universitätskrankenhaus von der Machtergreifung außerordentlich profitiert hat. In der Systemzeit ist es ständig bergab gegangen. Die Schwesternausbildung musste eingestellt werden, und die ganze Klinik war von der Schließung bedroht. Wir Nationalsozialisten haben dafür gesorgt, dass das Krankenhaus Teil der Universität geworden ist, und dass damit die Gesundheitsfürsorge für alle Hamburger auf absehbare Zeit gesichert ist.«

»Außer wenn ich Jude bin.«

»Ja, natürlich. Juden dürfen schon seit 1936 nicht mehr als Patienten aufgenommen werden. Aber das hat die angenehme Nebenwirkung, dass für uns Deutsche entsprechend mehr Betten zur Verfügung stehen.«

»Wie erfreulich!«

»Ja, das ist wirklich erfreulich. Den ironischen Unterton können Sie sich schenken. Und – wenn ich mir diese Bemerkung gestatten darf – ich glaube, dass Sie in eine völlig falsche Richtung ermitteln. Sie brauchen den Mörder nicht unter uns Ärzten zu suchen. Suchen Sie ihn lieber unter dem üblichen Gesindel und den Berufsverbrechern, die unsere Stadt unsicher machen.«

»Unsicher?«, fragte Berger. »Unsere Stadt?«

Der Mediziner verzog das Gesicht. »Natürlich ist einiges besser geworden in den letzten Jahren, das ist es ganz ohne Frage. Aber solange es noch vorkommt, dass eine Frau einfach erschlagen wird, wenn sie nur am Abend ein paar Schritte vor die Tür macht, dann sind die Probleme dieser Stadt noch nicht gelöst. Das ist doch ganz offensichtlich.«

»Herr von Drateln«, sagte Richter, »Sie können sich absolut sicher sein, dass dieser Fall in kürzester Frist gelöst und der Täter seiner gerechten Strafe zugeführt wird.«

»Wie schön!«

»Das wäre im Moment alles. Wenn wir noch weitere Fragen haben, melden wir uns bei Ihnen!«

»Arrogantes Arschloch«, sagte Berger, als von Drateln gegangen war.

»Ja, natürlich«, sagte Richter. »Aber das ändert nichts an der Tatsache, dass er aller Wahrscheinlichkeit nach nicht der Mörder ist.«

Pagels hatte sich derweil die Frau Reuther vorgenommen. »Junge Frau, Sie scheinen sich nicht darüber im Klaren zu sein, dass Sie sich in einer ernsten Situation befinden«, sagte er. »Ihre Mutter ist ermordet worden. Sie nehmen das relativ leicht ...«

»Ich nehme das nicht leicht«, unterbrach ihn Frau Reuther. »Es ist einfach nur so, dass sich Trauer bei verschiedenen Menschen verschieden äußert. Ich bin kein Mensch, der leicht in Tränen ausbricht.«

»Nein, das haben wir gemerkt. – Wie Sie mit Ihrer Trauer umgehen, das ist natürlich in erster Linie Ihre Privatsache. Aber unsere Aufgabe ist es, diesen Mordfall aufzuklären, und das machen wir so, wie wir es für zweckmäßig halten. Sie haben uns bisher erzählt, dass Sie mit Ihrer Mutter zusammengelebt haben, aber eigentlich gar nichts darüber wissen, was Ihre Mutter so getrieben hat …«

Die Frau schüttelte den Kopf.

»Nun taucht aber plötzlich ein Fotoalbum auf mit – wie soll ich sagen? – mit höchst ungewöhnlichem Inhalt, und wer diese Bilder kennt, der kann doch nicht im Ernst behaupten, dass er nichts über das Leben Ihrer Frau Mutter weiß.«

»Es ist ihr Album. Sie hat es nicht herumgezeigt. Ich habe diese Bilder nie zuvor gesehen.«

»Aber Sie haben zumindest gewusst, dass es existiert. Und Sie haben auch gewusst, was für Aufnahmen es enthält.«

»Nein.«

»Doch, natürlich haben Sie das gewusst! Die nackte, junge Frau hier auf diesem Bild zum Beispiel, das sind doch Sie! Und die Aufnahmen sind in Ihrer gemeinsamen Wohnung gemacht worden. Hier, auf diesem Sessel, da habe ich selbst gestern gesessen. Die Fotos sind klar ausgeleuchtet, die Gegenstände werfen harte Schatten. Es sind keine heimlichen Aufnahmen, sondern Fotos, die mit Blitzlicht gemacht worden sind. Und so, wie die Beteiligten da stehen, gehe ich davon aus, dass alle gewusst haben, dass Aufnahmen gemacht werden. Sie auch.«

»Ich war betrunken, ich habe es nicht gemerkt«, behauptete Frau Reuther.

Sie log. Auf dem Foto hielt sie zwar ein Sektglas in der Hand, aber Pagels glaubte nicht, dass sie zu betrunken gewesen war, um zu merken, dass sie fotografiert wurde. »Versuchen Sie nicht, uns für dumm zu verkaufen!«

»Das läge mir fern.«

»Wo sind die Negative?«

»Ich weiß von keinen Negativen. – Wahrscheinlich hat meine Mutter sie weggeworfen. Für Negatives hat sie sich nie besonders interessiert.«

»Sie lügen.«

»Herr Kommissar, ich schwöre Ihnen ...«

»Nein, jetzt schwören Sie gar nichts, jetzt bin ich dran. Und ich schwöre Ihnen, wir werden alles dransetzen, diesen Fall aufzuklären, und wir werden ihn aufklären. Und ich rate Ihnen, mit uns zusammenzuarbeiten, junge Frau, denn es geht nicht um irgendwelche fröhlichen Orgien, sondern es geht schlicht und ergreifend um Ihren Kopf.«

»Um meinen Kopf?«

»Ja, natürlich. Sie haben uns zwar gestern sehr schön vorgerechnet, was für phantastische Einnahmen Ihre Frau Mutter gehabt hat, aber wenn man sich die Mühe macht, die Zahlen zu überprüfen, dann stellt man fest, dass Sie beide über Ihre Verhältnisse gelebt haben. Das Sanatorium in Baden-Baden bringt Ihnen beiden 835 Mark im Monat. Mehr nicht. Die Ausgaben Ihrer Mutter waren aber höher ...«

»Wir haben Sparbücher ...«

»Sie wären innerhalb weniger Jahre auf Null heruntergekommen!«

»Herr Kommissar, machen Sie sich um unsere finanziellen Verhältnisse keine Sorgen!«

Diese Arroganz! Aber jetzt packe ich sie, dachte Pagels. »Sie wären auf Null heruntergekommen, wenn Sie nicht die Ausgaben drastisch reduziert hätten. Wenn Sie sie nicht halbiert hätten. Sie sind die Tochter, Sie erben alles, und damit verdoppeln sich Ihre Einkünfte.«

»So was kann sich nur ein krankes Polizistenhirn ausdenken!«

»Vorsicht, junge Frau! Was Sie da sagen, das ist eine Beamtenbeleidigung!«

»Und was Sie sagen, das ist eine Beleidigung einer Tochter. Sie können doch nicht im Ernst glauben, dass ich meine eigene Mutter umgebracht habe?«

»Möglich wäre es. Die Ausführung der Tat wäre jedenfalls auch für eine Frau nicht allzu schwierig gewesen. Ihnen hat Ihre Mutter vertraut. Mit Ihnen wäre sie sicher des Abends in den Park gegangen. Sie hätten vorher den Stein bereitgelegt, und das Messer, das hätten Sie mitgebracht ...«

Sie schüttelte den Kopf.

»Sie wollen uns dagegen weismachen, irgendein unbekannter Mann hätte Ihre Mutter angerufen und sie in den Park gelockt. Warum hätte sie sich darauf einlassen sollen? Wenn sie sich wirklich mit einem Unbekannten treffen wollte – warum dann nicht in ihrer Wohnung?«

»Das weiß ich nicht. Dass es ein unbekannter Mann gewesen ist, habe ich übrigens nie gesagt. Ich habe nur gesagt, dass ich nicht weiß, wer es war. Ich weiß nicht, ob es ein Mann gewesen ist. Meine Mutter und ich, wir haben zwar in einer Wohnung zusammengelebt, und wir haben gemeinsam viel Spaß gehabt, wie Sie ja auf den Fotos gesehen haben, aber ansonsten hat jeder von uns sein eigenes Leben geführt und dem anderen nicht alles erzählt. Schon gar nicht, wenn es um Männerbekanntschaften ging.«

»Wer das glaubt, wird selig«, sagte Pagels.

»Ach, glauben Sie doch, was sie wollen! – Aber in einem Punkte sind Sie jedenfalls im Irrtum: Ich habe keinen Nutzen davon, dass meine Mutter gestorben ist. Vorher haben sie und ich gemeinsam von ihrem Vermögen gelebt, jetzt wird das Vermögen zwischen meiner Schwester und mir geteilt. Es ändert sich also nichts.«

Pagels schwieg. Sie würden sich diese Schwester und ihren Gemahl näher ansehen müssen.

»Na, was ist heute herausgekommen bei der Gerichtsverhandlung?«, wollte Pagels wissen.

Wilhelm Berger ließ die Schultern sinken. »Nicht viel«, sagte er.

»Irgendetwas ist faul an dem Prozess«, bemerkte Pagels.

»Ja, irgendetwas ist faul. Alles, was ich heute gesehen habe, deutet darauf hin, dass der Becker sein Geständnis widerrufen will oder vielleicht schon widerrufen hat. Aber ich weiß nicht, wie er aus dieser Geschichte noch herauskommen will. Alle Fakten, die wir damals ermittelt haben, sprechen gegen ihn. Und der Schmitz hat eine Lücke im Alibi nachgewiesen. Und der Becker hat die Tat gestanden. – Aber dennoch ist mir nicht wohl bei der Geschichte. Du hast recht: Irgendetwas ist hier faul.«

»Hast du die Zeitung schon gelesen?«

Die Zeitung berichtete, dass es sich bei der Toten aus Schröders Park um die geschiedene Frau Inez Reuther handelte, geborene Dengler, geboren am 24. Februar 1897 in München.

»Sternzeichen Fische«, sagte Pagels. »Fische gelten als geheimnisvoll und haben angeblich ein reges Liebesleben. Allerdings heißt es, dass sie Dinge, die sie anfangen, oft nicht zu Ende bringen.«

»Damit steht fest, dass der Mörder jedenfalls kein Fisch war«, sagte Berger. Er betrachtete noch einmal das Foto von Inez Reuther. Das Bild zeigte eine offensichtlich völlig sorglose, lachende Frau, die gegen eine Mauer lehnte. Der breite Armreifen aus Gold war deutlich sichtbar. Es war nach wie vor unklar, wo das Foto entstanden war. Die Bäume im Hintergrund gehörten zu einem Obstgarten. Hinter den Bäumen sah man ein Haus, offenbar ein Einzelhaus mit Krüppelwalmdach, mehr war nicht zu erkennen. Aber es war jedenfalls nicht das Haus, in dem Frau Reuther gewohnt hatte und auch kein Haus im oder am Stadtpark, das hatten sie überprüft.

Die Zeitung erwähnte den Anruf. *Wer hat Frau Reuther nach dem Anruf noch gesehen? Vielleicht hat die Ermordete mit dem Begleiter noch eine Gaststätte besucht. Lokalbesitzer und Personal werden besonders auf die Presseveröffentlichungen hingewiesen und um Angaben gebeten. – Alle Volksgenossen werden gebeten, die Polizei bei der Aufklärung des Verbrechens weitestgehend zu unterstützen.*

Inez Reuther trug auf dem Foto dieselbe Herrenhose wie an dem Tag, als sie ermordet wurde. Und eine Perlenkette. Die hatten sie bisher nicht gefunden. Hatte der Täter sie mitgenommen?

Hatten sie alles getan, was in ihrer Macht stand, um den Täter zu ermitteln?

»Dir ist klar, dass ich dir zu dieser Angelegenheit ein paar Worte sagen möchte«, sagte Herbert Richter.

Wilhelm Berger nickte.

»Ich tue das nur sehr ungern, denn du bist der Ältere von uns beiden, und du hast die wesentlich größere Erfahrung, aber in diesem Fall muss ich dir leider sagen: Du hast eine Dummheit begangen.«

»Herbert, ich kann mir nicht erklären, wie es dazu gekommen ist. – Ja, natürlich, ich habe einiges getrunken gestern Abend, aber dass ich so völlig ausgefallen bin, das ist mir noch nie passiert.«

»Ja, aber das ist erst der dritte Fehler, den du gestern begangen hast. Es gibt noch zwei andere. Der erste Fehler war, dass du dich überhaupt allein mit dieser Frau unterhalten hast, noch dazu in irgendeinem Lokal – also nicht etwa im Präsidium, was das Natürliche gewesen wäre. Der zweite Fehler ist gewesen, dass du sie anschließend noch nach Hause gebracht hast …«

Wilhelm Berger unterbrach ihn. »Herbert, ich kann dir das erklären. Dass ich mich mit der jungen Frau Reuther in einem Lokal getroffen habe, das habe ich gemacht, weil ich sie nicht unter Druck setzen wollte, sondern weil ich etwas von ihr erfahren wollte. Ein Besuch im Präsidium bringt immer auch eine Portion Einschüchterung mit sich, und das wollte ich vermeiden. Und dass ich Frau Reuther anschließend nach Hause gebracht habe, das hängt damit zusammen, dass sie mir von diesem Fotoalbum erzählt hat, und das wollte ich natürlich haben.«

Richter schüttelte den Kopf. »Wilhelm, du kannst mir natürlich alles Mögliche erzählen, aber in meinen Augen hast du dich auf diese eigenartige Eskapade eingelassen, weil du – gewissermaßen als Privatmann – herausfinden wolltest, ob diese hübsche, junge Frau irgendetwas mit dem Mord zu tun hat, und falls sie etwas mit dem Mord zu tun hat, wie du ihr helfen kannst. Das ist immer deine erste Regung, wenn wir es mit hübschen, jungen Frauen zu tun haben, und das ist sicher ein sehr nobler Zug von dir, aber es ist auch eine gefährliche Eigenschaft, und in einem Fall wie diesem solltest du ihr nicht nachgeben.«

»Das Fotoalbum …«

»Das Fotoalbum hättest du ganz offiziell sicherstellen lassen können. Der vorschriftsmäßige Weg in diesem Fall führt jedenfalls nicht durch das Bett der Verdächtigen. Und sie ist eine Verdächtige, Wilhelm, das steht absolut fest. Ich weiß natürlich, dass du überhaupt nichts von Vorschriften hältst, du hast dich immer wieder darüber hinweggesetzt, meistens mit Erfolg, aber in diesem Fall bist du einfach zu weit gegangen.«

»Ich habe dir schon gesagt, dass ich mir überhaupt nicht erklären kann, wie es dazu gekommen ist. Ich habe da, wie man so schön sagt, einen regelrechten Filmriss. Ich bin heute früh in einem fremden Bett mit Kopfschmerzen aufgewacht, neben der jungen Frau Reuther. Wir waren beide nackt, und bevor ich irgendetwas sagen oder tun konnte, stand auch schon dieser Schnösel von Arzt in der Tür.«

»Was hast du gestern Abend gegessen und getrunken?«

»In der Wohnung von der Frau Reuther? – Sie hat eine Flasche Sekt aufgemacht, und wir haben jeder ein Glas getrunken.«

»Ich will diesen Vorgang jetzt gar nicht kommentieren, Wilhelm, nur so viel: Habt ihr wirklich nur ein Glas getrunken?«

»Soweit ich mich erinnern kann, ja, nur ein Glas. – Vorher in dem Lokal haben wir natürlich ein paar Gläser Wein getrunken, aber ich war nicht betrunken, ganz sicher nicht. – Es fällt mir zwar schwer, das zuzugeben, aber ich habe das Gefühl, dass die Frau Reuther mir irgendetwas in den Sekt getan hat. Jedenfalls habe ich heute früh das Glas mitgenommen; der Inhalt wird jetzt analysiert.«

»Der Inhalt eines leeren Glases?«

»Im Labor haben sie mir versichert, dass sie auch aus den Rückständen in einem leeren Glas noch einiges nachweisen können.«

»Mir ist etwas unglaublich Dummes passiert«, sagte Wilhelm Berger.

Dagmar schloss ihn in die Arme. »Ganz gleich, was dir passiert ist. Die Hauptsache ist, dass du wieder da bist, und dass du heil und gesund bist.«

»Ja, das ist gut.« Wilhelm erzählte seiner Frau, was geschehen war. Das blieb ihm nicht erspart. Herbert Richter hatte zwar sofort nach seiner Rückkehr bei Dagmar angerufen und berichtet, dass ihr Mann wieder da war, aber er hatte ihr keine Einzelheiten mitgeteilt. Und Wilhelm hatte sich erst viel später melden können, weil er doch den Gerichtstermin wahrnehmen musste.

Dagmar überlegte. Dies war eine einmalige Gelegenheit, ein eigenes Geständnis abzulegen. »Ich muss auch etwas gestehen«, sagte sie. »Es ist mir nicht peinlich, aber ich bin mir ziemlich sicher, dass es dir nicht gefallen wird.«

»Was ist es denn?«, fragte Wilhelm besorgt.

»Ich habe mich mit dem englischen Konsul getroffen. – Ja, ich weiß, dass du mir das verboten hast, aber irgendwie müssen wir doch aus diesem Land herauskommen, bevor hier alles in Scherben fällt. Der Konsul hat mich gebeten, einen kleinen Botendienst für ihn zu übernehmen, und ich habe zugestimmt.«

»Botendienst?« Wilhelm Berger war alarmiert.

»Eine ganz einfache Geschichte. Ich habe mich mit einem Mann getroffen. Der Mann hat mir einen Briefumschlag übergeben, und ich habe diesen Umschlag dann beim Konsulat in den Briefkasten geworfen. Das war alles.«

»Dagmar, wie kannst du so etwas tun? Was glaubst du denn, was in diesem Umschlag drin gewesen ist? – Es kann sich doch nur um Spionagematerial gehandelt haben!«

»Wilhelm, das ist mir egal. Ich will, dass wir Visa bekommen, dass wir nach England ausreisen können, und der Konsul hat mir versprochen, dass er sich darum kümmert.«

»Der Konsul hat dir schon alles Mögliche versprochen. Das Problem ist nur, dass er sich nicht an seine Zusagen hält, und dass du keine Möglichkeit hast, ihn irgendwie zur Einhaltung seiner Versprechen zu zwingen. Und jetzt, wenn du Spionage für ihn betreibst, bist du ihm völlig ausgeliefert.«

Dagmar schüttelte den Kopf. »Er ist ein anständiger Mann, Wilhelm. Und wir müssen hier raus. Du weißt doch selber, wie die Lage ist. Es wird Krieg geben, wenn nicht in diesem Jahr, dann im nächsten. Ich bin Halbjüdin. Ich habe meine Stellung verloren deswegen. Irgendwann werden sie verlangen, dass du dich von mir scheiden lässt. – Ja, ich weiß, du würdest dich nicht darauf einlassen. Nicht freiwillig jedenfalls, aber irgendwann würden sie dich so sehr unter Druck setzen, dass du gar nicht mehr anders kannst. Und deswegen müssen wir hier raus.«

»Du bist überhaupt nicht in Gefahr, Dagmar!«

»Denk an die Rede, die Adolf Hitler am 30. Januar vor dem Großdeutschen Reichstag gehalten hat. Wir haben gemeinsam vor dem Radio gesessen und uns alles angehört.«

Wilhelm Berger schwieg. Sie hatten die Rede gemeinsam gehört, aber sie hatten sie verschieden gedeutet. Dagmar hatte vor allem die maßlosen Drohungen gegen das internationale Finanzjudentum wahrgenommen, während Wilhelm darüber erfreut gewesen war, dass der Führer keinerlei Kriegsdrohungen ausgestoßen hatte. Anderthalb Monate später hatte Hitler die Tschechoslowakei besetzt, und obendrein war am 20. März das Memelland wieder deutsch geworden. Auch im Ausland hatte sich die Lage verschlechtert. Während bis vor Kurzem noch Palästina als ein zwar reichlich exotisches, aber immerhin doch mögliches Auswanderungsziel denkbar schien, hatten die Engländer im Mai beschlossen, die weitere Zuwanderung von Juden zu stoppen.

Dagmar nahm Wilhelm in den Arm. »Ich weiß, dass du nur das Beste für uns alle willst, aber das will ich auch. Lass es uns beide auf unsere unterschiedliche Weise versuchen. Einer von uns wird Erfolg haben, daran glaube ich ganz fest.«

»Ja«, sagte Wilhelm. Aber er war in Gedanken weit weg. Was mochte Dagmar dem smarten Konsul noch alles angeboten haben, um die gewünschten Visa zu bekommen?

Mittwoch, 2. August 1939

»Willkommen in Hamburg!«

»Danke.« Der Konsul lächelte seine Sekretärin an. »Ich freue mich, wieder hier zu sein.« Fragt sich nur wie lange, dachte der Konsul. Nicht ohne Grund war er nach London geflogen, um sich ein Bild von der internationalen Lage zu machen – unabhängig von der staatlich kontrollierten Presse des Dritten Reichs und unabhängig von den Ansichten des allzu nazifreundlichen Botschafters Henderson. »Gibt es irgendetwas Neues?«

»Die üblichen Termine und die üblichen Anfragen und Ausreiseanträge. – Und natürlich eine Menge Post.« Die Sekretärin übergab ihm einen Stapel Briefe.

»Danke. – Ich werde das jetzt erst einmal aufarbeiten und bitte darum, dass ich in der nächsten Stunde nicht gestört werde.«

»Also keinen Tee diesmal?«

»Doch, ja, natürlich einen Tee, aber sonst bitte keine Störung.«

Es war leichtsinnig gewesen, ohne Auftrag nach London zu fliegen. Ohne Zweifel würde es Nachfragen geben seitens des Botschafters in Berlin. Eine private Reise, das war die offizielle Version, die er auch seinen Untergebenen mitgeteilt hatte. Das stimmte insofern, als es natürlich keine Dienstreise war. Er hatte sich ohne dienstlichen Auftrag mit den Leuten in Verbindung gesetzt, von denen er am ehesten annahm, dass sie die bedrohliche Entwicklung in Deutschland richtig einschätzten. Dazu gehörte Anthony Eden, der zurückgetretene Außenminister.

Was er in London gehört hatte, hatte seine schlimmsten Befürchtungen bestätigt. Wenn Hitler nur den geringsten Anschein erweckte, dass er diesmal seine Zusagen einhielt, würde England keinen Finger rühren. Danzig war nun einmal deutsch, auch wenn die gegenwärtige politische Regelung anders aussah, und die Forderung nach einem freien Zugang nach Ostpreußen per Bahn und Straße klang vernünftig – wenn man sie isoliert betrachtete. Aber genau das war der Fehler. Diese Forderungen waren nicht isoliert zu sehen, sondern Teil der deutschen Expansionspläne, die keineswegs an den Stadtgrenzen von Danzig endeten.

Es klopfte an der Tür.

»Herein!«

Es war die Putzfrau. »Entschuldigen Sie, aber ich hatte geglaubt, dass Sie erst später kommen, und da habe ich in Ihrem Zimmer noch gar nicht geputzt …«

»Jetzt nicht. – Es reicht, wenn Sie morgen früh einmal gründlich sauber machen.«

»Danke. Und entschuldigen Sie vielmals …«

So eine höfliche Frau, und so bescheiden. Und so gründlich bei ihrer Arbeit! Wo gab es so etwas noch? Der Konsul lächelte.

Er musste an seine politische Zukunft denken. Wenn es zum Krieg kam, war Henderson, der das Gegenteil vorausgesagt hatte, als Politiker für alle Zeiten erledigt. Deshalb war es wichtig, sich von dem Mann zu distanzieren. Dazu seine Gespräche in London. Er war mit dem Ergebnis zufrieden.

Das dreiste Auftreten der deutschen Machthaber war nur möglich, weil es dem Reich gelungen war, durch eine schwarz finanzierte Aufrüstung eine beachtliche Militärmacht aufzubauen. Dazu gehörte auch der Ausbau der Flotte. Dazu gehörten die im Bau befindlichen Schlachtschiffe F und G, von denen bekannt war, dass sie nach ihrer Fertigstellung *Bismarck* und *Tirpitz* heißen sollten, und dazu gehörte der Bau weiterer Großkampfschiffe, von denen der Konsul glaubte, dass sie bereits begonnen waren.

Hatte Krüger geliefert? Der braune Umschlag ohne Absender, der dürfte von ihm sein. Der Konsul schlitzte das Kuvert auf. Ein Negativstreifen und eine Reihe von Abzügen fielen heraus. Die Bilder waren nicht beschriftet. Sie zeigten ein Trockendock, in dem offensichtlich ein Schiff gebaut wurde. Für den ungeübten Betrachter mochte es aussehen wie irgendein beliebiges Frachtschiff kurz nach der Kiellegung. Aber der Konsul wusste, dass dies die ersten Aufnahmen des Schlachtschiffes H waren, das sich seit dem Stapellauf der *Bismarck* bei *Blohm & Voss* im Bau befand. Größer als die *Bismarck,* schneller als die *Bismarck,* stärker als die *Bismarck.*

Einen Moment lang bereute es der Konsul, nicht auch mit Churchill gesprochen zu haben, aber der arrogante Besserwisser war ihm von Herzen zuwider. Nur zu gut erinnerte er sich daran, 1915 bei Gallipoli verwundet im Schlamm gelegen zu haben, während rechts und links von ihm die Kameraden von türkischen Kugeln getroffen wurden. Churchill hatte zurücktreten müssen nach dem Desaster, aber die Toten hatte das nicht mehr lebendig gemacht.

Der Konsul wog die Fotos in den Händen. Normalerweise hätte er sie direkt nach Berlin weiterleiten müssen. Aber das kam nicht infrage. Und der Postweg natürlich erst recht nicht. Er war sich darüber im Klaren, dass Briefe ins Ausland geöffnet wurden. Das galt selbstverständlich ganz besonders für Briefe an ausländische Dienststellen. Nein, wahrscheinlich war es am besten, zunächst einmal abzuwarten. So interessant diese Aufnahmen auch waren, sie wurden drüben in England nicht sofort benötigt. Er würde sie weiterleiten, sobald sich eine geeignete Gelegenheit ergab. Und er würde dafür sorgen, dass sich diese Gelegenheit ergab.

Zunächst einmal galt es jetzt, die Überbringerin dieser Aufnahmen zu schützen. Er war sich darüber im Klaren, dass Dagmar Berger sich in großer Gefahr befand. Er hatte es über ein Jahr lang hinausgezögert, aber nun ging es nicht länger: Sie musste in Sicherheit gebracht werden.

* * *

»Wilhelm, ich muss mit dir reden.« Herbert Richter sah ernst aus. »Unser oberster Chef hat sich eingeschaltet.«

Wilhelm Berger hatte geahnt, dass das kommen würde. Eigentlich hatte er damit gerechnet, selbst bei Bierkamp vorsprechen zu müssen, aber stattdessen hatte Richter antanzen müssen, und das nicht nur beim Chef der Kriminalpolizeileitstelle, sondern gleich bei Bruno Streckenbach, dem Regierungsdirektor und Inspekteur der Sicherheitspolizei, Bierkamps Vorgesetzten. »Tut mir leid«, sagte er, »dass ich dir Unannehmlichkeiten bereitet habe.«

Richter schüttelte den Kopf. »Die Unannehmlichkeiten sind auf deiner Seite, Wilhelm. Natürlich hat Bruno deine etwas ungewöhnlichen Methoden bei der Vernehmung Verdächtiger angesprochen. Und ich kann dir versichern, wir haben beide herzlich gelacht über diesen Vorfall.«

Berger konnte sich nur schwer vorstellen, dass der eiskalte Streckenbach über irgendetwas lachte.

»Aber dann ist er gleich wieder ernst geworden, und er hat darauf hingewiesen, dass sich so etwas natürlich nicht wiederholen darf. Eigentlich wäre, wie du sicher weißt, irgendeine Disziplinarmaßnahme fällig, aber du hast Glück: Da sich niemand offiziell beschwert oder gar Anzeige erstattet hat, und da außerdem die Personaldecke unserer Kriminalpolizei außerordentlich dünn ist, wirst du diesmal ungestraft davonkommen. Aber mit dem Spott derjenigen, die von der Geschichte wissen, wirst du leben müssen.«

»Das lässt sich nicht vermeiden«, sagte Berger.

»Darüber hinaus hat Bruno darauf hingewiesen, dass er sich zwar nur sehr ungern in das Tagesgeschäft der Kriminalpolizei einmische, aber dass er sich doch den Hinweis gestatte, dass der Täter in diesem Mordfall vermutlich nicht unter den Chefärzten des Universitätskrankenhauses zu suchen sei – im Übrigen selbstverständlich fast alle verdiente Parteimitglieder –, sondern wohl eher unter den Berufsverbrechern, die wir bisher noch nicht eliminieren konnten.«

»Ich bin nicht der Ansicht, dass es sich hier um die Tat eines Berufsverbrechers handelt.«

»Ich zitiere nur. – Jedenfalls solltest du künftig etwas genauer darauf achten, was du tust, und vor allen Dingen, zu wem du dich ins Bett legst.«

Wilhelm Berger nickte. »Ja, das sagtest du vorhin schon. Aber es ging mir natürlich darum, das Fotoalbum zu bekommen.«

»Das Fotoalbum ist eine Sache, Wilhelm, der Sekt eine andere. Ihr habt Sekt zusammen getrunken.«

»Das ergab sich einfach so. Die Frau Reuther, die ist mit dieser Flasche angekommen, und bevor ich überhaupt eine Chance hatte, zu protestieren ...«

Herbert Richter schwieg einen Augenblick. Dann sagte er: »Du bist hereingelegt worden, Wilhelm! Die liebe Frau Reuther hat diese Aktion offenbar gut vorbereitet. Sie hat gedacht, es könne nur von Vorteil sein, wenn sie eine möglichst enge Beziehung zu dem Kommissar aufbaut, der in diesem Fall die Ermittlungen führt. Sie ist nicht dumm, diese junge Frau. Sie weiß sehr gut, dass sie eine Verdächtige ist, und zwar die einzige Verdächtige, die wir überhaupt haben. – Wilhelm, halte bitte Abstand von ihr. Triff sie nicht allein, unter keinen Umständen.«

Wilhelm Berger nickte. »Ja, du hast recht, ich habe die Vorschriften missachtet.«

»Die Vorschriften! – Außerdem …« Herbert Richter zögerte. Dann sagte er: »Außerdem solltest du vielleicht bei solchen Dingen auch an deine Familie denken. Es geht mich zwar nichts an, und deine Familie ist deine Privatsache, aber bis jetzt hatte ich jedenfalls immer den Eindruck, dass Dagmar und du, dass ihr euch richtig gut versteht.«

»Ach, Herbert!« Wilhelm Berger seufzte.

»Was ist los, Wilhelm? Was ist passiert?«

Berger hätte nie geglaubt, dass er mit seinem jungen Vorgesetzten über seine persönlichsten Probleme reden könnte, aber jetzt sprudelte es aus ihm heraus: »Das ist nur noch eine Fassade, Herbert. Wir haben seit Monaten nicht mehr miteinander geschlafen. Dagmar hat ein Verhältnis mit einem anderen Mann. Mit dem englischen Konsul. Vor einem Jahr bin ich darauf aufmerksam geworden. Es hat einen heftigen Krach gegeben, und Dagmar hat mir versprochen, dass sie sich nie wieder sehen würden. Und ich hatte geglaubt, dass nun alles gut sei, aber dann hat es wieder angefangen.«

»Ein Verhältnis mit dem englischen Konsul, sagst du?«

»Ja. – Jedenfalls nehme ich das an.«

Herbert Richter schwieg einen Moment. Er überlegte. Dann sagte er: »Wilhelm, kann es sein, dass ihr beide, Dagmar und du, dass ihr einfach unterschiedliche Prioritäten setzt?«

»Wie meinst du das?«

»So, wie ich es sage. – Ja, ich weiß, als langjähriges Mitglied der SS sollte ich nicht über solche Dinge reden, nicht einmal über solche Dinge nachdenken. Aber für Dagmar ist das allerhöchste Ziel, ihre Familie in Sicherheit zu bringen. Bei Susanne ist es gelungen, und jetzt muss es bei Horst auch noch gelingen.«

»Aber er ist doch überhaupt nicht in Gefahr!«

»Nicht in Gefahr? – Liest du denn gar keine Zeitungen, Wilhelm?«

»Wegen Polen meinst du? Davon reden sie doch schon seit dem Frühjahr. Wenn es wirklich ernst wäre, dann hätten sie doch wahrscheinlich längst zugeschlagen, oder?«

»Da bin ich mir nicht so sicher. Bei dem Gespräch vorhin bei Bruno Streckenbach ging es nicht nur um den Stand unserer Ermittlungen im Fall Inez Reuther, sondern auch um die sicherheitspolitische Lage. Die Führung geht davon aus, dass ein bewaffneter Konflikt mit Polen immer wahrscheinlicher wird. Es hat offenbar schon am 18. Mai eine Besprechung mit der Leitung von Sicherheitspolizei und Sicherheitsdienst gegeben, auf der die Grundzüge eines möglichen Polizeieinsatzes im Rahmen einer kriegerischen Auseinandersetzung mit Polen abgesteckt worden sind.«

»Sind das nicht einfach nur irgendwelche theoretischen Planspiele?«

»Offenbar nicht. Streckenbach war letzte Woche in Berlin, und da ist das Vorgehen für den Kriegsfall endgültig festgelegt worden. Es sollen vier Einsatzgruppen aus Gestapo-Mitgliedern, Kriminalpolizisten und SD-Angehörigen gebildet werden. Jede dieser Einsatzgruppen umfasst 500 Mann, und das Kommando über die vierte Gruppe bekommt Bruno Streckenbach.«

Das klang in der Tat ziemlich konkret.

»Bezüglich unseres Vorgehens gegen Polen gibt es im Augenblick noch zwei Möglichkeiten: Entweder werden lediglich Danzig und der Korridor besetzt oder Gesamtpolen.

In dem Falle bekommt Polen den Status eines Protektorats. Südostpolen wird unabhängig – der ukrainische Teil um Lemberg also – so wie jetzt die Slowakei. Und die Aufgabe der Einsatzgruppen ist es, alle reichs- und deutschfeindlichen Elemente im eroberten Feindesland zu bekämpfen.«

»Und das hat er dir alles so erzählt?«

Herbert Richter nickte. »Nicht ohne Grund natürlich: Bruno will, dass ich mitmache. Dass ich die Führung einer der Untereinheiten übernehme.«

»Mein Gott«, sagte Wilhelm erschrocken.

»Alles halb so wild! – Bruno hat natürlich gesehen, dass ich Bedenken habe. Er hat gar nicht erst versucht, mich bei meiner Ehre als SS-Mann zu packen, sondern er hat mir einfach den Entwurf der Richtlinien für die Einsatzgruppen gezeigt. Es ist alles genau festgelegt, und die Anweisungen sind so, dass ihnen jeder Polizist Folge leisten kann. Zum Beispiel heißt es ausdrücklich, dass die Misshandlung oder Tötung festgenommener Personen untersagt ist. Zuwiderhandlungen werden streng bestraft. Und der Umgang mit der nicht-deutschen Bevölkerung hat in höflicher, korrekter, aber bestimmter Form zu erfolgen.«

»Gilt das auch für die Juden?«

»So wie ich das verstehe, ja.«

»Wenn man's so hört, mag's leidlich scheinen ...«, murmelte Berger.

»Ich bin nicht Dr. Faustus, Wilhelm!«

»Nein, das bist du nicht. Ich habe Vertrauen zu dir, aber ich habe kein Vertrauen zu den hohen Herrschaften, die für die Durchführung dieser Aktion verantwortlich sind. Dieser Himmler ist in meinen Augen ...«

»Himmler ist gar nicht direkt involviert. Die Besprechung hat Heydrich geleitet.«

»Und zu dem hast du Vertrauen?«

Herbert Richter schwieg.

»Herbert, ich kann nur hoffen, dass diese Einsatzgruppen nie zum Einsatz kommen werden. Ich kann nur hoffen, dass der Frieden erhalten bleibt.«

»Das hoffe ich natürlich auch, das ist doch klar. Aber zunächst einmal müssen wir uns auf alle Eventualitäten einstellen. Und das heißt, wir müssen uns darauf einstellen, dass ich in der nächsten Zeit für die Hamburger Kriminalpolizei nicht zur Verfügung stehen werde. Da es keinen Ersatz gibt, wirst du die Leitung der Ermittlungen im Fall Inez Reuther übernehmen müssen. Und da Pagels sehr jung ist und keine Erfahrung mit der Aufklärung von Morden hat, empfehle ich dir, Fehlandt zu reaktivieren.«

»Fehlandt!« Wilhelm Berger schluckte. Fehlandt war seit seinem Verhör durch die Gestapo vor einem guten halben Jahr nicht mehr einsatzfähig. Sie hatten ihn ins Archiv abgeschoben.

»Wilhelm, ich weiß, dass Fehlandt für dich so etwas wie ein Freund ist. Im Rahmen dieser Freundschaft solltest du alles tun, um den Mann wieder dienstfähig zu machen. Ich habe mit Pagels darüber gesprochen. Pagels ist bereit, uns in dieser Angelegenheit bis zum Äußersten zu unterstützen.«

»Ach, Pagels!«

»Pagels ist kein schlechter Mann, Wilhelm. Er ist nur etwas unerfahren, genau wie jeder andere, der neu bei uns anfängt. Das musst du berücksichtigen.«

»Na schön. Ich werde es berücksichtigen. – Und was immer geschehen mag, Herbert, pass auf dich auf!«

»Die nächsten Tage bin ich ja noch da.«

»Schön.« Und dann?, dachte Berger. Was machen wir dann? Fehlandt war nicht einsatzfähig, und Berger bezweifelte, dass man ihn dadurch einsatzfähig machen könnte, dass man ihn kopfüber in einen Mordfall eintauchen ließ.

Donnerstag, 3. August 1939

Als Wilhelm Berger am nächsten Morgen ins Stadthaus kam, wartete Richter mit einer Überraschung auf. »Das ist es«, sagte er. Vor ihm auf dem Schreibtisch lag ein ganz normales Messer.

Berger konnte es nicht fassen. »Da zieht einer los, um jemanden umzubringen, und was tut er? Er schnappt sich nicht das Brotmesser oder sonst irgendein großes Küchenmesser, sondern er greift einfach in die Besteckschublade? Das kann doch gar nicht funktionieren!«

»Es hat aber funktioniert. Er hatte ja noch den Stein. Und den Schlagring. Das haben die Mediziner festgestellt: Ein Schlagring war auch noch im Spiel.«

»Und wo habt ihr das Messer gefunden?«

»Es lag im Eppendorfer Park. Du kennst den Eppendorfer Park? Da ist in der Mitte dieses große Planschbecken. Fünfzig Meter Durchmesser und ganz flach. Jetzt im Sommer immer voller Kinder. Tagsüber jedenfalls. Und die haben das Messer gefunden. Ein kleiner Junge, sechs Jahre alt. Und da man gefundene Sachen nicht einfach behalten darf, ist die Mama mit ihrem Sprössling zur nächsten Polizeiwache gegangen und hat das Ding da abgegeben.«

»Da haben wir aber Glück gehabt.«

»Ja, das kann man wohl sagen. – Die Mama hat gedacht, dass es ein Silbermesser sei.«

»Der Eppendorfer Park – das ist doch direkt vor dem Universitäts-Klinikum. Und dieser Teich, der liegt praktisch genau auf dem Weg von der Klinik zum Tatort.«

»Du denkst, dass es doch einer der Ärzte war?«

Berger schüttelte den Kopf. »Die Tatausführung ist so dämlich, das kann kein Arzt gewesen sein. Und ein Arzt würde über geeignetere Werkzeuge verfügen, einen Menschen zu töten. Nein, ich habe eher an einen Patienten gedacht. Gibt es in Eppendorf eine psychiatrische Abteilung?«

»Die ist in Friedrichsberg, glaube ich«, sagte Pagels.

»Friedrichsberg soll aufgelöst werden«, wusste Richter. »Aber ich glaube kaum, dass bisher irgendwelche Kranken von dort nach Eppendorf verlegt worden sind.«

»Wohin denn sonst?«

»Ich weiß nicht, wo sie die Geisteskranken hinstecken. Ich weiß nur, dass Friedrichsberg aufgelöst wird.«

»Wir müssen herausfinden, woher diese seltsame Waffe stammt.« Berger nahm das Messer in die Hand. »Ist das tatsächlich kein Silber?«

Richter schüttelte den Kopf. »Neunziger Auflage. Aber die Klinge ist natürlich aus Stahl.«

Berger prüfte die Schärfe der Klinge. Ja, das Messer war scharf. Jemand musste es vor nicht allzu langer Zeit geschliffen haben.

»Was für Messer gibt es denn im Haushalt der Frau Reuther?«, fragte Pagels.

Berger wusste es nicht.

»Wird gerade überprüft«, sagte Richter. »Der Griff zeigt übrigens deutliche Gebrauchsspuren.«

»Ja. – Ich glaube nicht, dass dieses Messer aus irgendeinem Privathaushalt stammt. Eher aus einer Kantine oder so etwas.«

»Und damit wären wir wieder beim Universitätskrankenhaus!«

Herbert Richter schüttelte den Kopf. »Sagen wir so: Wir werden in alle Richtungen weiter ermitteln. Wir haben übrigens heute früh die ganze Wohnung der Frau Reuther auf den Kopf gestellt. Die Negative haben wir nicht entdeckt.«

»Schade.«

»Dafür haben wir eine Kamera gefunden. Eine Leica IIIb. Wahrscheinlich sind die Bilder damit aufgenommen worden.«

»Fingerabdrücke?«

»Ja, natürlich. Abdrücke von verschiedenen Personen offenbar. Sind noch nicht abgeglichen. – Aber das Beste ist nicht die Kamera selbst, sondern das, was sich in der Kamera befand: ein Film, zum Teil belichtet. Wir haben ihn entwickeln lassen. Hier, das sind die Abzüge.« Richter legte vier postkartengroße Bilder auf den Tisch. Drei davon waren offenbar Schnappschüsse, die auf irgendeinem Ausflug entstanden waren. Das vierte Bild zeigte eine nackte Frau, die dem Betrachter ihren Hintern entgegenstreckt.

»Das ist die junge Frau Reuther«, sagte Berger.

»Gut, dass du sie identifizieren kannst«, kommentierte Pagels, »obwohl man ihr Gesicht gar nicht sieht.«

Wilhelm Berger wurde rot. Bevor er antworten konnte, mischte Richter sich ein: »Wie die Damen Reuther in unbekleidetem Zustand aussehen, wissen wir bereits aus dem Album. Mich interessieren mehr die Herrschaften auf den anderen Bildern. Der Mann mit dem Hund zum Beispiel. Er ist auf den Nacktbildern nicht zu sehen. Diese Frau hier auch nicht.« Richter wies auf eine große Frau mit blonden Haaren, die den Mann mit Hund um Haupteslänge überragte.

»Was sagt Frau Reuther dazu?«

»Wir haben sie noch nicht gefragt. Die Bilder sind erst vor einer Stunde fertig geworden. Aber was Wilhelms Abenteuer mit der jungen Frau Reuther angeht …«

»Ich habe noch keine Ergebnisse aus dem Labor bekommen«, sagte Berger rasch.

»Aber ich. – Ich habe einfach drüben angerufen, und sie haben mir erzählt, dass sie in dem Glas Spuren eines Barbitursäure-Derivats gefunden haben, sogenanntes Barbital. Ein Schlafmittel. Du kannst es unter dem Namen *Veronal* in jeder Apotheke kaufen. Bei Überdosierung führt es zum Tode, aber die junge Frau hat offenbar gewusst, was sie tat, als sie dir das Zeug in den Sekt geschüttet hat.«

Berger schwieg betroffen. Schließlich sagte er: »Willst du sie festnehmen lassen?«

»Nein. Jedenfalls noch nicht. – Wir müssen die Beerdigung abwarten. Mal sehen, wer alles kommt.«

Dienstag, 8. August 1939

»Du wirkst so ernst«, sagte Dagmar.

Wilhelm Berger blickte von der Morgenausgabe des *Hamburger Anzeigers* auf. »Der Prozess ist vorbei«, sagte er. »Erwartungsgemäß macht die Presse natürlich ein großes Geschrei. Der Reporter hier vom *Anzeiger* schreibt: *Die menschliche Seele ist an Registern reicher als die größte Orgel, und was man mit ›menschlich, allzu menschlich‹ zu umschreiben liebt, das schreit manchmal, geladen von dem furchtbaren Pathos des Grauens, zum Himmel. Zu diesem unvorstellbar Grauenhaften gehört in erster Linie der Mord, und es gibt Morde, die nicht sterben können, die immer und immer wieder sich in Erinnerung bringen, bis ihr Geheimnis eines Tages gelöst, ihre Schuld gesühnt ist und damit die Sittlichkeit der Welt ihren Ausgleich gefunden hat.* – Ein Germanist scheint er nicht zu sein, der Dr. Sch., der diesen Unfug verzapft hat.«

»Und das bekümmert dich?«

»Nein. Es ist das Urteil, das mir zu denken gibt.« Wilhelm nahm sich noch eine Scheibe Brot.

»Was hat er denn bekommen, dein Fridolin Becker?«

»Fünfzehn Jahre Zuchthaus und anschließende Sicherungsverwahrung. Sie haben ihn wegen Totschlags verurteilt, nicht wegen Mordes.«

»Haben wir heute keine Rundstücke?«, fragte Horst.

»Ich bin nicht dazu gekommen, welche zu holen. Nimm das Brot, das ist auch ganz frisch.«

»Von heute?«

»Nein, von gestern. – Und du sollst nicht dazwischenreden, wenn Papa und ich uns unterhalten. – Also kein Mord? Ich denke, das war so ein klarer Fall?«

»Ach, Dagmar, der Fall ist nicht so klar, wie ich geglaubt habe. Wegen Mordes kann man nur verurteilt werden, wenn man die Tat geplant hat. Und genau das kann man dem Becker nicht nachweisen. Daher ist das Urteil richtig, auch wenn die Volksmeinung das anders sieht. Und du kannst sagen, dass dies ein schönes Beispiel dafür ist, dass unsere Gerichte nach wie vor unabhängig sind. Unabhängig von irgendwelchen Weisungen und unabhängig von der Meinung der breiten Masse. Aber ich weiß nicht, ob ich mich darüber freuen soll. Ich habe das Gefühl, dieses Urteil ist ein fauler Kompromiss. Niemand weiß wirklich, ob der Becker seine Else umgebracht hat oder nicht.«

»Aber es gibt doch dieses Geständnis …«

»Dagmar, ich zweifle an dem Geständnis. Ich zweifle nicht daran, dass er es aufgeschrieben hat, aber wie es zustande gekommen ist, das steht auf einem ganz anderen Blatt. Über dieses Thema ist in der Verhandlung natürlich nicht gesprochen worden. Aber am Ende seines Geständnisses hat der Becker einen ganz entscheidenden Satz niedergeschrieben, der mir nicht aus dem Sinn geht: *Dem leitenden Kriminalkommissar für die gütige, liebenswürdige und freundliche Verhandlungsweise meinen herzlichen Dank!*«

»Du meinst, dass das ironisch gemeint ist?«

»Ja, das meine ich. Einige der Kollegen sind heutzutage nicht sehr zimperlich im Umgang mit Verdächtigen. Der Vorsitzende des Gerichts hat den Becker natürlich zur Rede gestellt. Er hat gesagt: ›Sie haben Ihr Geständnis vor drei zuverlässigen Kriminalbeamten gemacht und dieses Geständnis neunmal wiederholt. Sie haben es schriftlich niedergelegt, und zwar auf einundsechzig Seiten, mit einer blitzsauberen Handschrift. Sie haben es auch vor dem Haftrichter und vor dem Untersuchungsrichter aufrechterhalten.

Und nun wollen Sie von diesem Geständnis wieder herunter?‹ – Daraufhin hatte Becker erwidert: ›Ich spreche die reine Wahrheit, ich habe meine Else nicht ermordet.‹«

»Du hättest den Mann freigesprochen?«

»Ach, Dagmar, ich weiß es nicht. Ich kann nur sagen, dass mir wohler wäre, wenn der Mann mir die Tat gestanden hätte, und nicht diesem unsäglichen ...«

»Daran kannst du nichts ändern!«

Das war zu schroff. Wilhelm Berger sah seine Frau besorgt an. »Du wirkst so unruhig«, sagte er.«

»Ach, die Politik ...«

»Schatz, wir müssen die Dinge nehmen, wie sie sind.«

Dagmar nickte. Aber sie war nicht gewillt, die Dinge einfach hinzunehmen, auch wenn es gefährlich war. Am Morgen war ein Brief des englischen Konsuls gekommen. Er enthielt nur einen einzigen Satz: *Ich erwarte Sie morgen 15 Uhr an der gewohnten Stelle.*

* * *

»Ich habe mir das Fotoalbum näher angesehen«, sagte Pagels. »Auffällig ist zunächst einmal das Format. Die einzelnen Seiten sind 241 mal 330 Millimeter, sozusagen eine Übergröße von DIN A4, die möglicherweise in Amerika verwendet wird. Der Hersteller des Albums ist unbekannt.«

Wilhelm Berger nahm das Album in die Hand. Es war in Halbleinen gebunden; Einband und Seiten wurden durch eine rot-gelbe Kordel zusammengehalten.«

»Glaubst du, dass es von Hand gemacht worden ist? Privat, meine ich, nicht irgendwo fertig gekauft?«

Pagels schüttelte den Kopf. »Ich habe mich erkundigt; solche Alben kann man fertig kaufen. Sie sind etwas teurer als andere, maschinell hergestellte Produkte, aber sie sehen natürlich auch besser aus.«

»Was ist mit dem Inhalt?«

»Das vorliegende Album enthält 63 Doppelseiten aus schwarzem Karton sowie ein braunes Deckblatt aus einem etwas dickeren, dekorativen Papier.«

Dieses Deckblatt enthielt keine Bilder und auch keine Beschriftung. Auf den folgenden Seiten waren dagegen in der Regel zwei, manchmal auch drei Fotografien aufgeklebt. Berger blätterte das Album rasch durch. Die letzten zwölf Seiten waren leer.

»Es gibt keinerlei Daten in dem Album, und überhaupt auch keine Texte. Ich habe einige der Bilder vorsichtig herausgelöst; auch die Rückseite der Bilder ist nicht beschriftet. Das Album und die Fotos geben also keine Auskunft darüber, wann die Aufnahmen gemacht worden sind, und wer darauf zu sehen ist.«

»Die junge Frau Reuther muss wissen, wer das ist«, sagte Berger.

»Wir haben inzwischen die meisten Personen identifiziert.«

»Die beiden Ärzte zum Beispiel«, vermutete Berger.

»Ja, die auch. Aber dazu komme ich gleich noch. Alle Bilder, die in diesem Album vorhanden sind, sind in der Wohnung der Frau Reuther gemacht worden. Aus dem Film, den wir in der Kamera der Frau Reuther gefunden haben, wissen wir, dass sie auch andere Bilder gemacht hat. Drei der Bilder sind offensichtlich auf irgendeinem Ausflug entstanden, und das vierte Bild, diese Nacktaufnahme, passt zwar vom Thema zu den Fotos im Album, weicht aber doch in einem wichtigen Detail davon ab. Es ist eine erotische Fotografie einer einzelnen Frau, während die anderen Bilder durchweg Gruppenaufnahmen sind. Das heißt, entweder hat die verstorbene Frau Reuther ihren Stil plötzlich geändert, oder es müssen noch irgendwo ältere Aufnahmen existieren, die zum Beispiel ganz normale Menschen bei ganz normalen Freizeitbeschäftigungen zeigen.«

»Und die Durchsuchung der Wohnung hat nichts erbracht?«

»Nein, gar nichts.«

»Die heutigen Negative sind ziemlich klein«, gab Berger zu bedenken.

»Wir haben gründlich gesucht, und wir haben sie jedenfalls nicht gefunden. Was wir gefunden haben, das ist etwas ganz anderes: Die Perlenkette, die Inez Reuther auf dem Foto getragen hat. Sie lag in einer der Schubladen. Der Mörder hat sie also nicht mitgenommen.«

»Schade.«

»Macht nichts, wir haben ja immer noch die fehlenden Platinringe! – Die Bilder in dem Fotoalbum sind vermutlich innerhalb weniger Jahre gemacht worden. Auf den ersten Seiten sehen Frau Reuther und ihre Tochter nicht erkennbar jünger aus als auf den letzten Aufnahmen«, sagte Pagels.

»Und du gehst davon aus, dass die Bilder in der richtigen Reihenfolge sind?«

»Das wäre jedenfalls das Normale. Dafür spricht auch, dass die Seiten durchlaufend nummeriert sind, mit weißer Tinte, jeweils rechts unten auf der Seite.«

»Und wer sind nun die abgebildeten Personen?«

»Insgesamt sind acht verschiedene Personen abgebildet. Da ist zunächst einmal Inez Reuther; sie ist auf den meisten Bildern zu sehen. An zweiter Stelle kommt ihre Tochter Luise, die wir ja bereits kennengelernt haben. Die andere Tochter, Ingeborg, ist nur auf zwei Bildern zu sehen. Sie ist die einzige Person, von der ich den Eindruck habe, dass sie sich vielleicht geschämt hat, nackt fotografiert zu werden. Sie sieht etwas unglücklich aus, finde ich, und auf dem einen der beiden Bilder, diesem hier, habe ich den Eindruck, dass die anderen beiden Frauen sie festhalten.«

Berger und Richter betrachteten die fragliche Aufnahme. Es ließ sich nicht sicher sagen, ob Ingeborg festgehalten wurde oder nicht. Aber jedenfalls guckten die vier Herren, die ebenfalls auf dem Bild waren, nicht in die Kamera, wie auf vielen der anderen Aufnahmen, sondern auf die drei Damen in der Bildmitte. Die Herren schienen sich königlich zu amüsieren.

»Die Herren sind bekannt. Luise Reuther wusste angeblich nicht, wer das war, aber die beiden Ärzte aus Eppendorf konnten uns weiterhelfen. Der links hier, das ist der Prokurist einer großen Firma, die optische Geräte herstellt. Neben ihm, der Herr mit dem Bierbauch, das ist ein Offizier von der 20. Infanteriedivision. Rechts, der Kleine, das ist ein Apotheker hier aus Eppendorf, und der Herr am Rande, der hier schräg von hinten zu sehen ist, das soll angeblich ein Pastor sein. Den Namen haben wir noch nicht.«

Wilhelm Berger fragte: »Wer hat die Bilder gemacht?«

»Die meisten Aufnahmen angeblich der Apotheker. Der ist dementsprechend selten auf den Bildern zu sehen. Aber auch Inez Reuther hat fotografiert, und ihre Tochter auch.«

»Hat der Apotheker womöglich die Negative?«

»Er sagt nein. Und er weiß auch nicht, wo die Bilder entwickelt worden sind. Die Qualität der Abzüge ist gut; das heißt, wir müssen davon ausgehen, dass sie von einem Fachmann hergestellt worden sind.«

»Habt ihr das Bild mit der Peitsche gesehen?«, fragte Pagels. »Seite 23.«

Das angegebene Bild zeigte einen nackten Mann, der auf dem Boden kniete und allem Anschein nach von Inez Reuther ausgepeitscht wurde. Es war der Apotheker. »Das Bild ist nur gestellt«, sagte Richter.

Pagels schüttelte den Kopf. »Die Pose, in der die Herrschaften hier fotografiert worden sind, ist ohne Zweifel gestellt. Aber die Striemen sind vermutlich echt.«

Richtig, beim genaueren Hinsehen konnte man auf dem Hintern des Apothekers eine Andeutung von Striemen erkennen. Aber der Apotheker machte keinen leidenden Eindruck. Was immer hier abgelaufen war, es war ein Spiel gewesen.

»Die Peitsche haben wir übrigens sichergestellt«, sagte Pagels. Auch die Peitsche war ein Spielzeug; Berger wusste, dass die Gestapo bei ihren Verhören eine ganz andere Qualität zum Einsatz brachte.

»Was mich noch interessieren würde«, sagte Berger, »ist die Frage, ob außer den abgebildeten Personen noch andere Leute an diesen Vergnügungen in der Eppendorfer Landstraße teilgenommen haben.«

»Ja, es gab noch andere Personen. Es sind natürlich nicht jedes Mal Fotos gemacht worden. Der Assistenzarzt sagte, dass der Prokurist einmal einen langweiligen Mann mitgebracht habe, mit dem nicht viel anzufangen war. Und ein- oder zweimal sei eine junge Frau aus Polen mit dabei gewesen, eine große Blonde. Die hieß Monika oder Erika oder so ähnlich.«

»Sind das möglicherweise die Leute, die auf den anderen Fotos zu sehen sind, die nicht im Album sind?«

»Ich habe ihm die Bilder vorgelegt, aber da war er sich nicht sicher. Die Dame würde jedenfalls von der Größe her hinkommen, hat er gesagt, aber er habe sie ja nur nackt gesehen. Ihren Busen würde er wiedererkennen, ihre Blinddarmnarbe auch, aber ihr Gesicht, das habe er sich nicht so genau angeguckt.«

Herbert Richter sagte: »Du hast mir vorhin gesagt, in dem Album gebe es eine Besonderheit.«

»Ja, das ist richtig. Drei Seiten fehlen. Wir wären nie darauf gekommen, wenn die Frau Reuther nicht die Seiten nummeriert hätte, aber so ist jedenfalls ganz klar, dass Nummer 41, 42 und 47 nicht dabei sind.«

»Was sagt Luise Reuther dazu?«

»Wir haben sie bisher noch nicht gefragt. Das werden wir natürlich so bald wie möglich nachholen, aber ich glaube, ich weiß bereits jetzt, was sie antworten wird.«

»Dass sie nichts von den fehlenden Seiten weiß«, sagte Berger.

Pagels nickte.

Donnerstag, 10. August 1939

Was verschafft mir die Ehre dieser überraschenden Einladung?«

»Ein überaus erfreulicher Anlass.« Der Konsul zeigte sein Diplomatenlächeln.

»Da bin ich aber gespannt.«

»Sie wirken so skeptisch«, stellte der Konsul fest. »Dabei ist das, was ich Ihnen heute mitteilen will, uneingeschränkt erfreulich. Ich habe endlich die Genehmigung erhalten, Visa für Sie und Ihre Familie auszustellen.«

»Das ist ja ganz ausgezeichnet!« Damit hatte Dagmar nicht gerechnet. Sie strahlte.

»Allerdings hat die Sache einen kleinen Haken«, bremste sie der Konsul. »Eigentlich sind es sogar zwei kleine Haken, aber ich bin mir sicher, dass Sie dennoch mit der getroffenen Regelung zufrieden sein werden.«

»Und was sind das für Haken?«

»Nun, der eine Punkt ist, die Visa gelten nicht direkt für England, sondern nur für Indien.«

»Für Indien? – Das ist nicht Ihr Ernst! Was sollen wir in Indien?«

»Das will ich Ihnen sagen: Es ist nicht auszuschließen, dass die gegenwärtigen Spannungen in Europa zum Kriege führen. Es ist sogar wahrscheinlich. England liegt in der Reichweite deutscher Bomber. Meine Schwester zum Beispiel geht mit ihren Kindern nach Amerika, bis der Krieg vorbei ist. Sie hat eine Überfahrt auf der *Athenia* gebucht. – Aber in Ihrem Fall kommt noch etwas anderes hinzu: Wenn unsere beiden Länder gegeneinander Krieg führen, dann würden Sie als

Deutsche in England zwangsweise interniert. Das war im Weltkrieg so, und das wäre bei einem neuen Krieg nicht anders. So eine Internierung, die ist nicht viel anders als eine Kriegsgefangenschaft. Die möchte ich Ihnen ersparen. Bedenken Sie bitte: So ein Krieg, der kann Jahre dauern. Der Weltkrieg hat fast fünf Jahre gedauert. Ich würde es für außerordentlich unglücklich halten, wenn Sie und Ihre Familie irgendwo fünf Jahre lang gefangen gehalten würden.«

»Sie rechnen mit einem Krieg, der fünf Jahre dauert?«

Der Konsul zuckte mit den Schultern. »Ich weiß es nicht. Aber eines kann ich Ihnen mit Sicherheit sagen: Ein längerer Urlaub in Indien ist wesentlich angenehmer als ein längerer Gefängnisaufenthalt in England.«

»Ja, schön und gut, aber was sollen wir in Indien? Wo sollen wir wohnen? Wovon sollen wir leben? Wir kennen keine Menschenseele in Indien!«

»Das ist kein Problem. Ich habe mich mit unseren Dienststellen in der Kolonie in Verbindung gesetzt. Es ist alles vorbereitet; Sie bekommen eine angemessene Unterkunft, und wir werden dafür sorgen, dass Ihr Mann und Sie als Dolmetscher für uns arbeiten.«

»Als Dolmetscher?« Dagmar lachte.

»Ja, natürlich. Sie sprechen doch beide hervorragend Deutsch …«

»Das schon, aber weder Wilhelm noch ich können mehr als ein paar Sätze Englisch. *How do you do?* – und vielleicht noch *Hands up!*, das ist alles.«

»Liebe Frau Berger, mit der englischen Sprache ist es so wie mit allen Dingen im Leben: Man kann sie lernen. Und wenn Sie längere Zeit irgendwo leben, wo nur Englisch gesprochen wird, dann bleibt es gar nicht aus, dass Sie in kürzester Frist ebenfalls perfekt Englisch sprechen. Darüber brauchen Sie sich keine Gedanken zu machen. – Was glauben Sie, warum ich so gut Deutsch spreche? Weil ich es etwa auf der Schule gelernt habe?«

»Also Indien.« Es schien Dagmar unvorstellbar. »Und was ist der andere Haken?«

»Der andere Haken ist, dass Sie sich sofort auf den Weg machen müssen. Ihr Schiff geht in drei Tagen.«

»Das ist völlig unmöglich.«

Der Konsul seufzte. »Es ist nicht unmöglich. Sie sind in Lebensgefahr, Dagmar. Zum einen, weil Sie Halbjüdin sind, und zum anderen, weil Sie in selbstloser Weise mit uns zusammengearbeitet haben – schönen Dank für die Fotos übrigens – auf eine Weise zusammengearbeitet haben, die man als Landesverrat auslegen könnte.«

Dagmar schwieg. Was sollte sie tun? Sollte sie sagen: Sie haben mich dazu angestiftet?

»Sie haben keine Wahl. – Das klingt jetzt vielleicht ein bisschen negativ, so, als ob es eine Art Erpressung wäre. Aber in Wirklichkeit ist es eine gute Sache. Ihr Mann, Ihr Sohn und Sie – Sie alle werden in Sicherheit sein, wenn der Sturm losbricht.«

In Sicherheit – hatte sie das nicht immer gewollt?

»Ich weiß, das kommt jetzt alles ein bisschen überraschend. Und vielleicht denken Sie, dass Sie gar nicht das Geld haben, um die Überfahrt zu bezahlen. – Darüber brauchen Sie sich keine Gedanken zu machen. Natürlich kann ich die Schiffspassage nicht für Sie buchen, aber finanzieren kann ich sie schon.« Der Konsul gab ihr einen Umschlag. »Die *Rauenfels* verlässt Hamburg am 18. August. Und die Passage nach Indien ist nicht ausgebucht.«

»Ich weiß nicht …«

»Doch, Dagmar, das wissen Sie. Dazu brauche ich natürlich Ihre Pässe. – Ihr Mann kommt doch mit, oder?«

Der Konsul wartete, bis Dagmar gegangen war. Vom Fenster des Cafés aus sah er zu, wie sie in Richtung U-Bahn davonging. Niemand folgte ihr. Es sah so aus, als wäre ihr Treffen tatsächlich unbeobachtet geblieben. Der Konsul wartete noch zehn Minuten, dann machte er sich selbst auf den Weg. Er ging langsamen Schrittes. Plötzlich fasste er sich an den Kopf, drehte sich um und eilte zum Café zurück.

»Mein Mantel! – Ich habe meinen Mantel vergessen«, rief er.

Der Ober nickte ihm zu. Niemand hatte den Mantel angerührt. Der Konsul zog ihn an und machte sich ein zweites Mal auf den Weg. Jetzt konnte er sich wirklich sicher sein, dass niemand ihm gefolgt war.

So weit, so gut. Aber hatte er alles richtig gemacht? Der Konsul ging davon aus, dass Wilhelm Berger nicht mit nach Indien fahren würde. Jedenfalls war das die Version, die er bisher nach Bombay gemeldet hatte. Diesen Teil der Aktion hielt er für berechenbar. Aber die Politik? Henderson schien immer noch zu glauben, dass man mit Hitler verhandeln könne. Und wenn seine Informationen aus London korrekt waren, dann war Chamberlain sogar bereit, Hitler bezüglich seiner territorialen Forderungen an Polen entgegenzukommen. Wegen Danzig würde England jedenfalls keinen Krieg anfangen.

Wenn England nachgab, dann war es ausgesprochen töricht, gerade jetzt jemanden ins Ausland zu schicken, den man als Agenten benutzen konnte. Aber der Konsul bezweifelte, dass der Krieg noch vermieden werden konnte. Er hatte das Gefühl, dass Hitler den Krieg um jeden Preis wollte.

Freitag, 11. August 1939

Die Beerdigung hatte sich verzögert. Der Leichnam von Inez Reuther war erst jetzt zur Bestattung freigegeben worden. Ausgerechnet heute, an einem der heißesten Tage dieses Sommers. 25 Grad im Schatten und bisher keine Aussicht auf ein kühlendes Gewitter. Pagels fluchte leise vor sich hin.

Vor der Trauerfeier in der Kapelle sechs des Ohlsdorfer Friedhofes hatten Pagels und Berger routinemäßig die Schleifen der Kränze inspiziert. Daraus hatten sich keine neuen Erkenntnisse ergeben. Die NS-Frauenschaft hatte nur einen Blumenstrauß beigesteuert. Inez Reuther war zwar Parteimitglied gewesen, hatte sich aber offenbar nicht durch besondere Aktivität hervorgetan. Wilhelm Berger hatte registriert, dass die beiden Töchter jeweils einen eigenen Kranz finanziert hatten, und dass sie sich auch für getrennte Todesanzeigen in der Zeitung entschieden hatten. Bei der Trauerfeier hatten sie nebeneinandergesessen; der Mann im schwarzen Anzug rechts daneben, das musste Waldemar Trapp sein, der ebenfalls aus Berlin angereist war.

Der Pastor fasste das Leben der Verstorbenen in warmen Worten zusammen. Bezüglich der ausschweifenden Orgien sagte er, die Verstorbene sei voller Liebe zu ihren Mitmenschen gewesen, und aus den lautstarken Diskussionen mit den Nachbarn über ruhestörenden Lärm hatte er ein lebhaftes Interesse an den Sorgen und Nöten ihrer Mitmenschen gemacht. Es waren etwa dreißig Personen zu der Trauerfeier gekommen. Die Meisten davon offenbar Nachbarn und Bekannte. Von den Personen, die in dem Fotoalbum abgebildet waren, war nur der Assistenzarzt erschienen. Der Chefarzt, der doch offenbar in engerer Beziehung zur Verstorbenen gestanden hatte, war zu Hause geblieben. Aber möglicherweise war er ja auch beruflich verhindert, wegen einer wichtigen Operation vielleicht, das konnte niemand wissen. Unter den Anwesenden fiel eine große, blonde Frau auf. Wilhelm Berger fragte sich, ob das die Frau aus dem Fotoalbum sei. Er war sich nicht sicher.

Jetzt standen sie alle am offenen Grab, und der Sarg wurde langsam in die Grube hinuntergelassen. Pagels stieß Berger an.

»Was soll das?« Wilhelm Berger hatte jetzt keinen Sinn für irgendeine respektlose Bemerkung seines Mitarbeiters.

Pagels ließ sich nicht beirren. »Der Mann da drüben – wer ist das?« Er wies mit dem Daumen schräg nach rückwärts.

Der Mann, den er meinte, stand in einiger Entfernung von der Trauergemeinde zwischen den Gräbern und schaute zu ihnen herüber. Er war unauffällig gekleidet. Die einzige Besonderheit war, dass er trotz der großen Hitze einen dunklen Sommermantel trug. Sein Gesicht konnte man unter der breiten Krempe des Hutes nicht erkennen.

»Keine Ahnung«, sagte Berger.

Aber der Mann war seltsam. Berger hatte das Gefühl, dass er seinen Standort mit Absicht so gewählt hatte, dass er die Sonne im Rücken hatte. Und außerdem hatte er das Gefühl, dass der Mann sich nicht so sehr für die Beerdigung interessierte wie für die beiden Polizisten.

»Mit dem stimmt etwas nicht«, murmelte Pagels.

Berger musste zugeben, dass er recht hatte. Der Mann verhielt sich wie ein Polizist. Gab es womöglich eine andere Dienststelle, die sich für diesen Fall interessierte? Oder gar nicht für den Fall, sondern für Pagels oder für ihn? »Gut beobachtet«, sagte er.

»Bleib hier; ich werde versuchen, mich an den Burschen heranzumachen.«

Berger nickte.

Während die beiden Töchter von Inez Reuther nacheinander an das Grab traten, einige Hände voll Sand hineinwarfen und dann jeweils ein kurzes, stummes Gebet sprachen, machte sich Pagels davon. Wenn Berger geglaubt hatte, dass diese Überwachung möglicherweise seinem Mitarbeiter gegolten haben könnte, so wurde er jetzt enttäuscht. Der Mann im Mantel reagierte nicht auf Pagels Weggang, sondern verließ seine Position nicht. Pagels verschwand in die entgegengesetzte Richtung. Berger nahm an, dass er einen Bogen schlagen und sich dann an die Fersen des unbekannten Beobachters heften würde. Wilhelm Berger spürte ein leises Unbehagen. Er hatte geglaubt, dass nach der missglückten Flucht des jungen Kommunisten im letzten Jahr alle Verdachtsmomente gegen ihn bereinigt worden waren. Nun sah es so aus, als wäre das möglicherweise nicht der Fall.

Berger hatte Mühe, sich auf das Geschehen am Grab zu konzentrieren. Die Jüngere der beiden Schwestern wischte sich eine Träne aus dem Auge, während ihr Mann mit unbewegter Miene drei Schaufeln Sand auf den Sarg warf. Die anderen Trauergäste murmelten ihre Beileidsbekundungen und gingen anschließend ihrer Wege. Lediglich der Assistenzarzt machte eine Ausnahme. Er warf keinen Sand in die Grube. Berger zuckte zusammen, als er laut ausrief: »Inez, du warst eine wunderbare Frau!«

Wilhelm Berger ließ als Letzter eine Handvoll Sand in die Grube fallen. Auch wenn die Frau Reuther möglicherweise nicht ganz so wunderbar gewesen war, wie der junge Arzt glaubte – er würde jedenfalls alles tun, um ihren Mörder zu finden.

* * *

»Herr Trapp, lassen Sie uns zunächst einmal Ihre persönlichen Daten klären.«

Wilhelm Berger hatte die beiden Trapps nach der Beerdigung abgefangen, bevor sie wieder nach Berlin zurückfahren konnten. Jetzt saßen sie ihm im Stadthaus gegenüber. Berger hatte beide Fenster des Vernehmungszimmers geöffnet. Das war nicht zulässig, aber es bestand keine Gefahr, dass diese beiden Zeugen aus dem Fenster sprangen. Ingeborg Reuther wirkte erschüttert. Sie hatte geweint. Sie war etwas kleiner als ihre Schwester und nicht ganz so schön. Oder lag das an der fehlenden Schminke?

Trapp machte einen müden Eindruck. Er wirkte eher verärgert als traurig. »Ich hoffe, dass wir nachher unseren Zug noch kriegen«, sagte er.

Waldemar Trapp war fünfundzwanzig Jahre alt. Er war am 24. März 1914 in Heidelberg geboren, hatte dort die Volksschule besucht und anschließend eine Lehre als Feinmechaniker gemacht.

Berger rechnete nach. »1914 geboren – dann müssen Sie also ungefähr 1931 Ihre Lehre abgeschlossen haben.«

»1932.«

»Das war keine günstige Zeit, um eine Arbeit zu finden.«

Trapp nickte. »Ich habe alles versucht, aber es war vergeblich. Es war ja mitten in der Wirtschaftskrise. Ich habe mich dann schließlich zum freiwilligen Arbeitsdienst gemeldet. Das entsprach natürlich nicht meiner Ausbildung, und Geld gab es auch nicht, aber jedenfalls hatte ich ein Dach über dem Kopf und brauchte mir um mein Essen keine Gedanken zu machen.« Seine Stimme zitterte leicht.

»Nervös?«, fragte Berger.

»Ach, wissen Sie, wer wäre nicht nervös, wenn er mit der Polizei zu tun hat?«

»Kein Grund zur Unruhe. – Und was haben Sie nach Ihrer Zeit beim RAD gemacht?«

Waldemar Trapp berichtete vom Wehrdienst in der Reichsmarine. Anschließend war er nach Berlin gezogen und hatte 1937 eine Stelle als Einrichter bei *Siemens & Halske* gefunden, wo er auch heute noch tätig war.

»Einrichter?«, fragte Berger. Der Mann sah nicht so aus, als würde man sich vertrauensvoll an ihn wenden, um seine Wohnung neu einzurichten. »Was richten Sie denn ein?«

»Maschinen«, erwiderte Trapp knapp.

»Darf ich Sie fragen, was Sie verdienen, Herr Trapp?«

»Siebzig Mark in der Woche.«

Das war nicht viel, aber auch nicht wenig. Die Eheleute hatten jedenfalls ein gesichertes Einkommen. Berger wandte sich nun der Ehefrau zu: »Und Sie, Frau Trapp?«

»Ich bin in Baden-Baden geboren, am 1. November 1918.«

Berger lächelte sie aufmunternd an. »Das ist sicher nicht der schlechteste Ort, um aufzuwachsen.«

Ingeborg Trapp schüttelte den Kopf. »Meine Eltern sind gleich nach dem Weltkrieg nach Hamburg gezogen.«

»Dann sind Sie also im Grunde genommen eine Hamburger Deern?«

»Sozusagen.« Es war offensichtlich, dass Ingeborg Trapp diese Bezeichnung für nicht angebracht hielt. »1929 haben meine Eltern sich dann scheiden lassen. Mein Vater hat die Wohnung in Hamburg behalten, und ich bin mit meiner Mutter wieder zurück nach Baden-Baden.«

Ingeborg Trapp hatte dort die höhere Mädchenschule besucht und war anschließend in ein Pensionat nach Kassel gekommen. Es war offensichtlich, dass sie das Leben einer höheren Tochter geführt hatte. Bei den Vermögensverhältnissen ihrer Mutter war das auch nicht verwunderlich.

»Und dann?«

»Dann kam die Berufsausbildung. – Ja, natürlich, ich hätte es eigentlich nicht nötig gehabt zu arbeiten, aber ich wollte auch unabhängig sein. – Das verstehen Sie doch sicher?«

Berger nickte.

»Ich habe eine Tanzschule besucht.«

»Eine Tanzschule?«, fragte Berger erstaunt. Er hatte auch vor langer Zeit eine Tanzschule besucht. Tanz- und Anstandsunterricht hieß das damals. Eine Berufsausbildung hatte er darin nicht gesehen.

»Ja, ich wollte Tänzerin werden.«

»Tänzerin?«

»Ich wollte zum Ballett. 1937 war das.«

Berger enthielt sich jeden Kommentars. Unter einer Balletttänzerin stellte er sich irgendein elfengleiches Wesen vor; Ingeborg Trapp wirkte dagegen relativ robust. Dumm war sie nicht – es musste ihr von Anfang an klar gewesen sein, dass sie für diesen Beruf nicht die idealen Voraussetzungen mitbrachte.

»Und da haben Sie dann Ihren Mann kennengelernt?«, vermutete Berger.

Ingeborg Trapp schüttelte den Kopf. »Das war erst viel später.«

»Wir haben uns in Hamburg kennengelernt«, warf Waldemar Trapp ein.

»Ja, in der Wohnung meiner Mutter. Ich bin Anfang 1938 wieder nach Hamburg gezogen, habe bei meiner Mutter gewohnt und mir dort eine Stellung gesucht. Bei einer Firma in Hamburg-Ochsenzoll war das.«

»Aber nicht als Tänzerin?«

»Nein, natürlich nicht. Ich habe im Kontor gearbeitet.«

Berger überlegte. Es überraschte ihn, dass der Einrichter Waldemar Trapp zu dem Kreis gehört hatte, mit dem Inez Reuther kommuniziert hatte. Vom Einkommen und von der sozialen Stellung her entsprach er nicht den Leuten aus dem Umfeld der Verstorbenen, die Berger bisher kennengelernt hatte. Aber Inez Reuther war natürlich in der Lage gewesen, sich ihre Freunde und Bekannten selbst auszusuchen, und auch wenn Waldemar Trapp nicht gerade sein Typ war, so musste Berger doch zugeben, dass er gut aussah.

»Herr Trapp, wie kommt es denn, dass Sie in Berlin arbeiten und Frau Reuther in Hamburg kennengelernt haben?«

»Herr Kommissar, ich bin Einrichter. Das heißt, ich fahre zu den Firmen hin, bei denen wir Fertigungsanlagen einrichten, oder wo Anlagen gewartet werden müssen. Und im Frühjahr 1938 war ich in Hamburg bei der Firma *Valvo*. Die kennen Sie vielleicht.«

»Röhren für Radiogeräte stellen die her«, meinte Berger sich zu erinnern.

»Nicht nur. Bei *Valvo* werden heute auch Elektrolytkondensatoren, Lautsprecher und Hochohmwiderstände hergestellt, und nicht zuletzt auch die neuartigen Bildröhren für das Fernsehen, das ja neulich auf der großen Berliner Rundfunk-Ausstellung vorgeführt worden ist.«

Davon hatte Berger in der Zeitung gelesen. Sechshundertfünfzig Reichsmark sollte der Einheitsfernseher E1 kosten. Unerschwinglich.

»Einer der Prokuristen der Firma *Valvo* gehörte zu den Gästen, die meine Mutter gelegentlich eingeladen hat«, ergänzte Ingeborg Trapp. »Meine Mutter hatte Waldemar über einen der Direktoren von *Röntgen-Müller* kennengelernt.«

»Also nicht *Valvo*?«

»Die beiden Firmen gehören zusammen.«

»Beide Unternehmen gehören zu *Philips*«, ergänzte Trapp.

Wilhelm Berger hatte das Gefühl, dass die beiden Trapps allmählich mehr Selbstvertrauen gewannen. »Wir haben uns dann verlobt und ein knappes Jahr später geheiratet«, sagte Ingeborg Trapp. »Es war Liebe auf den ersten Blick.«

»Ach, tatsächlich.« Hatte Ingeborgs Schwester nicht etwas von Streit mit der Mutter erwähnt?

»Nun ja«, räumte Waldemar Trapp ein, »ganz so glatt, wie das jetzt vielleicht den Anschein hat, ist es dann doch nicht gegangen. Um ehrlich zu sein, wir haben uns zwischendurch für ein paar Monate getrennt. Ich denke, das gibt es in vielen Familien, dass die Partner sich erst kennenlernen, dann wieder trennen, und dann am Ende feststellen, dass sie doch zusammengehören.«

»Das liegt am Beruf«, sagte Ingeborg. »Das ist der Nachteil, wenn man einen Einrichter als Freund hat. Dauernd ist er unterwegs, immer wieder in anderen Städten, und überall gibt es schöne Mädchen …«

»Keine so wie dich!«

»Ja, das sagst du jetzt, aber diese polnische Schlampe in Heidelberg, die hast du schon gut gefunden!«

Waldemar Trapp schwieg. Ganz so harmonisch, wie die beiden es dargestellt hatten, schien ihre Beziehung dann doch nicht zu sein.

»Geheiratet hat er sie«, sagte Ingeborg bitter, »kaum dass sie sich drei Wochen gekannt haben, und dabei war er doch mit mir verlobt.«

»Es war ein Fehler«, murmelte Waldemar Trapp. »Jeder macht mal einen Fehler. Und das mit dieser Frau aus Polen, das war so eine Art Strohfeuer, wissen Sie. Ein kurzes Auflodern der Leidenschaft, und dann ist es vorbei.«

»Das möchte ich jetzt aber genauer wissen«, sagte Berger.

Es stellte sich heraus, dass Waldemar Trapp am 4. April 1939 in Heidelberg die fünfunddreißigjährige Erika Dabrowski geheiratet hatte, eine Deutsche, die in Polen ein Kaufhaus besaß. Kennengelernt hatte er sie in Hamburg, in der Wohnung von Inez Reuther. Die beiden hatten sich Hals über Kopf ineinander verliebt und fast sofort geheiratet. Drei Monate später waren sie wieder geschieden.

»Sie haben sich in Hamburg kennengelernt? Auf einer … einer Feier bei Inez Reuther?«, hakte Berger nach.

»Ja. Inez und diese Erika kannten sich von früher.«

»Wie ist der vollständige Name dieser Erika?«

Die Frau hieß Erika Dabrowski, war 1904 in Bromberg geboren, was damals ja noch zu Deutschland gehörte. Angeblich besaß sie ein Kaufhaus in Bydgoszcz, wie Bromberg heute hieß. Richter, der das Protokoll führte, musste sich Bydgoszcz buchstabieren lassen.

»Als Sie sich kennengelernt haben – wer war anwesend auf dieser Feier, wissen Sie das noch?«

»Ja, ich natürlich. Außerdem Inez, Luise, dann dieser Prokurist, den Namen weiß ich leider nicht mehr. Ein gewisser Volker Krafft, der kam, glaube ich, aus Ingolstadt. Ach ja, und dieser Apotheker. Den nannten sie immer Herr Graf. Weil er Fotograf war …«

»Ist fotografiert worden auf dieser Feier?«

»Fotografiert? – Ja, wahrscheinlich. Das weiß ich nicht mehr genau. Wir haben viel getrunken an dem Abend, und an irgendwelche Einzelheiten kann ich mich nicht erinnern.«

»Gar keine Einzelheiten?«

Waldemar Trapp schüttelte den Kopf.

»Waren Sie nackt?«

»Nackt? –Ich weiß nicht. Nun ja, es war, wie soll ich sagen, eine sehr freizügige Veranstaltung. Man konnte –

man konnte weitgehend machen, was man wollte, verstehen Sie?«

Wilhelm Berger hatte aufgrund der Fotos eine ziemlich gute Vorstellung von den Dingen, die bei man bei Frau Reuther machen konnte. Er wandte sich an Ingeborg. »Und Sie waren nicht anwesend?«

»Nein.«

»Als seine Verlobte?«

»Ich saß doch in Berlin, in unserer kleinen Wohnung. Ich wusste gar nicht, dass Waldemar nach Hamburg wollte. Das habe ich erst hinterher erfahren.«

»Und dass er hier die Frau seines Lebens kennenlernen würde, das haben Sie auch nicht geahnt?«

»Nicht die Frau meines Lebens«, rief Waldemar Trapp. »Nur ein kurzes Strohfeuer, das habe ich doch schon gesagt.«

»Aber Sie haben sie jedenfalls geheiratet!«

»Das war ein Fehler.«

»Wie war das mit dieser Scheidung?«, fragte Berger. »Es ist zwar richtig, dass 1938 das Scheidungsrecht reformiert worden ist, und dass eine Ehe allein aufgrund einer tief greifenden Zerrüttung des ehelichen Verhältnisses geschieden werden kann, aber die Voraussetzung ist doch, denke ich, dass man drei vollendete Trennungsjahre hinter sich hat.«

»Ja. Das ist dieses – wie heißt es noch gleich? – dieses Gesetz zur Vereinheitlichung der Eheschließung oder so ähnlich. Nein, in unserem Fall ist auf einen anderen Punkt zurückgegriffen worden, nämlich den Irrtum über die Person oder die persönlichen Eigenschaften des Ehepartners zum Zeitpunkt der Eheschließung. Wenn der vorliegt, dann kann die Ehe sofort aufgehoben werden.«

»Und worin bestand dieser Irrtum?«, fragte Berger. »Dass sie Polin war?«

Trapp schüttelte den Kopf. »Dass sie Jüdin war.«

»Moment – wenn Sie geheiratet haben, dann muss sie doch ihre Papiere vorgelegt haben …«

»Ja, das hat sie auch. Sie hatte deutsche und polnische Papiere. Sie hat mich als Deutsche geheiratet, aber sie hat verschwiegen, dass sie gleichzeitig auch Polin ist. Und Jüdin. Und als das herausgekommen ist, da habe ich natürlich verlangt …«

Berger hörte nicht mehr zu, während Trapp die Details seiner Scheidung beschrieb. Trennung wegen eines Irrtums über die persönlichen Eigenschaften des Ehepartners. Konnte das angehen? Gab es das? Konnte man damit vor Gericht durchkommen? Berger kannte sich mit den Details des Scheidungsrechts nicht aus.

»Man macht mal einen Fehler«, wiederholte Trapp.

Seine Frau ergänzte: »Diese Erika, diese Polin, die war nur hinter dem Geld her.«

»Hinter dem Geld? Das würde ich jetzt gerne etwas genauer wissen«, sagte Berger. »Was war das für ein Geld, hinter dem die Frau aus Polen her war?«

»Na, das Geld von meiner Mutter natürlich. Der Waldemar hatte ja nichts.«

»Das Geld von Ihrer Mutter? – Das verstehe ich nicht.«

»Ja, sie ist doch sogar …«

»Was redest du denn!«, fiel ihr Waldemar Trapp ins Wort. »So war das überhaupt nicht!«

»Herr Trapp, erzählen Sie uns bitte, wie das gewesen ist mit dem Geld.«

Waldemar Trapp sagte, Ingeborgs Mutter habe ihm 25.000 Mark geliehen. Als Starthilfe sozusagen. Und das habe die Erika haben wollen.

»Nobel von Ihrer Schwiegermutter«, sagte Berger. »Sie

trennen sich von ihrer Tochter, und die Schwiegermutter gibt Ihnen trotzdem eine Riesensumme als Starthilfe?«

»Nein, das war natürlich vorher. Da war ich noch mit Ingeborg verlobt.«

»Und dann? Hat die Erika das Geld gekriegt?«

Ingeborg schüttelte den Kopf. »Als sie das gehört hat, dass wir gar nicht mehr zusammen waren, da wollte meine Mutter das Geld natürlich zurückhaben. Es gab heftigen Streit deswegen, und meine Mutter hat mit Anzeige gedroht, aber es hat alles nichts genützt, das Geld war weg.«

»Das Geld war weg?«

»Ja, einfach weg. Sie hat es sich unter den Nagel gerissen. Dann hat sie es angeblich in Berlin in der S-Bahn verloren. Und dann ist sie wieder ab nach Polen.«

»Und die Scheidung?«

»Nach der Scheidung natürlich. Es ging ja alles so schnell. Drei Monate sind wir nur verheiratet gewesen, die Erika und ich, mehr nicht.«

»Das verstehe ich jetzt nicht. Sie haben sich scheiden lassen, und dann hat sie sich das Geld genommen und ist damit nach Polen zurückgefahren? Wo war denn das Geld?«

»Na, in der Wohnung in Berlin natürlich. Da haben wir doch zusammen gewohnt bis zum Schluss.«

»Trotz Scheidung?«

»Irgendwo musste sie doch schließlich hin! Und ich bin doch auch kein Unmensch, Herr Kommissar, also habe ich zugelassen, dass sie weiter hier bei mir wohnt.«

»Das war ein Fehler«, sagte Ingeborg bitter. »Du bist einfach zu gutmütig, Waldemar, einfach zu gutmütig!«

Und Waldemar Trapp sagte: »Ich habe mich getäuscht in dieser Frau. Vollkommen getäuscht. Herr Kommissar, von allen Menschen, die ich kenne, ist sie diejenige, von der ich mir am ehesten vorstellen kann, dass sie meine Schwiegermutter umgebracht hat.«

»Sie war hier«, sagte Ingeborg.

»Wo?«

»Hier auf der Beerdigung. In der Kapelle hat sie hinter uns gesessen. Und sie hat mit meiner Schwester gesprochen. Was sie gesagt hat, das weiß ich natürlich nicht. Aber es war jedenfalls keine Beileidsbekundung. Und meine Schwester, die hat versucht, sie abzuwimmeln. ›Später!‹, hat sie gesagt. Und nachher, bei der eigentlichen Beisetzung, da haben sie einen Moment lang nebeneinandergestanden und miteinander geredet.«

Luise Reuther würde einiges zu erklären haben. Wilhelm Berger sagte: »Nur der Vollständigkeit halber: Wo sind Sie beide gewesen, als die Tat verübt worden ist.«

»Wann soll das gewesen sein? Am 30. Juli, sagen Sie? – Das wäre dann der Sonntag ...«

»Nein, an dem Sonntag ist die Tote gefunden worden. Es geht um Sonnabend, den 29. Juli.«

Die Eheleute sahen sich an. Ingeborg rührte sich zuerst. »Kino?«, fragte sie zögernd. »Waren wir da nicht im Kino?«

»Den Sonnabend – ja, das könnte sein. Doch, ich glaube, da sind wir im Kino gewesen.«

»Und was haben Sie gesehen?«

»Diesen Kriegsfilm, vom Einsatz der Legion Condor in Spanien. – Wie hieß er doch noch gleich?«

»*Im Kampf gegen den Weltfeind*.«

»Ja, genau. *Im Kampf gegen den Weltfeind*. – Eine umfassende Darstellung des Krieges gegen die Bolschewisten in Spanien. Das Drehbuch stammt ja von diesem Beumelburg, dem Historiker. *Sperrfeuer um Deutschland* hat der geschrieben und *Deutschland in Ketten*. Und der Regisseur, dieser Ritter, das ist derselbe, der den *Hitlerjungen Quex* gedreht hat. Eindrucksvolle Bilder!«

»Sie kennen sich aber gut aus«, sagte Berger. Ein kleines bisschen zu gut für Bergers Geschmack. »Ich habe den Film nicht selbst gesehen. – Könnten Sie mir mal kurz den Ablauf der Handlung schildern?«

»Ja, natürlich. Also, der Film geht damit los, dass zunächst einmal festgestellt wird, dass die Bolschewisten es nicht geschafft haben, in Deutschland Fuß zu fassen, und dass Lenin daraufhin 1920 beschlossen hat, dass die nächste Revolution in Spanien stattfinden müsse. Und sie haben es schließlich erreicht, in der spanischen Republik nach und nach an die Macht zu kommen. Längst bevor der Bürgerkrieg ausbrach, befand sich Spanien ja schon im Zustand der Anarchie. Die rote Regierung war weder in der Lage noch willens, das Eigentum und die Rechte der Bevölkerung zu schützen ...«

Wilhelm Berger hörte nicht mehr zu. Er hatte das Gefühl, der Mann könnte ihm den Inhalt des gesamten Films in aller Ausführlichkeit nacherzählen.

»Schon gut, schon gut«, wehrte auch Pagels nach wenigen Minuten ab. »Es scheint tatsächlich, dass sie den Film gesehen haben.«

»Natürlich habe ich den Film gesehen!« Trapp schien empört. »Glauben Sie mir etwa nicht?«

»Herr Trapp, Sie müssen bitte verstehen ...«

»Wir haben doch einen Zeugen«, fiel ihm Ingeborg Trapp ins Wort. »Als wir ins Kino gegangen sind, da haben wir doch diesen – diesen Arbeitskollegen von dir auf der Straße getroffen.«

»Richtig, das hatte ich fast vergessen. Der Lichtenberger war das. Helmut Lichtenberger. Den haben wir in der Tauentzienstraße getroffen. Ja, kein Zweifel, der kann das bestätigen. So gegen 18.00 Uhr ist das gewesen.«

Kaum waren die Trapps gegangen, hängte sich Wilhelm Berger ans Telefon. Fünf Minuten später war alles geklärt. Es gab nur einen Helmut Lichtenberger in Berlin. Er ging auch sofort ans Telefon. Ja, er hatte an jenem Samstagabend den Waldemar Trapp und seine Frau auf der Straße getroffen. Ja, es war in der Tauentzienstraße gewesen, so gegen 18.00 Uhr. Damit war klar, dass Waldemar Trapp mit dem Mord an seiner Schwiegermutter nichts zu tun haben konnte.

Und doch – Wilhelm Berger war mit dem Ergebnis nicht zufrieden. Warum? War es wirklich, weil Waldemar Trapp ihm nicht gefiel? Oder gefiel es ihm nicht, dass Luise Reuther die Hauptverdächtige war und blieb?

Auf dem Flur traf Berger mit Pagels zusammen, der offenbar gerade erst zurück war.

»Was hast du erreicht?«

Pagels berichtete, dass der Unbekannte bis zum Schluss der Beerdigung geblieben war. Erst als Wilhelm Berger ging, hatte er sich ebenfalls in Bewegung gesetzt. Der Mann hatte beobachtet, wie Berger die beiden Trapps angesprochen hatte, und er war ihnen dann bis zum Parkplatz gefolgt.

»In dem Augenblick war ich mir sicher, dass er hinter dir her war, Wilhelm. Das stimmt aber nicht. Er hat so getan, als ob er euch beobachtet, aber er ist schließlich der großen blonden Frau gefolgt. Die hat sich ein Taxi genommen. Er ist zu seinem Wagen gerannt und hinterhergefahren.«

»Mist. Die blonde Frau ist die Polin, mit der Waldemar Trapp verlobt war! Pech, dass du sie verloren hast!«

Pagels schüttelte den Kopf. »Wieso verloren? – Ich hab mir auch ein Taxi genommen.«

»Und dann?«

»Dann bin ich ihr gefolgt. Beziehungsweise ihrem Verfolger. Sie hat sich zu einer Pension in der Schlüterstraße fahren lassen, hat den Taxifahrer bezahlt und ist in das Haus gegangen. Und ihr Verfolger parkt jetzt ein paar Häuser weiter und wartet.«

»Gut gemacht. – Die schnappen wir uns!«

Der Dienstwagen bog in die Schlüterstraße ein.

»Wohin jetzt?«, fragte der Fahrer.

»Da vorn.«

Der Fahrer hielt vor der Pension; Berger und Pagels sprangen aus dem Wagen, liefen zum Eingang. Die Dame am Empfang blickte verärgert auf. »Sie wünschen?«

»Kriminalpolizei. Wir suchen eine Dame, die bei Ihnen abgestiegen ist. So eine große, blonde Frau mit langen Haaren. Sie heißt Erika Dabrowski.«

Die Dame schüttelte den Kopf. »Das habe ich doch eben Ihren Kollegen schon erzählt: Hier wohnt keine Frau Dabrowski.«

»Wir haben gesehen, dass sie dieses Haus betreten hat!«

»Ja, und sie hat es durch den Hinterausgang wieder verlassen. Ich bin ihr noch hinterhergelaufen, denn das geht ja nicht, dass man uns hier einfach durch das Haus läuft, aber sie hat sich gar nicht darum gekümmert. Sie ist in einem der Nachbargrundstücke verschwunden. Wir haben ja keine Zäune zu unseren Nachbarn, nur Hecken, und auch die sind inzwischen zum Teil verschwunden. Es gibt ja keine Gärtner mehr …«

»Wohin kommt man, wenn man durch die Hecke geht?«

»Johnsallee. Von da kann man durch den Torweg einfach auf die Straße. – Ihre Kollegen waren sehr ungehalten, als ich ihnen das erzählt habe. Und jetzt kommen Sie mir auch noch damit!«

»Das waren keine Kollegen von uns«, sagte Pagels.

»Nicht?«

»Die Herren haben sich nicht vorgestellt, oder?«

»Nein. – Sie waren zu zweit, sagten ›Polizei!‹, und sie haben mir irgendeine Marke hingehalten, aber so genau habe ich nicht hingesehen. – Sagen Sie, war das am Ende Gestapo? Also, damit will ich nichts zu tun haben!«

»Wir auch nicht«, sagte Pagels. »Aber wir werden uns mit den Herrschaften in Verbindung setzen.«

»Ärgerlich«, sagte Richter. »Ich werde mich erkundigen, was gegen die Frau vorliegt.«

»Wir überprüfen inzwischen zur Sicherheit noch einmal Waldemar Trapps Alibi.«

»Hat er eigentlich ein Auto?«, wollte Pagels wissen.

»Nein. Ich habe in Berlin nachgefragt. Er hat kein Auto und keinen Führerschein. Außerdem wäre das von Berlin nach Hamburg eine elende Gurkerei – solange es noch keine Autobahn gibt.«

»Bleibt also die Bahn.«

»Oder das Flugzeug.«

»Flugzeug? – Mein Gott, er kann auch mit dem Luftballon geflogen sein!« Eine Flugreise hielt Berger für völlig ausgeschlossen.

»Ich werde trotzdem mal nachfragen.«

»Na schön. Ich überprüfe inzwischen die Bahn.«

Wilhelm Berger hatte das Gefühl, dass man per Bahn nach einem Mord am späten Abend gar nicht mehr am selben Tag nach Berlin zurückkommen konnte. Die Sekretärin würde diesen Fall klären können. »Gertrud, Sie haben doch das Kursbuch der Reichsbahn hier. Sehen Sie doch mal bitte nach: Wenn ich am Sonnabend spät nach Berlin fahren möchte, wann muss ich dann von Hamburg losfahren?«

»Wollen Sie verreisen, Herr Berger?«

»Vielleicht.«

»Berlin, das ist die 50? Nein, stimmt nicht, die 100. Hier. Also, wenn Sie wirklich den letzten Fernschnelltriebwagen nehmen wollen, den FDt 27, dann müssen Sie um 21.40 Uhr vom Hauptbahnhof losfahren. Aber dann sind Sie erst zwei Minuten vor Mitternacht in Berlin am Lehrter Bahnhof. Da müssen Sie auf jeden Fall ein Hotel vorbestellen. Soll ich für Sie anrufen? Für diesen Sonnabend, ja?«

»Nein, danke, nicht nötig. Die Sache ist noch gar nicht entschieden.« Gertrud war so wahnsinnig effektiv.

Fest stand jedenfalls, dass Trapp oder seine Frau den Mord nicht begangen haben konnten. Es war unmöglich, in derselben Nacht nach Berlin zurückzukehren. Oder gab es eventuell einen Nachtflug?

Das Büro der Deutschen Lufthansa lag am Jungfernstieg, neben dem Alsterpavillon. Vom Stadthaus aus waren es keine zehn Minuten zu Fuß. Wilhelm Berger hatte Pagels geschickt, um die Angelegenheit zu klären.

Die junge Frau am Schalter breitete ein großes Faltblatt vor ihm auf dem Tresen aus. Sie lächelte Pagels freundlich an. »Hier sehen Sie den gesamten Sommerflugplan der Deutschen Lufthansa.«

Pagels war verwirrt. Die Karte, die die junge Frau vor ihm ausgebreitet hatte, zeigte eine große Zahl von Sonnen, die durch ihre Strahlen miteinander verbunden waren. In Berlin befand sich die größte der Sonnen. Hamburg lag links oberhalb der Berliner Sonne. Die Hamburger Sonne war deutlich kleiner und hatte weniger Strahlen, aber sie war immer noch größer als die Sonnen von Bremen, Hannover oder München. Noch kleinere Sonnen fanden sich am Rande des Planes. Sie standen für Orte wie Bristol, Oslo oder Moskau. Selbst Welikije Luki konnte man offenbar per Flugzeug erreichen. Pagels hatte keine Ahnung, wo dieser Ort liegen mochte. Irgendwo in Russland vermutlich.

»Die dicken Pfeile, das sind die Verbindungen, die von der Lufthansa bedient werden. Die schwarzen Linien werden nur an Werktagen angeflogen, die grünen Linien werktags und sonntags. Und dann gibt es noch spezielle Post- und Frachtstrecken, die sind gestrichelt dargestellt. Die dünnen Linien wie diese hier zum Beispiel, das sind die Verbindungen der ausländischen Luftverkehrs-Gesellschaften.«

Zwischen Hamburg und Berlin flog nur die Lufthansa. Es gab fünf Pfeile, die jeweils für Flüge in beide Richtungen standen.

Pagels fragte nach: »Sehe ich das richtig, dass die letzte Möglichkeit am Sonnabend von Hamburg nach Berlin zu kommen, der Flug 144 um 18.15 Uhr ist?«

»Ja, das ist richtig. Sie sind dann um 19.35 Uhr in Berlin.«

»Und dies hier? Hier steht: 21.20 Uhr.«

»Nein, das ist die Ankunftszeit der Maschine, die um 20.00 Uhr von Berlin abfliegt. Das Flugzeug bleibt über Nacht in Hamburg und fliegt am nächsten Morgen um 7.40 Uhr wieder zurück. Sehen Sie hier, das ist der Pfeil für den Rückflug.«

Damit war praktisch ausgeschlossen, dass der Mörder per Flugzeug gekommen war. Hinzu kam natürlich noch der Kostenfaktor. »So ein Flug ist doch sicher ziemlich teuer?«

»Nicht wirklich. Im Grunde kann sich jeder das leisten. Hamburg-Berlin kostet zum Beispiel fünfundzwanzig Reichsmark.«

»Hin und zurück also fünfzig Mark. Wenn ich das mit der Bahn vergleiche …«

»Sie sehen also: gar nicht teuer! Und wenn Sie den Hin- und Rückflug gleichzeitig buchen, bekommen Sie auf den Rückflug eine Ermäßigung von zwanzig Prozent. Das heißt, einmal Berlin und zurück kostet nur fünfundvierzig Reichsmark. Und außerdem müssen Sie bedenken, dass die Flugzeit nur eine Stunde und zwanzig Minuten beträgt. Sie sind also viel schneller am Ziel. Oder wenn Sie zum Beispiel im Urlaub nach Oslo wollen …«

»Ich werde es mir überlegen«, sagte Pagels. Den Fahrpreis für die Bahn von Hamburg nach Berlin hatte Pagels nachgeschlagen. Die 290 Kilometer kosteten in der dritten Klasse 11,60 RM. Aber zwischen Hamburg und Berlin fuhren natürlich in erster Linie die Fernschnelltriebwagen, in denen es nur die zweite Klasse gab (siebzehn Reichsmark), und in denen zusätzlich zu dem Schnellzugzuschlag (drei Reichsmark) noch ein gesonderter Zuschlag von zwei Reichsmark zu zahlen war. Der Flug war also nicht wesentlich teurer als die Bahnfahrt. Aber die Zeiten passten nicht. Waldemar Trapp konnte unmöglich für den Mord nach Hamburg gefahren und am nächsten Morgen wieder in Berlin gewesen sein.

Bevor er zurück ins Stadthaus ging, genoss Pagels noch einmal den Blick über die Alster. Der Neubau der Deutsch-Amerikanischen Petroleumgesellschaft mit der schmucken Sandsteinfassade leuchtete in der Nachmittagssonne. Auf der anderen Seite der Binnenalster, Ecke Neuer Jungfernstieg/Esplanade lag das zwei Jahre alte *Standardhaus,* das ebenfalls der DAPAG gehörte. Die Hamburger Innenstadt hatte im Dritten Reich ein neues, moderneres Gesicht bekommen. Ob es schöner war als das alte, war eine andere Frage. Urlaub, dachte er. Er würde gern einmal richtig Urlaub machen. Mit dem Flugzeug nach Oslo – warum eigentlich nicht? Oder doch eine Nordlandreise per Schiff?

Donnerstag, 17. August 1939

Horst war begeistert, dass es nun statt des kurzen Urlaubs an der Nordsee eine wochenlange Schiffsreise geben sollte. Wilhelm hatte den Atlas aus dem Arbeitszimmer geholt und ihm die Orte auf der Landkarte gezeigt. Zunächst ging es nach Antwerpen. Von dort dann durch den Ärmelkanal, um Spanien und Portugal herum und an Gibraltar vorbei ins Mittelmeer. Die *Rauenfels* würde Neapel anlaufen, noch einmal die Kohlevorräte ergänzen, und dann fuhr sie weiter durch den Suez-Kanal. Per Schiff mitten durch die Wüste! Dann ohne weiteren Halt bis nach Indien. Karatschi würden sie anlaufen, dann Navalakhi. Wo der Ort mit diesem exotischen Namen lag, wusste keiner. Er war weder im Atlas zu finden noch im Brockhaus. Aber Bombay war natürlich eingezeichnet.

Abschied von Deutschland! Das war nicht nur die Trennung von ihrer Heimat, das war auch die Trennung von Wilhelm. Nur für kurze Zeit, redete sie sich ein, aber sie fürchtete, dass es Jahre dauern würde, bis sie sich wiedersahen. Sie nahm sich zusammen, um für Horst den Eindruck der fröhlichen Seereise nicht zu verderben, aber ihr war zum Heulen zumute. Und Wilhelm? Er zeigte seine Gefühle nicht. Aber seine Augen verrieten ihn. Es war für ihn genauso schwer wie für sie.

Doch jetzt galt es zunächst einmal, die praktischen Fragen zu lösen. Was sollte Dagmar mitnehmen? Was konnte sie mitnehmen? Nicht mehr, als sie tragen konnte, das stand fest. Zwei große Koffer also. Und zwei deutlich kleinere Koffer für Horst. Die waren schnell gefüllt. Na gut, auf die Winterkleidung würde man in Bombay wahrscheinlich verzichten können. Aber die Regenmäntel mussten mit; wenn sie in Indien ankamen, war der Monsun noch nicht vorüber.

Schwieriger war die Entscheidung bei den Dingen, die sie zusätzlich mitnehmen wollte. Die Möglichkeiten waren begrenzt. Die meisten Bücher zum Beispiel mussten zu Hause bleiben. Mehr als zwei Bücher konnte sie nicht mitnehmen. Na gut – drei Bücher. Aber welche? Diejenigen, die ihr am besten gefielen, oder diejenigen, die sie noch nicht gelesen hatte? Deutsche Bücher würde es in Bombay nicht geben, und zum Lesen englischer Bücher reichten ihre Sprachkenntnisse nicht aus. Vielleicht würden sie andere deutsche Familien kennenlernen, mit denen sie sich austauschen konnten.

»Die Briefmarken müssen mit«, bestimmte Horst. Dagmar packte das geblümte Kleid wieder aus, um Platz für die beiden dicken Alben zu schaffen.

Ob die Lieblingstasse mitkonnte? Die Tasse, aus der sie zehn Jahre lang jeden Morgen ihren Kaffee getrunken hatte? Das müsste möglich sein. So eine Tasse war ja nicht groß, und wenn man sie ganz sorgfältig einwickelte, dann würde sie wahrscheinlich den Transport überstehen. Auf andere Dinge musste sie verzichten. Das große Fotoalbum zum Beispiel. Sie hatte das Bild ihrer Eltern herausgelöst und das zusammen mit ein paar Aufnahmen, die Wilhelm, Susanne und Horst zeigten, in einen großen Umschlag gesteckt und in die Innentasche des Koffers geschoben. Die Bilder ihres ersten Mannes würden in der Wohnung in Hamburg zurückbleiben.

Horst kam mit dem großen Hasen, der mit ihm das Bett geteilt hatte, seit er drei Jahre alt war. Für den Hasen war kein Platz mehr. »Auf dem Boden ist noch ein alter Rucksack von Wilhelm«, sagte Dagmar. »Der ist dir eigentlich zu groß, aber vielleicht kannst du ihn tragen, wenn wir ihn nicht zu voll packen.«

Horst lief nach oben.

Wilhelm hatte früh Schluss gemacht, um seiner Familie beim Packen zu helfen. »Ihr seid ja schon beinah fertig«, sagte er. »Vergesst bloß nicht eure Pässe und die Fahrkarten! – Und habt ihr das Geld?«

Ja, Dagmar hatte ihr altes Konto aufgelöst und die fünfhundertdreißig Reichsmark in ihre Handtasche gesteckt.

»Ich habe noch hundertzwanzig Mark«, sagte Wilhelm. »Die könnt ihr auch mitnehmen.«

»Meine Spardose!«, rief Horst. »Wir haben doch auch noch meine Spardose.« Er war enttäuscht, als sein Vater ihm erklärte, dass sie die Münzen nicht mitnehmen könnten.

»Ich habe keinen Wagen gekriegt«, sagte Wilhelm. »Es wird immer schwieriger. Und den Vormittag freinehmen kann ich mir auch nicht. Ihr werdet die Straßenbahn nehmen müssen.«

»Macht nichts«, behauptete Dagmar. »Wir kommen schon klar. – Und das Packen ist gar nicht so schwer«, behauptete sie.

Aber es war schwer. Das Nähzeug musste mit, das hätte sie fast vergessen. Und die Knöpfe natürlich. Womöglich gab es in Indien keine Knöpfe, wenn die Frauen nur Saris trugen. Das Bügeleisen – nein, das musste hierbleiben. Aber wenn sie stattdessen eines der kleinen, alten Bügeleisen aus Eisen mitnahm, die man auf den Herd stellte, bis sie heiß waren? Irgendwo im Keller musste es sein. Dagmar lief nach unten.

Horst kam mit dem Rucksack zurück.

»Der ist viel zu groß für dich«, sagte Wilhelm.

»Der ist nicht zu groß«, behauptete Horst. Der Rucksack war zu. Wenn man die Riemen so eng wie möglich einstellte, dann konnte Horst ihn tragen. »Da muss doch der Hase rein. Und die ganzen Bücher.«

Wilhelm Berger ging mit seinem Sohn zusammen in das Kinderzimmer. Auf dem Tisch lag ein Stapel von Büchern. »Die kannst du unmöglich alle mitnehmen«, sagte Wilhelm.

»Das sind nur die Wichtigsten«, widersprach Horst.

Ja, es waren nur die Bücher, die Horst für wichtig hielt. Aber es waren zu viele. Erich Kloss, *Sommertage im Försterhaus*. Na schön. Waldemar Bonsels, *Die Biene Maja*. »Bist du dafür nicht schon zu alt?«

Horst schüttelte den Kopf. *Die Biene Maja* musste mit.

Dagmar war aus dem Keller zurückgekommen. Das eiserne Bügeleisen musste hierbleiben. Es hatte Rost angesetzt. Dagmar schüttelte den Kopf, als sie die vielen Bücher sah. »Das geht nicht.«

»Das muss gehen. Ich trage sie auch alle selber.«

Aber am Ende ging es doch nicht, weil nicht alles in den Rucksack passte. *Die Biene Maja* musste zu Hause bleiben; dafür hatte Wilhelm zum Schluss noch das *Dschungelbuch* mit auf den Stapel gelegt. Das kannte Horst noch gar nicht. »Das wirst du in Indien brauchen«, behauptete sein Vater.

Dagmar sagte: »All die anderen Sachen, die bewahrt Papa hier auf, und wenn wir zurückkommen, dann kannst du damit weiterspielen.«

Horst sah auf einmal bekümmert aus. »Ich will nicht, dass Papa hierbleibt«, sagte er. »Wir gehören doch zusammen!«

»Es ist nur für kurze Zeit«, sagte Dagmar rasch.

Horst war nicht überzeugt.

Wilhelm sagte: »Komm mit in den Garten, ich zeig dir was.«

»Was denn?«

»Komm einfach mit.«

Wilhelm und Horst gingen nach draußen. Es war längst dunkel geworden.

»Siehst du die Sterne am Himmel? Einige davon siehst du in Bombay genau wie hier in Hamburg. Nicht alle, weil ihr viel weiter südlich seid. Und wenn du in Indien abends in den Himmel guckst, dann musst du einfach nur daran denken, dass ich hier in Hamburg denselben Stern sehe wie du auch, und dann sind wir durch diesen Stern miteinander verbunden.«

»Die Sterne sind kalt«, sagte Horst.

Wilhelm Berger schüttelte den Kopf. »Das sieht nur so aus. In Wirklichkeit sind sie heißer als das heißeste Feuer, das du dir vorstellen kannst.«

Freitag, 18. August 1939

Die Besprechung am nächsten Morgen ergab keine konkreten Ergebnisse.

»Das Messer stammt nicht aus der Kantine im Universitätskrankenhaus«, sagte Pagels. »Das steht inzwischen fest. Es kommt auch nicht aus einer der Gaststätten in der näheren Umgebung des Tatorts und der Wohnung des Opfers.«

»Schade.«

»Dann ist da noch die Geschichte mit dem Schlüsselbund, erinnert ihr euch? Drei Schlüssel, einer davon mit Doppelbart. Das ist der Wohnungsschlüssel. Einer der anderen gehört zur Haustür. Den dritten hier, den können wir bisher nicht zuordnen.« Herbert Richter hielt den fraglichen Schlüssel hoch.

»Zeiss Ikon«, sagte Pagels. »Ein Sicherheitsschloss.«

»Ja. Irgendeine Haustür oder Wohnungstür wahrscheinlich.«

»Was sagt Luise Reuther?«

»Sie kennt den Schlüssel nicht.«

»Lügt sie?«, fragte Pagels.

Herbert Richter zuckte mit den Schultern. »Natürlich gäbe es Möglichkeiten, das herauszufinden. Wir haben hier im Hause Spezialisten, wenn die jemand verhören, dann sagt der am Ende die Wahrheit, das steht fest.«

»Herbert, ich denke, wir sind uns alle einig, dass wir auf diese Experten nicht zurückgreifen wollen«, sagte Wilhelm Berger rasch.

»Ich wollte es ja nur mal erwähnen. – Eine andere offene Frage ist übrigens inzwischen geklärt. Das Taschentuch mit den Buchstaben F.D., das stammt von der Mutter des Opfers. Das erklärt auch die altertümlich verschnörkelten Initialen.«

»Na schön. – Ich werde mir noch einmal den Apotheker vornehmen«, sagte Berger. »Wenn er die Fotos gemacht hat …«

»Die meisten Fotos, nicht alle!«

»… wenn er die meisten Fotos gemacht hat, dann muss er mehr wissen, als er uns bisher verraten hat.«

* * *

Der Apotheker hieß Theo Bronn. Ein kleiner Mann, vielleicht sechzig Jahre alt, mit einem völlig unmodernen Kaiser-Wilhelm-Bart. »Kommen Sie doch bitte mit nach hinten«, sagte er. Er wollte offensichtlich nicht, dass seine Kunden mitbekamen, dass er die Polizei im Haus hatte.

»Herr Bronn, Sie haben uns erzählt, dass Sie die meisten Aufnahmen aus dem Album der Frau Reuther aufgenommen haben.«

»Ja, das ist richtig.« Er strich sich nervös über das Haar. »Sie hat mich darum gebeten. Es war ihre Kamera, das muss ich dazu sagen. Ich selbst könnte mir solch einen teuren Fotoapparat nicht leisten.«

»Und das war Ihnen nicht peinlich?«

»Die Fotos zu machen? Nein, das war mir nicht peinlich.«

Aber irgendetwas schien dem Apotheker peinlich zu sein. Er konnte seine Hände nicht ruhig halten.

»Und diese Aufnahmen?« Berger legte die Fotos auf den Tisch, die noch in der Kamera gesteckt hatten. Die große Frau kannten sie inzwischen, das war Erika Dabrowski. Daneben stand Inez Reuther. Aber wer war der kleine Mann mit dem Schäferhund? Nicht der Apotheker, soviel stand fest.

»Das ist Inez«, sagte Theo Bronn.

»Ja. – Und die anderen? Der Mann mit dem Schäferhund?«

Bronn zögerte. Schließlich sagte er: »Sie kriegen es ja doch heraus. Das ist mein Bruder.«

»Name und Anschrift?«

»Er heißt Robert. Robert Bronn. Er ist Arzt.«

»Auch hier am Universitätskrankenhaus?« Warum hatten die beiden Ärzte nichts davon erzählt?

»Nein, in Kiel. Die Aufnahmen sind in Kiel gemacht worden, genau wie das Foto von Inez an der Mauer, das in der Zeitung abgedruckt war. Das ist in seinem Garten in Kiel.«

»Hat Ihr Bruder an den … an den Feiern in Eppendorf teilgenommen?«

»Ja. – Aber er wollte nicht fotografiert werden. Er hatte Angst, dass diese Bilder irgendwann einmal an die Öffentlichkeit kommen könnten. Und er musste ja schließlich an seinen guten Ruf denken. Er ist verheiratet.«

»Was ist das für ein Ausflug, auf dem die Fotos entstanden sind?«

»Das war eine Fahrt nach Kiel. Die Inez hat das organisiert. Der Robert, der hat sich immer sehr für Aufnahmen von unseren Treffen interessiert. Und als er die Erika auf den Fotos gesehen hatte, da wollte er sie unbedingt kennenlernen …«

»Und … hat er sie ›kennengelernt‹?«

»Sie haben miteinander geredet. Mehr nicht. Sie wollte nicht. Sie war beim Liebesspiel immer sehr zurückhaltend.«

»Aha. – Gibt es noch weitere schüchterne Teilnehmer an Ihren Orgien, die auf den Fotos nicht abgebildet sind?«

»Orgien! – Wie abwertend das klingt! Wir sind erwachsene Menschen, und wir haben miteinander gespielt, das ist alles!«

»Herr Bronn, niemand hat etwas dagegen, wenn erwachsene Menschen miteinander spielen. Aber in diesem Fall war am Ende einer tot, und da hört das Spiel auf!«

»Ja, natürlich.«

»Gibt es sonst noch irgendetwas, was wir wissen sollten, aber was Sie uns nicht verraten mögen, weil irgendeiner Ihrer Bekannten sonst vielleicht ärgerlich werden könnte? Verraten Sie es mir lieber gleich, sonst könnte es nämlich passieren, dass ich ärgerlich werde, und das könnte dann sehr unangenehm für Sie werden!«

Bronn schüttelte den Kopf. Nein, mehr hatte er nicht zu sagen.

Das Telefon läutete. Wilhelm Berger meldete sich.

»Wilhelm, es gibt Schwierigkeiten!« Dagmar klang völlig außer Atem.

»Schwierigkeiten?« Berger erschrak.

»Die Abreise hat sich verzögert. Es geht erst morgen los. Aber das ist nicht das Problem, Wilhelm. Ich bin hier beim Zoll. Die sagen, das Gepäck kann nicht mit. Nur ein Koffer und eine Tasche pro Person sind erlaubt, sagen sie. Und das Geld auch nicht. Jeder darf nur zehn Reichsmark mitnehmen.«

Die Devisenbeschränkungen! Daran hatten sie nicht gedacht. »Das wird sich alles klären«, behauptete Wilhelm. Aber wie?

»Zehn Mark! Ich bitte dich, Wilhelm, was sollen wir mit zehn Mark in Indien? Wir kennen keine Menschenseele in Bombay. Das ist doch völlig absurd!«

»Ich denke, der Konsul hat dir eine Anschrift gegeben, wo du dich melden sollst?«

»Ja, schon, aber das heißt doch noch lange nicht, dass ich mit offenen Armen aufgenommen werde, wenn ich völlig mittellos da ankomme!«

»Nein, das ist natürlich richtig.« Warum hatten sie es auf die ehrliche Weise versucht? Hätte sie das Geld nicht verstecken können – im Koffer, in den Schuhen, am Körper?

»Und was machen wir jetzt?«

Berger überlegte. Es gab nur eine Möglichkeit: »Hör zu, Dagmar: Du nimmst dir jetzt erst einmal ein Taxi, und ihr beide fahrt nach Hause zurück. Ich werde ein bisschen herumtelefonieren. – Das wird sich mit Sicherheit alles klären lassen.«

»Hoffentlich, Wilhelm! – Alles schien schon so sicher, aber jetzt – ich habe auf einmal Angst, dass das alles nichts wird, dass das mit dem Geld nur ein Vorwand ist und dass sie uns gar nicht mehr rauslassen!«

»Warum sollten sie das tun? Deine Papiere sind doch in Ordnung. Und alles andere lässt sich klären, davon bin ich überzeugt.«

* * *

Wilhelm Berger hatte das Stadthaus unter einem Vorwand verlassen und stand jetzt vor der Villa Harvestehuder Weg 12. Hier stand das einstige Budge-Palais, ein Prachtbau aus dem Kaiserreich, den die Nazis 1937 beschlagnahmt hatten. Hier residierte der Reichsstatthalter und Gauleiter Karl Kaufmann. Berger hatte sich telefonisch angemeldet; der Gauleiter kannte ihn. Kaufmann war ein Freund seines Vaters gewesen. Friedrich Berger, Im- und Export, hatte die Nazis durch großzügige Geldspenden unterstützt. Wilhelm Berger mochte den Gauleiter nicht, aber der Mann hatte ihm schon mehrfach geholfen – vor allem bei Susannes Flucht nach Amerika.

»Nehmen Sie doch Platz!«

»Danke.«

Während Wilhelm Berger seine Nervosität schlecht verbergen konnte, wirkte der Gauleiter völlig gelassen.

»Zigarre?«

»Nein, danke.« Berger rauchte nur Zigaretten.

Der Gauleiter nahm sich eine Zigarre, zündete sie an und nahm einen tiefen Zug. Dabei sah er sein Gegenüber mit diesem leicht überlegenen, etwas spöttischen Gesichtsausdruck an, den Berger von ihm gewohnt war. Wilhelm Berger ärgerte sich. Du bist bloß der Sohn eines Wäschereibesitzers, dachte er, vor dir habe ich keine Angst. Aber er hatte Angst. Karl Kaufmann besaß in Hamburg die absolute Macht, und Wilhelm Berger war nichts als ein einfacher Polizist, der hier als Bittsteller kam.

»Herr Gauleiter ...«, sagte er.

Karl Kaufmann unterbrach ihn. »Lassen Sie uns direkt zur Sache kommen. Ich habe gehört, dass es gewisse formale Schwierigkeiten bei der Ausreise Ihrer Familie gibt. – Das tut mir leid.«

Natürlich tat es ihm nicht leid. Berger hatte im Gegenteil den Eindruck, dass der Gauleiter es geradezu genoss, ihn hier als Bittsteller zu sehen. »Ich bin gekommen, um zu fragen, ob Sie vielleicht eine Möglichkeit haben ...«

»Es ist gut, dass Sie zu mir gekommen sind. Sie wissen, dass ich für die Sorgen meiner Hamburger Volksgenossen immer ein offenes Ohr habe. Das gilt ganz besonders für Menschen wie Sie, die ich zu meinen Freunden zähle. Und – um das ganz unverblümt zu sagen – natürlich ist es auch gut, dass Ihre Familie das Land verlassen möchte. – Ja, ja, ich weiß, das mag im Augenblick für Sie schmerzlich erscheinen, aber Sie werden sehen, dass diese Trennung durchaus ihre guten Seiten hat. Ich habe Ihnen ja schon vor ein paar Monaten deutlich gemacht, dass ein Kriminalist, der mit einer Halbjüdin verheiratet ist, zwar im Augenblick noch toleriert werden kann, dass er aber damit auf jeden Fall keinerlei Aufstiegschancen mehr hat.«

Berger schluckte. Offenbar bewertete der Gauleiter die Ausreise seiner Familie als so eine Art dauerhafte Trennung. »Dies ist keine Scheidung«, sagte er.

Der Gauleiter hob die Hände. »Wir werden sehen«, sagte er. »Jedenfalls ist es gut, dass Sie ein wenig Abstand voneinander gewinnen. Das macht es zweifellos leichter, die Lage sachlich und nüchtern zu bewerten, und ich bin überzeugt, dass Sie am Ende die richtigen Schlüsse ziehen werden. – Was mir nicht ganz so gut gefällt, das ist die Tatsache, dass Sie die Ausreise auf dem Wege über das englische Konsulat betrieben haben.«

»Herr Kaufmann, wir kennen den Herrn Konsul seit vielen Jahren. Schon allein durch die Außenhandelsbeziehungen meines Vaters war es unerlässlich, dass wir engen Kontakt zu den Engländern hielten. Nur so war es möglich, dass wir auch in schwieriger Zeit und bei kritischer Finanzlage im- und exportieren konnten.«

»Und das ist letzten Endes auch der NSDAP zugutegekommen.« Der Gauleiter blies einen Rauchring in die Luft.

Leider, dachte Wilhelm Berger. Aber immerhin hatte ihm diese politische Fehlentscheidung seines Vaters die Möglichkeit eröffnet, in brenzligen Situationen direkt mit den höchsten Instanzen Kontakt aufzunehmen.

»Verstehen Sie mich nicht falsch, Herr Berger, ich kritisiere gar nicht, dass Sie oder Ihre Frau mit dem britischen Konsul gesprochen haben. Ich finde es nur schade, dass Sie mich nicht über Ihr Vorhaben unterrichtet haben. All die Schwierigkeiten, die jetzt erst mühsam aus dem Weg geräumt werden müssen, wären dann gar nicht erst aufgetreten.«

»Heißt das also …«

»Natürlich heißt es das. – Herr Berger, Sie sollten sich eigentlich inzwischen daran gewöhnt haben, dass ich nicht nur der Gauleiter bin, sondern obendrein der Reichsstatthalter und damit der direkte Vertreter des Führers. Und was ich in dieser Eigenschaft anordne, das geschieht auch. Wozu haben wir einen Sonderbeauftragten für Ein- und Auswanderungsangelegenheiten? Ich werde ihn anrufen, und er wird den Fall klären.«

»Danke!« Wilhelm Berger war erleichtert. »Dann will ich Sie auch gar nicht länger stören und wünsche Ihnen einen schönen …«

»Einen Moment«, bremste ihn der Gauleiter. »Wo Sie schon einmal hier sind: Ich habe auch ein kleines Anliegen.«

»Ein kleines Anliegen?« Das konnte nichts Gutes bedeuten.

»Ja. – Ich habe Ihnen früher schon zu verstehen gegeben, dass die alte Freundschaft zwischen uns unerschütterlich ist.«

Wilhelm Berger nickte automatisch, aber er empfand sich keineswegs als Freund des Gauleiters.

»Und bei alten Freunden ist es üblich, dass man sich gegenseitig aus der Patsche hilft.«

»Wenn ich Ihnen jemals mit irgendetwas behilflich sein kann …«, setzte Wilhelm Berger an. Eine Floskel. Er war nicht scharf darauf, den Gauleiter bei irgendeiner zweifelhaften Angelegenheit zu unterstützen.

Doch genau darauf wollte Karl Kaufmann hinaus: »Herr Berger, Sie werden direkt die Gelegenheit haben, mir behilflich zu sein. Einem meiner Freunde ist ein kleines Missgeschick passiert. Er hat ein Techtelmechtel angefangen und nicht genau genug darauf geachtet, mit wem er sich einlässt. Dass die junge Frau eine Jüdin war, hat er nicht geahnt. Nun hat ihn irgendein übereifriger Nachbar angezeigt. Natürlich hat er alles bestritten, aber so eine Anzeige wegen Rassenschande lässt sich nicht einfach vom Tisch wischen.«

»Das ist Sache der Staatsanwaltschaft, da kann ich auch nichts machen«, sagte Berger.

Karl Kaufmann schüttelte den Kopf. »Da können Sie sehr wohl etwas machen, Herr Berger. Sie können zum Beispiel einfach zu Protokoll geben, dass Sie zu dem fraglichen Zeitpunkt mit dem Herrn Storck – so heißt er, Heinrich Storck – den ganzen Abend zusammen in der Kneipe gesessen haben, und dass der Zeuge sich geirrt haben muss.«

»Das wäre ja eine Falschaussage, möglicherweise sogar ein Meineid.«

»Herr Berger, ich kann Ihnen versichern, dass nichts beeidet werden muss. Ihre Aussage reicht vollkommen aus.«

Wilhelm Berger schüttelte den Kopf. »Das kann ich nicht.«

»Warum nicht? Niemandem geschieht etwas Böses. Und – wenn ich Sie bisher recht verstanden habe – ich habe das Gefühl, dass Sie jedenfalls einen Verstoß gegen die Rassengesetze nicht für so schwerwiegend halten, dass man darum jemandem die ganze Zukunft verbauen sollte.«

Wilhelm Berger schwieg. Er fragte sich plötzlich, wie schlimm es eigentlich wäre, wenn Dagmar und Horst ohne Geld und ohne Gepäck in Bombay ankamen. – Zu spät!

Der Gauleiter sagte: »Möglicherweise denken Sie, dass sich das Problem auch ganz einfach regeln ließe, wenn ich selbst in das Geschehen eingreifen würde. Ich, als Gauleiter. Und natürlich haben Sie recht: Das könnte ich tun. Das würde ich aber nur sehr ungern tun, weil in dem Falle sofort für jeden sichtbar wäre, dass ich einem Parteifreund, einem alten Kämpfer aus der SA, einen Gefallen tun will. Das könnten übel meinende Zeitgenossen so interpretieren, als würde sich die Partei nicht an ihre eigenen Gesetze halten. Das ist natürlich nicht der Fall, und dieser Eindruck muss auf jeden Fall vermieden werden.«

Wilhelm Berger schüttelte den Kopf.

»Sie denken jetzt vielleicht: Warum soll ich das tun? Warum kann das nicht irgendjemand aus der SA machen? Ein anderer alter Kämpfer sozusagen? – Dazu kann ich nur sagen: Das wäre eine schlechte Lösung, weil es so auffällig ist. Ein SA-Mann, der dem anderen ein Alibi gibt – da denkt doch jeder, dass es nicht mit rechten Dingen zugeht. Aber Sie als Polizist, Sie sind in dieser Hinsicht über jeden Verdacht erhaben. Und für Sie ist diese Angelegenheit doch eine Kleinigkeit. – Oder wollen Sie, dass zwei unbescholtene Bürger wegen Rassenschande ins Gefängnis gehen?«

Wilhelm Berger schüttelte erneut den Kopf.

»Sehen Sie – das habe ich mir gedacht!« Der Gauleiter erhob sich. »Mein lieber Wilhelm Berger, Sie haben genauso reagiert, wie ich es von Ihnen erwartet habe. Sie haben mich nicht enttäuscht.«

Auch Berger erhob sich. Es hatte keinen Sinn mehr, noch weiter zu diskutieren. Wahrscheinlich hatte der Gauleiter recht. Es wäre absurd, irgendjemanden wegen Rassenschande zu bestrafen, ganz gleich, ob das nun ein SA-Mann war oder nicht. Und am schlimmsten würde sicherlich die Jüdin bestraft werden. Eine junge Frau wie Susanne.

»Und weil ich vorausgesehen habe, dass Sie sich so entscheiden würden, habe ich mir erlaubt, gleich ein Treffen zwischen Ihnen und diesem Mann zu arrangieren.«

»Ein Treffen?« Das war wirklich dreist.

»Ja. – Sie treffen sich morgen Vormittag um 10.00 Uhr auf der Terrasse des Uhlenhorster Fährhauses. Um die Zeit dürfte es noch nicht so voll sein. Und auch noch nicht so heiß. – Glauben Sie mir, Herr Berger, ich würde einiges darum geben, an Ihrer Stelle morgen Vormittag an der Alster auf der Terrasse sitzen zu können. Aber leider lässt mein Terminplan das nicht zu.«

»Morgen früh.« Wilhelm Berger hätte gern gesagt, dass er genau zu dieser Zeit schon einen anderen Termin habe, der nicht aufzuschieben sei, aber das war nicht der Fall. Möglicherweise hatte der Gauleiter vorher im Stadthaus nachgefragt. »Und woran soll ich den Mann erkennen?«, fragte er.

Der Gauleiter lächelte: »Machen Sie sich keine Gedanken, Herr Berger, Sie werden ihn erkennen. Sie werden ihn ganz sicher erkennen.«

Sonnabend, 19. August 1939

Ja, Wilhelm Berger erkannte den Mann. Er saß an einem der Tische unter den großen Bäumen im Schatten, und er sah aus, als wäre er hier völlig fehl am Platze. Im Gegensatz zu den Damen, die trotz der frühen Stunde die Tische direkt an der Alster besetzt hatten, hatte er keinen Kaffee, sondern ein Bier vor sich stehen. Und seine Kleidung entsprach nicht der neuesten Mode. Er hatte sich in einen etwas abgetragenen Anzug gezwängt. Wilhelm Berger vermutete, dass er sich den extra für dieses Treffen ausgeliehen hatte. Er wirkte darin wie eine unglückliche Figur aus einem amerikanischen Gangsterfilm. Er erhob sich, als er Wilhelm Berger erkannte.

»Otto«, sagte Berger.

»Herr Kommissar«, murmelte der Angesprochene. Er vermied es, Wilhelm Berger dabei ins Gesicht zu sehen.

»So sieht man sich wieder!« Es war ein knappes Jahr her, dass ein Trupp SA Bergers Familie belästigt hatte. »Und Sie heißen Storck?«

»Heinrich Otto Storck, ja. Aber alle nennen mich nur Otto. Herr Kommissar, es tut mir leid, dass ich … dass wir damals bei Ihnen zu Hause solch eine Unordnung gemacht haben, und ich möchte mich … ja, ich möchte mich hiermit – auch im Namen meiner Kameraden – möchte ich mich hiermit bei Ihnen entschuldigen für alles, was wir damals …«

»Schon gut«, knurrte Berger, »dafür haben Sie ja schließlich bezahlt.« Otto war einer der beiden Kerle gewesen, die er schließlich identifiziert hatte, und die kräftig Prügel bezogen hatten.

»Ach, das … das spielt doch überhaupt keine Rolle. Wissen Sie, Herr Kommissar, ich bin nur ein einfacher Arbeiter, wenn ich denn überhaupt Arbeit habe, und im Hafen, da geht es manchmal ganz schön rau zu, das können Sie mir glauben. Ich habe Prügel ausgeteilt und Prügel eingesteckt und mir nie viel dabei gedacht. Und als ich dann schließlich die SA kennengelernt habe, lauter Gleichgesinnte, lauter Leute, die bereit sind zuzuschlagen, wenn es für den Aufbau eines neuen, besseren Deutschland erforderlich ist, da habe ich mich zum ersten Mal in einer Gruppe richtig wohlgefühlt. Aber das, was wir da bei Ihnen gemacht haben, das war nicht richtig. Bei Ihrer Frau und den Kindern, meine ich, und das hätten wir eigentlich nicht …«

»Schon gut«, sagte Berger noch einmal. Er glaubte nicht an den gutherzigen SA-Schläger, und diese Entschuldigung war einfach lächerlich. Es war ganz offensichtlich, dass irgendjemand darüber nachgedacht hatte, warum zum Teufel der Kommissar Berger sich mit diesem Grobian hätte treffen können, und dabei war ihm die Idee mit der Entschuldigung gekommen. Man könnte fast glauben, dass dieses angebliche Treffen zwischen ihnen zur Tatzeit so stattgefunden hatte. Aber nun brauchten sie diese Komödie nicht unnötig in die Länge zu ziehen. »Ich nehme Ihre Entschuldigung an.«

»Danke.« Der Mann wirkte geradezu unterwürfig.

Wilhelm Berger konnte der Versuchung nicht widerstehen, ihm ein paar gute Ratschläge mit auf den Weg zu geben: »Wenn Sie künftig etwas für ein besseres Deutschland tun wollen, dann sollten Sie nicht zuschlagen, sondern im Gegenteil dafür sorgen, dass es gar nicht erst zu Gewalttätigkeiten kommt. Dann sollten Sie dazu beitragen, dass nichts zerstört wird, sondern dass etwas Neues, Besseres aufgebaut wird.«

Otto nickte.

»Und jetzt würde ich gerne von Ihnen wissen, was denn nun eigentlich wirklich passiert ist.«

»Mit dieser Frau? – Ja, was soll ich dazu sagen? Als ich die gesehen habe, da habe ich gleich gedacht, dass es eine ganz, ganz tolle ... eine ganz wunderbare Frau ist. Und natürlich habe ich sie nicht gefragt, ob sie Jüdin ist oder Zigeunerin oder sonst irgendetwas Unanständiges, sondern ich habe sie bloß gefragt, ob sie mit mir ins Bett will. – Natürlich wäre es anständiger von ihr gewesen, wenn sie gesagt hätte, dass das nicht geht, weil sie Jüdin ist. Aber das hat sie nicht gesagt, die dumme Vo... – die Frau, wollte ich sagen, und dann ist es eben passiert. Und irgend so eine Nachbarin, eine ganz blöde Schlampe, die hat nichts Besseres zu tun gehabt, als uns anzuzeigen.«

»Ja, das habe ich schon gehört. – Und wann ist das gewesen?«

»Genau vor einer Woche.«

»Nachts?«

»Abends, so gegen 8.00 Uhr abends.«

Wilhelm Berger nickte. »Also gut, Otto, vor genau einer Woche haben wir abends um 8.00 Uhr hier zusammengesessen, gemeinsam ein Bier getrunken, und Sie haben sich bei mir entschuldigt, dass Sie damals in unsere Wohnung eingedrungen sind.«

»Danke, Herr Kommissar.« Otto strahlte.

»Nichts zu danken.«

Als Otto sich überschwänglich von Wilhelm Berger verabschiedete, hatte der das Gefühl, übers Ohr gehauen worden zu sein. Aber nun war es zu spät, daran noch irgendetwas zu ändern.

Als Wilhelm Berger kurz darauf im Stadthaus eintraf, klingelte schon das Telefon. »Warum nimmt denn keiner ab?«, rief er. Aber es war niemand da, und als Berger schließlich selbst den Hörer abhob, war es zu spät. Der Anrufer hatte aufgegeben.

Er wollte sich gerade die Akte mit den Zeugenbefragungen noch einmal vornehmen, da klingelte das Telefon erneut.

»Berger?«

Es war Dagmar. »Hallo, Wilhelm, entschuldige bitte, dass ich dich einfach so im Dienst anrufe, aber ich bin schon wieder zu Hause. Ja, mit dem Gepäck und mit dem Geld, das hat alles geklappt. Aber es geht noch immer nicht los. Jetzt heißt es, dass wir morgen Nachmittag auslaufen werden. Irgendwelche wichtige Fracht für Indien ist noch nicht eingetroffen. – Das ist wirklich ärgerlich.«

Ärgerlich? Das war ein unverhofftes Geschenk des Schicksals. Einen Tag länger konnten sie zusammenbleiben! Wilhelm Berger fasste einen spontanen Entschluss: »Weißt du was, Dagmar? Wir fahren an die Ostsee. Ich hole euch zu Hause ab, und dann fahren wir mit der Bahn nach Travemünde.«

»An die Ostsee? – Ja, geht denn das überhaupt?«

»Es geht alles, wenn man es nur will.«

Berger schrieb einen Zettel für seine Kollegen, die noch immer nicht zurück waren: *Ich bin unterwegs in Sachen Zeugenbefragungen, bin wahrscheinlich erst heute Abend zurück!*

»Schön«, sagte Dagmar.

Ja, es war ein wunderschöner Tag. Kein Wölkchen am Himmel, und die Temperatur betrug schon jetzt mindestens 25 Grad, und dabei war gerade erst früher Nachmittag. Die Luft schien stillzustehen, und die Ostsee lag spiegelglatt. Es war ein Sonnabend, und wer nicht arbeiten musste, der hatte die Gelegenheit genutzt, ein paar Stunden Sommer zu genießen. In Travemünde waren alle Strandkörbe besetzt, aber Wilhelm Berger war sowieso kein Freund von Strandkörben. Er hatte Dagmar bei der Hand genommen und war mit ihr am Brodtener Ufer entlanggegangen. Hierher kamen nur wenige Touristen. An einer Stelle schien der Weg durch vom Steilufer heruntergestürzte Bäume versperrt. Sie ließen sich dadurch nicht aufhalten.

Horst lief voraus und suchte den jeweils besten Weg. Lachend folgten sie ihm und krochen bäuchlings unter einem Gewirr von Stämmen hindurch, das ihr Sohn mit seinen zehn Jahren noch auf allen Vieren krabbelnd überwinden konnte. Auf der anderen Seite waren sie ganz unter sich.

»Schade, dass wir kein Badezeug mithaben«, sagte Dagmar.

»Wieso?«, fragte Wilhelm. Er begann, sich auszukleiden.

»Wilhelm! Du willst doch nicht etwa nackt ins Wasser gehen?«

»Warum denn nicht?«

»Die Leute können uns sehen!«

»Was denn für Leute? Siehst du hier Leute?«

Dagmar sah sich um. Der Strand lag verlassen. »Oben geht doch ein Weg längs. Wenn da nun Leute vorbeikommen! Das ist Erregung öffentlichen Ärgernisses!«

»Öffentliches Ärgernis? – Unsinn! Kraft durch Freude ist das!«

»Kraft durch Freude«, prustete Dagmar. Sie beeilte sich, hinter Wilhelm herzulaufen, dem die pieksenden Steine unter Wasser nichts auszumachen schienen.

»Unser Ziel ist es, eine leistungsstarke, deutsche Volksgemeinschaft zu schaffen, sowie die Vervollkommnung und Veredelung des deutschen Menschen«, verkündete Wilhelm Berger.

Dagmar spritzte mit Wasser. Sie kreischte, als Wilhelm mit beiden Händen zurückspritzte.

»Sowie eine Steigerung der Nervenstärke!«, fügte er hinzu. Im nächsten Moment musste er allerdings selbst die Flucht ergreifen, als auch Horst seine Mutter dabei unterstützte, ihm das kalte Ostseewasser ins Gesicht zu spritzen.

Später lagen Dagmar und Wilhelm eng nebeneinander im Schatten des Steilufers auf dem kiesigen Strand. Horst sammelte flache Steine und ließ sie über das Wasser schnellen. »Habt ihr das gesehen?«, rief er jedes Mal, wenn ein Wurf besonders gut gelungen war.

Dagmar lächelte. »Was für ein herrlicher Tag«, sagte sie.

»Das deutsche Volk wird durch die gemeinsam verbrachte Freizeit zu einer starken, anderen Völkern überlegenen Gemeinschaft zusammengeschweißt«, behauptete Berger.

»Kannst du nicht mal vernünftig sein?«

»Ich finde es sehr vernünftig, wenn du und ich zusammengeschweißt werden.«

»Aber das geht nun wirklich nicht am Strand!«

»Nein, aber nachher zu Hause. Eine Nacht haben wir noch!«

Dagmar seufzte leise. Einen Augenblick lang hoffte sie, Wilhelm würde sich noch umstimmen lassen und doch mit nach Indien kommen. Nicht alle Kabinen auf der *Rauenfels* waren belegt. Noch wäre es möglich. Was hatte Wilhelm vorhin gesagt: Es geht alles, wenn man nur will? Aber Wilhelm hatte jetzt die Augen geschlossen und träumte vor sich hin.

Dagmar räusperte sich. »Wilhelm«, sagte sie.

Wilhelm reagierte nicht.

Stattdessen rief Horst: »Habt ihr das gesehen? Siebenmal! Habt ihr das gesehen? Das müsst ihr sehen! Ich kann das jetzt! Ich kann das jetzt wirklich!« Und zum Beweis schleuderte er einen weiteren flachen Stein über das Wasser.

»Toll«, sagte Dagmar.

Spät am Nachmittag saßen sie in der Bahn zurück nach Hamburg.

»Ich hoffe, du bekommst keine Schwierigkeiten wegen unseres kleinen Ausfluges«, sagte Dagmar.

Wilhelm Berger schüttelte den Kopf. »Sie wissen gar nicht, was wir gemacht haben. Und wenn sie es doch herausbekommen sollten, dann werden sie mir dafür auch nicht den Kopf abreißen.« Eine ordentliche Standpauke würde es geben, aber viel mehr sicher nicht.

»Und wenn sie dir nun doch den Kopf abreißen?«, fragte Horst ganz ernsthaft.

»Dann würde ich immer noch sagen: dieser wunderschöne Tage an der Ostsee war das wert!«

»Unsinn!«, sagte Dagmar. »So böse Sachen macht die Polizei nicht.«

»Aber Susanne hat gesagt …«

Susanne! »Ich weiß nicht, was Susanne dir erzählt hat, aber dein Papa arbeitet bei der Kriminalpolizei, und dort werden keine schlimmen Dinge gemacht.«

»Nein«, bestätigte Berger. Das war glatt gelogen. Die Kriminalpolizei führte nicht nur den Kampf gegen das Berufsverbrechertum, sondern sie machte auch Jagd auf sogenannte Asoziale, auf Homosexuelle und auf Zigeuner. Und Walther Bierkamp, der neue Leiter der Hamburger Kriminalpolizei, kannte kein Pardon. Im Juni 1938 hatte er dafür gesorgt, dass über hundert Zigeuner in das KZ Sachsenhausen deportiert wurden. Berger selbst war freilich von diesen Dingen nicht betroffen. Die Verfolgung von

Tötungsdelikten erfolgte nach wie vor auf dieselbe Weise wie in jedem Rechtsstaat.

»Was macht eigentlich Susanne jetzt?«, wollte Horst wissen.

»Es geht ihr gut«, sagte Dagmar. Die Wahrheit war, dass sie wenig über Susannes Leben in den USA wussten. Ein paar Ansichtskarten hatte sie geschrieben, mehr nicht.

Eine Weile fuhren sie schweigend durch die hügelige Landschaft Schleswig-Holsteins. Dagmar hatte Wilhelms Hand ergriffen und hielt sie fest. »So ein schöner Ausflug – fast so schön wie eine Nordland-Reise.«

Wilhelm Berger sagte: »Das ist die schönste Aufgabe von Kraft durch Freude: dem schaffenden, deutschen Menschen Mut und Lebenswillen zu geben.«

»Kannst du nicht einmal einen Augenblick lang ernsthaft sein, anstatt hier Robert Ley zu zitieren?«

»Nein«, sagte Berger. Es war eine ausgelassene Stimmung wie vor zehn Jahren, als sie sich gerade erst kennengelernt hatten.

Jemand hatte den *Hamburger Anzeiger* im Abteil liegen gelassen. Wilhelm Berger nahm das Blatt zur Hand. »Das sieht doch gar nicht so schlecht aus«, sagte er. »*Glück für wenig Geld. Jetzt schlagen allerorten zur Freude von Groß und Klein die Jahrmärkte ihre Zelte auf.* – Kraft durch Freude, wohin man nur schaut.«

»Wilhelm, mir scheint, du brauchst eine Brille«, stellte Dagmar fest. Sie nahm ihm die Zeitung aus der Hand, drehte sie um und hielt ihm die Titelseite vors Gesicht: *Barbarische Methoden des polnischen Terrors. Treibjagd auf alles, was deutsch ist. Niemand ist mehr sicher – viehische Untersuchungsmethoden – Kinder zu Tode geprügelt.*

»Ach das!« Polen war im Augenblick unwichtig. Und das Propagandagetöse nahm sowieso keiner ernst.

Plötzlich hatte Wilhelm Berger das Gefühl, dass sie alles falsch machten. Dass es völlig verkehrt war, wenn sie sich voneinander trennten. »Dagmar«, sagte er, »lass uns noch einmal über alles reden.«

Dagmars Augen leuchteten. »Du kommst doch mit?«

Wilhelm schüttelte den Kopf. »Im Gegenteil – ich frage mich, ob es überhaupt sinnvoll ist, dass ihr das Land verlasst. Die politische Lage sieht doch gar nicht so bedrohlich aus, wie wir noch vor Kurzem geglaubt haben. Wollt ihr nicht lieber hierbleiben?«

Dagmar sah ihn überrascht an: »Hierbleiben? – Nach all der Mühe, die es uns gekostet hat, die Ausreisegenehmigung zu bekommen? Das wäre töricht.«

»Wir gehören zusammen, Dagmar!«

»Ja, das ist richtig. Ich hatte gehofft, du würdest am Ende doch mitkommen.«

»Das geht nicht.«

»Wir gehören trotzdem zusammen. Wenn wir uns auch trennen müssen – für ein paar Monate oder womöglich für ein paar Jahre – das wird daran nichts ändern. Wir werden hinterher wieder zusammenkommen. Ganz gleich, ob das nun in Deutschland oder in Indien ist, oder sonst irgendwo.«

Wilhelm Berger gab seiner Frau einen Kuss.

Sonntag, 20. August 1939

Wilhelm Berger sah auf die Uhr. Schon fast Mittag. War die *Rauenfels* nun ausgelaufen oder nicht? Die Telefonzelle – besetzt natürlich. Aber Berger hatte Glück: Als er sich schon auf die Suche nach einer anderen Zelle machen wollte, beendete die junge Frau ihr Gespräch und hielt ihm die Tür auf.

»Dankeschön!«

Die Telefonnummer der DDG Hansa – der Zettel mit der Telefonnummer lag zu Hause neben dem Telefon. Er hatte die Reederei mindestens zehn Mal angerufen in den letzten Tagen, aber er konnte die Nummer noch immer nicht auswendig. Berger ließ sich mit der Auskunft verbinden.

»Bremen? – Das ist aber ein Ferngespräch!«

Ja, natürlich. Das wusste Wilhelm Berger auch, dass ein Anruf in Bremen ein Ferngespräch war. Zum Glück hatte er genügend Münzen eingesteckt. Nervös trommelte er mit den Fingern gegen die Glasscheibe. Endlich kam die Verbindung zustande.

»Die *Rauenfels*? – Ja, die sollte doch schon am 18. auslaufen. Die ist längst weg!«

Berger erklärte, dass die *Rauenfels* am 18. nicht ausgelaufen sei, und dass er jetzt wissen wolle, ob sie heute ausgelaufen war, oder ob man ihm sagen könne, wann sie denn nun auslaufen werde.

»Moment, ich werde mich erkundigen.«

Der junge Mann, der nach Wilhelm Berger gekommen war, sah, dass sich in der Telefonzelle nichts tat und klopfte mit einer Münze gegen die Scheibe. Wilhelm Berger warf ihm einen ärgerlichen Blick zu.

»Sind Sie noch dran? – Ja, ich habe mich erkundigt. Also, die *Rauenfels*, die ist heute früh ausgelaufen.«

»Danke!« Berger überlegte. Um 9.00 Uhr hatte das Schiff noch im Hafen gelegen. Das Ablegemanöver, der Einsatz der Hafenschlepper – wenn er Glück hatte, und wenn er den Dienstwagen ein bisschen kitzelte, könnte er vielleicht noch rechtzeitig in Schulau eintreffen, um zu winken.

Eine knappe Stunde später stand Wilhelm Berger auf dem Anleger in Schulau. Keinen Augenblick zu früh, denn schon näherte sich aus Richtung Hamburg ein großes Frachtschiff, das das ablaufende Wasser ausnutzte.

»Das ist die *Rauenfels*«, sagte plötzlich jemand neben ihm.

Berger nickte. Er hatte nicht bemerkt, wie der alte Mann gekommen war.

»Achttausend BRT. Ein Dampfschiff der DDG Hansa. Gut zehn Jahre alt.«

»Sie kennen sich aus«, sagte Berger.

»Das bleibt nicht aus, wenn man sein Leben lang zur See gefahren ist! Fünf Jahre davon auf Schiffen der Hansa. – Die *Rauenfels*, die ist jetzt unterwegs mit Stückgut nach Fernost. Kann Passagiere mitnehmen. Acht Personen, glaube ich.«

»Zwei davon kenne ich«, sagte Berger.

»Oh!«

Die beiden Männer sahen zu dem Schiff hinüber, das näher und näher kam. Nicht nahe genug! Berger wünschte, er hätte sein Fernglas dabei. Wo war Dagmar, wo war Horst? Da! Da standen sie an der Reling und winkten. Sie hatten ihn zuerst gesehen. Wilhelm Berger winkte aus Leibeskräften zurück. Auf einmal wurde ihm bewusst, dass dies womöglich ein Abschied für immer war. Er winkte und winkte, während das Schiff vorüberfuhr und kleiner und kleiner wurde.

»Jetzt können die Sie nicht mehr sehen«, sagte der Alte.

»Nein.« Wilhelm Berger winkte trotzdem weiter, bis auch ihm klar war, dass es nun keinen Sinn mehr hatte. Er wischte sich eine Träne aus dem Auge.

»Sie hätten mitfahren sollen.«

»Das ging nicht«, behauptete Wilhelm Berger knapp.

»Alles geht, wenn man nur will!«

Wilhelm Berger marschierte zu seinem Auto zurück. Der Mann hatte recht, dachte er, er hätte mitfahren können, und er hätte mitfahren sollen. Es war wie im Märchen, wo der Held der Geschichte mehrfach die Chance erhält, alles zum Guten zu wenden, und wo er sich jedes Mal falsch entscheidet. Das erste Mal, als sie Susanne nach Amerika geschickt hatten und selbst nicht mitgefahren waren. Das zweite Mal, als der englische Konsul ihnen die Ausreise angeboten hatte und Berger sich dagegen entschieden hatte. Und das dritte Mal, als die Abreise der *Rauenfels* sich wie durch ein Wunder verzögert hatte und Dagmar und Horst noch einmal nach Hause zurückgekommen waren. Selbst wenn er so schnell kein Visum mehr bekommen hätte – die gemeinsame Flucht nach Dänemark wäre nach wie vor möglich gewesen. Ohne Visum. Drei Chancen – und alle vertan!

Mechanisch setzte er sich hinter das Steuer. Wie zum Hohn sprang der Wagen, der sonst so oft zickte, diesmal sofort an. Wilhelm Berger hatte Mühe, sich auf den Verkehr zu konzentrieren; seine Gedanken waren woanders. Erschrocken trat er auf die Bremse, als plötzlich ein kleiner Junge auf einem Fahrrad aus einer Nebenstraße geschossen kam und ihm direkt vor das Auto fuhr. »Halt an, du Scheißkarre!« Zu spät. Es gab ein hässliches Geräusch, als das Blech des Autos auf das Blech des Fahrrades traf, dann stand der Wagen.

Berger sprang aus dem Auto. Das Fahrrad lag zerbeult am Boden, aber der Junge schien unverletzt.

»Polizei!«, rief jemand. »Man muss die Polizei rufen!«

* * *

»Sie wollten mich sprechen, Herr Kriminaldirektor?« Wilhelm Berger war gleich nach seiner Rückkehr zum Stadthaus in Kenntnis gesetzt worden, dass der Leiter ihn sprechen wollte. Walther Bierkamp war erst seit Kurzem SS-Mitglied, inzwischen aber schon zum Sturmbannführer befördert. Berger hielt ihn für nicht ganz so fanatisch wie Bruno Streckenbach, mit dem er es bisher meistens zu tun gehabt hatte, aber auch Bierkamp war jedenfalls ein eingefleischter Nazi.

»Nehmen Sie Platz, Berger.« Bierkamp sah ihn aus kalten Augen an. »Sie können sich denken, warum ich Sie habe rufen lassen.«

»Es geht um meinen Unfall in Wedel, nehme ich an.«

»Ja, es geht um Ihren Unfall in Wedel.«

»Es tut mir leid, dass es zu diesem Zusammenstoß gekommen ist. Ich muss einen Augenblick unachtsam gewesen sein, da kam dieser Junge aus einer Seitenstraße. Er ist mir direkt vor das Auto gefahren. Zum Glück ist nicht allzu viel passiert. Der Wagen hat nur ein paar Kratzer abbekommen, der Junge ist unverletzt, ob das Fahrrad noch repariert werden kann, das steht noch nicht fest. Wenn dort Kosten auf uns zukommen, so bin ich selbstverständlich bereit …«

»Herr Berger, es geht hier nicht um die Frage irgendwelcher Kosten. Es geht vielmehr darum, was Sie überhaupt um diese Zeit mit einem Dienstwagen in Wedel, also außerhalb der Landesgrenzen, zu tun hatten.«

Mit dieser Frage hatte Wilhelm Berger nicht gerechnet. Bisher hatte es nie irgendwelche Schwierigkeiten gegeben, wenn es darum ging, polizeiliche Ermittlungen auf Gebiete außerhalb Hamburgs auszudehnen. Wusste Bierkamp, dass Berger privat unterwegs gewesen war? Was sollte er jetzt sagen?

Diese Entscheidung wurde ihm abgenommen. »Ich habe gehört, dass Ihre Familie sich auf dem Weg ins Ausland befindet. Ich habe gehört, dass Ihre Frau und Ihr Sohn heute früh Hamburg an Bord eines Schiffes verlassen haben, und ich hatte mich gefragt, ob Sie vielleicht aus diesem Grunde unterwegs waren, um den Ihren noch ein letztes Mal nachzuwinken.«

»Herr Kriminaldirektor …«

»Das wäre natürlich eine unzulässige Verschwendung von Steuergeldern und ein Missbrauch eines Dienstfahrzeuges für private Zwecke. Ich habe mir kaum vorstellen können, dass einer meiner Mitarbeiter sich aus unsinniger Sentimentalität zu solch törichter Handlung hinreißen lassen könnte. Zum Glück ist dieser Punkt inzwischen geklärt. Ich habe eben mit dem Herrn Pagels telefoniert, und er hat mir bestätigt, dass Sie dienstlich in Wedel gewesen sind, um eine Vernehmung durchzuführen. Dass Sie in dieser Angelegenheit entgegen der Vorschrift allein unterwegs waren, sei einzig darauf zurückzuführen, dass Ihre Abteilung zurzeit personell stark unterbesetzt ist.«

»Das ist wahr«, improvisierte Berger. »Leider ist es so, dass der Kollege Fehlandt noch immer nicht wieder voll einsatzfähig ist, und der Kollege Richter ist zurzeit mit anderen Aufgaben betraut.«

»Über die personelle Situation in Ihrem Bereich bin ich durchaus im Bilde. Wir werden Abhilfe schaffen, sobald dies möglich ist. Angesichts der angespannten politischen Lage müssen wir jedoch zur Kenntnis nehmen, dass die Belange der örtlichen Polizeidienststellen zurzeit nicht die höchste Priorität genießen. Ich gehe aber davon aus, dass wir durch erhöhten persönlichen Einsatz die personellen Defizite ausgleichen und eine unveränderte Leistung aufweisen werden.«

»Wir tun unser Bestes, Herr Kriminaldirektor!«

»Herr Berger, das reicht heute nicht mehr aus. Ich erwarte von Ihnen, dass Sie mehr als Ihr Bestes geben. Mehr gibt es in diesem Punkt nicht zu sagen. – Heil Hitler!«

»Heil Hitler, Herr Kriminaldirektor!«

»Danke!«

Pagels grinste. »Leider bestand keine Zeit mehr, dich vorzuwarnen. Als der Anruf kam, da warst du schon unterwegs zum Bierkamp.«

»Der Herr Kriminaldirektor war sehr verständnisvoll.«

»Der Herr Kriminaldirektor ist ein Arschloch«, sagte Pagels.

Dienstag, 22. August 1939

So sind wir nun also in Belgien«, sagte die junge Frau neben Dagmar, von der sie bisher nur wusste, dass sie Hedwig Klein hieß.

Dagmar lächelte. »Ja. – Ich hätte nie geglaubt, dass ich jemals im Leben nach Belgien kommen würde!«

»Ich auch nicht«, bekannte Frau Klein. Frau? – Fräulein Klein vermutlich.

»Und was verschlägt Sie auf diesen Dampfer?«, wollte Dagmar wissen.

»Dasselbe wie Sie vermutlich. Ich bin Jüdin. – Sieht man das nicht?«

Dagmar betrachtete die kleine, zarte Person genauer. Jüdin? Wenn man es sehen konnte – sie jedenfalls konnte es nicht erkennen. »Ich bin nur Halbjüdin«, sagte Dagmar. »Aber ich habe es dennoch für besser gehalten, das Land zu verlassen, zusammen mit unserem Sohn Horst. Unsere Tochter ist schon in Amerika.«

»Das ist schön.« Hedwig Klein schwieg einen Augenblick, dann fragte sie: »Aber Sie beide wollen nicht nach Amerika?«

»Was wir wollen oder nicht, das spielt im Augenblick keine Rolle. Wir wollen raus aus Deutschland, auf jeden Fall, ganz gleich, wohin die Reise geht. – Wenn Sie die Wahl gehabt hätten, hätten Sie sich ja wahrscheinlich auch nicht für Indien entschieden, oder?«

»Nein. Ein Bekannter hat sich für mich eingesetzt, jemand von der Universität, der hat sich an den englischen Konsul gewandt, und der hat geholfen, meine Ausreise zu ermöglichen.«

»So ein Zufall«, rief Dagmar überrascht, »der englische Konsul hat auch für mich die nötigen Papiere besorgt.«

»Ja, er war sehr freundlich und hilfsbereit. Ich habe ihn nur ein einziges Mal getroffen, aber er hat dann alles arrangiert. – Ich habe Orientalistik studiert, und auf diese Weise habe ich auch ganz gute Beziehungen zu den Geographen an der Universität, und einer der Herren hat sich bezüglich der Ausreise für mich eingesetzt.«

»Ein Geograph?«, fragte Dagmar.

»Ja, das war Dr. Karl Rathjens. – Kennen Sie den?«

»Nein, leider nicht.« Dagmar kannte nur einen Geographen, den unsäglichen Siegfried Passarge, aber dem hätte sie sowieso nicht zugetraut, dass er sich für eine Jüdin einsetzte. »Sind Sie schon einmal in Indien gewesen?«

»Nein, noch nie, und ich bin sehr, sehr aufgeregt.«

»Wir werden es schon schaffen«, sagte Dagmar bestimmt. Dabei hatte sie selbst die größten Zweifel.

Die beiden Frauen beobachteten, wie das Schiff am Kai festgemacht wurde. »Ich habe gehört, dass wir vier Tage in Antwerpen bleiben sollen. – Werden Sie an Land gehen?«

Hedwig Klein lächelte. »Ich weiß nicht. Brauchen wir ein Visum für Belgien?«

Für die Niederlande brauchte man kein Visum, aber galt das auch für Belgien? Dagmar wusste es nicht.

»Auf jeden Fall müsste ich mir dazu die Papiere zurückgeben lassen. Die hat ja der Kapitän in Verwahrung.«

»Das sollte doch kein allzu großes Problem sein«, sagte Dagmar.

»Nein, wahrscheinlich nicht. Aber heutzutage weiß man nie, was noch erlaubt ist, und was nicht. Ich bin mir sehr, sehr unsicher geworden. – Aber ich habe eine Briefkarte geschrieben, an den Dr. Rathjens, und die würde ich schon gern von hier abschicken.«

»Das wird bestimmt kein Problem sein.«

Freitag, 25, August 1939

Wilhelm Berger stand im Wohnzimmer und öffnete eine Flasche Rotwein. Er hatte die ganze Woche mit Befragungen in Kiel zugebracht. Robert Bronn, der Bruder des Apothekers, hatte zunächst überhaupt nicht zugeben wollen, mit Inez Reuther in Kontakt gewesen zu sein. Seine Nachbarin, eine sehr aufmerksame Person, hatte allerdings bestätigt, dass die Dame auf dem Foto gelegentlich hier gewesen sei – immer dann, wenn Hildegard Bronn, die Gattin des Arztes, nicht im Hause gewesen war. Hildegard Bronn war Musikerin.

Einen Streit hatte es gegeben zwischen Robert Bronn und dieser Dame aus Hamburg. Natürlich hatte sie nicht gelauscht, aber der Wortwechsel im Garten war so laut gewesen, dass sie gar nicht anders konnte, als alles mit anhören. Es ging um eine gewisse Erika. Die sei auch einmal hier in Kiel gewesen, zusammen mit der Inez Reuther. Mehr wusste die Nachbarin nicht.

Robert Bronn war zwar kein besonders sympathischer Zeitgenosse, fanden seine Nachbarn und Kollegen. Seine Sprechstundenhilfe bezeichnete ihn als Lustmolch. Aber Robert Bronn war zur Tatzeit unzweifelhaft in Kiel gewesen und daher für die weiteren Ermittlungen uninteressant.

Jetzt war endlich Feierabend. Wilhelm Berger hatte sich eben in den Sessel gesetzt, als es an der Haustür klingelte. Wer konnte das sein? Um diese Zeit, abends um 9 Uhr?

Es war Luise Reuther.

»Kommen Sie doch herein«, sagte Berger automatisch, während er gleichzeitig überlegte, was zu tun sei. Herbert Richter anrufen? Oder Fehlandt?

»Ich möchte mich bei Ihnen entschuldigen.« Luise wirkte zerknirscht.

»Kommen Sie, das müssen wir ja nicht hier auf dem Flur verhandeln!«

Sie gingen ins Wohnzimmer. Jetzt wäre der Moment, einen der Kollegen per Telefon herbeizurufen. Andererseits erschien es ihm höchst albern. Die junge Dame wollte sich entschuldigen. Dazu brauchte er keine Zeugen.

Auf dem Tisch stand der Rotwein. »Nehmen Sie doch Platz. – Darf ich Ihnen auch ein Glas anbieten?«

»Ja, gern.«

Wilhelm Berger holte das Glas, sah sich dann plötzlich um. Nein, Luise Reuther hatte sich nicht vom Fleck gerührt. Hatte er wirklich geglaubt, sie würde ihm wieder irgendetwas ins Glas schütten? »Sie möchten sich also entschuldigen?«

Luise nickte. »Es tut mir sehr leid, dass ich Ihnen das Schlafmittel in den Sekt getan habe. Es war dumm von mir. Ich – ich hatte die ganze Zeit gehofft, dass Sie über Nacht bleiben würden, und als Sie sich dann nur für das Fotoalbum interessierten und gar nicht für mich, da – da habe ich einfach …«

Es war nicht wahr, dass Wilhelm Berger sich nur für das Fotoalbum interessiert hatte. »Sie sind eine sehr attraktive Frau«, sagte er.

»Finden Sie?«

»Ja.«

»Ich weiß es nicht.« Luise Reuther seufzte. »Ich habe mit vielen Männern geschlafen. Aber das sagt gar nichts. Diese wilden Abende bei uns in der Wohnung – da ging es doch immer nur um dasselbe Thema. Es stand von vornherein fest, was passieren würde. Es hat Spaß gemacht, aber mit wirklicher Zuneigung hatte das nichts zu tun. Mit Liebe – falls es so was überhaupt gibt.«

»Es gibt Liebe«, sagte Berger. »Ich liebe meine Frau.«

»Ja. Und jetzt ist sie nicht da.«

»Meine Familie ist auf dem Weg nach Indien.« Woher wusste sie das?

»Damals in dem Café, da haben Sie mich auf eine Weise angesehen, dass ich auf einmal wusste, das ist jetzt nicht einfach nur eine Zeugenvernehmung, das ist mehr. Da ist Gefühl im Spiel.«

»Im Spiel?«, fragte Berger.

»Ach, das ist nur so eine Redensart!«

»Da bin ich mir nicht so sicher. – Ich habe den Eindruck, dass Sie den Mord an Ihrer Mutter und alles, was damit zusammenhängt, in der Tat als eine Art Spiel betrachten. Ein Spiel, bei dem Sie versuchen, die Akteure zu manipulieren.«

»Nein.«

»Doch, den Eindruck habe ich. Und wenn jemand bei einer Mordermittlung versucht, den Gang der Ereignisse in seinem Sinne zu beeinflussen, dann stellt sich immer die Frage: Warum tut er das? Und die einfachste Antwort darauf lautet: Weil er die Ermittlungen in eine falsche Richtung laufen lassen will. Weil er der Mörder ist.«

»Ich habe meine Mutter nicht ermordet!« Es klang empört. Aber hätte sie an dieser Stelle nicht aufstehen und gehen sollen? Das tat sie nicht.

»Vielleicht. Fest steht aber: Irgendjemand hat Ihre Mutter ermordet. Und zwar jemand, den sie gekannt hat. Und als derjenige angerufen hat, war sie arglos genug, sich mit ihm im Park zu treffen.«

»Mit ihm oder mit ihr. Es kann eine Frau gewesen sein, die angerufen hat.«

»Eine Frau? – Das haben Sie schon einmal vorgeschlagen, aber wer sollte das gewesen sein? Sie waren zu der Zeit zu

Hause …« Da bleibt eigentlich nur noch Ihre Schwester, hatte Berger sagen wollen, aber auf einmal war ihm bewusst geworden, dass das nicht stimmte. Dafür, dass Luise Reuther im Haus gewesen war, als der Anruf kam, gab es keine Zeugen.

»Es könnte Erika Dabrowski gewesen sein«, sagte Luise. »die Ex-Frau meines Schwagers. Es gab diesen Streit um das Geld, das sie unterschlagen hat. Inez wollte sie anzeigen, wussten Sie das? Und sie war hier, auf der Beerdigung.«

»Ja, sie war auf der Beerdigung. Sie hat hinter Ihnen gesessen, und Sie beide haben miteinander gesprochen.«

»Ja, das stimmt.«

»Worüber?«

»Was?«

»Worüber haben Sie gesprochen?«

»Worüber man so spricht auf einer Beerdigung. Sie hat mir ihr Beileid ausgedrückt.«

»Und was haben Sie geantwortet?«

»Danke natürlich.«

Berger schüttelte den Kopf. »Sie haben gesagt: Nicht jetzt! Das hat mein Kollege ganz deutlich gehört.«

»Da muss Ihr Kollege sich verhört haben.«

Was immer Luise Reuther erwartet haben mochte – der Abend endete damit, dass Wilhelm Berger ihr ein Taxi rief, das sie nach Hause brachte.

Montag, 28. August 1939

Vier Wochen«, sagte Herbert Richter. »Vier Wochen sitzen wir nun schon an diesem Fall, und unsere Untersuchungen haben sich festgefahren.«

Wilhelm Berger nickte.

»Das Einzige, was ich inzwischen herausgefunden habe, das ist die Geschichte mit dem Schlüssel«, sagte Pagels.

»Welcher Schlüssel?«

»Der dritte Schlüssel von dem Schlüsselbund der Inez Reuther. Die anderen beiden Schlüssel gehörten zur Haustür und zur Wohnung der Reuther. Der dritte Schlüssel ist auch ein Haustürschlüssel. Da wir nur eine begrenzte Zahl von Beteiligten an unserem Kriminalfall haben, habe ich einfach die Häuser der Betroffenen abgeklappert.«

Gleich beim ersten Versuch war Pagels fündig geworden. Der Schlüssel gehörte zur Villa des Chefarztes.

»Wie steht es mit dem Alibi?«, wollte Herbert Richter wissen.

»Er ist zur Tatzeit im Universitätskrankenhaus gewesen. Spätschicht sozusagen. Drei Leute haben das bestätigt; es dürfte also stimmen.

»Am verdächtigsten ist tatsächlich diese Frau aus Polen«, sagte Berger.

»Ach ja«, warf Richter ein, »ich habe mit Streckenbachs Nachfolger gesprochen. Wegen der Beschattung. Er hat natürlich sehr geheimnisvoll getan, aber schließlich hat er doch zugegeben, dass sie diese Frau Dabrowski überwacht haben.«

»Warum? Nur weil sie Polin ist?«

»Das hat man mir nicht verraten. Aber jedenfalls hat das mit unserem Mordfall nichts zu tun.«

»Ist die Frau noch in Deutschland?«

»Nein, sie ist sofort wieder ausgereist.«

»Sie ist auf jeden Fall eine Verdächtige. Es heißt, sie habe Geld unterschlagen, und Inez Reuther wollte sie anzeigen.«

»Und deswegen hat die Dabrowski sie umgebracht?«

»Es ging immerhin um 25.000 Mark.«

Pagels schüttelte den Kopf. »Ich glaube nicht, dass es eine Frau war.«

»Der Glaube hilft uns nichts. Wir brauchen Gewissheit. Wir brauchen die Aussage dieser Frau. Und wenn ich die in Deutschland nicht bekommen kann, dann muss ich eben nach Polen fahren.«

Herbert Richter schüttelte den Kopf.

»Ich gehe zu Bierkamp.«

»Im Prinzip ist das natürlich eine gute Idee«, sagte Walther Bierkamp.

»Meiner Meinung nach ist es die einzige Möglichkeit, in diesem Fall weiterzukommen. Wir müssen diese Zeugin vernehmen. Sie kommt als Täterin infrage. Der Schwager der Verstorbenen hat sie belastet. Sie war auf der Beerdigung von Inez Reuther, aber sie hat es nicht für nötig gehalten, sich mit uns in Verbindung zu setzen.« Wilhelm Berger hatte keine Ahnung, warum dieser simple Auslands-Dienstreiseantrag solche Schwierigkeiten machte.

»Ja. Wie ich schon sagte: Im Prinzip ist es eine gute Idee. Dieser Mord belastet uns alle, und er muss unbedingt aufgeklärt werden. Gerade heute sind die neuen Zahlen des Statistischen Reichsamtes veröffentlicht worden: Die Kriminalität in Deutschland ist im letzten Jahr erneut um 24 Prozent zurückgegangen.

Auch und gerade im Bereich von Mord, Totschlag und schwerer Körperverletzung. Da ist ein unaufgeklärter Mord natürlich so etwas wie ein dunkler Fleck auf unserer weißen Weste. – Aber dennoch muss unsere Reaktion wohlüberlegt sein. Gegen eine Reise nach Polen zum jetzigen Zeitpunkt habe ich Bedenken. Meiner Meinung nach reicht es völlig aus, wenn die polnischen Kollegen die Vernehmung dieser Frau durchführen.«

»Wenn irgend möglich, führen wir in solchen Fällen die Vernehmungen selbst durch. Der Grund dafür ist, dass niemand sich mit den verschiedenen Aspekten des Falles so gut auskennen kann wie derjenige, der die Ermittlungen führt.«

»Mensch, nehmen Sie doch Vernunft an!« Bierkamp deutete auf die neueste Ausgabe des *Hamburger Anzeigers*, die vor ihm auf dem Schreibtisch lag. Eine der Schlagzeilen hieß: *Lieber tot als bei den Polen!* »Sie werden in Hamburg gebraucht, und zwar lebend! – Sie können die polnischen Kollegen per Fernschreiben oder von mir aus auch per Telefon über alle Einzelheiten des Falles informieren. Warum sollte das nicht möglich sein? Es gibt eine internationale Zusammenarbeit der Ermittlungsbehörden. Polen ist Mitglied der ICP seit 1923, genau wie Deutschland.«

»Das reicht nicht aus. Die International Criminal Police arbeitet nicht mehr so gut zusammen, wie wir uns das wünschen würden. Der Sitz der ICP ist in Wien. Seit dem Anschluss Österreichs an das Reich ist damit die Internationale Kriminalpolizei sozusagen eine deutsche Angelegenheit. Und unsere Nachbarn beobachten die Aktivitäten dieser Organisation mit Misstrauen. Besonders die Polen.«

Bierkamp wurde allmählich ungehalten. »Mein Gott, Berger, normalerweise würde ich Sie ja ohne Wenn und Aber fahren lassen, aber die angespannte politische Lage spricht dagegen. Sehen Sie das denn nicht?«

»Ich möchte diesen Mord aufklären«, sagte Berger. »Dabei ist mir die politische Lage ziemlich egal.« Auch er war inzwischen erregt.

»Na schön – dann fahren Sie eben! Ich wünsche Ihnen viel Glück dabei! Aber denken Sie daran, das Vorgehen mit den polnischen Kollegen genau abzusprechen. – Nicht, dass Sie am Ende noch in irgendeinem polnischen Gefängnis landen!«

Dienstag, 29. August 1939

Die Fahrt mit dem Schnelltriebwagen der Reichsbahn nach Berlin nutzte Wilhelm Berger, um die Zeitungen der letzten Tage durchzulesen. Neben dem allgemeinen Getöse auf den Titelseiten, dem er wenig Bedeutung beimaß, waren es vor allem die kleinen Nachrichten im Hauptteil der Zeitung, die besorgniserregend klangen. Während in der letzten Woche noch in einer mehrteiligen Artikelserie über die Zusammensetzung der deutschen Olympiamannschaft für die Sommerspiele in Helsinki 1940 diskutiert wurde, war nun das für vorherigen Sonntag geplante Fußball-Länderspiel gegen Schweden wegen der politischen Lage abgesagt worden. Auch die Trabrennen in Bahrenfeld waren ausgefallen.

Immerhin schien die Krise noch nicht so dramatisch zu sein, dass die Schiffsbewegungen nicht mehr bekannt gegeben werden durften. Berger überflog rasch den Absatz über die Schiffe der Deutschen Dampfschifffahrts-Gesellschaft *Hansa*. Die *Geierfels* hatte Gibraltar passiert, die *Kandelfels* war in Antwerpen eingetroffen. Nichts Neues von der *Rauenfels*.

Wilhelm Berger hatte vor, vor seiner Reise nach Polen rasch noch auf ein Stündchen bei Ernst Gennat vorbeizuschauen, seinem großen Vorbild. Er fuhr zum Alexanderplatz. Da stand das Polizeipräsidium. Berger hatte die »Rote Burg«, wie das Gebäude genannt wurde, nie gemocht. Es war Ende des vorigen Jahrhunderts gebaut worden, und mit seiner Kuppel erinnerte es an das Hamburger Stadthaus. Nur dass dies hier alles noch viel größer war. Größer und bedrohlicher.

»Sie kommen zu spät«, sagte der Pförtner.

»Zu spät?«, fragte Berger.

»Ja, haben Sie denn keine Zeitungen gelesen? Ernst Gennat ist vor einer Woche gestorben. Am 21. August. Beerdigung war am Donnerstag.«

»Das habe ich nicht gewusst.«

»Das tut mir leid. – Der war immer ein feiner Kerl, der Gennat, ja das war er.«

Berger nickte. Alt war er nicht geworden, der Kollege, sechzig Jahre vielleicht.

»Wissen Sie was? – Gehen Sie doch einfach mal rauf zum Kollegen Hofstedter. Der weiß das alles am besten, der ist auch bei der Beerdigung dabei gewesen, der kann Ihnen viel mehr erzählen als ich.«

Wilhelm Berger wusste zwar nicht recht, was ihm dieser unbekannte Hofstedter erzählen sollte, aber er war zu bestürzt, um zu widersprechen. Er stieg die Treppe hinauf und klopfte. Aus einem der Nachbarzimmer klang Marschmusik.

»Herein!«

Hofstedter war ein junger Kollege; er war Wilhelm Berger auf Anhieb sympathisch.

»Ja, das ist ganz plötzlich gekommen«, sagte Hofstedter. »Obwohl – für ihn selbst ist es wohl nicht ganz so plötzlich gewesen. Einige Monate vorher wird er es wohl schon gewusst haben. Darmkrebs. Da kann man nichts machen.«

»Furchtbar«, sagte Berger. Plötzlich wurde ihm bewusst, dass Ernst Gennat ihm bei ihrem letzten Zusammentreffen vor knapp einem Jahr verändert vorgekommen war. Zynischer als früher, so als hätte ihn irgendetwas aus der Fassung gebracht. Vielleicht hatte er es da schon gewusst.

»Jedenfalls hat er ganz zum Schluss noch etwas Außerordentliches gemacht, was ihm niemand zugetraut hätte. Er hat geheiratet.«

»Was?«

»Eine junge Kriminalkommissarin, Elfriede Dinger heißt sie. – Böse Zungen behaupten natürlich, er habe das nur gemacht, um dem preußischen Staat zum Schluss noch eins auszuwischen, denn seine Witwe kriegt natürlich eine beachtliche Pension. Aber darum ging es nicht. Die Kollegin hat es einfach nicht mehr ausgehalten, in diesem Staat Polizistin zu sein, und als Gennats Witwe kann sie es sich jetzt leisten, den Dienst zu quittieren.«

Was für eine noble Geste, dachte Berger.

»Ich hab schon gedacht, vielleicht ist es gar nicht der Krebs gewesen, der den Gennat erledigt hat. Vielleicht hat er es auch nicht mehr ausgehalten, in diesem Staat Polizist zu sein. – Nicht, dass Sie mich jetzt falsch verstehen, aber dieser Staat, das war nicht sein Staat.«

»Nein.« In Bergers Augen war Gennat immer irgendwie noch ein Relikt aus der Kaiserzeit gewesen.

»Und Sie wollen jetzt nach Polen fahren? Ausgerechnet jetzt?«

»Ja, es handelt sich um Ermittlungen in einem Mordfall.« Berger berichtete in groben Zügen, worum es ging.

»Die Million in der S-Bahn«, lachte Hofstedter.

»Es war keine Million«, sagte Berger. »Und für die betroffene Frau war es nicht besonders lustig.«

»Ich meine mich zu erinnern, dass ein Mann das Geld verloren hat.«

»Nein, es war eine Frau.«

»Und die ist Polin? – Ganz gleich, wie wichtig die Befragung dieser Frau sein mag, ich würde nicht nach Polen fahren. Nicht jetzt. – Hören Sie die Musik?«

»Ja.« Berger hatte die ganze Zeit das Radio im Hintergrund gehört.

Hofstedter öffnete die Tür, und jetzt konnte Berger auch die Worte des Liedes verstehen:

… steh zur Heimaterde,
Bleibe wurzelstark!
Kämpfe, blute, werbe
Für dein höchstes Erbe,
Siege oder sterbe:
Deutsch sei bis ins Mark.

»Der Marsch der Deutschen in Polen«, sagte Hofstedter. »Gemeint sind damit wohl die Deutschen, die noch heute in Polen leben, wenn ich das recht verstehe. Die deutsche Minderheit. Aber natürlich könnte man genauso gut glauben, dass dies das Lied der Deutschen Wehrmacht sei, die gerade in Polen einmarschiert. – Heute noch nicht, aber vielleicht morgen. Oder übermorgen. – Wollen Sie wirklich fahren?«

»Ich glaube, ich muss fahren«, sagte Berger. »Es war nett, mit Ihnen zu sprechen.«

»Ja, es war nett. Kommen Sie gut nach Hause. Was sagt man bei solchen Anlässen? *Ave Duce, morituri te salutant*? – Mein Latein ist leider nicht ganz so gut, wie es sein sollte.«

Berger lachte. »Duce ist falsch, sagte er. Aber sonst stimmt es.« Im Hintergrund schmetterte das Radio:

… lass dich nimmer knechten,
Lass dich nicht entrechten;
Gott gibt den Gerechten
Wahre Heldenschaft!

Wilhelm Berger war nicht interessiert an wahrer Heldenschaft, was immer das sein mochte. Als er die Treppe hinunterlief, erklang aus dem Radio in voller Lautstärke das Horst-Wessel-Lied. Berger machte, dass er aus dem Polizeipräsidium herauskam.

Mittwoch, 30. August 1939

Wilhelm Berger traf am Abend des 30. August auf dem Bahnhof in Bromberg ein. Er hatte keine Mühe, den polnischen Kollegen, der auf ihn wartete, unter all den Menschen zu erkennen. Er war vielleicht zehn Jahre jünger als Berger, auch etwas schlanker, und er sah verdrossen aus wie jemand, der langjährige Erfahrung mit der Jagd nach Verbrechern hat.

»Heute können wir nichts mehr machen«, sagte der Pole mit einem Blick auf die Uhr.

»Nein.« Der Mann hatte recht. Es war schon nach 21.00 Uhr. Erst die lästigen Zollkontrollen, misstrauische Blicke der deutschen Zöllner und der Polen. Und dann die Fahrt in dem polnischen Zug von Schneidemühl bis nach Bydgoszcz Glowny; sie hatte endlos gedauert. Zumindest war es Berger so vorgekommen.

»Ich bringe Sie zu Ihrem Hotel.«

»Ist es weit?«, fragte Berger.

»Gut einen Kilometer. Kommen Sie, wir nehmen ein Taxi.«

Das Hotel hieß *Pod Orłem* und lag in der Gdańska. »Die Danziger Straße«, sagte der Pole. »Eine der wichtigsten Geschäftsstraßen hier in Bydgoszcz. Gleich schräg gegenüber vom Hotel liegt das große Kaufhaus, das der jungen Frau gehört, für die Sie sich interessieren.«

»Ich interessiere mich nicht für die Frau«, beeilte sich Berger festzustellen. »Ich interessiere mich nur für ihre Aussage.«

Der Pole lächelte. »Sie müssen bitte entschuldigen; solche Feinheiten der deutschen Sprache kann ich nicht unterscheiden.«

»Nein, natürlich nicht.«

»*Pod Orłem*, das ist das Erste Hotel am Platze. Dass Ihre Behörde Sie hier einquartiert hat, das zeigt, was für ein wichtiger Mann Sie sind!«

Wilhelm Berger fühlte sich nicht als ein wichtiger Mann, und er hatte keine Ahnung, warum Gertrud für ihn dieses noble Hotel gebucht hatte. Vermutlich war es der erste Eintrag in einer längeren Liste von möglichen Unterkünften gewesen.

»Das Hotel stammt natürlich noch aus der deutschen Zeit. Es hieß ursprünglich *Hotel zum Adler*.«

Ja, das hatte Berger sich schon gedacht. Der riesige, goldene Adler auf dem Dach war schließlich nicht zu übersehen.

Berger war müde. Dies mochte zwar das Erste Hotel am Platze sein, aber sein Zimmer im obersten Stockwerk war sicherlich nicht das Beste, was das Hotel zu bieten hatte. Bevor er sich an den Aufstieg machte, ließ Berger das imposante Treppenhaus einen Augenblick auf sich wirken. Am unteren Ende des mit goldenen Ornamenten reich verzierten Treppengeländers stand ein ebenfalls goldenes Fabeltier, das zwar Schwingen besaß und kräftige Vogelfüße, die vielleicht zu einem Adler gehören könnten, aber es besaß auch den Schweif und den Kopf eines chinesischen Drachen, der den Eindringling mit weit aufgerissenem Maul drohend anstarrte. Das fremdartige Wesen wirkte, als wäre es von einem gefährlichen Gegner in die Enge getrieben worden. Berger betrachtete sich in dem riesigen Spiegel neben der Treppe. Er sah keinen gefährlichen Feind; er sah nur einen total übermüdeten Polizisten, der dringend ins Bett musste.

Donnerstag, 31. August 1939

»Guten Morgen, Herr Berger!«

»Guten Morgen.« Wilhelm Berger erhob sich und reichte dem polnischen Kollegen die Hand. Der Mann war pünktlich. »Möchten Sie auch eine Tasse Kaffee?«

Der Pole schüttelte den Kopf. »Nein, danke, ich habe gerade gefrühstückt. – Aber lassen Sie sich ruhig Zeit, Herr Kollege. Unser Termin heute fällt aus.«

»Fällt aus?«

Der Mann nickte. »Erika Dabrowski ist zurzeit gar nicht in Bydgoszcz. Es heißt, sie sei in Warschau und werde frühestens morgen zurückerwartet.«

Das war unangenehm, ließ sich aber nicht ändern.

»Ich habe inzwischen Erkundigungen über die Frau eingezogen. Aber viel ist dabei nicht herausgekommen. Sie ist vierzig Jahre alt, eine Deutsche, hat aber auch die polnische Staatsbürgerschaft. Sie ist ledig. Sie war einmal für wenige Monate verheiratet, mit einem Deutschen. Sie lebt seit ihrer Geburt hier in Bydgoszcz. Ihre Eltern sind tot; von ihnen hat sie das Kaufhaus geerbt, das größte Kaufhaus in der Stadt. Sie hat keine Geschwister und auch keine Kinder. Sie ist eine Geschäftsfrau, hat sich bisher politisch nicht engagiert. Natürlich hat sie Kontakte zu zahlreichen anderen Deutschen hier in der Stadt, aber sie spricht auch fließend Polnisch. – Mehr weiß ich nicht über sie.«

Berger nickte. »Alles Weitere werden wir dann hoffentlich morgen erfahren.«

»Und Sie – was werden Sie heute machen?«

»Mir die Stadt ansehen, denke ich.«

»Sind Sie noch nie in Bydgoszcz gewesen?«

Berger schüttelte den Kopf.

»Und … führt Sie Ihre Arbeit öfter in fremde Länder?«

»Nein, dies ist das erste Mal.«

Der Pole zögerte einen Moment, dann sagte er: »Wenn Sie möchten, kann ich Ihnen die Stadt zeigen.«

»Gern, wenn Ihr Dienst das zulässt.«

»Der Dienst lässt das zu. Wir haben nicht so viele Morde hier in Bydgoszcz, dass ich mir nicht die eine oder andere Stunde freinehmen könnte.«

Berger erhob sich. Sie gingen hinaus ins Freie. Schon jetzt am frühen Morgen war es sehr warm, selbst hier, auf der Ostseite der Straße, wo sie noch im Schatten standen.

»Das hier, das ist also die Gdańska, die Danziger Straße, wie sie früher hieß.«

»Ja.« Falls der Pole erwartet hatte, dass Berger jetzt auf den Streit um Danzig einging, sah er sich getäuscht. Er hatte nicht die Absicht, sich hier auf politische Diskussionen einzulassen.

»Wie Sie sicher schon gemerkt haben, ist die Gdańska die Prachtstraße von Bydgoszcz, sozusagen unser Kurfürstendamm. Aber Bydgoszcz ist natürlich ein bisschen kleiner als Berlin, und dementsprechend ist auch unsere Prachtstraße ein bisschen kleiner.« Er lachte.

»Die meisten Gebäude stammen noch aus der deutschen Zeit. Das Haus hier direkt neben dem Hotel, das war früher das *Wiener Café*. Leider geschlossen. Als Bydgoszcz nach dem Versailler Vertrag an Polen gefallen ist, haben ja viele Deutsche das Land verlassen, und das war dann auch das Ende des *Wiener Cafés*.«

»Wir können die Geschichte nicht zurückdrehen«, sagte Berger. »Und die Kirche dahinter …«

»Das ist die Pauls-Kirche. Eine evangelische Kirche, aber inzwischen natürlich viel zu groß für die immer kleiner werdende Gemeinde. Die Deutschen, das waren im Wesentlichen die Protestanten, und die Polen, das sind die Katholiken. – Hinter der Kirche gibt es einen sehr schönen Park. Darin befindet sich der eindrucksvolle Sintflut-Brunnen. – Ja, der ist auch noch aus der deutschen Zeit, und er ist auch von einem deutschen Künstler entworfen worden. Wollen Sie ihn sehen?«

Der Brunnen interessierte Berger nicht besonders. »Das Kaufhaus da drüben, das ist also das Kaufhaus der Frau Dabrowski?«

Der Pole nickte. »Ja. Das erste Gebäude hier in der Stadt, bei dessen Bau Stahlbeton verwendet worden ist. Es gehörte ursprünglich einer jüdischen Kaufmannsfamilie, aber später ist es dann verkauft worden. Es hat übrigens im zweiten Stock ein sehr gutes Café. Sehen Sie die Skulpturen auf den Säulen über dem Eingang? Das sind griechische Göttinnen.«

Eine davon hielt einen Apfel in der Hand. »Es geht um die Wahl des Paris?« Das war geraten; Berger war in der griechischen Mythologie nicht sehr bewandert.

»Ja. Paris, der Sohn des Königs Priamos von Troja, der hatte damals die Wahl zwischen Hera, der Göttermutter, Athene, der Göttin der Weisheit und des Kampfes, und Aphrodite, der Göttin der Schönheit. Es war sicherlich ein Fehler, dass er sich schließlich für Aphrodite entschieden hat.«

Paris stand auf keiner der Säulen. »Und wer ist die vierte Frau?«

»Das ist Eris, die Göttin der Zwietracht. Die zweite von links, die den Apfel in der Hand hält. Den Zankapfel. – Ja, auch damals gab es schon Streit und Hass, und es bedurfte nur eines nichtigen Anlasses, um den Krieg um Troja zu entfachen!«

»Wir können nur hoffen, dass die heutigen Menschen vernünftiger sind.«

»Hoffen können wir es. Aber wenn man die Zeitungen liest, könnte man meinen, dass die Menschheit in den dreitausend Jahren seit Troja nichts dazugelernt hat.«

Wilhelm Berger nickte. Ging es seinem Stadtführer wirklich darum, ihm die Schönheit von Bydgoszcz vorzuführen, oder wollte er vielmehr einen Eindruck von Berger gewinnen? Was war das für ein deutscher Kommissar, der selbst in dieser so kritischen Situation die Mühe auf sich nahm, wegen einer Mordermittlung bis nach Polen zu reisen? War es das, was der Mann sich fragte?

Auf der Rundwanderung durch Bydgoszcz bekam Wilhelm Berger noch weitere Kunstwerke zu sehen. Die meisten davon stammten noch aus der deutschen Zeit. Am eindrucksvollsten fand er die Bogenspannerin, die lebensgroße Bronzeskulptur einer jungen Frau, die soeben einen Bogen gespannt hatte. Offenbar tat sie gut daran, stets einen Pfeil in Bereitschaft zu haben, denn die Dame war nackt. Diese Tatsache hatte ihr, wie der polnische Kommissar berichtete, das Leben im katholischen Bromberg von Anfang an ziemlich schwer gemacht. Nach dem Ersten Weltkrieg, als der Anteil der katholischen Bevölkerung weiter zunahm, musste die Statue an kirchlichen Feiertagen verhüllt werden. Und auch an anderen Tagen hatte gelegentlich die Polizei einschreiten müssen, wenn wieder einmal irgendein tugendhafter Witzbold der Dame einen BH angelegt oder andere Körperteile bedeckt hatte.

Wie dem auch sei, die Bogenspannerin hatte alle Anfeindungen überstanden, sie war weder eingeschmolzen noch mit einem Feigenblatt versehen worden, und aufgrund ihrer zentralen Stellung auf dem Plac Teatralny direkt am Stadttheater war sie geradezu so etwas wie ein Wahrzeichen der Stadt.

Die Sonne brannte vom Himmel. Berger hatte sein Jackett im Hotel gelassen, aber selbst im Hemd wurde es ihm reichlich warm. Er hätte nichts dagegen, sich jetzt irgendwo in einen schattigen Biergarten zu setzen, aber die Führung war noch nicht beendet. Und die Höflichkeit verlangte, dass Berger sich weiterhin für die Besonderheiten der Stadt interessierte. Erst nach zwei Stunden hatten sie die wesentlichen Teile der Stadt gesehen.

»Bis morgen«, sagte der Pole.

»Ja, bis morgen. – Und vielen Dank für die Führung.«

Wilhelm Berger wusste nicht recht, was er mit seiner freien Zeit anfangen sollte. Er hatte in dem Café des Kaufhauses zu Mittag gegessen. Danach war er eine Weile unschlüssig umhergegangen. Er hatte versucht, die polnischen Zeitungen zu lesen, aber er war aufgrund seiner mangelnden Sprachkenntnisse nicht sehr weit damit gekommen. Der *Dobry Wieczór* schrieb auf der Titelseite: *Kryzys europejski u szczytu*. Irgendetwas über die europäische Krise also. Aber was hieß *u szczytu*? Beendet vielleicht? *Mussolini uratuje pokój*. Hieß das, dass Mussolini wieder einmal vermittelt hatte, und dass sich nun alle geeinigt hatten?

Plötzlich legte jemand Berger eine Hand auf die Schulter. Er fuhr herum. Eine Frau stand hinter ihm.

»Na, hast du Fortschritte gemacht im Lernen der polnischen Sprache?«

Er kannte die Frau nicht. Oder doch? »Theresia?«

»Du hast mich nicht erkannt, stimmt's?« Sie lachte. »Dabei bist du zu Gast auf meiner ersten Hochzeit gewesen. Hast zu viel getrunken und dich herumgeprügelt.«

»Tut mir leid!« Berger wurde rot.

»Unwichtig. Längst vergessen. – Und was machst du jetzt hier in Bydgoszcz?«

Berger erzählte, dass er wegen eines Mordfalles nach Polen gekommen war.

»Schon wieder? Deine Mörder lassen dir wohl überhaupt keine Ruhe, was? Damals war es dieser Kleinschmidt, und wer ist es heute? – Ach, egal, ich will es gar nicht wissen. Sicher darfst du es mir sowieso nicht sagen. Die polizeilichen Ermittlungen sind geheim.«

»So geheim sind sie nun auch wieder nicht«, sagte Berger. »Aber was machst du hier in Bydgoszcz? Bist du umgezogen? Wohnst du jetzt hier?«

»Nein, ich habe nach wie vor das kleine Haus in Karsin. Ich bin nur für ein paar Tage nach Bydgoszcz gekommen, weil Verwandte von mir heiraten. Die Feier war gestern; heute habe ich nichts weiter zu tun, als mir die Geschäfte anzugucken und mir anzusehen, was ich mir alles nicht kaufen kann. Dir ist es vielleicht nicht aufgefallen, aber die Preise sind hoch, und ich habe nur ein sehr geringes Einkommen.«

Berger fiel plötzlich ein, dass Theresias Mann im Krieg gefallen war. »Und du hast also wieder geheiratet?«

»Ja. – Und du hast auch geheiratet!« Sie wies auf Wilhelm Bergers Ring.

Berger erzählte ihr, wie er Dagmar kennengelernt hatte, dass sie vor fast zehn Jahren geheiratet hatten, und dass sie zwei Kinder hatten. Plötzlich wurde ihm schmerzlich bewusst, dass das alles inzwischen Vergangenheit war. »Unsere Tochter Susanne ist seit November des letzten Jahres in Amerika, und Dagmar und Horst sind per Schiff auf dem Weg nach Indien.«

Die kleine Kaschubin sah Wilhelm Berger einen Augenblick lang ernst an. Dann sagte sie: »Ja, es sind schlechte Zeiten. Und sie werden noch schlechter. Mein Sohn ist einundzwanzig Jahre alt. Er ist jetzt Soldat, ich weiß nicht, wo er sich heute befindet, und ich weiß nicht, ob ich ihn jemals wiedersehen werde.«

»Wir sollten doch nicht gleich das Schlimmste annehmen«, sagte Berger erschrocken.

»Warum nicht? Du hast doch die Zeitungen gelesen. – Ach, du hast nicht verstanden, was da steht! Die Überschrift heißt: *Die europäische Krise auf dem Höhepunkt*. Und die Zeitung ist von gestern. Heute glaubt niemand mehr, dass Mussolini vielleicht noch vermitteln könnte.«

Das klang gar nicht gut.

»Hast du schon etwas vor heute Nachmittag?«

Wilhelm Berger hatte nichts vor.

»Dann gehen wir ins Kino«, bestimmte Theresia. »Das wird dich aufheitern.«

Polski tygodnik dźwiękowy. Fanfarenklänge begleiten den Beginn der Wochenschau. Und es ging martialisch weiter, genau wie in einer deutschen Wochenschau. Zum Tag des polnischen Militärs am 6. August wurde der Heldentaten der polnischen Armee unter der Führung von Jósef Piłsudski gedacht. Wilhelm Berger sah vorbeimarschierende Soldaten – wahrscheinlich Aufnahmen aus dem Krieg gegen Russland. Dann Roosevelt vor versammelten Journalisten. Die aktuelle Neutralitätserklärung der Vereinigten Staaten. War das nun gut oder schlecht? Die Bilder gaben keine Auskunft, und den Ton verstand Berger nicht.

Ein neues polnisches Passagierschiff, die *Chrobry*, wurde gezeigt, offenbar auf ihrer Jungfernfahrt.

»Eröffnung einer neuen Schifffahrtslinie nach Argentinien«, raunte Theresia.

Als Nächstes kamen faszinierende Aufnahmen von der Rettung der eingeschlossenen Besatzungsmitglieder des gesunkenen amerikanischen U-Bootes *Squalus* und von dem misslungenen Versuch, das Wrack zu bergen. Einen Moment lang ragte der Bug des Unterseebootes steil aus dem Wasser – die Nummer 192 war deutlich zu erkennen – dann versank er wieder in der Tiefe. Davon hatte Wilhelm Berger in der Zeitung gelesen. Die packenden Filmaufnahmen kannte er bisher nicht.

Es folgten weitere Beiträge, deren Inhalt Wilhelm Berger nicht verstand. Der Film endete mit Aufnahmen von irgendeinem Volksvergnügen, dann erschien der Schriftzug *Koniec* auf der Leinwand. »Ende«, sagte seine Nachbarin.

Nun begann der Hauptfilm. *Ada! To nie wypada!* Eine Komödie, hatte Theresia gesagt. *Ada, das tut man nicht!* Mit viel Gesang, hatte sie hinzugefügt. Ja, das war sicher richtig. Der Film begann mit schriller Musik. Offenbar war es auch in den polnischen Kinos üblich, den Ton viel zu laut abzuspielen. Und dann begann die Handlung.

»Das ist Ada«, sagte Theresia.

Ja, das hatte Berger sich gedacht. Die junge Frau, die da mit einem Haufen Kinder herumtollte, das musste Ada sein. Sie war offenbar die Tochter jenes Gutsbesitzers, der in der nächsten Szene empört aus dem Fenster sah und zu ihr hinunterrief: *Ada! To nie wypada!* – Wilhelm Berger ahnte schon, dass der Vater in den nächsten neunzig Minuten noch öfter Gelegenheit bekommen würde, diesen Satz anzubringen.

Als Nächstes scheuchte Ada zusammen mit den Kindern ein Schaf durch den Garten. Von dem ausführlichen Kommentar ihres Vaters verstand Wilhelm Berger nur das eine Wort: *skandal!* Die Bediensteten sollten Ada holen, aber die war inzwischen zum Taubenhaus hinaufgeklettert. Bis die

Bediensteten dort eintrafen, war sie schon längst wieder verschwunden. Sie saß jetzt im Stall und molk eine Kuh.

Wilhelm Berger registrierte, dass die Loda Niemirzanka, die die Ada spielte, jedenfalls vom Kühemelken keine Ahnung hatte. Wenn sie auf diese Weise am Euter zupfte, würde sie nie Milch in den Eimer bekommen. Aber als die Bediensteten sie dann schließlich fanden, war plötzlich doch Milch im Eimer, und sie schüttete den Inhalt einem der Diener direkt ins Gesicht. Berger gewann allmählich die Erkenntnis, dass man es nicht leicht hatte auf diesem Gut, zumindest nicht als Bediensteter.

Berger hatte auch volles Verständnis für Adas Vater, der seine wilde Tochter schließlich ins Internat steckte, wobei er sich allerdings fragte, welches Internat denn wohl eine siebenundzwanzigjährige Frau als Schülerin aufnehmen mochte. Trotz aller gespielten Wildheit war nicht zu übersehen, dass die Darstellerin keine siebzehn mehr war.

Wahrscheinlich war es keine besonders gute Idee gewesen, mitten im Hochsommer ins Kino zu gehen. In dem voll besetzten Saal war es heiß und stickig. Berger, der die letzte Zeit wenig Schlaf bekommen hatte, bekam gerade noch mit, wie Ada per Pferdewagen ins Internat gebracht wurde. Er wachte erst wieder auf, als in der Schlussszene einer großen Musikaufführung Ada plötzlich auf die Bühne gedrängt wurde. Offenbar war die Hauptdarstellerin überraschend ausgefallen, und Ada musste für sie einspringen. Allem Anschein nach bekam sie anschließend den jungen Mann zum Bräutigam, den sie haben wollte, und damit war der Film zu Ende.

Wilhelm Berger reckte sich.

»Hast du alles verstanden?«, wollte Theresia wissen.

»Ja – jedenfalls in groben Zügen«, behauptete Berger.

Theresia lachte. Offenbar hatte sie mitbekommen, dass er zwischendurch eingeschlafen war.

»Und was machen wir jetzt?«, fragte er.

»Komm mit«, sagte Theresia.

Berger schlug vor, dass sie in sein Hotel gehen und etwas essen könnten.

Davon wollte Theresia nichts wissen. »Wenn ich zu dir nach Hamburg komme, dann kannst du mich einladen, aber wenn du hier bei uns in Polen bist, dann lade ich dich ein. Aber nicht in dein *Hotel zum Adler*, sondern etwas bescheidener!«

Das bescheidenere Abendessen bestand aus Brot und Kuchen und Wein, und mit diesen Vorräten reichlich versorgt zogen sie in einen Park direkt am Fluss.

»*Bydgoska Wenecja* heißt das hier«, sagte Theresia. »Unser Bydgoszczer Venedig. – Gefällt es dir?«

Ja, es gefiel Wilhelm Berger. Sie befanden sich auf einer Insel in der Brahe. Auf der anderen Seite des Altarmes, der die Insel umschloss, sah man die Rückseiten mehrgeschossiger Wohnhäuser. Einige hatten Balkons zum Wasser hin, auf einigen wurde Wäsche getrocknet, auf anderen saßen Menschen, die gleich ihnen den warmen Sommerabend genießen wollten. Sicher war es schön, solch eine Wohnung mit einem Balkon zum Fluss hin zu haben. Und die Häuser – nun ja, die Häuser waren renovierungsbedürftig.

»Gefällt es dir?«, wiederholte Theresia.

»Na ja, um ehrlich zu sein, das italienische Venedig finde ich schon etwas eindrucksvoller. Jedenfalls stelle ich es mir eindrucksvoller vor, gesehen habe ich es noch nicht. Aber dieser Park und diese Häuser, das ist auch sehr romantisch.«

»Romantisch?« Theresia sah ihn spöttisch an. »Du meinst: ärmlich! – Ja, das hier ist ärmlich. Und ich habe dich vorhin im Kino beobachtet, als du den Film gesehen hast. Auch das Gutshaus, das darin vorkam, hatte etwas Ärmliches, etwas Unordentliches – kurz gesagt: Es war typisch polnisch. Aber so ist das bei uns in Polen, und ich liebe es so, wie es ist.«

»Es ist ein schönes Land«, gab Berger zu.

»Es ist auch ein armes Land. – Nach dem Weltkrieg, als Polen frei geworden ist, da haben wir geglaubt, dass jetzt alles besser wird. Vieles ist auch tatsächlich besser geworden. Unsere Lehrer unterrichten die Kinder jetzt in Polnisch und nicht mehr in Deutsch, und viele Bauernhöfe gehören jetzt uns. Andere Dinge haben nicht funktioniert. Wir haben geglaubt, wenn wir die Höfe übernehmen, dann übernehmen wir auch den Reichtum ihrer ehemaligen Besitzer, aber das war nicht der Fall. Und auch Bydgoszcz ist eine arme Stadt, im Vergleich zu früher.«

»Polen hat viele Kriege geführt«, sagte Berger. »Kriege sind teuer.«

»Alle waren notwendig, um unsere Freiheit zu verteidigen. – Aber lass uns nicht unsere Zeit damit verschwenden, dass wir vom Krieg reden. Wir haben nur diesen einen Abend, und den wollen wir genießen!« Theresia nahm den Korkenzieher und öffnete die Weinflasche.

»Wir haben keine Gläser«, sagte Berger.

»Wir trinken aus der Flasche! – Oder schämst du dich, mit mir aus einer Flasche zu trinken? Dann bekommst du den ersten Schluck, und ich trinke den Rest!«

Wilhelm Berger schämte sich nicht, er war es nur einfach nicht gewohnt, aus der Flasche zu trinken. Theresia hatte einen Rotwein besorgt. Sein Vater hätte bei dieser Art Wein sicher das Gesicht verzogen, aber Wilhelm war kein Weinkenner, und das, was sein Vater als sauer bezeichnet haben würde, empfand er angesichts der hohen Temperaturen als durchaus erfrischend.

Ein Ehepaar mit einem Hund ging vorbei. Berger sagte: »Sicher glauben sie, dass wir ein Liebespaar sind!«

»Nur wenn die beiden blind sind. – Glaubst du, dass der Hund ein Blindenhund gewesen ist?«

»Warum sollen sie nicht glauben, dass wir ein Liebespaar sind? Das wäre doch möglich, oder?«

»Das wäre ziemlich unwahrscheinlich. Wir sind älter geworden, Wilhelm. Du bist wann geboren? 1897? Dann bist du jetzt also zweiundvierzig. Und ich bin auch keine sechzehn Jahre mehr, wie damals, als wir uns kennengelernt haben. Ich bin jetzt achtunddreißig. Und das sieht man auch. Und wir sind beide verheiratet.« Sie zeigte auf ihren Ring.

Berger nickte.

Theresia sah ihn forschend an. »Aber du bist nicht glücklich!«, stellte sie fest.

»Nein, im Augenblick bin ich nicht glücklich.« Seine Familie fehlte ihm.

»Deutschland ist ein Scheißland«, sagte Theresia. »Ich bin bloß froh, dass Maria dich damals nicht geheiratet hat!«

Wilhelm wurde rot. »Ich wollte nicht nach Amerika«, sagte er. Es klang wie eine billige Ausrede. Es war eine billige Ausrede.

»Du hättest ihr ruhig schreiben können«, tadelte ihn Theresia.

»Ja. – Tut mir leid.« Er nahm noch einen Schluck von dem Wein.

»Hier, nimm erst einmal etwas von dem Brot! Der Kuchen kommt später.«

»Ich hätte ihr schreiben müssen.« Als er aus dem Krieg zurückkam, war er neu verliebt gewesen in ein Mädchen aus Belgien, aber Therese hatte auf seine Briefe nicht geantwortet. »Was ist denn eigentlich aus Maria geworden? Ist sie tatsächlich nach Amerika gegangen?«

»Ja«, sagte Theresia kurz. Sie zündete sich eine Zigarette an.

»Hast du ihre Anschrift?«

»Ja. Aber ich gebe sie dir nicht. Ich will nicht, dass Maria am Ende doch noch zu dir nach Deutschland zieht und unglücklich wird.«

»Was hast du gegen Deutschland?«

Theresia antwortete nicht. Sie zog an ihrer Zigarette und blies dann den Rauch in seine Richtung.

Wilhelm Berger hustete.

Schließlich sagte Theresia: »Dass du keine polnischen Zeitungen lesen kannst, das habe ich ja gesehen. Aber du solltest wenigstens die deutschen Zeitungen lesen. Und über das nachdenken, was da drinsteht. Gut und lange nachdenken. Deine Familie hat Deutschland verlassen. Warum bist du geblieben?«

Theresia wohnte bei Bekannten in der Gdańska, nur wenige Häuser vom großen Kaufhaus entfernt. Wilhelm Berger wankte nach Hause. Er hatte zu viel Rotwein getrunken. Zum Glück war der Weg nicht weit. Da vorne war schon das *Hotel Pod Orłem*. Das Kaufhaus gegenüber wurde jetzt nur von den Straßenlaternen schwach angeleuchtet. *Bydgoski Dom Towarowy*. Die gewaltigen Säulen vor dem Eingang, die lebensgroßen Skulpturen der Göttinnen über dem Portal. Die Wahl des Paris.

Er sah hinüber zum Kaufhaus. Drüben, zwischen den Säulen des Eingangs, stand auch so ein einsamer Nachtwanderer. Worauf wartete er? Auf nichts. Er zündete sich eine Zigarette an, warf das Streichholz fort und ging seiner Wege.

Wie schön waren die Göttinnen denn nun wirklich? Die linke Figur, das war Aphrodite. Aphrodite hatte den schönsten Busen, die breiteste Hüfte und die schlankste Taille. Sie guckte ein bisschen maulig, fand Berger, so als ob ihr der ganze Wettbewerb nicht gefiele. Aber jedenfalls war sie diejenige Göttin, die sich am weitesten ausgezogen hatte. Dann kam Eris – nach Bergers Meinung die schönste der Figuren. Sie hielt den goldenen Apfel in der Hand. Hera, rechts von ihr, hatte sich ebenfalls weitgehend entkleidet. Sie war muskulöser als ihre Konkurrentinnen. Sie sah aus, als ob sie Zeus im Bedarfsfall jederzeit verprügeln könnte. Athene schließlich war ziemlich züchtig verhüllt. Kein Wunder; mit ihrem Busen konnte sie keine Punkte sammeln, soweit sich das unter den Gewand erahnen ließ.

Eris war die Einzige, die lächelte. Die Göttin der Zwietracht. Berger hatte das Gefühl, dass sie nicht nur bei der Schönheitskonkurrenz vor mehr als dreitausend Jahren, sondern auch hier und heute im Wettstreit zwischen Deutschland, England und Polen den Sieg davontragen würde.

Freitag, 1. September 1939

Wie gefällt Ihnen Bromberg?«, sagte Erika Dabrowski. Anstatt zu Hause auf den Besuch der Polizisten zu warten, war sie direkt ins Hotel gegangen. Wilhelm Berger saß noch beim Frühstück.

»Es gefällt mir«, sagte er. Er berichtete von der Stadtführung am Vortag, vom Besuch im Kino und von dem Ausflug ins Bydgoszczer Venedig.

»Bromberg war früher eine deutsche Stadt«, sagte Erika. »Und wenn Sie durch die Straßen gehen, dann können Sie das auch heute noch erkennen. Fast alles, was Sie sehen, ist deutsch. Der Kanal Bydgoski, seine Schleusen, seine Schiffe, ja selbst die Straßenbahn. Die Architektur ist die einer mittelgroßen, deutschen Stadt. Bei Kriegsende 1918 waren etwa 85 Prozent der Einwohner Deutsche. Als alles polnisch wurde, sind die Meisten ausgewandert.«

»Aber Sie sind geblieben«, stellte Berger fest.

»Ja, meine Familie ist geblieben. Und ich muss sagen, wir haben es nicht bereut. Es war mitunter schwierig, aber wir haben dennoch nicht schlecht verdient.«

»Ja, offenbar gut genug, um eine hübsche Summe zu sparen.«

»Sie spielen auf mein Geld an, das Waldemar Trapp in der S-Bahn verloren hat? Angeblich verloren hat? – Unwichtig. Es mag Ihnen viel erscheinen, aber für mich ist es unbedeutend. Ich habe meinen Mann damit auf die Probe gestellt, und er hat verloren, das ist alles.«

»Ihr Geld?« Das hatte ganz anders geklungen, als Waldemar Trapp die Geschichte erzählt hatte.

»Ja, mein Geld. Wessen Geld denn sonst? Der Waldemar hatte kein Geld.«

»Angeblich war es das Geld, das Inez Reuther ihm geschenkt hat, als er sich mit Ingeborg Reuther verlobt hat.«

Erika schüttelte den Kopf. »Sie hat ihrer Tochter kein Geld geschenkt. Sie war gegen die Verlobung, und das hat sie auch deutlich zum Ausdruck gebracht.«

»Vielleicht hat sie ihre Meinung geändert, als das Kind unterwegs war?«

»Nein. Es war mein Geld, und Waldemar hat es genommen und dann angeblich in der S-Bahn verloren.«

»Waldemar und Ingeborg Trapp haben das Gegenteil ausgesagt.«

»Es ist so, wie ich sage«, bekräftigte Erika. »Sie haben das Kaufhaus gesehen. Was glauben Sie, wie viel Geld so ein Unternehmen abwirft? Wie viele Monate brauche ich, um 25.000 Reichsmark einzunehmen? Zwei Jahre? Ein Jahr? Ein halbes Jahr? – Sie haben keine Ahnung!«

Berger überlegte. Diese Version klang logischer als das, was die Trapps ihm erzählt hatten. Der Besuch am Alexanderplatz fiel ihm ein. Hatte der junge Kommissar nicht auch gesagt, ein Mann habe den Verlust des Geldes angezeigt?

»Lassen wir dieses Geld einmal aus dem Spiel. Deshalb bin ich nicht hier. Ich bin nach Bydgoszcz gekommen, um Sie wegen des Mordes an Inez Reuther zu befragen.«

»Ja, das weiß ich. Meine Angestellten haben mir schon berichtet, dass Sie da waren. Sie beziehungsweise dieser polnische Polizist.«

»Damit bin dann wohl ich gemeint.« Kommisar Kubala war unbemerkt eingetreten. »Ich freue mich, dass Sie schon aus freien Stücken den Weg zu uns gefunden haben. Ich denke aber, dass es für alle Beteiligten besser wäre, wenn wir unsere Unterhaltung nicht hier in der Öffentlichkeit führen, sondern drüben bei Ihnen im Büro. – Ersatzweise bei uns im Polizeigebäude. Das wäre auch möglich.«

Erika Dabrowski entschied sich für das Büro.

Das Büro im obersten Stockwerk des Kaufhauses ähnelte einem komfortabel eingerichteten Wohnzimmer. Auch hier eine teure Einrichtung, ähnlich wie in der Wohnung von Inez Reuther, aber nicht verspielt, sondern zweckmäßig. Ein großes Radiogerät stand auf einem Eckschrank; Erika Dabrowski schaltete es ein. Jemand redete auf Deutsch:

»... durch die Organisation von Flugzeugen, Reichsbahn und Kraftwagen ist es gelungen, einen großen Teil der Abgeordneten rechtzeitig heranzubringen ...«

»Was soll das?«, protestierte Berger.

»Es gibt Neuigkeiten«, sagte Frau Dabrowski, aber sie drehte den Ton leise.

Kommissar Kubala setzte sich unaufgefordert in den Sessel neben dem Kamin und sagte: »Womit sollen wir anfangen?«

Die sich anschließende Unterhaltung entsprach nicht Bergers Vorstellungen von einer polizeilichen Vernehmung. Erika dominierte das Gespräch. Die lautstarke Diskussion verlagerte sich auf das Gebiet der Politik, und hier zeigte sich rasch der Gegensatz zwischen Erika Dabrowski, der Volksdeutschen, und dem polnischen Kommissar.

»Ihr habt selber schuld«, sagte Erika. »Ihr habt selber schuld, wenn euch keiner mag. Die polnische Republik ist ein Scheißland!« Sie war sehr erregt.

»Sie verkennen die Situation, in der wir uns befinden.« Der Pole war ganz ruhig, aber er war rot geworden. Erikas Angriff hatte ihn verletzt.

»Die Situation ist komplett selbst verschuldet. Ihr stellt es immer so da, als ob Polen ein armes kleines Land wäre, das keiner leiden mag. Aber warum mag es keiner leiden? Warum? – Weil ihr alle Nachbarn mit Krieg überzogen habt, von Anfang an. Ihr habt die Ukraine angegriffen, Krieg gegen Russland geführt, und das Ergebnis war ein gewaltiger Landraub. Ihr habt Krieg gegen Litauen geführt und das halbe Land besetzt. Und als Deutschland die Rest-Tschechei zerschlagen hat, der habt ihr euch auch noch schnell euren Anteil gesichert. Das Orsa-Gebiet. Und dieses Land, auf dem wir hier stehen, das ist immer deutsch gewesen, bis ihr es euch nach dem Ersten Weltkrieg unter den Nagel gerissen habt. Diese Stadt heißt Bromberg und nicht Bydgoszcz. Am Ende des Weltkriegs waren 80 Prozent der Einwohner deutsch.«

»Heute nicht mehr.«

»Vielleicht können wir diese Dinge im Augenblick einmal zurückstellen«, mischte sich Berger ein. »Wir sind nicht gekommen, um die politischen Probleme zu lösen, sondern es geht um die Ermittlungen in einem Mordfall …«

Doch Erika Dabrowski war nicht zu bremsen. »Und mit euren eigenen Leuten, mit denen geht ihr genauso rabiat um. Das Dritte Reich ist nicht das einzige Land auf der Welt, das seine Juden loswerden möchte. Auch die Zweite Republik in Polen schätzt ihre jüdische Minderheit nicht besonders. Die polnische Regierung hat 1937 eine Kommission nach Madagaskar geschickt, die prüfen sollte, ob die polnischen Juden nicht vielleicht dorthin vertrieben werden könnten – in Absprache mit der französischen Regierung, versteht sich.«

»Ich habe nichts gegen Juden. Sie sollen siedeln, wo sie wollen. Und dass diese Stadt zu Polen gekommen ist, das habe ich nicht zu verantworten.«

»Nein, Sie nicht. – Das ist ein Ergebnis des Versailler Vertrags«, musste Erika zugeben. »Aber ein Unrecht war es trotzdem, die größten Teile von Westpreußen und Pommern an Polen zu geben. Im Januar 1920 seid ihr hier einmarschiert.«

»Wie sich das anhört: einmarschiert! Das Einzige, was geschehen ist, ist, dass sich die Verwaltung geändert hat. Aber Polen und Deutsche haben hier weiterhin friedlich zusammengelebt. Bis dann Ihr Herr Hitler kam …«

»Da haben wir ja den Herrn Hitler!« Erika sprang auf und schaltete das Radio lauter.

Ja, kein Zweifel, das war Hitler, der dort redete.

»… Danzig war und ist eine deutsche Stadt. Der Korridor war und ist deutsch. Alle diese Gebiete verdanken ihre kulturelle Erschließung ausschließlich dem deutschen Volk. Ohne das deutsche Volk würde in all diesen östlichen Gebieten tiefste Barbarei herrschen …«

»Barbarei?«, fragte der Pole.

Erika schüttelte unwillig den Kopf.

»Danzig wurde von uns getrennt, der Korridor von Polen annektiert neben anderen deutschen Gebieten des Ostens, vor allem aber die dort lebenden deutschen Minderheiten in der qualvollsten Weise misshandelt. Über eine Million Menschen deutschen Blutes mussten in den Jahren 1919-20 schon damals ihre Heimat verlassen.«

»Nicht alle offenbar«, sagte der Pole mit Blick auf Erika.

Wilhelm Berger sah auf die Uhr. 10.15 Uhr. Dass der Führer jetzt im Rundfunk redete, das konnte nichts Gutes bedeuten. »Ist das der Reichssender Berlin?«

Erika schüttelte den Kopf. »Berlin kriegen wir hier nicht. Das ist *Reichssender Breslau* auf 325.«

Der Führer war ungehalten. Er sagte: *»Wie immer habe ich auch hier versucht, auf dem Wege friedlicher Revisionsvorschläge* *eine Änderung des unerträglichen Zustandes herbeizuführen. Es ist eine Lüge, wenn in der anderen Welt behauptet wird, dass wir alle unsere Revisionen nur versuchten unter Druck durchzusetzen. Fünfzehn Jahre, ehe der Nationalsozialismus zur Macht kam, hatte man Gelegenheit, auf dem Wege friedlichster Abmachungen, auf dem Wege friedlicher Verständigung, die Revisionen durchzuführen. Man tat es nicht. In jedem einzelnen Fall habe ich später dann von mir aus nicht einmal, sondern oftmals Vorschläge gemacht zur Revision unerträglicher Zustände. Alle diese Vorschläge sind, wie Sie wissen, abgelehnt worden. Ich brauche sie hier nicht im Einzelnen aufzuzählen: Die Vorschläge zur Rüstungsbegrenzung, ja, wenn notwendig, zur Rüstungsbeseitigung …«*

Offenbar doch nur Geschwätz, dachte Wilhelm Berger. »Können wir jetzt einmal zum Thema unserer heutigen Vernehmung zurückkehren?«

»Gern. Meine Aussage in dieser Angelegenheit lässt sich mit einem Satz zusammenfassen: Ich habe Inez Reuther nicht ermordet. Reicht das?«

»Das reicht nicht, Frau Dabrowski. – Fest steht doch zunächst einmal, dass Sie die Frau Reuther gekannt haben.«

»Ja, ich habe sie gekannt. Aber das haben vermutlich ein paar Hundert andere Menschen auch getan. Der Bäcker, der Milchmann, der Briefträger, um nur ein paar Beispiele zu nennen.«

»Wir haben Fotos sichergestellt, die in der Wohnung der Frau Reuther aufgenommen worden sind. Darauf sind Menschen zu sehen, die teilweise oder vollständig unbekleidet sind. Dabei handelt es sich nicht um den Bäcker, den Milchmann oder den Briefträger.«

»Was habe ich damit zu tun?«

»Sie haben, soweit mir bekannt, an derartigen Veranstaltungen in der Wohnung der Frau Reuther teilgenommen.«

»Und wenn das so wäre? – Ja, ich habe Frau Reuther gekannt. Ich habe gelesen, was die Zeitungen über den Mord geschrieben haben. Danach sieht es nicht so aus, als wäre Inez Reuther von einer unbekleideten Dame umgebracht worden. Oder von einem unbekleideten Herren.«

»Lassen Sie den Unsinn!«

»Moment mal bitte!« Kommissar Kubala wies auf das Radio, in dem sich noch immer der Führer ereiferte.

»Man hat versucht, das Vorgehen gegen die Deutschen damit zu entschuldigen, dass man erklärte, die Volkstumsdeutschen hätten Provokationen begangen. Ich weiß nicht, worin die Provokationen der Kinder und der Frauen bestehen sollen, die man misshandelt, die man verschleppt, oder worin die Provokationen derer bestanden haben soll, die man in der tierischsten, sadistischsten Weise teils misshandelt, teils getötet hat. Das weiß ich nicht. Aber nur eines weiß ich: dass es keine Großmacht von Ehre gibt, die auf die Dauer solchen Zuständen zusehen würde!«

Ein Beifallsturm brach nach diesen Worten aus.

»Geschwätz«, sagte Erika.

Offenbar war nichts wirklich Wichtiges passiert, hoffte auch Berger. Aber warum sprach der Führer dann im Reichstag?

Kubala sagte: »Herr Berger, nachdem Sie der Frau Dabrowski einige Fragen gestellt haben …«

»Ich bin noch nicht fertig!«

»… nachdem Sie Ihre Fragen gestellt haben, möchte ich jetzt auch ein paar Fragen stellen, und zwar an Sie: Finden Sie es nicht etwas ungewöhnlich, dass ein Kommissar aus Hamburg diese weite Reise unternimmt, nur um ein winziges Detail zu klären, das den Fall, den er bearbeitet, nur ganz randlich berührt?«

»Nach allem, was ich weiß, kommt die Frau Dabrowski sehr wohl als Täterin infrage«, sagte Berger wahrheitsgemäß.

»Ist das so?«

Berger nickte. Erika Dabrowski setzte an, um zu widersprechen, aber der Kommissar ließ sie nicht zu Wort kommen.

»Herr Berger, ich glaube Ihnen nicht. – Wenn es nur darum gegangen wäre, diese Punkte zu klären, dann hätte ein Anruf bei der Polizei in Bydgoszcz völlig ausgereicht. Oder wenn Sie das Ganze etwas formaler hätten regeln wollen, dann hätten Sie ein Fernschreiben geschickt. Oder einen Brief von mir aus. Und kommen Sie mir nicht damit, dass Sie der polnischen Sprache nicht mächtig sind. Sie haben sehr wohl gewusst, dass es hier genügend Leute gibt, die ziemlich gut Deutsch sprechen, und es hätte uns keine Mühe bereitet, Ihren Text zu übersetzen.«

»Das hätte zu lange gedauert«, behauptete Berger. »Bei einem Mordfall kommt es immer darauf an, dass man schnell reagiert.«

»Ich würde vermuten«, entgegnete der Pole, »dass sich die Angelegenheit per Telefon hätte noch schneller erledigen lassen. Selbst wenn wir einmal die gegenwärtigen Komplikationen außer Acht lassen, ist eine Bahnreise hin und zurück ein großer zeitlicher Aufwand.«

»Wollen Sie mir vorschreiben, wie ich meine Untersuchungen zu führen habe?« Berger wurde allmählich ärgerlich. Zumal ihm bewusst war, dass der Pole nicht völlig unrecht hatte.

»Ihre Untersuchungen? – Herr Berger, Sie führen hier überhaupt gar kein Untersuchungen durch. Das ist alles ein abgekartetes Spiel. Aber mich täuschen Sie nicht.«

Wilhelm Berger starrte sein Gegenüber verblüfft an. Er hatte keine Ahnung, worauf der Pole hinauswollte.

Kubala erklärte es ihm: »In den letzten Monaten haben wir feststellen müssen, dass nicht nur die deutsche Presse eine zunehmend feindliche Einstellung gegenüber Polen eingenommen hat, sondern dass darüber hinaus eine ganze Reihe von Personen ins Land gekommen sind, um hier Spionage und Sabotage zu betreiben. Die meisten dieser Herrschaften sind natürlich über die offene Grenze von Danzig her gekommen, aber einige auch auf direktem Wege aus dem Reich, so wie Sie, Herr Berger. Ich habe Sie sehr genau beobachten lassen. Ich habe jeden Ihrer Schritte verfolgt. Ich habe sehr wohl registriert, dass Sie sich heimlich mit Deutschpolen aus dem sogenannten Korridor getroffen haben …«

»Ich habe mich mit niemandem heimlich getroffen!«, empörte sich Berger.

Der Pole legte ein Foto auf den Tisch; es zeigte Berger und Theresia.

»Das meinen Sie? Die Frau, die ich auf der Straße getroffen habe, das ist überhaupt keine Deutsche, das ist eine Kaschubin …«

»Sie haben Deutsch miteinander gesprochen!«

»Ist das ein Verbrechen? – Natürlich haben wir Deutsch miteinander gesprochen! Es blieb uns ja gar nichts anderes übrig. Ich kann kein Polnisch.«

»Das behaupten Sie, ja. Ich bezweifle das. Oder wollen Sie etwa bestreiten, dass Sie gestern ins Kino gegangen sind und sich einen polnischen Film angesehen haben? Sie sind ein hochrangiger, deutscher Polizist, sind darüber hinaus wahrscheinlich auch noch Reserveoffizier, das heißt also, Sie kennen sich mit Waffen und Sprengstoffen aus. Ich bin der Meinung, dass Sie ein Diversant sind.«

»Ein Diversant? Was soll das sein?« Den Ausdruck hatte Berger noch nie gehört.

»Ein verdeckter, deutscher Untergrundkämpfer, der nur noch auf das Signal zum Losschlagen wartet.«

Der Führer sagte: *Polen hat heute Nacht zum ersten Mal auf unserem eigenen Territorium auch mit bereits regulären Soldaten geschossen. Seit 5.45 Uhr wird jetzt zurückgeschossen!*

Wilhelm Berger erschrak zutiefst. Die Parlamentarier jubelten. Diese Narren!

Und von jetzt ab wird Bombe mit Bombe vergolten!

Erneuter Jubel.

»Meine Herrschaften«, sagte der Pole, »Sie haben gehört, was der Führer gesagt hat. Von jetzt an wird zurückgeschossen. Unter diesen Bedingungen ist es selbstverständlich nicht möglich, normale Polizeiarbeit durchzuführen. Unter diesen Bedingungen ist es auch nicht möglich, dass ein deutscher Polizist hier in Polen frei herumläuft. Herr Berger, es tut mir leid, aber ich muss Sie internieren. Sie sind festgenommen.« Er zog seine Pistole.

Der Pole hatte nicht auf Erika Dabrowski geachtet. Sie stand schräg hinter ihm. Bevor Berger überhaupt reagieren konnte, nahm die Frau den Schürhaken und schlug ihn dem Mann mit großer Kraft über den Schädel. Kubala ging zu Boden.

Berger schrie auf. »Mein Gott!«, rief er. Er riss der Frau das Eisen aus der Hand, dann kniete er sich neben den polnischen Polizisten. Der hatte das Bewusstsein verloren, aber jedenfalls lebte er. »Sind hier denn alle wahnsinnig geworden?«

»Ich weiß nicht, wer hier wahnsinnig geworden ist – ich jedenfalls nicht! Herr Berger, ich gehe nicht ins Gefängnis. Nicht in Polen. Ich war noch nie im Gefängnis, aber ich kann Ihnen versichern, dass der Aufenthalt in einem polnischen Gefängnis zu keiner Zeit besonders angenehm ist. Und er kann noch ein Vielfaches unangenehmer sein, wenn er zu Kriegszeiten stattfindet, und wenn man das Unglück hat, ein feindlicher Ausländer zu sein. Ich denke, ich habe Ihnen das Leben gerettet.«

Berger schüttelte den Kopf. »Sie haben uns in die größten Schwierigkeiten gebracht.«

»Das sehe ich ganz anders.«

»Jedenfalls wird es jetzt Zeit, dass wir hier verschwinden. Ich muss zurück nach Hamburg!«

»Dazu ist es zu spät. – Wir müssen hier weg!«

»Gleich. So können wir ihn hier nicht liegen lassen. Er braucht ärztliche Hilfe.« Wilhelm Berger griff zum Telefon. Einen Augenblick lang fürchtete er, die Leitung könnte unterbrochen sein, aber dann hörte er das Freizeichen.

Der Führer redete noch immer: *»Ich erwarte auch von der deutschen Frau, dass sie sich in eiserner Disziplin vorbildlich in diese große Kampfgemeinschaft einfügt. Die deutsche Jugend wird strahlenden Herzens ohnehin erfüllen, was die Nation, der nationalsozialistische Staat von ihr erwartet und fordert ...«*

»Sieg Heil!«, sagte Erika. Es war ironisch gemeint.

»Scheiße!«, sagte Berger. Er schaltete das Radio aus. Deutschland führte Krieg gegen Polen. Und er, Wilhelm Berger, steckte mittendrin.

Der Unfallwagen war schneller, als Berger gedacht hatte. Zusammen mit Erika Dabrowski hastete er zum Hinterausgang. Wohin jetzt?

»Ich wohne in der Jagiellońska«, sagte Erika.

»Dorthin können wir nicht.« Dort würde die Polizei zuerst nach Ihnen suchen.

»Wohin dann?«

Ja, das war die Frage. Sie könnten versuchen, Bydgoszcz zu verlassen. Zum Bahnhof, dachte Berger. Aber der Zugverkehr nach Westen war mit Sicherheit unterbrochen. Nein, es blieb ihnen nichts anderes übrig, als sich hier im Ort zu verstecken. Theresia fiel ihm ein. War sie noch in Bydgoszcz? Würde sie ihnen helfen können? Würde sie ihnen helfen wollen? Der Weg vom Kaufhaus bis zu dem Haus, zu dem er Theresia gebracht hatte, war nicht weit, aber er führte über die offene Straße. Noch ging das Leben draußen weiter, als wäre nichts geschehen. Niemand beachtete Wilhelm Berger und Erika Dabrowski.

Berger hatte nicht darauf geachtet, in welche der Wohnungen Theresia verschwunden war. Im Erdgeschoss? Der Name auf der Türklingel sagte ihm nichts. Sie mussten es versuchen. Er läutete. Nichts geschah. Er läutete noch einmal. Schließlich öffnete eine junge Frau die Tür. Es war nicht Theresia. Sie sagte irgendetwas auf Polnisch.

»Theresia?«, fragte Berger. Hoffentlich war sie noch nicht abgereist!

Nein, Theresia war noch da. Die Polin rief nach ihr, sie kam, sah Berger an und schüttelte den Kopf. »Immer steckst du in Schwierigkeiten!«

»Ja«, sagte Berger. »Wir stecken in großen Schwierigkeiten. Dürfen wir hereinkommen?«

Sonnabend, 2. September 1939

Theresias Bekannte hatten erlaubt, dass sie sich im Keller versteckten. Zum Glück war es nicht der Kohlenkeller, sondern ein Raum, in dem offenbar Vorräte gelagert wurden. Betten gab es nicht. Theresia brachte schließlich ein paar alte Matratzen. Sie erlaubte nicht, dass Wilhelm oder Erika ihr beim Tragen halfen; sie sollten ihr Versteck nicht verlassen. Es gab einen Wasserhahn, aber natürlich kein Bad und keine Toilette. Theresia brachte zwei Eimer.

Vom Kellerfenster aus konnte Wilhelm Berger das Hotel sehen, das schräg gegenüber lag. Es wäre nur ein Katzensprung gewesen, wenigstens das Gepäck zu holen. Aber Berger traute sich nicht.

»Hier seid ihr sicher«, hatte Theresia behauptet.

Wilhelm Berger zweifelte daran. Wenn Kubala ihn wirklich lückenlos überwacht hatte, würde er wissen, in welchem Haus die Frau wohnte, mit der er im Kino gewesen war. Und er hatte ihn lückenlos überwacht. Berger fiel der Mann ein, den er nachts im Eingangsbereich des Kaufhauses hatte stehen sehen. Kein Zweifel, das war sein Schatten gewesen. Jeden Augenblick konnte die Polizei hier sein und sie festnehmen.

Von ihrem Versteck aus hatten sie mit angesehen, wie einige Personen, wahrscheinlich Deutsche, auf der Straße festgenommen und abgeführt wurden. Aber zu ihnen war niemand gekommen. Sie verbrachten eine sorgenvolle Nacht.

Während bis zum Abend des 1. September nur vereinzelte Flüchtlinge in der Stadt angekommen waren, so konnte man jetzt am zweiten Kriegstag bereits von einem Strom von

Menschen sprechen, der aus nördlicher Richtung in die Stadt drängte. Viele kamen mit hoch beladenen Pferdewagen, manche auch zu Fuß. Der Glaube an einen Sieg Polens schien nicht weit verbreitet zu sein.

Was sollten sie tun? In ihrem Versteck bleiben und warten, bis die Deutschen kamen? Das war gefährlich.

»Wir sollten nach Warschau gehen«, schlug die Polin vor. »Dort kennt uns niemand, Wilhelm – ich darf doch Wilhelm sagen?«

»Ja, natürlich.« Es war gegen die Vorschrift. Es war egal. Selbst wenn die Frau eine Mörderin war – sie waren durch die Ereignisse aneinander gekettet, mussten gemeinsam versuchen, sich in Sicherheit zu bringen.

Wilhelm Berger sah ein, dass es am besten war, Bromberg so schnell wie möglich zu verlassen. Natürlich war es riskant, sich hinaus auf die Straße zu wagen. Wilhelm Berger musste davon ausgehen, dass nach ihm gefahndet wurde. Nach ihm und nach Erika Dabrowski. Allerdings wusste niemand, wie weit die Polizei unter den gegenwärtigen Bedingungen noch funktionsfähig war. Theresia hatte sich kurz nach draußen gewagt. Sie hatte herausbekommen, dass die internierten Deutschen – angeblich waren es einige Hundert – im Laufe des Nachmittags in östlicher Richtung in Marsch gesetzt werden sollten. Berger konnte froh sein, dass er keiner der Inhaftierten war.

Berger und Erika Dabrowski machten sich auf den Weg. Theresia wollte nicht mit nach Warschau; sie blieb in der Wohnung zurück. Auf dem Platz vor dem Bahnhof waren Freiwillige dabei, Splittergräben auszuheben. Im Bahnhofsgebäude herrschte großes Gedränge. Alle warteten auf den Zug nach Warschau. Der Zug kam nicht. »*Samoloty*«, sagte jemand. Das Dröhnen bemerkte Wilhelm Berger erst, als es schon sehr nahe war.

»Flugzeuge!«, rief er. »Raus!« Er fasste Erika bei der Hand und zerrte sie zum Eingang.

Panik brach aus. Berger und die Frau schafften es, rechtzeitig ins Freie zu gelangen. Als sie in den Splittergraben sprangen, waren die Flugzeuge schon fast über ihnen. Die Menschen schrien.

»Runter!«, rief Berger. Sie warfen sich flach auf den Boden. Die Flak schoss. Berger hatte die Geschütze vorher nicht bemerkt, aber es war klar, dass die Polen den Bahnhof verteidigen würden. Und es war ebenso klar, dass der Bahnhof für die deutschen Bomber das wichtigste Ziel in ganz Bromberg war.

Da krachte es auch schon. Berger registrierte, dass mehrere Bomben das Bahnhofsgebäude trafen. Eine Bombe schlug zwischen den Splittergräben ein, und Dreck und kleine Steine flogen ihnen um die Ohren. Nach den Sprengbomben kamen die Brandbomben. Vom Gelände des Güterbahnhofs stieg schwarzer Rauch auf. Offenbar war ein Öltank getroffen worden. Ein Haus brannte. Und dann war der Angriff vorüber. Er hatte nur wenige Minuten gedauert.

»Bist du verletzt?«, fragte Erika. »Mein Gott, Wilhelm, du bist verletzt!«

Berger wischte sich über die Stirn. Blut. Aber es war nur eine Schramme; einer der herumfliegenden Steine hatte ihn an der Augenbraue getroffen. Ein Mann taumelte aus dem Bahnhofsgebäude heraus und stürzte zu Boden. Wilhelm Berger sprang aus dem Graben und eilte hin, um zu helfen. Aber dem Mann konnte niemand mehr helfen; er war tot.

In der Bahnhofshalle war ein Teil der Decke eingestürzt; Brocken von Mauerwerk lagen herum, Staub bedeckte den Boden; direkt neben dem Eingang lag ein totes Kind. Das obere Stockwerk des Bahnhofes brannte. Berger führte eine weinende Frau nach draußen, dann rannte er zurück und suchte nach weiteren Überlebenden. Aber er fand niemand mehr, dem er helfen konnte. Draußen tönte die Sirene der Feuerwehr. Ein Mann in Uniform sagte irgendetwas auf Polnisch.

Berger drehte sich um. »Was?«

Erika sagte: »Der Zugverkehr ist unterbrochen.«

Einer der Feuerwehrmänner versetzte Berger einen Faustschlag. Bevor er reagieren konnte, zerrte die Polin ihn mit nach draußen. »Komm mit«, sagte sie. »Wir müssen weg hier. Und halt den Mund. Du darfst nicht Deutsch reden. Die Leute sind erregt. Niemand darf wissen, dass wir Deutsche sind.«

Es blieb ihnen nur der Weg zurück in den Keller.

Sonntag, 3. September 1939

Chaos«, sagte Theresia, »in der Stadt herrscht Chaos.« Sie hatte herausfinden wollen, ob es irgendeine Möglichkeit gab, Bydgoszcz zu verlassen.

Wilhelm Berger und Erika hockten in ihrem Kellerloch. Der Raum war nicht ganz unterirdisch, und vom Fenster aus konnte man ein Stück der Danziger Straße sehen, aus der Froschperspektive. Es war Sonntagmorgen, kurz vor 10.00 Uhr. Der Strom der Flüchtlinge, der sich auf der Straße nach Süden bewegte, hatte weiter zugenommen. Aber alles schien geordnet; wenn es Chaos gab, dann war von hier aus jedenfalls nichts davon zu erkennen.

»Was hast du herausbekommen?«, wollte Erika wissen.

»Es gibt die wildesten Gerüchte. Vorhin hieß es, die Deutschen seien schon unmittelbar vor der Stadt. Aber ich war in der Kommandantur beim Wachbataillon. Ich habe selbst gehört, wie Major Sławiński mit dem Stab der 15. Infanteriedivision telefoniert hat. Wir halten die Stellung, haben sie gesagt, und es kann keine Rede davon sein, dass die Deutschen in den nächsten Stunden bis nach Bydgoszcz durchkommen.«

War das nun gut oder schlecht? Wilhelm Berger hatte keine Ahnung, wie die allgemeine Lage sein mochte.

»Der Vorsitzende des Stadtrats war auch da, und er hat dem Major vorgeschlagen, eine freiwillige Bürgerwehr einzurichten. Eine Handvoll Freiwilliger hatte er gleich mitgebracht, und er verlangte, dass der Major ihnen Waffen aushändigen sollte. Das hat der aber abgelehnt, weil zum einen gar keine direkte Gefahr bestand und er zum anderen keine überzähligen Waffen hatte.«

»Gut«, sagte Berger. Eine bewaffnete Bürgerwehr konnte das Chaos nur vergrößern.

Theresia schüttelte den Kopf. »Dabei ist es aber nicht geblieben. Denn kaum hatte er das gesagt, fielen plötzlich Schüsse. Und jeder dachte: Das sind deutsche Diversanten!«

»Und? Waren es deutsche Diversanten, die geschossen haben?«

Theresia schüttelte den Kopf. »Das Wachbataillon ist ausgerückt, und sie haben alles abgesucht, aber sie haben keine Heckenschützen gefunden. Schließlich stellte sich dann heraus, dass ein Maschinengewehrbataillon beschossen worden war, das sich aus dem Raum von Koronowo nach Bydgoszcz zurückgezogen hat. Polnischer Landsturm hat die Soldaten irrtümlich für Deutsche gehalten und das Feuer eröffnet. Zum Glück ist bei der Schießerei niemand getötet oder verletzt worden.«

»Ja, die Schüsse haben wir vorhin gehört«, sagte Erika. »Gut, dass es hier noch ruhig ist!«

Doch genau in dem Augenblick war es draußen mit der Ruhe vorbei. »Die Panzer kommen!«, schrie jemand. »Die Panzer! – Oh Gott, oh Gott! Die Deutschen!«

Die Menschen begannen zu laufen. Plötzlich wurde ein Geräusch hörbar, das in der Tat nach herannahenden Panzern klang. Panik brach aus. Es waren keine Panzer, die da kamen, sondern bespannte Artillerie, die mit ihren Geschützen in vollem Galopp heranraste. Die Kanonen, die Wagen mit der Munition, sowie die Fuhrwerke der Flüchtlinge, die sich von der Panik anstecken ließen, alles raste die Gdańska entlang in Richtung Innenstadt. Wieder Schüsse – womöglich versuchte jemand, die wilde Flucht aufzuhalten.

Weitere Schüsse fielen. Es war völlig unklar, wer dort auf wen schoss. Fest stand nur, dass jeder Rest von Ordnung verloren ging. Ausgerechnet der Abschnitt, in dem sie sich befanden, zwischen der Kreuzung der Danziger Straße mit der Jagiellońska und dem Theaterplatz, schien das Zentrum der Unruhe zu sein.

»Sie sitzen auf dem Kirchturm!«, schrie jemand.

Den Turm der Kirche am Plac Wolności konnten sie von ihrem Versteck aus nicht sehen. Wenn sich dort wirklich Freischärler auf dem Turm versteckt haben sollten, dann waren sie verloren. Sie sahen, wie polnische Soldaten heraneilten und sich im Schutz der Hauseingänge in Richtung Kirche vorarbeiteten.

Plötzlich rannten alle wieder zurück. Jemand ruderte mit den Armen und deutete in Richtung Stadtzentrum: »Das Kaufhaus! Sie sind im Kaufhaus!«

»Jetzt zerschießen sie mein Kaufhaus«, murmelte Erika.

»Solange sie uns nicht zerschießen, können wir ganz zufrieden sein«, brummte Berger. Bis jetzt hatte jedenfalls niemand ihrem Haus besondere Aufmerksamkeit gezollt. Er konnte nur hoffen, dass das so blieb.

»Da!«, rief Erika, »jetzt haben sie einen erwischt!« Sie deutete auf die gegenüberliegende Straßenseite. Soldaten zerrten einen Mann aus dem Haus gegenüber. Er wehrte sich verzweifelt. Frauen kreischten. Ein junges Mädchen rannte quer über die Straße, kam direkt auf ihr Haus zu.

»Weg vom Fenster!«

Sie hörten, wie die junge Frau oben mit Fäusten gegen die Haustür schlug. »So helft mir doch!« Es war eine Deutsche.

Erika biss sich auf die Lippen. Sie murmelte: »Was sollen wir tun? Was sollen wir nur tun?«

»Nichts können wir tun«, sagte Theresia. »Sie werden sie doch nicht gleich umbringen, oder?«

Die junge Frau schrie. Als die Schreie sich entfernten, wagte Berger sich wieder an das Fenster. Er sah, wie die Frau von Soldaten weggeführt wurde. Sie wollte sich losreißen. Einer der Soldaten schlug ihr ins Gesicht. Sie fiel zu Boden, wurde brutal wieder hochgerissen und weitergezerrt. Von dem Mann, der vorher festgenommen worden war, war keine Spur mehr zu entdecken. Drüben stand die Haustür offen; das Gebäude wirkte verlassen. Berger spähte die Straße hinauf und hinunter, soweit das vom Kellerfenster aus möglich war. Am Rande seines Gesichtsfeldes lag eine reglose Gestalt auf der Straße – ein toter, polnischer Soldat.

Jetzt kamen keine Flüchtlinge mehr. In der Ferne wurde noch immer geschossen.

»Was sind wir doch für Feiglinge«, sagte Erika. Sie zitterte am ganzen Körper.

Berger schüttelte den Kopf. Es wäre sinnlos gewesen, auf die Straße zu stürzen und einzugreifen. Erika und er wurden von der Polizei gesucht; man hätte sie ohne Zweifel festgenommen.

Am späten Nachmittag hörte die Schießerei allmählich auf. Jetzt stand fest, dass die Deutschen heute nicht mehr kommen würden. Es war zu befürchten, dass Theresias polnische Nachbarn früher oder später nachforschen würden, was in dem Haus los war. Hier konnten sie nicht bleiben; sie mussten versuchen, aus der Stadt herauszukommen.

»Wie soll das gehen?«, fragte Erika. Sie hatte sich jetzt wieder beruhigt.

»Ich sehe nach«, schlug Theresia vor.

»Zu gefährlich«, sagte Erika.

Theresia schüttelte den Kopf. Erika sah Berger an, aber der wusste auch nicht, was sie tun sollten. Alles war gefährlich. Theresia hatte den Vorteil, dass sie perfekt Polnisch sprach, sodass niemand vermuten würde, dass auch sie deutsche Eltern gehabt hatte.

»Viel Glück«, sagte Berger, als sie sich auf den Weg machte.

Als Theresia zurückkam, war es bereits dunkel.

»Und?«, fragte Erika.

»Es ist lebensgefährlich, in die Stadt zu gehen. Gruppen von Soldaten und bewaffneten polnischen Zivilisten streifen herum und suchen nach deutschen Diversanten. Ich weiß nicht, was genau passiert ist. Die Leute sagen, dass die Deutschen überall angefangen hätten, auf die Polen zu schießen.«

»Was für ein Wahnsinn!«

»Ich weiß nicht einmal, ob es stimmt. Fest steht aber, dass die Leute das glauben, und jetzt machen sie Jagd auf die Deutschen. Furchtbare Dinge sollen passiert sein. Eine alte Frau hat behauptet, dass der Mob alle Deutschen totschlägt. Selbst Babys sollen sie die Augen ausgestochen haben.«

»Unsinn!«, sagte Berger.

»Hast du das gesehen?«, fragte Erika.

Nein, das hatte Theresia nicht gesehen. Aber Tote hatte sie gesehen, tote Polen und auch tote Deutsche. Mehr tote Deutsche.

Wilhelm Berger überlegte. Wenn dies ein von Berlin aus angezettelter Aufstand der deutschen Minderheit war, dann war er wirkungslos verpufft. Entweder hatten die Polen die Anführer dieser Aktion rechtzeitig verhaftet und ins Innere des Landes abtransportiert, oder das Ganze war sowieso ein Hirngespinst. Einzig die Gefahr war real, in der sie sich befanden.

»Ich will weg«, sagte Theresia. »Ich will einfach nur noch weg. Nach Hause.«

»Und wir? Können wir über die Brücke nach Süden?«

Nein, die beiden Brücken wurden bewacht. Dort kam jetzt niemand mehr durch, ohne dass seine Papiere kontrolliert wurden.

»Und wenn wir uns nach Westen wenden? Wenn wir sozusagen den Deutschen entgegenlaufen?«

»Auch dann müsst ihr über die Brahe. Im Westen bin ich nicht gewesen, aber ich gehe davon aus, dass auch dort niemand über den Fluss darf. Niemand ohne Papiere jedenfalls.«

»Es gibt eine Brücke weiter im Norden«, sagte Erika. »Bei dem Stausee. Südlich von Smukała ist das. Ich weiß, wie wir dahin kommen.«

»Wie weit ist das?«, wollte Wilhelm Berger wissen.

»Smukała? Keine zehn Kilometer. Aber da irgendwo ist die Front.«

»Was dann?«

Theresia überlegte. »In Czyżkówo gibt es einen Steg über die Brahe. Wenn der frei ist, solltet ihr den benutzen. Und in Czyżkówo und Umgebung wohnen viele Deutsche. »

»Czyżkówo? Jägerhof meinst du,« warf Erika ein.

»Ja, natürlich.«

»Ich kenne da zwei Häuser, direkt im Wald, bei den Leuten können wir sicher für einige Zeit untertauchen.«

»Das könnte gehen. – Ja, das ist wahrscheinlich eure einzige Chance.«

»Lass es uns versuchen«, sagte Erika.

Berger nickte. Was blieb ihnen anderes übrig? »Und was ist mit dir?«, fragte er.

Theresia sagte: »Ich will nach Hause.«

Theresia war auf der Flucht. Sie hätte nicht davonrennen sollen, das war ihr jetzt klar. Aber nun war es zu spät. Es war ihre natürliche Reaktion gewesen, zu rennen, sich nicht einfangen zu lassen, von niemandem. Dabei war alles ein Irrtum. Die Gruppe von jungen Männern, die sie angehalten hatte, hatte sie auf Deutsch angesprochen, und sie hatte auf Deutsch geantwortet.

»*Niemka!*«, hatte einer der Männer gerufen. »Eine Hitler!«

Da hatte ihr Polnisch ihr nichts mehr genützt, sie hatten es ihr nicht abgenommen, dass sie eine Polin sei. Sie war ja auch keine Polin, sie war eine Kaschubin, und so schwach der Akzent auch sein mochte, er war vorhanden. Sie wollten sie festhalten, aber sie hatte sich losgerissen und war gerannt.

»Stehen bleiben!«

Sie war nicht stehen geblieben, sie war weitergerannt, und sie hatte gespürt, dass sie hinter ihr herkamen. Sie hatte auch die Schüsse gehört, und sie hatte gedacht, dass es gut ist, wenn sie schießen, denn wer schießen will, der muss stehen bleiben, sonst trifft er nichts. So hatte sie den Vorsprung bekommen, den sie brauchte, wenn sie überhaupt eine Chance haben sollte.

Dass sie getroffen worden war, merkte sie erst, als sie in das Dunkel des kleinen Parks eintauchte. Da war sie stehen geblieben, und da hatte sie auf einmal den Schmerz in ihrer Seite gespürt. Sie hatte mit der Hand danach gefasst, als ob sie den Schmerz wegwischen könnte, aber das ging nicht, und sie hatte verblüfft festgestellt, dass ihre Hand blutig war. Eine Schramme, dachte sie, zum Glück war es nur eine Schramme.

Da merkte sie, dass die jungen Männer nicht aufgegeben hatten. Sie waren noch immer hinter ihr her. Sie musste weiter, aber sie fühlte sich zu schwach zum Laufen, und so ging sie langsamen Schrittes weiter in das Dunkel des Parks hinein.

»Sie muss hier irgendwo sein!«, rief jemand.

Der Park war zu klein, als dass sie sich hier längere Zeit verstecken konnte. Schon sah sie vor sich die dunkle Silhouette der Paulskirche. Eine evangelische Kirche, das Tor natürlich versperrt, hier würde sie keine Zuflucht finden. Aber da war das Denkmal. Zwischen ihr und der Kirche lag das Denkmal. Kurz entschlossen stieg sie über die niedrige Brüstung in das Bassin hinein. Der Sintflut-Brunnen. Aber die örtliche Sintflut war bescheiden ausgefallen; das Wasser reichte nicht einmal bis zum Knie.

Vor ihr erkannte sie den Felsen mit dem Mann, der verzweifelt mit einer Riesenschlange um diesen letzten kleinen Ort der Zuflucht kämpfte. Es war klar, dass die Schlange gewinnen würde, aber es war ebenso klar, dass auch sie von den steigenden Wassern verschlungen werden würde.

Theresia wusste, dass auf der anderen Seite des Bassins eine Bärin versuchte, ihr Junges, das sie im Maul hielt, über Wasser zu halten. Dabei war der letzte Ort der Zuflucht der große Felsen in der Mitte der Anlage, und den versuchte Theresia jetzt zu erreichen. Zum Glück war der Springbrunnen abgestellt, sodass ihr der sintflutartige Regen erspart blieb, der für gewöhnlich über dieses Ensemble herniederrauschte. Dafür spürte sie den Schmerz jetzt heftiger.

»Hier drüben ist sie nicht«, erklang eine Stimme aus Richtung der Kirche.

Sie wussten nicht, wo sie steckte. Wenn sie sich in der Figurengruppe auf dem mittleren Felsen verbarg und sich still verhielt, würden sie sie nicht finden. Die Anlage war riesig, fünf oder sechs Meter hoch. Aber zunächst einmal musste es ihr gelingen, überhaupt auf den Felsen hinaufzukommen. Den Gipfel beherrschte ein junger Mann, der eine ohnmächtige oder tote Frau im Arm hielt und mit der anderen Hand versuchte, einen Alten, vielleicht seinen Vater, aus dem Wasser zu ziehen. Dorthin wollte sie, aber dorthin konnte sie nicht; der nasse Felsen bot ihr keinen Halt.

Der bronzene Löwe auf der kleinen Plattform direkt vor ihr schien den Kampf aufgegeben zu haben, und auch die junge Frau, die sich mit ihrem kleinen Kind auf die Insel gerettet hatte, konnte nicht mehr weiter. Theresia griff nach der Hand des Kindes, wollte sich daran hochziehen, aber sie schaffte es nicht. Die Schmerzen waren zu stark. Sie hatte auf einmal das Gefühl, dass das Wasser in dem Bassin unaufhörlich stieg. Aber es war nicht die Sintflut, die Theresia am Ende verschlang. Es waren ihre nachlassenden Kräfte, die dazu führten, dass sie schließlich abglitt und ins Wasser stürzte.

Montag, 4. September 1939

»Keinen Laut!«, sagte Berger.

Erika und er hockten am Waldrand. Vor ihnen auf der Lichtung standen zwei moderne Siedlungshäuser. Dies war der Ort, den Erika gemeint hatte. Alles war friedlich. Die Sonne schien. Irgendwo zirpte eine Grille.

Berger und seine Begleiterin hatten lange warten müssen, bis sie die Brahe überqueren konnten. Es fing schon an, hell zu werden, als die Posten am Steg endlich ihren Wachdienst aufgaben. Berger und Erika waren zum nahen Wald gelaufen und dann parallel zur Straße durch die Kiefern gegangen. Dadurch waren sie zwar nicht vollständig vor neugierigen Blicken geschützt, aber jedenfalls fielen sie nicht sofort ins Auge. Wenn auf der Straße ein Pferdefuhrwerk oder eines der seltenen Autos vorbeikam, duckten sie sich in das Gras und warteten, bis die Gefahr vorüber war. Nachdem dies eine Stunde lang gut gegangen war, hatte Erika sich allmählich gefragt, ob die Gefahr lediglich eingebildet war. Aber Wilhelm Berger hatte mit dem Kopf geschüttelt, und sie waren weitergegangen.

»Alles ruhig«, sagte Erika.

Berger nickte. Ja, alles war ruhig. Die beiden Häuser lagen an einem Stichweg abseits der Straße, hier würde niemand zufällig vorbeikommen, hier waren sie in Sicherheit. Wahrscheinlich waren sie hier in Sicherheit. Aber Berger zögerte. In dem Haus, das ihnen am nächsten lag, war eine Fensterscheibe gesprungen. Das konnte ein Zufall sein, natürlich, wenn es hier Kinder gab, war vielleicht ein Ball in die Scheibe geflogen, und die Eltern hatten im Augenblick anderes zu tun, als das Glas zu ersetzen. Aber die defekte Scheibe irritierte Berger. Sie passte nicht zu dem gepflegten Garten.

»Bleib hier«, sagte Berger, »ich geh hin und sehe nach.«

»Ich komme mit!«

»Nein, du bleibst hier. Du bleibst hier hinter den Büschen und rührst dich nicht vom Fleck, ganz gleich, was passiert.«

»Was soll denn passieren?«

Kann sein, dass sie in dem Haus auf uns lauern, dachte Berger. Er sagte: »Nichts wird passieren, aber wir müssen vorsichtig sein. Wenn etwas geschieht, dann kommst du mir auf keinen Fall zur Hilfe. Dann läufst du weg, so schnell du kannst.«

»Ich kann dich doch nicht allein lassen«, erwiderte Erika.

»Doch, wenn etwas passiert, dann musst du mich allein lassen. Es macht keinen Sinn, dass wir uns beide in Gefahr begeben. Wenn es einen von uns erwischt, dann ist das mehr als genug.«

Erika schüttelte den Kopf.

»Und wenn ich in zehn Minuten nicht zurück bin, dann darfst du nicht kommen und nach mir suchen. Dann musst du auch weglaufen und sehen, dass du dich in Sicherheit bringst. Wenn du weiter nach Nordwesten läufst, dann wirst du irgendwann auf deutsche Soldaten treffen, und die helfen dir weiter.« Jedenfalls hoffte Wilhelm Berger das. Aber natürlich hatte er keine Ahnung, wie die Lage war, und ob der Angriff auf Polen überhaupt geglückt war oder nicht.

Erika drückte ihm die Hand. Berger drückte sie zurück, ganz fest, dann erhob er sich und trat hinaus auf die Lichtung. Die Grille zirpte noch immer.

Berger ging um das Haus herum, und dann sah er es. Auf der Vorderseite waren alle Fensterscheiben zerschlagen, und die Haustür stand halb offen. Sie waren also schon hier gewesen. Mit raschen Schritten durchquerte Berger den Vorgarten. Er hatte keinen Blick für die blühenden Geranien, er starrte auf die offene Tür. In dem Haus regte sich nichts; kein Laut war zu hören.

Sie sind weg, dachte Berger. Die Bewohner sind weg. Sie haben sich in Sicherheit gebracht.

Aber das stimmte nicht. Direkt hinter der Haustür lag ein Toter. Berger trat rasch ein und drehte sich um. War das eine Bewegung hinter ihm? Nein, nichts. Berger beugte sich über den Toten. Es war ein Mann, vielleicht so alt wie er selber. Wie er ausgesehen hatte, das ließ sich nicht mehr erahnen. Seine Mörder hatten sich nicht damit zufriedengegeben, ihm den Schädel einzuschlagen, es sah aus, als hätten sie auf ihn eingeprügelt, bis sein Gesicht vollständig zu Brei gehauen war.

Berger trat über den Mann hinweg und ging in das Wohnzimmer. Hier hatte der Mob gewütet. Schränke waren umgestürzt, Schubladen herausgerissen, zerbrochene Gegenstände lagen auf dem Fußboden. Berger trat auf Glas. Im Schlafzimmer dasselbe Bild. In der Küche lag die Leiche einer Frau. Auch sie war erschlagen worden, aber die Täter hatten sich nicht die Mühe gemacht, ihr Gesicht zu entstellen. Es war eine alte Frau, vielleicht die Mutter des Mannes. Berger brauchte einen Augenblick, bis er sich gesammelt hatte. Dann ging er zurück nach draußen und winkte. Erika kam heran.

»Erschrick nicht«, sagte Berger. »Das Haus ist eine Ruine. Drinnen liegen nur Tote.«

Erika schrie, als sie den Mann sah. Berger hielt ihr erschrocken den Mund zu: »Um Himmels willen, sei still! Sie können noch immer hier irgendwo in der Gegend sein.«

Erika nickte. »Das ist doch Wahnsinn«, flüsterte sie. »Das ist doch völliger Wahnsinn.«

Berger kam von seiner Inspektion des Hauses zurück. Er hielt einige Kleidungsstücke über dem Arm.

»Wo hast du denn das her?«

»Gefunden«, sagte er. »Wir sollten diese Sachen anziehen.«

»Bist du verrückt? Das Zeug – das Zeug von diesen Leuten?«

Berger erklärte ihr, dass sie in ihrer jetzigen Bekleidung viel zu sehr auffielen. Weder Erikas Kleid noch sein Anzug entsprachen der Kleidung, die man hier auf dem Lande üblicherweise trug. Was er hier gefunden hatte, waren zwar auch deutsche Kleidungsstücke, aber doch abgetragen und von sehr geringer Qualität.

Sie zogen sich um. Hemd und Hose, die Berger für sich selbst genommen hatte, waren ihm zu klein, aber wenn er ein paar Knöpfe offen ließ, mochte es gehen. Erika passte dagegen das Kleid wie angegossen.

»Gut siehst du aus«, sagte Berger. »Schade, dass es keinen Spiegel mehr gibt, in dem du dich sehen kannst.«

»Und jetzt?«, fragte Erika.

»Hier können wir nicht bleiben«, sagte Berger. »Wir müssen weiter, in Richtung Norden.« Berger ging davon aus, dass das deutsche Militär zunächst einmal versuchen würde, den polnischen Korridor zu erobern und eine direkte Verbindung zwischen Ostpreußen und dem Reich herzustellen. Die Wehrmacht würde mit Sicherheit versuchen, die Ostbahn in ihre Gewalt zu bringen. »In der Nähe von Czersk kenne ich Leute. Dort können wir unterkommen.«

»Und wie weit ist es bis nach Czersk?«

Berger hatte keine Ahnung. Aber es war weit, so viel wusste er. Und dass er dort Leute kannte, war im Grunde genommen auch gelogen. Er dachte an Theresia und an das Haus in Karsin, aber dass er dort gewesen war, das war jetzt mehr als zwanzig Jahre her, und er hatte keine Ahnung, ob Theresia es wirklich geschafft hatte, dorthin zurückzukehren.

»Ich kann nicht mehr laufen«, sagte Erika.

»Im Augenblick können wir sowieso nirgendwohin laufen«, erwiderte Berger. Es war klar, dass sie sich nur bei Dunkelheit einigermaßen sicher bewegen konnten.

Erika schüttelte den Kopf. »Meine Füße tun weh. Ich kann nicht mehr weiter.«

Sie würden noch viele Kilometer laufen müssen, viel mehr, als die gut zehn Kilometer, die sie heute zurückgelegt hatten. »Am besten legst du dich hin und schläfst ein bisschen.«

»Ich kann nicht schlafen«, sagte Erika. Sie legte sich dann aber doch hin, und wenige Minuten später war sie eingeschlafen.

Wilhelm Berger hielt Wache. Auch er war inzwischen müde, aber ihm war klar, dass er wach bleiben musste. Diejenigen, die das hier getan hatten, waren nicht weit weg. Berger vermutete, dass es die Einwohner des nächsten Dorfes gewesen waren. Sie konnten jederzeit wiederkommen. Zwar gab es hier nichts mehr zu holen, aber man konnte nicht davon ausgehen, dass das wirklich alle wussten. Gern hätte Berger jetzt seine Pistole gehabt, obwohl ihm sein Verstand sagte, dass ihm auch die Pistole gegen einen wütenden Mob nichts nützen würde.

Noch einmal durchsuchte er das Wohnzimmer. Ein paar Bücher lagen am Boden. Die Mörder hatten sie liegen lassen. Es waren deutsche Bücher, die hatten sie nicht gebrauchen können. *Allen Gewalten zum Trotz sich erhalten* las er. Von Hedwig Courths-Mahler. Vermutlich war es die alte Frau gewesen, die dieses Buch gelesen hatte. Berger stellte sich vor, dass sie am Fenster gesessen hatte, in diesem Buch gelesen und davon geträumt hatte, dass es ihnen allen besser ging.

Berger war sich nicht sicher, ob er am Ende doch eingeschlafen war, und ob es nur ein unbekanntes Geräusch gewesen war, das ihn geweckt hatte. Er schrak hoch. Da war jemand. Ein kleiner Junge, vielleicht zehn Jahre alt, stand im Eingang und betrachtete den Toten. Berger hielt den Atem an. Er hoffte, dass der Bengel wieder verschwinden würde, aber das war nicht der Fall. Der Junge stieß den Toten mit dem Fuß an, wohl um zu sehen, ob noch Leben in ihm war, aber das war natürlich nicht der Fall. Dann stieg er über den Mann hinweg. Das Glas knirschte.

In dem Augenblick fuhr Erika aus dem Schlaf hoch und starrte den Jungen an. Und der Junge starrte sie an. »*Szwaby*«, flüsterte er. »*Szwaby!*« Sie waren entdeckt.

»Mach ihn tot«, schrie Erika in Panik, »mach ihn tot!«

In dem Moment rannte der Junge davon.

»Schnell!«, rief Berger. »Weg hier! Wir müssen sofort verschwinden.« Er fasste die sich sträubende Erika bei der Hand und zog sie ins Freie. Gehetzt sah er sich um. Der Junge war nach rechts verschwunden, oder? Ja, dort hörte er ihn rufen. Nach links konnten sie nicht, dort war die Straße, dort war die Gefahr am größten. Sie liefen in den Wald hinein, in die Richtung, die Berger für Norden hielt.

Berger fragte sich, ob er nicht doch hätte versuchen sollen, den Jungen zu greifen. Wenn sie ihn im Keller eingesperrt hätten, hätten sie einen größeren Vorsprung gehabt. Aber wahrscheinlich wäre es nicht gelungen; der Junge war zu flink, und sicher waren Erwachsene in der Nähe. Und jetzt war es sowieso zu spät, darüber nachzudenken. Jetzt mussten sie rennen.

Ja, sie mussten wirklich rennen. Berger hörte Stimmen hinter sich im Wald. Aufgeregte polnische Stimmen. Sie waren hinter ihnen her. Sie kamen näher.

»Ich kann nicht mehr«, keuchte Erika. »Ich kann nicht mehr!«

Berger packte sie fester und zerrte sie hinter sich her. Links konnte er durch den lichten Kiefernwald die Straße erkennen. Sie lag jetzt völlig verlassen. Berger spürte, dass ihre Verfolger näher kamen. Welch ein Ende, dachte er. Er hatte Angst. Nicht so sehr vor dem Tod, das auch, aber vor allem vor den Schmerzen, die sie ihm zufügen würden. Die sie ihm ganz ohne Zweifel zufügen würden, das war klar, der Zustand der Toten in den beiden Häusern ließ daran keinen Zweifel.

Erika konnte nicht mehr weiter. »Lass mich los«, schrie sie. »Lass mich doch los! Ich kann nicht mehr!«

Berger ließ nicht los. Und plötzlich hatte er das Gefühl, dass die Stimmen hinter ihnen leiser wurden, dass ihre Verfolger zurückblieben. Vor ihnen lichtete sich der Wald, und Berger sah, dass sie auf eine Straßenkreuzung zuliefen.

»Soldaten«, rief Erika.

Ja, da waren Soldaten. Vielleicht würden die ihnen helfen. Nein, bestimmt würden die ihnen helfen. Mitten auf der Kreuzung stand ein Panzer. Berger erkannte das Balkenkreuz der Deutschen Wehrmacht.

»Da kommt ihr nicht durch«, sagte der Soldat. »Da im Norden ist doch alles voller Polen. Und die Bahnlinie – also die Ostbahn – die ist unterbrochen. Unsere Pioniere sind zu spät gekommen. Die Polen haben die Brücke über die Weichsel gesprengt, und in Konitz haben sie die Gleise auseinandergerissen. Das wird noch Tage dauern, bis da wieder Züge fahren können.«

»Ich will nicht zurück nach Bromberg«, sagte Erika.

Auch Wilhelm Berger schauderte bei dem Gedanken.

»Keine Angst«, sagte der Soldat. »Jetzt sind wir da, jetzt herrscht Ordnung.«

Die Anwesenheit der Soldaten hatte etwas zutiefst Beruhigendes. Es war ganz offensichtlich, dass sie sich als Herren der Lage fühlten. Die Besatzung des Panzers hatte alle Luken geöffnet und rechnete offenbar nicht mit einem feindlichen Angriff. Berger sah jetzt auch, dass auf der anderen Seite der Kreuzung weitere Panzer im Wald standen. Die Besatzungen waren ausgestiegen und lagen im Schatten der Kiefern. Weiter hinten brannte ein kleines Lagerfeuer.

»Das scheint ein ziemlich gemütlicher Krieg zu sein, den Sie hier führen«, sagte Berger.

Der Panzerkommandant zuckte mit den Achseln. »Wir warten auf den Marschbefehl. Solange wir den nicht haben, können wir nicht weiter.«

Der Fahrer sagte: »Dam da da, dilit da da – dam da da, dit da dem!«

»Was?«, fragte Berger.

Der Kommandant lachte: »Er singt«, sagte er.

»Er singt?«

»Ja. Unser Franz arbeitet normalerweise beim Rundfunk. Und er denkt gerade darüber nach, wie er eine neue Kindersendung machen kann. – Wie heißt der Kerl noch mal, von dem dieses Buch ist?«

»Prokofjew. Sergei Prokofjew. – Ein Russe ist das. Normalerweise hätte mich die Geschichte überhaupt gar nicht interessiert, aber jetzt, wo plötzlich die Russen unsere Freunde sind, da ist das natürlich anders.«

»Er hat das Buch gefunden, auf einem dieser Bauernhöfe.«

»Ein richtiger Gutshof war das«, bestätigte Franz. »Die hatten eine wunderbare Bibliothek. Aber kein Mensch zu Hause, alle weggelaufen. Oder tot, was weiß ich? – Da habe ich mir das Buch einfach ausgeliehen. Es heißt *Peter und der Wolf*. Es ist so eine Art Märchen mit Musik. All die Menschen und

Tiere, die darin vorkommen, die haben ihre eigene, kleine Melodie. Und dies hier, das ist Peter: Dam da da, dilit da da – dam da da, dit da dem! Und der Peter geht gerade hinaus aus dem Garten auf eine große, grüne Wiese.«

»Habt ihr schon etwas zu essen gehabt?«, fragte der Panzerkommandant.

»Nein«, sagte Erika.

Und in diesem Augenblick spürte auch Berger, dass er großen Hunger hatte.

»Unsere Leute sind gerade dabei, ein paar Hühnchen zu braten«, sagte der Kommandant. »Die haben wir auf einem Bauernhof gefunden. Wir hätten sie ja bezahlt, aber die Leute, die sprachen nur Polnisch, und deshalb ging das nicht. – Ihr seid jedenfalls herzlich eingeladen.«

Franz sagte: »Tuttlidl, tuddlidl, tuddlidl, tuddlidl ...«

»Was?«

»Das ist der Vogel«, sagte Franz. »Er macht sich darüber lustig, dass die Ente nicht fliegen kann.«

Wären die Panzer und die Soldaten nicht gewesen, hätte man meinen können, der Friede des Sommers sei zurückgekehrt. Berger und Erika saßen auf dem Panzer. Jeder aß eine Hähnchenkeule, außen verkohlt und innen noch roh. Aber es war eine der besten Mahlzeiten, an die sie sich erinnern konnten.

Franz zitierte laut aus Peter und der Wolf: *War das ein Triumphzug! Peter marschierte vorneweg, dahinter kamen die Jäger mit dem grauen Wolf ...*

Dienstag, 5. September 1939

Es dauerte bis zum nächsten Tag, bis die deutschen Truppen der 50. Infanterie-Division tatsächlich in Bromberg einrückten. Und es war kein Triumphzug. Wilhelm Berger und Erika bewegten sich im Gefolge des 121. Infanterie-Regiments. Im Schritttempo ging es vorwärts. Vor ihnen war schon ein anderes Regiment in die Stadt vorgerückt. Weitere deutsche Truppen näherten sich von Westen her. Wilhelm Berger sah zu seiner Überraschung, dass kleine Gruppen von Menschen die Straßen säumten. Einige standen sicher aus reiner Neugier hier, einige wenige jubelten den deutschen Truppen zu. Es war erstaunlich, wie viele Hakenkreuzfahnen die verbliebenen Deutschen so schnell aufgetrieben hatten. Keine Spur mehr von dem Mob, der gestern noch Jagd auf die Deutschen gemacht hatte. Aber eingeschlagene Fensterscheiben gab es schon, notdürftig mit Pappe verklebt.

Sie fuhren die Danziger Straße entlang. Aber schon bald ging es nicht mehr weiter. Vor ihnen wurde geschossen.

Einen kurzen Augenblick lang dachte Berger, dass es vielleicht gar nicht gut war, sozusagen auf dem Rücken der deutschen Panzer in die Stadt zurückzukehren. Weniger für ihn, der ja nicht hier zu leben brauchte, als für Erika, die auf diese Weise deutlich sichtbar ihre Verbundenheit mit den Besatzern zur Schau stellte. Aber wahrscheinlich war er zu pessimistisch. Alle Probleme würden jetzt gelöst werden. Alles war gut gegangen.

Berger und Erika ließen sich vor dem Kaufhaus absetzen. Das Gebäude hatte kaum gelitten, und ein Glaser war schon dabei, die zerstörten Fensterscheiben auszutauschen. Das Kaufhaus hatte geschlossen, aber Erika konnte natürlich trotzdem hinein.

»Alles ist unversehrt!«, rief sie. Sie hatte befürchtet, dass das Geschäft womöglich geplündert sein könnte. »Kommen Sie mit nach oben!«

Sie eilte die Treppe hinauf; Berger hatte Mühe, ihr zu folgen. Bei der unbequemen Fahrt auf dem Panzer war sein rechtes Bein eingeschlafen.

»Jetzt mache ich uns erst einmal einen richtigen Kaffee!«

Ja, ein Kaffee wäre jetzt nicht schlecht. Berger dachte daran, dass noch längst nicht alle Fragen geklärt waren, wegen derer er hierher nach Polen gefahren war.

Eine Angestellte tauchte auf. »Oh, Sie sind wieder da! Das ist wunderbar. Wir haben uns schon die größten Sorgen gemacht. Das ganze Durcheinander am Sonntag – da ist so viel passiert …«

»Wir haben Glück gehabt«, sagte Erika kurz. »Danke jedenfalls, dass Sie hier alles so schön in Ordnung gehalten haben.«

»Ja, wir haben großes Glück gehabt. Als das Militär abgezogen ist, hat sich noch eine Bürgerwehr gebildet. Viele junge Männer haben mitgemacht. Schüler zum Teil. Auch Mädchen mit dabei. Aber der Stadtkommandant hat gesehen, dass Widerstand keinen Sinn macht, und er hat kapituliert. Die Deutschen haben zugesagt, die Bürgerwehr wie normale Kriegsgefangene zu behandeln.«

»Das müssen sie«, sagte Berger. »Das steht so in der Haager Landkriegsordnung.«

»Ja, mag sein. – Ach ja, da ist noch etwas: Vorhin waren Deutsche hier und haben nach Ihnen gefragt.«

»Deutsche? Irgendwelche Kunden?«

Die Frau schüttelte den Kopf. »Keine Kunden. Ich kenne mich mit den Uniformen nicht so aus, aber ich habe das Gefühl, dass es deutsche Polizei war.«

»Deutsche Polizei?« Das war kaum vorstellbar. »Wahrscheinlich war es Soldaten. – Und was haben die gewollt?«

»Das haben sie nicht gesagt. Sie haben nur gesagt, dass sie Sie sprechen wollen. Und wenn Sie wieder auftauchen sollten, dann sollten Sie bitte sofort zur Stadtkommandantur kommen.«

»Zur Stadtkommandantur? – Was ist denn das für ein Unsinn! Da ist es wahrscheinlich am besten, wenn ich mich gleich auf den Weg mache …«

Berger schüttelte den Kopf. »Da stimmt etwas nicht. Das halte ich für keine gute Idee. Ich gehe hin und frage nach, was da los ist. Und Sie bleiben am besten hier und lassen niemanden herein.« Das half nicht viel, falls wirklich irgendwelche deutschen Dienststellen hinter ihr her waren, aber eine bessere Lösung fiel ihm im Augenblick nicht ein.

Als Wilhelm Berger das Haus verließ, lief eine junge Frau auf ihn zu.

»Herr Berger! – Sie sind doch Herr Berger aus Hamburg, oder?«

»Ja, ich bin Berger.« Er sah, dass die Frau sehr aufgeregt war. Sie sprach deutsch mit einem starken polnischen Akzent.

»Bitte helfen Sie mir! Mein Mann – ich bin Patrycja Kubala, und mein Mann – er ist verhaftet worden!«

Und damit kam sie ausgerechnet zu ihm? »Ihr Mann? Warum denn?«

»Ich habe keine Ahnung! – Deutsche Polizei ist gekommen und hat ihn mitgenommen. Sie haben nicht gesagt, warum.

Er ist nicht zurückgekommen. Ich habe gefragt in der Kommandantur, was mit ihm geschehen ist, aber da hat man nur gesagt, dass sie nicht wissen, wo mein Mann ist. Dabei müssen sie es doch wissen! – Ich habe große Angst!«

»Beruhigen Sie sich bitte. Ihm wird nichts geschehen. Er ist doch Polizist!«

»Ich habe Angst. Bitte helfen Sie mir.«

»Ich werde mich erkundigen«, versprach Berger. Er ließ sich die Anschrift der Kubalas geben und machte sich auf den Weg.

Die Polen wurden über Lautsprecher aufgefordert, sich in der Kommandantur einzufinden. Alle männlichen Polen jedenfalls. Berger fragte nach dem Weg zur Stadtkommandantur.

»Gehen Sie einfach nur den Leuten nach«, sagte eine Alte in gebrochenem Deutsch.

Am Kasernentor klebte ein Aufruf in deutscher Sprache:

Innerhalb weniger Tage haben deutsche Truppen in beispiellosem Siegeszuge dem unerträglichen polnischen Terror ein Ende bereitet. Nur altes, deutsches Land wurde dank dem Mut und der Tapferkeit deutscher Soldaten und ihrer Führung dem Reich zurückgewonnen. Auf der Flucht vor der unaufhaltsam vordringenden deutschen Truppe hat verhetztes und vertiertes Polentum viehischste Grausamkeiten an Volksdeutschen begangen. Zahllos sind die Opfer des polnischen Terrors. Immer noch flackert fanatischer Hass auf. Noch finden sich verrohte und vertierte Kreaturen, denen die Lust am Mord Handwerk geworden ist. Um diesen Zuständen ein Ende zu bereiten, wird der Selbstschutz (Heimatwehr) aufgestellt …

Wilhelm Berger sah einen Augenblick lang zu, wie die polnischen Männer herbeiströmten. Berger wurde mit den anderen zusammen in die Kaserne geführt; dort mussten sie nacheinander vor einer Gruppe von Offizieren und Zivilisten antreten.

»Was sind das für Leute?«, wollte Berger wissen.

»Maul halten!«, herrschte ihn einer der Soldaten an, der versuchte, Ordnung in das Durcheinander zu bringen.

»Die Zivilisten?«, raunte sein Nebenmann. »Das sind Volksdeutsche hier aus Bromberg, die das Massaker überlebt haben. Den Blutsonntag vorgestern. Die gucken sich diese Polen genau an. Und wer von denen an den Ausschreitungen beteiligt war, oder wer sonst irgendwie als Deutschenhasser bekannt ist, der wird eingesperrt. Und der Rest, der kann wieder nach Hause gehen. Vorerst jedenfalls. Es muss ja noch genau untersucht werden, wer alles an diesen unglaublichen Vorgängen beteiligt gewesen ist, und ich kann Ihnen versichern, jeder davon wird seine Strafe bekommen.«

»Und was passiert mit denen, die festgenommen sind?«

»Die werden natürlich erschossen.«

Wilhelm Berger starrte den Mann an. »Einfach so, auf Zuruf? Ohne auch nur die Spur eines Gerichtsverfahrens?«

»Für solchen Schnickschnack haben wir jetzt keine Zeit. Wir sind im Krieg, Mensch, und wenn wir da nicht sofort hart durchgreifen, dann läuft das hier alles völlig aus dem Ruder. Unruhe im Hinterland der kämpfenden Truppe können wir nicht gebrauchen, und dagegen muss mit aller Härte eingeschritten werden.«

»Sie sind Deutscher?«, rief einer der Offiziere, der die Diskussion mitbekommen hatte. »Vortreten!«

Wilhelm Berger trat vor. Er erläuterte, dass er deutscher Polizist sei, und dass er wegen einer Zeugenvernehmung nach Polen gekommen sei.

»Sie können wir hier nicht gebrauchen. Sie sind doch kein Pole. Machen Sie, dass Sie wegkommen!«

»Ich möchte mit dem Kommandeur sprechen!«, verlangte Berger.

Ein Offizier, der bisher im Hintergrund gestanden hatte, trat auf Berger zu. »Was gibt's denn?«

»Ich habe eine Frage: Ich habe gehört, dass mein polnischer Kollege verhaftet worden ist. Darf ich erfahren, was gegen ihn vorliegt?«

»Kollege? Was denn für ein Kollege?«

»Kriminalpolizei.«

»Davon weiß ich nichts.« Es war offensichtlich, dass der Mann sich nicht für den Fall interessierte.

»Wer weiß denn etwas davon?«

Der Offizier zuckte mit den Schultern. »Niemand wahrscheinlich. Sie sehen ja, was hier los ist. Chaos. Aber wenn er nichts ausgefressen hat, dann wird er sicher bald wieder frei sein.«

»Der Mann ist gezielt in seiner Wohnung verhaftet worden. Sein Name ist Kubala, Kommissar Kubala.«

»Gehen Sie nach Hause, ich kann Ihnen nicht helfen.«

Was jetzt? Es war offensichtlich, dass er hier nicht weiterkommen würde. Es widerstrebte Wilhelm Berger, sich auf diese Weise abspeisen zu lassen, aber was sollte er tun?

»Kommen Sie mal mit!« Das war der Mann, der erkannt hatte, dass er Deutsch sprach. Er winkte Berger zur Seite. »Was Sie hier tun, das ist verlorene Liebesmüh. Wenn Ihr Kubala verhaftet worden ist, dann ist er verdächtig, sich an den antideutschen Ausschreitungen beteiligt zu haben. Dann steckt er bei den anderen drüben im Pferdestall.«

»Im Pferdestall?«

»Ja, wo sollen wir denn hin mit den ganzen Leuten? Die Gefängnisse sind überfüllt.«

»Der Mann ist Polizist!«

»Das macht keinen Unterschied. Die werden alle erschossen.«

»Erschossen?«

»Gucken Sie mich nicht so an. Ich kann doch nichts dafür. Das ist ein Befehl von ganz oben, und der wird ausgeführt. Ohne Diskussion.«

»Wer ist dafür verantwortlich?«

»Der Herr Oberst. Mit dem haben Sie ja gerade schon gesprochen. Der ist da knochenhart. Wenn Sie dem dumm kommen, dann werden Sie gleich mit erschossen!«

Berger schluckte. »Dann will ich den Kubala spechen.«

»Wozu soll das gut sein?«

»Hören Sie, ich bin nach Polen gefahren, um einen Mord aufzuklären. Ich muss mit Kubala reden, bevor er am Ende noch erschossen wird.«

Der Soldat sah sich um. »Na schön«, sagte er leise. »Hier lang. Sagen Sie dem Posten, was Sie vorhaben, und dass der Hauptfeldwebel das gebilligt hat. Aber machen Sie es kurz, sonst kriege ich den größten Ärger!«

Im Halbdunkel des Pferdestalles konnte Berger zunächst nur eine große Zahl von Personen erkennen, die untätig herumstanden oder im Stroh saßen. Nach Berger wurden laufend weitere Menschen durch die Tür geschoben. Niemand kümmerte sich darum.

»Kommissar Kubala«, rief Berger.

Niemand reagierte.

»Herr Kommissar Kubala!« Berger rief so laut er konnte.

Es dauerte einen Augenblick, dann sah er, dass einer der Männer zögernd auf ihn zu kam. Es war Kubala. Er trug einen Kopfverband. War das eine Folge von Erika Dabrowskis Schlag mit der Eisenstange?

»Was gibt es?« Der Pole sah ihn feindselig an.

»Ich bringe Ihnen Grüße von Ihrer Frau. Und es tut mir leid, was geschehen ist. – Ich hole Sie hier raus.«

»Tatsächlich? – Ja, dann lassen Sie uns gehen …«

»So einfach geht das nicht. Sie alle hier, Sie sind Gefangene.«

»Wir warten auf unsere Freilassung.«

»Sie werden erschossen«, widersprach Berger leise, um keine Panik auszulösen. »Sie haben nur eine Chance, wenn Sie hier herauskommen. Und deshalb bin ich hier.«

»Wie soll das gehen? Zwei Mann gegen das Dritte Reich? Draußen stehen Männer mit Gewehren; wir sind unbewaffnet.«

»Ohne Gewalt«, sagte Berger.

Der polnische Kommissar war ungefähr so groß wie er selbst, und sie waren annähernd gleich alt. Zwar sahen sie sich nicht ähnlich, aber wenn jemand in den Klamotten von Wilhelm Berger nach draußen ging, dann würde der Posten ihn vermutlich durchlassen. Hinzu kam, dass Kubala gut Deutsch sprach. Aber am besten war es natürlich, wenn er überhaupt nicht redete.

In fliegender Hast tauschten sie ihre Kleidung. Schon wurde das Tor wieder geöffnet. Sie reichten sich die Hand. »Viel Glück!«, murmelte Berger. Und während zwei neue Gefangene in den Pferdestall stolperten, schlüpfte Kommissar Kubala nach draußen.

Berger würde angeben, dass die Polen ihn überwältigt hätten. Sie hätten ihn festgehalten, ihm den Mund zugehalten, aller Widerstand sei erfolglos gewesen. Eine Minute Vorsprung würde Kubala brauchen. Nein, besser zwei Minuten. Wilhelm Berger zählte die Sekunden.

Plötzlich fiel draußen ein Schuss. Berger erschrak. Ein Schuss – das musste nichts heißen, es gab alle möglichen Gründe, warum geschossen worden sein könnte …

Jemand riss die Tür auf. Es war der Feldwebel, der ihm den Weg gezeigt hatte. »Sie können rauskommen, Herr Kommissar, oder was immer Sie sein mögen. Guter Trick – aber er hat nicht funktioniert.« Der Feldwebel hielt eine Pistole in der Hand.

Mittwoch, 6. September 1939

»Diese Fotos haben wir im Britischen Konsulat gefunden.« Der Offizier von der Abwehr sah den Gauleiter erwartungsvoll an.

Kaufmann warf nur einen flüchtigen Blick auf die Aufnahmen. »Das ist die *Bismarck*«, sagte er. »Ich war ja selbst beim Stapellauf zugegegen.« Der Führer hatte eine Rede gehalten, und die Tochter des Eisernen Kanzlers hatte das Schiff auf den Namen *Bismarck* getauft. »Das ist nicht geheim. Sechzigtausend Menschen haben dabei zugeguckt. Am 14. Februar ist das gewesen.«

»Diese Aufnahmen sind nicht vom 14. Februar.«

»Nein. Diese Bilder hier sind offenbar viel älter. Die müssen lange vor dem Stapellauf gemacht worden sein.«

Der Mann schüttelte den Kopf. »Diese Aufnahmen sind viel jünger. Was Sie hier sehen, das ist nicht die *Bismarck*. Diese Fotos zeigen den gegenwärtigen Bauzustand des Schlachtschiffs mit der provisorischen Bezeichnung H. Das erste der sechs Superschlachtschiffe, die im Z-Plan vorgesehen sind. Seit Mitte Juni bei *Blohm & Voss* im Bau.«

Auf den Fotos war nicht viel zu sehen. Bis zur Fertigstellung dieses bisher namenlosen Schlachtschiffes würden viele Monate vergehen. Jahre wahrscheinlich. »Die technischen Details interessieren mich nicht. Was mich interessiert ist nur eins: Wie kommt der Konsul an diese Bilder?«

»Das haben wir uns auch gefragt.«

Kaufmann zog die Augenbrauen hoch. »Für die Fragen bin ich zuständig. Sie haben die Antworten zu liefern!«

Der Offizier lächelte gequält. »Herr Gauleiter, wir haben alles in unserer Macht stehende getan, um die Quelle ausfindig zu machen. Seitdem feststeht, dass die englischen Konsulate Spionagezentralen des MI5 sind, haben wir den Herrn Konsul überwacht. Und zwar nicht erst seit der Ausweisung des englischen Generalkonsuls aus Wien.«

»Sie haben den Mann beschattet«, vermutete Kaufmann.

»Nein, wir haben etwas viel Besseres gemacht. Wir haben einen V-Mann in das Konsulat eingeschleust. Eine V-Frau, genau genommen. Eine Putzfrau. Die hat uns die Bilder beschafft.«

»Und diese brisanten Aufnahmen liegen im Konsulat nicht etwa im Panzerschrank, sondern offen herum, sodass die Putzfrau dazu Zugang hat?«

»Die Aufnahmen sind erst im Panzerschrank gelandet, nachdem der Konsul seine Post gelesen hatte. Die Briefe lagen mehrere Tage ungeöffnet auf seinem Schreibtisch, als der Mann in London war. Diese Gelegenheit hat unsere Frau genutzt.«

»Aber von wem diese Aufnahmen stammen, das wissen Sie nicht?«

»Bis jetzt nicht. Aber wir haben unsere Leute bei *Blohm & Voss* auf den Fall angesetzt.«

Kaufmann schüttelte den Kopf. Er hatte einen vagen Verdacht. Berger kannte den Konsul, das stand fest. Bergers Vater hatte enge Beziehungen zu den Engländern unterhalten – ganz zwangsläufig, als Im- und Exportkaufmann. Und jetzt hatte der Konsul für Bergers Familie Visa nach Indien beschafft. Gab es da einen Zusammenhang? Hoffentlich nicht.

Zum Glück war keiner der Bergers zurzeit greifbar. Und zum Glück arbeiteten die verschiedenen Dienststellen, die sich mit der Spionageabwehr beschäftigten, nicht allzu eng zusammen. Die Ermittlungen im letzten Jahr hatte die Gestapo geführt, aber dies hier, das war die Abwehr, und die gehörte zum Wehrkreiskommando X, zur Wehrmacht also. Streckenbach hatte immer versucht, den Kontakt zwischen den konkurrierenden Dienststellen zu verbessern. Aber Streckenbach war jetzt weg, und seinem Nachfolger fehlte das nötige Fingerspitzengefühl. – Es war auf jeden Fall besser, er würde die Geschichte selbst in die Hand nehmen.

»Lassen Sie mir die Fotos und die Protokolle der Überwachung hier«, bestimmte Kaufmann. »Ich will mir selbst ein Bild machen.«

»Herr Gauleiter, das kann ich nicht. Das sind die Ergebnisse höchst vertraulicher Ermittlungen. Ich habe die Anweisung ...«

»Schon gut«, unterbrach ihn Kaufmann. Er würde mit Streckenbachs Vertreter telefonieren. Er würde die Unterlagen bekommen.

* * *

Als Fehlandt in seine Berliner Pension zurückkam, erhob sich ein Mann, der in dem Sessel gegenüber der Pförtnerloge gesessen hatte. »Hallo, ich bin der Neue«, sagte er.

»Pagels«, stellte Fehlandt fest. Und nach kurzem Zögern fügte er hinzu: »Willkommen in Berlin!«

»Danke.«

Einen Augenblick lang sahen sich die beiden Männer schweigend an.

Dann sagte Fehlandt: »Haben sie dich hinterher geschickt?« Es klang mehr wie eine Feststellung als wie eine Frage.

Pagels nickte. »Wie läuft´s denn so?«

Diese Frage hatte Fehlandt befürchtet. »Ich bin noch nicht weit gekommen«, sagte er. »Die fremde Stadt, alles ist neu für mich, und dann noch der Krieg ...«

»Der Krieg? Hier in Berlin?«

»Wir hatten Fliegeralarm.«

»Oh«, sagte Pagels. Auch in Hamburg hatte es einen Alarm gegeben, aber als dann keine Bomben fielen, war das tägliche Leben sehr rasch normal weitergegangen. In Berlin war es wahrscheinlich nicht anders.

»Und was machst du hier?«

»Ich will mal nach dem Rechten sehen.« Als Fehlandt sich nicht gemeldet hatte, war Pagels auf eigenen Antrag nach einer Woche hinterher gefahren. Im Sekretariat hatten sie ihm erzählt, in welcher Pension der Kollege abgestiegen war. Als er Fehlandt dort nicht antraf, hatte er sich ein Zimmer genommen, sich anschließend im Foyer in den Sessel gesetzt und gewartet.

»Willst du mir den Fall wegnehmen?«

»Nein.«

»Das scheint mir aber doch so!«

»Fehlandt, hör zu«, sagte Pagels. »Ich weiß, dass du Übles hinter dir hast, und ich weiß, dass es dir schwer fällt, das alles abzuschütteln und einfach weiterzuarbeiten. Aber es muss gehen. Ich helfe dir. Wir sind Kollegen, und wir werden diesen Fall gemeinsam lösen.«

»Du hast ja keine Ahnung, was ich erlebt habe!«

»Du willst es mir erzählen?«

Fehlandt schüttelte den Kopf. »Vielleicht später. Jetzt nicht.«

»Auch gut. – Wenn wir zusammenarbeiten sollen, dann sollten wir uns zunächst einmal vorstellen. Von dir weiß ich bisher nur, dass du Fehlandt heißt.«

»Mein Vorname ist Christian.«

»Ich bin Wilfried Pagels. Und da wir hier nicht beim Militär sind, denke ich, dass wir uns gegenseitig mit Vornamen anreden sollten. – Zigarette?«

»Danke.«

Auch Pagels zündete sich eine Zigarette an. Er überlegte, wie sie nun weiter vorgehen sollten. »Bist du schon bei Siemens gewesen?«, fragte er.

»Ich bin noch nicht dazu gekommen«, murmelte Fehlandt. Es klang schuldbewusst. Die Wahrheit war, dass er es nicht über sich gebracht hatte, jemanden zu vernehmen und womöglich gar unter Druck zu setzen.

»Macht nichts. Da werden wir jetzt gemeinsam hinfahren. Das Erste, was wir herausbekommen müssen, das ist, was die Freunde von diesem Trapp sind, und was seine Vorgesetzten und Arbeitskollegen von ihm halten.«

»Ja, das habe ich auch schon gedacht.«

Pagels seufzte. Er dachte: Und warum hast du es nicht in die Tat umgesetzt? – »Weißt du schon, wie wir da hinkommen?«

»Mit der S-Bahn bis Siemensstadt. Umsteigen in Jungfernheide.«

Das hatte er jedenfalls schon einmal herausgesucht. »Gut, dann lass uns sehen, was wir erreichen.«

»Sollen wir vorher anrufen? – Ich habe mir die Telefonnummern geben lassen …«

Pagels schüttelte den Kopf. »Davon halte ich nichts. Ich denke, es ist besser, wenn wir die Herrschaften überraschen.«

Einer, der ohne Frage überrascht war, war Hans Lichtenberger.

»Sie haben sich bisher nur telefonisch mit uns unterhalten«, sagte Pagels. »Es freut uns, Sie nun auch noch persönlich kennenzulernen.«

»Ja, freut mich auch. – Nehmen Sie doch Platz! Das heißt – warten Sie – ich werde eben schnell einen zusätzlichen Stuhl ...«

»Nicht nötig«, entschied Pagels. »Es geht im Grunde ja nur um ein paar Kleinigkeiten, die geklärt werden müssen.«

»Geht es noch immer darum, dass ich damals den Waldemar Trapp getroffen habe?«

»Ja, genau darum geht es.«

»Also – das habe ich Ihnen doch eigentlich schon alles gesagt. Am Sonnabend ist das gewesen, und zwar am 29. Juli. Wir sind uns abends so gegen 6.00 Uhr auf der Tauentzienstraße begegnet.«

»Und was haben Sie um die Zeit auf der Tauentzienstraße gemacht?«

»Ich? – Nichts Besonderes. Ich bin einfach nur spazieren gegangen. Ach ja, hinterher wollte ich noch ins Kino gehen. In den Gloria-Palast. *Bel Ami* mit Willi Forst und Olga Tschechowa. Haben Sie den gesehen? – Ein köstlicher Film! Diese versteckten Anspielungen auf das Liebesleben von Dr. Goebbels! – Ach, Entschuldigung, Sie sind ja von der Polizei, da sollte ich über solche Dinge vielleicht lieber nicht reden.«

»Wir sind da nicht so kleinlich«, beeilte sich Fehlandt zu sagen.

Pagels schoss ihm einen warnenden Blick zu. »Lichtenberger, Sie können von mir aus sagen, was Sie wollen, solange es nur die Wahrheit ist.«

»Ja, natürlich.« Die Nervosität des Mannes war nicht zu übersehen.

»Und Sie sagen also, Sie sind an dem Tag ins Kino gegangen und haben *Bel Ami* gesehen. – Ich bin selbst ein begeisterter Kinogänger, Herr Lichtenberger, ich habe diesen Film auch gesehen. Zwar nicht im Gloria-Palast in Berlin, sondern in einem Hamburger Kino, aber das war bereits im März dieses Jahres. Der Film dürfte hier in Berlin im Februar herausgekommen sein. Und der läuft immer noch? Nach sechs Monaten? Das muss ja ein außerordentlich erfolgreicher Film sein! – Ich hätte direkt Lust, mal im Gloria-Palast anzurufen und nachzufragen. Soll ich das tun? – Darf ich mal Ihr Telefon benutzen?«

»Nein, warten Sie! – Mein Gott, Sie haben recht, mir scheint, da habe ich irgendetwas durcheinander bekommen. Sie haben mich ganz verwirrt.«

»Vielleicht hilft es Ihnen, Ihre Gedanken zu ordnen, wenn ich Sie darauf hinweise, dass Sie Ihre Aussage aller Wahrscheinlichkeit nach vor Gericht beeiden müssen. Es handelt sich um einen Mordfall, in dem wir ermitteln.«

»Mord? – Damit will ich nichts zu tun haben!«

»Damit will niemand etwas zu tun haben. Aber wenn Sie eine Falschaussage machen, dann werden Sie etwas damit zu tun bekommen, und zwar mehr als Ihnen lieb ist, das kann ich Ihnen garantieren!«

»Um Himmels willen! – Das ist doch … davon ist doch nie die Rede gewesen!«

»Wovon ist denn die Rede gewesen, Herr Lichtenberger?«

»Ja, also, der Trapp, der hat mir erzählt, dass er in irgendeine dumme Sache hineingeraten sei. Ein Streit mit irgendwelchen Soldaten.«

»Was denn für Soldaten?«

»Das hat er nicht gesagt. Ich nahm an, dass es eine Schlägerei gegeben hatte. Jetzt wollte er, dass ich sage, dass ich ihn an dem Abend mitten in Berlin getroffen habe, damit er keine Unannehmlichkeiten kriegt.«

»Einfach so!«

»Mein Gott, ja, der Trapp, das ist doch schließlich ein Kollege, da hilft man sich gegenseitig. Aber mit einem Mord will ich nichts zu tun haben. Nein, da mache ich nicht mit.«

»Das ist eine kluge Entscheidung«, sagte Pagels.

* * *

Die See war leicht bewegt. Dagmar und Horst standen an Deck der *Rauenfels* im Windschatten der Aufbauten und sahen hinaus auf das Meer. Beide hatten sich inzwischen daran gewöhnt, dass nirgendwo Land zu sehen war. Einer der Offiziere hatte ihnen erklärt, dass Ausweichkurse gefahren werden mussten; deswegen sahen sie auch keine anderen Schiffe. Mehr hatten sie nicht in Erfahrung bringen können. Dagmar hatte das Gefühl, dass die Mannschaft die Anweisung bekommen hatte, nicht mit den Passagieren zu sprechen.

Dagmar kam sich vor wie eine Aussätzige. Sie war jetzt ein Flüchtling aus dem Land, in dem sie seit ihrer Geburt gelebt hatte, genau wie all ihre Vorfahren. Sie hatte nachts geweint, weil ihr Mann nicht mitgekommen war, aber nur einmal, und sie hatte darauf geachtet, kein Geräusch zu machen, um den schlafenden Horst nicht zu beunruhigen. Der Junge betrachtete die Seereise als ein großes Abenteuer. Jetzt stand er an der Reling und hielt nach U-Booten Ausschau.

Dagmar wusste nicht, ob noch Frieden oder schon Krieg war. Aber eines war sicher: Sie würden aufgrund der angespannten Lage nicht durch den Suezkanal fahren können, sondern sie müssten den langen Weg südlich um Afrika herum wählen. Und was dann geschehen würde, das war völlig unklar. Womöglich würden sie Bombay gar nicht anlaufen können, sondern stattdessen irgendeinen neutralen Hafen ansteuern. Batavia vielleicht. Und dann? Was sollte sie dann tun? Ohne Mittel und ohne Bekannte allein in Niederländisch-Indien?

Als der Konsul ihr alles erklärt hatte, hatte es ganz einfach und logisch geklungen. Jetzt schien es ihr vollkommen irrsinnig. Alles sei bestens vorbereitet, hatte der Mann versichert. Die Dienststellen in Indien seien unterrichtet. Aber – wenn sie nun gar nicht nach Indien fuhren?

»Hier sind keine U-Boote!«, stellte Horst fest.

»Nein.« Das war auch gut so. »Aber halte ruhig weiterhin gut Ausschau. Und wenn du etwas Verdächtiges bemerkst, dann sag sofort einem von der Besatzung Bescheid.«

»Na klar, Mama!«

Dagmar strich ihm über das Haar. Er ließ es sich einen Moment lang gefallen, dann rannte er davon.

Der indische Boy trat zu Dagmar an die Reling. Der junge Mann sah sich vorsichtig um. Es war klar, dass er sich hier nicht aufhalten sollte.

»Na, Kumar, wann sind wir in Bombay?«, wollte Dagmar wissen.

Der Junge zündete sich eine Zigarette an. »Bombay«, sagte er. »Bombay!« Es klang nach einem sehr fernen Traum.

»Wenn wir um das Kap der Guten Hoffnung herumfahren, dauert es sicher noch drei bis vier Wochen«, behauptete Dagmar aufs Geratewohl, um den Jungen zu einer Reaktion zu veranlassen.

»Kann sein.« Er zuckte mit den Schultern.

»Ach, komm! – Du musst diese Strecke doch schon viele Male gefahren sein!«

»Erst einmal. Durch den Suez.«

»Und dies jetzt – dauert das doppelt so lange?«, beharrte Dagmar.

»Weiß nicht.« Der Junge zog an seiner Zigarette. »Weiß gar nichts«, sagte er. »Wir fahren nicht nach Indien. Wir fahren nach Norden.«

»Nach Norden?«

In dem Augenblick kam Horst angelaufen. »Mama, Mama!«

»Na, hast du ein U-Boot entdeckt?«, fragte Dagmar belustigt.

Horst schüttelte den Kopf. »Der Schornstein! Der Schornstein von unserem Schiff wird neu gestrichen!« Er fasste Dagmar an der Hand und zog sie mit sich nach hinten.

Tatsächlich. Zwei Mann aus der Besatzung waren soeben dabei, das rot-weiß-rote Band mit dem Kreuz, das weithin sichtbare Kennzeichen der DDG Hansa, mit schwarzer Farbe zu übermalen.

* * *

Sie hatten Lichtenberger eingeschärft, zu absolut niemandem über ihr Gespräch zu reden. Das war relativ gefahrlos, weil Waldemar Trapp zurzeit nicht in Berlin weilte. Insofern war auch die Gelegenheit günstig, sich bei Siemens & Halske umzuhören, mit wem der Mann befreundet war. Lichtenberger war nicht viel mehr als ein Arbeitskollege, den er täglich in der Firma traf, und mit dem er gelegentlich in der Werkskantine zum Essen ging. Unter den Kollegen schien es nur einen Mann zu geben, der mit Trapp enger befreundet war, einen gewissen Gustav Bucher. Sie hatten sich seine Anschrift geben lassen; Pagels hielt es für das Beste, ihn nach dem Dienst zu Hause aufzusuchen.

»Das Alibi ist nichts mehr wert«, sagte Fehlandt.

»Vielleicht ja, vielleicht nein. Das Einzige, was wir bis jetzt mit einiger Sicherheit wissen, ist, dass Waldemar Trapp an jenem Sonnabend nicht auf der Tauentzienstraße gewesen ist. Das heißt, nicht einmal das wissen wir mit letzter Sicherheit. Fest steht nur, dass er seinen Freund dort nicht getroffen hat.«

»Du glaubst immer noch, dass er im Kino gewesen ist?«

»Es wäre zumindest möglich. – Aber ganz gleich, ob er nun im Kino gewesen ist oder nicht, es bleibt die entscheidende

Frage, wie er zur Tatzeit in Hamburg sein konnte, und – noch schwieriger – wie er nach der Tat wieder nach Berlin zurückgekommen ist, denn dort ist er ja eindeutig am Sonntag früh gesehen worden.«

»Geflogen?«, schlug Fehlandt vor.

»Das kannst du nicht wissen, das haben wir alles überprüft. Es gibt keinen Flug so spät am Samstagabend oder so früh am Sonntagmorgen, dass er das hätte schaffen können. Vielleicht war es doch der große Unbekannte. Oder die große Unbekannte, hinter der Berger her ist.«

»Oder ganz jemand anders«, sagte Fehlandt.

»Das lässt sich nicht ausschließen. Das Einzige, was wir im Augenblick tun können, das ist, dass wir uns morgen den Trapp noch einmal vornehmen. Irgendetwas stimmt nicht mit dem Kerl, und was immer das sein mag, das müssen wir herauskriegen.«

Es klopfte an der Tür.

»Wer kann das sein?«, fragte Fehlandt besorgt.

Pagels riss die Tür auf.

Draußen stand die Wirtin. »Huch, haben Sie mich erschreckt! – Da ist ein Anruf für Sie, von der Firma Siemens.«

»Danke. – Und Entschuldigung, ich wollte Sie nicht erschrecken. Ich bin manchmal etwas zu ungestüm.«

»Ach, das macht doch nichts!«

Pagels war nicht nur ungestüm, er war auch nervös. Der heimliche Beobachter der Beerdigung hatte ihm zu denken gegeben. Der Mann hatte die Polin beobachtet, und die hatte ihn schließlich abgehängt. – Wer konnte sich für die Polin interessieren? Die Spionageabwehr? Das schien absurd. War es möglicherweise die Gestapo?

Gab es am Ende doch einen Zusammenhang mit Wilhelm Berger? Pagels wusste nur, dass Bergers Freund Fehlandt letzten Herbst von der Gestapo festgenommen worden war. Er war zwar nach wenigen Stunden wieder freigekommen, aber diese Stunden in der Haft hatten sein Leben verändert. Er war seitdem den Belastungen des normalen Dienstes nicht mehr gewachsen. Man hatte ihn in das Archiv versetzt. – Darüber hinaus wusste Pagels nur, dass dieser Zwischenfall in irgendeiner Weise mit Wilhelm Berger zusammenhing.

Am Telefon war die Sekretärin, mit der sie heute früh schon gesprochen hatten: »Könnten Sie bitte noch einmal bei uns vorbeikommen? Der Kollege Schubert hat eine wichtige Entdeckung gemacht, die möglicherweise für Ihre Ermittlungen von Bedeutung sein könnte.«

Die Entdeckung des Herrn Schubert sah völlig unspektakulär aus. Auf dem Tisch im Geschäftszimmer stand eine Dose Malzkaffee.

»Herr Kommissar, diese Dose habe ich heute Nachmittag gefunden.«

»Der Herr Schubert hat sich wegen der Hitze in ein anderes Zimmer gesetzt«, warf die Sekretärin ein.

»Ja. – Der Herr Trapp, der ist ja im Augenblick sowieso nicht da. Und da bin ich in sein Zimmer rübergegangen. Das liegt ja zum Innenhof hin, da scheint die Sonne nicht rein. Aber natürlich war schlechte Luft in dem Zimmer, weil lange keiner mehr gelüftet hatte. Und wie ich das Fenster einhaken wollte, damit es mir nicht durch irgendeinen Windstoß plötzlich zuschlägt, da habe ich gesehen, dass da draußen an der Regenrinne so ein Beutel hängt. Ein kleiner Leinenbeutel. Ja, und da bin ich neugierig geworden und hab mal geguckt, was da wohl drin ist.«

»Also offenbar kein Malzkaffee?«

»Doch, in der Dose ist Malzkaffee. – Aber nun habe ich mich natürlich gewundert, dass der Trapp so einen Aufwand betreibt, um seinen Malzkaffee nach draußen zu hängen. Wenn es Bier gewesen wäre, dann könnte ich das ja verstehen, dass das keiner sehen sollte. Aber bei Malzkaffee – das macht doch keiner!«

Die Sekretärin bestätigte, dass das keiner machte. Es war offensichtlich, dass sie es genoss, plötzlich bei einer polizeilichen Untersuchung im Mittelpunkt des Geschehens zu stehen.

»Und dann habe ich mir einen Löffel genommen und damit ein bisschen in dem Malzkaffee herumgestochert. Und dabei habe ich dann dieses gefunden!« Schubert legte einen schlichten, grauen Ring auf den Tisch. »Ich habe erst gedacht, der ist aus Aluminium, denn dass das kein Silber ist, das sieht man ja sofort. Aber für Aluminium war er zu schwer. Der ist aus Eisen, habe ich gedacht. Und dann habe ich mich gefragt, warum wohl jemand so einen billigen Ring auf diese Weise versteckt.«

»Dafür kann es verschiedene Gründe geben«, sagte Fehlandt.

»Meiner Meinung nach kann es nur einen Grund geben: Dieser Ring muss viel wertvoller sein als er aussieht.«

»Da haben Sie recht«, knurrte Pagels. Es gefiel ihm nicht, dass die Bedeutung dieses versteckten Ringes hier in aller Öffentlichkeit diskutiert wurde.

»Sehen wir doch einmal nach, ob in dieser Dose noch weitere Überraschungen stecken!« Bevor Pagels einschreiten konnte, hatte Fehlandt die Dose ergriffen und den Inhalt auf den Schreibtisch geschüttet. Der Malzkaffee enthielt zwei weitere Ringe.

»Das ist ja eigenartig«, sagte Schubert.

»Ja. – Aber diese Dinge sollten wir mit Herrn Trapp persönlich besprechen. Und den Malzkaffee und die Ringe nehmen wir mit«, entschied Pagels.

»Wie schwer die sind«, wunderte sich die Sekretärin. Sie hatte einen der Ringe in die Hand genommen.

»Ja, die sind sehr schwer. – Darf ich mal?« Pagels nahm ihr den Ring ab. Er wunderte sich nicht über das Gewicht der Ringe; er wusste, dass sie aus Platin waren.

»Na bitte«, sagte Pagels, »war doch gar nicht so schlimm!«

»Nein.«

»Christian, du wirkst ein kleines bisschen – wenn ich mir die Bemerkung erlauben darf – ein kleines bisschen reserviert«, stellte Pagels fest.

»Reserviert!« Fehlandt lachte bitter.

»Hängt das damit zusammen ...?«

Fehlandt starrte vor sich hin und schwieg. Pagels trank einen Schluck von seinem Bier, dann setzt er das Glas ab und sah sein Gegenüber an. Der sah aus, als wäre er in Gedanken weit, weit weg.

»Du musst nicht darüber reden«, sagte Pagels schließlich.

»Doch«, murmelte Fehlandt.

»Was?«

»Doch, ich muss darüber reden. Aber es – es ist unheimlich schwer. Du musst wissen ...«, auch Fehlandt nippte an seinem Bier, »du musst wissen, ich bin vollständig zusammengebrochen.« Nun war es heraus.

»Weil sie dich gefoltert haben«, vermutete Pagels.

Fehlandt schüttelte den Kopf. »Vorher schon. Bevor sie überhaupt richtig angefangen haben mit den Dingen, die sie mir angedroht haben. Ich bin ein Feigling, Pagels, ein jämmerlicher Feigling!«

Pagels schüttelte den Kopf.

»Doch, bin ich!«

»Wieso ist es überhaupt zu dieser Situation gekommen?«

»Das weißt du nicht? – Ich hatte immer geglaubt, dass alle diese Geschichte inzwischen kennen.«

»Nicht alle. Ich jedenfalls kenne diese Geschichte nicht. Das Einzige, was ich weiß, ist, dass du verhaftet und am Ende wieder freigelassen worden bist.«

»Ja. Das ist sozusagen die Kurzfassung.«

»Christian, sag doch einfach, was wirklich passiert ist. Hat Herbert Richter was damit zu tun? Oder Berger? Hat der dich in die Scheiße reingeritten?«

»Niemand hat mich da reingeritten. Niemand außer mir selbst.« Fehlandt warf Pagels einen forschenden Blick zu. Er kannte den Mann erst seit wenigen Tagen. Er dürfte nichts sagen, was ihm später leid tun würde. »Ich habe einem jungen Mann Unterschlupf gewährt«, sagte er schließlich. »Das war ein Kommunist. Ich habe nicht gewusst, dass die Gestapo hinter ihm her war. Nachts sind sie gekommen. Sie haben mich festgenommen, und – und der junge Mann, der hat sich erschossen.«

»Und dich haben sie mitgenommen, obwohl du nichts gewusst hast?«

»Nein, so war das nicht. Ich habe gewusst, dass er Kommunist ist. Was ich nicht gewusst habe, das ist, dass die Gestapo hinter ihm her war. Sie haben ihn überwacht, und sie haben gesehen, dass er in mein Haus verschwunden ist.«

»Und wo ist er hergekommen?«

»Weiß ich nicht.«

Pagels grinste. »Ich bin nicht die Gestapo, Christian. Du brauchst mir gar nichts zu erzählen. Aber wenn du etwas erzählst, dann wäre ich dir schon dankbar, wenn es die

Wahrheit ist. – Das kannst du mir nicht erzählen, Christian, dass dieser Mensch so aus dem Nichts kommt und an deiner Haustür klingelt, und weil du ein so gutes Herz hast, da sagst du, ja natürlich kann er über Nacht bleiben.«

»Von Spanien ist er gekommen. Er hat mitgekämpft, auf der Seite der Republik. Er ist verwundet worden, und er hat es geschafft, sich bis nach Deutschland durchzuschlagen. Aber es hat alles nichts genützt; sie haben ihn trotzdem gekriegt, und nun ist er tot.«

Pagels schwieg. Das war zwar die Minimal-Version dieser Geschichte, aber wenn Fehlandt nicht mehr erzählen wollte, dann ließ es sich nicht ändern.

»Sie haben auf mich eingeschlagen, gleich als ich ihnen die Tür aufgemacht habe, und ich bin zu Boden gegangen, und das Blut ist mir über das Gesicht gelaufen. Und dann habe ich gehört, wie sie das Haus durchsucht haben, und dann ist ein Schuss gefallen. Die Männer haben geflucht, und alle sind nach oben gerannt. Vielleicht hätte ich in dem Moment weglaufen sollen, aber ich habe nicht an Weglaufen gedacht. Wenig später sind dann weitere Männer mit einer Bahre gekommen, und sie haben den Jungen an mir vorbeigetragen. Da habe ich gesehen, dass er tot ist.«

»Und du glaubst nicht, dass die Gestapo ihn auf dem Gewissen hat?«

»Auf dem Gewissen schon, aber direkt erschossen haben sie ihn nicht. Das habe ich gleich gesehen, als er an mir vorbeigetragen wurde. Das gewaltige Loch im Hinterkopf. Er hat sich die Pistole in den Mund gesteckt und abgedrückt.«

»Und dann?«

»Dann haben sie mich ins Stadthaus gebracht und verhört.«

»Im Keller«, vermutete Pagels.

Fehlandt schüttelte den Kopf. »Im Obergeschoss war das, quasi auf dem Dachboden. Der Kraus war da. Er hat scheißfreundlich getan, aber ich wusste natürlich, dass das nur Mache ist. Als ich den Kraus gesehen habe, da wusste ich, jetzt geht es mir wirklich an den Kragen.«

Pagels nickte. Peter Kraus war für seine Brutalität bekannt. »War seine Hexe auch dabei?«

»Seine Hexe?«

»Hertha Jens meine ich. Ehemalige Kommunistin. Bei allen wichtigen Verhören ist sie dabei.«

»Dann war meins wohl kein wichtiges Verhör. – Ich glaube, ich weiß, wen du meinst, aber die war jedenfalls nicht dabei.«

»Und dann?«

»Wie gesagt, sie waren ganz freundlich zu mir, und das war eigentlich noch schlimmer als wenn sie direkt gebrüllt oder losgeprügelt hätten. Denn ich wusste ja, dass das noch kommen würde. Und ich hatte eine wahnsinnige Angst davor.«

»Sie bluten ja«, hatte der Kraus festgestellt.

»Ach, das ist nur so eine Schramme.«

»Sind Sie misshandelt worden?«

Es klang ganz mitfühlend, und Fehlandt hatte sich täuschen lassen. »Ja«, sagte er, »ich bin …« Weiter kam er nicht. Zu dritt waren sie über ihn hergefallen, seine Schläger, während Kraus sich in aller Ruhe eine Zigarette anzündete und dabei zusah. Er hatte keine Chance, sich zu wehren. Er lag am Boden, und sie traten und prügelten weiter auf ihn ein. Auf ein Zeichen von Kraus ließen die Männer schließlich von Fehlandt ab.

»Aufstehen!«, befahl Kraus.

Fehlandt schaffte es nicht.

»Macht ihm Beine!«

Unter weiteren Schlägen gelang es Fehlandt schließlich, auf die Beine zu kommen. Die Männer hielten inne, warteten auf weitere Anweisungen.

»Ich frage Sie jetzt noch einmal: Sind Sie misshandelt worden?«

Fehlandt schüttelte den Kopf.

»Ich höre nichts!«, sagte Kraus.

»Ich bin nicht misshandelt worden«, murmelte Fehlandt. Er wischte sich das Blut aus dem Gesicht.

»Lauter!«

»Ich bin nicht misshandelt worden!«, schrie Fehlandt.

Peter Kraus nickte. »Sehen Sie, es geht doch! – Herr Fehlandt, Sie sind Polizist. Als Polizist gehen Sie jeden Tag im Stadthaus ein und aus. Als Polizist wissen Sie natürlich auch, dass in diesem Gebäude unter anderem auch die Staatspolizeileitstelle Hamburg untergebracht ist. Und ich brauche Ihnen nicht zu erzählen, dass eine der wichtigsten Aufgaben der Geheimen Staatspolizei in der Ausmerzung des Kommunismus besteht. Sie waren Polizist in Altona, und Sie haben den roten Terror aus eigener Anschauung miterlebt. Ist es nicht so?«

»Ja, das ist richtig.« Schlimmer war der braune Terror gewesen, jedenfalls in den letzten Jahren, aber davon sagte er nichts.

»Um Ihr Gedächtnis ein kleines bisschen aufzufrischen, möchte ich Ihnen ein paar Fotos zeigen.« Kraus legte vier großformatige Aufnahmen vor ihm auf den Tisch. Sie alle zeigten einen toten SA-Mann. Fehlandt schluckte. Er kannte die Aufnahmen. Bei der sogenannten Schlacht an der Sternschanze hatte sich die Polizei nicht gerade mit Ruhm bekleckert.

»Das ist Heinrich Dreckmann. Von Rotfront ermordet. Am 7. September 1930. Einer unserer toten Helden aus der

Kampfzeit der Bewegung. Um sein ehrendes Andenken zu bewahren, hat Hamburg eine Straße nach ihm benannt, und auch eines unserer Alsterschiffe trägt seinen Namen. – Ich könnte Ihnen Dutzende weitere Fotos von den Opfern des roten Terrors zeigen, aber ich will Sie nicht langweilen. Ich denke, Sie haben auch so begriffen, dass unser Kampf gegen die Kommunisten absolut notwendig ist. Der Kommunismus ist der Weltfeind, zusammen mit dem Internationalen Judentum.«

Fehlandt nickte.

»Ja, Sie nicken! – Aber obwohl Sie all dies wissen, haben Sie es damals nicht für nötig befunden, sich einer national gesinnten Gruppierung anzuschließen, sondern sind im Gegenteil in die SPD eingetreten!«

»Ich habe diesen Fehler korrigiert«, sagte Fehlandt. Wussten sie das etwa nicht?

»Ja, Sie haben diesen Fehler korrigiert. Sie sind am 6. März 1933, einen Tag nach der Reichstagswahl, aus der SPD ausgetreten und haben einen Aufnahmeantrag für die NSDAP ausgefüllt. – Könnte es vielleicht sein, Herr Fehlandt, dass Sie diesen Parteieintritt gar nicht aus nationalsozialistischer Überzeugung vorgenommen haben, sondern allein zum persönlichen Vorteil?«

Fehlandt schüttelte den Kopf.

»Sie haben es jedenfalls geschafft, noch vor der allgemeinen Aufnahmesperre am 19. April Parteimitglied zu werden. Ich will mich hier gar nicht über die sogenannten Märzgefallenen lustig machen. Viele von ihnen sind gute Parteimitglieder und nützliche Mitglieder der Gesellschaft geworden. Aber wie sieht es mit Ihnen aus? Jeder Parteigenosse muss sich als Diener an der Bewegung und an der Volksgemeinschaft fühlen und entsprechend handeln. Und damit das auch jedem Einzelnen unmissverständlich klar wird, muss er bei der Aufnahme in die Partei das Treuegelöbnis ablegen. – Wiederholen Sie den Text!«

»Ich – ich habe ihn vergessen«, murmelte Fehlandt. Das bedeutete weitere Prügel, oder?

»Ich helfe Ihnen«, sagte Kraus gönnerhaft. »Ich sage es Ihnen vor, und Sie sprechen mir nach: Ich gelobe meinem Führer Adolf Hitler Treue.«

»Ich gelobe meinem Führer Adolf Hitler Treue.«

»Bitte mit etwas mehr Begeisterung!«

»Ich gelobe meinem Führer Adolf Hitler Treue.«

»Gut. – Ich verspreche, ihm und den Führern, die er mir bestimmt, jederzeit Achtung und Gehorsam entgegenzubringen.«

»Ich verspreche, all denjenigen, die er mir als Führer …«

»Falsch! Reißen Sie sich zusammen, Mensch! – Ich verspreche, ihm und den Führern, die er mir bestimmt, jederzeit Achtung und Gehorsam entgegenzubringen.«

»Ich verspreche, ihm und den Führern, die er mir bestimmt, jederzeit Achtung und Gehorsam zu erweisen.«

»Entgegenzubringen!«

»Entgegenzubringen.« Der Schweiß lief Fehlandt über die Stirn.

Kraus nickte. »So ist es richtig. – Nun erwartet die Partei allerdings von jemandem, der die Mitgliedschaft erworben hat, nicht nur, dass er weiß, zu was er sich verpflichtet hat, sondern dass er auch dementsprechend lebt. Die Aufgabe der Partei ist es, das deutsche Volk im Sinne des Nationalsozialismus zu erziehen. Was haben Sie in dieser Richtung unternommen?«

»Ich habe mich bemüht, durch den Dienst bei der Kriminalpolizei die Sicherheit der Bevölkerung …«

»Das meine ich nicht, das sind Ihre Dienstaufgaben. Als Parteimitglied ist es Ihre Pflicht, auch außerhalb des Dienstes für die Belange der Partei einzutreten. Diesen Punkt haben Sie sträflich vernachlässigt. Anstatt sich an gemeinsamen Unternehmungen mit anderen Parteigenossen zu beteiligen, haben Sie sich stattdessen bevorzugt mit Leuten gemeingemacht, von denen Sie wussten, dass sie politisch unzuverlässig sind.«

»Wenn Sie damit Herbert Richter meinen …«

»Werden Sie nicht frech! Ich meine nicht Herbert Richter, mit dem Sie außerhalb des Dienstes herzlich wenig zu tun gehabt haben, sondern ich meine Wilhelm Berger.«

»Auch Berger ist Parteimitglied.«

»Ja, er ist Parteimitglied. Aber im Gegensatz zu den meisten anderen ist er erst 1938 eingetreten, und auch das erst, als er von höherer Seite unter Druck gesetzt worden ist. Der Mann ist mit einer Halbjüdin verheiratet, die nach wie vor Verbindungen zu ihrem ehemaligen Gatten unterhält, einem reichen Juden, der heute in Amerika lebt. Bergers Tochter unterhält Verbindungen zum kommunistischen Untergrund …«

»Das ist nicht wahr!«

»Das ist wahr, und das können wir beweisen. Und damit Sie nicht denken, dass wir Ihnen hier etwas vormachen, dass wir in Wirklichkeit gar nichts wissen, will ich Ihnen etwas zeigen.« Er gab einem der Männer, der sich an der Prügelei nicht beteiligt hatte, einen Wink. »Das Buch«, sagte er. »Hol das Buch.«

Das Buch wurde gebracht. Auf dem Einband stand *Liste der ausländischen Freiwilligen in den Armeen Rotspaniens*. Kraus schlug es auf. Fehlandt sah, dass die Aufstellung Hunderte von Namen umfasste, vielleicht über tausend. Zu jedem Eintrag waren Alter, Nationalität, Decknamen und der Lebenslauf aufgeführt. Zu den meisten Einträgen gab es auch Fotografien. Peter Kraus blätterte einen Moment in dem Buch, bis er die Seite gefunden hatte, die Fehlandt sehen sollte. Die Fotografie zeigte den jungen Mann, der bei ihm Unterschlupf gefunden hatte. Auf dem Bild trug er eine Uniform, von der Fehlandt annahm, dass sie die Uniform der Internationalen Brigaden war.

»Wir halten das Buch stets auf dem neuesten Stand«, sagte Peter Kraus.

Das war offenbar richtig; jemand hatte die fragliche Seite bereits mit Blaustift ausgekreuzt.

Kraus sagte: »Nachdem wir dieses nun geklärt haben, haben wir nur noch ein paar kleine Fragen an Sie.«

Fehlandt schluckte. Das friedliche Gespräch der letzten Minuten hatte bei ihm die Hoffnung ausgelöst, dass der schmerzhafte Teil des Verhörs nun vorbei sei. Doch der Klang von Kraus' Stimme machte ihm bewusst, dass das nicht der Fall war.

»Ich werde Ihnen jetzt ein paar Namen nennen, und Sie werden mir sagen, in welcher Beziehung Sie zu diesen Leuten stehen: John Schehr?«

John Schehr war nach der Verhaftung Ernst Thälmanns einige Monate lang der Vorsitzende der KPD gewesen. Mehr wusste Fehlandt nicht über ihn.

»Carl Burmester?«

Nun wurde es gefährlicher. Zwar hatte Fehlandt keine persönlichen Beziehungen zu Burmester, aber er wusste, dass er eine wichtige Rolle in der KPD gespielt hatte, und dass er enge Beziehungen zur Führung der Hamburger SPD unterhalten hatte, zu Leuten, die Fehlandt kannte. Aber Burmester war tot, in Gestapohaft gestorben, und der Mann konnte ihm nicht mehr schaden.

»Johann Templin?«

Vermutlich ein anderer Kommunist; von dem kannte Fehlandt nicht einmal den Namen.

»Ernst Wollweber?«

Nach dem wurde noch immer gefahndet, wenn Fehlandt sich recht erinnerte.

»Wilhelm Berger?«

»Definitiv kein Kommunist«, sagte Fehlandt. War's das? Nein, das war's nicht. Noch lange nicht.

Peter Kraus lächelte. »Mein lieber Herr Fehlandt, das ist schön und gut, aber das ist mir viel zu wenig. Jetzt werde ich Ihnen ein paar Dinge erzählen, um Ihrem Gedächtnis ein bisschen auf die Sprünge zu helfen. Und wenn das nicht reicht, dann werden wir ein paar andere Mittel einsetzen, um Ihre Erinnerung ein bisschen aufzufrischen. Das muss nicht sein, natürlich nicht. Ich bin selbst kein Freund der Gewalt. Aber wenn es sein muss, dann muss selbst ein so geduldiger Mensch wie ich zu härteren Mitteln greifen. – Ach, Herr Deutschmann, öffnen Sie doch mal bitte den Schrank, damit unser Gast einen Eindruck davon bekommt, wovon ich rede.«

Der Angesprochene öffnete die Schranktüren. Fehlandt erschrak angesichts der Folterinstrumente. Kraus nahm einen etwa einen Meter langen, drei Zentimeter dicken Lederknüppel in die Hand. »Das hier, das ist zum Beispiel ein Ochsenziemer. Wenn man ein Ochse ist, machen einem die Schläge mit so einem Ding vielleicht nicht viel aus. Aber der Mensch ist nun einmal kein Ochse: Er unterscheidet sich in einem ganz wesentlichen Punkte vom Ochsen. Er hat ein viel dünneres Fell.« Kraus machte eine Pause, um seine Worte auf den Gefangenen wirken zu lassen. Dann fuhr er fort: »Das hier, das ist eine Hundepeitsche. Wir haben jetzt gerade keinen Hund hier, um Ihnen die Wirkung vorzuführen. Aber ich kann Ihnen versichern, dass ein Hund, der damit gezüchtigt wird, in den höchsten Tönen jault. Und ein Mensch …«, Kraus lächelte boshaft, »ein Mensch gibt Töne von sich, von denen man gar nicht glauben sollte, dass er dazu in der Lage ist. – Und dann haben wir natürlich noch die Ketten. Hier, diese Dinger. Die sind besonders effektiv, wenn es darum geht, die Haut aufzureißen. Man kann die Wirkung noch erhöhen, wenn man dann hinterher Salz in die Wunden streut. Wir machen das manchmal. Salz kostet ja nicht viel und ist überaus wirkungsvoll.«

Fehlandt begriff, dass dies das Ende seines Lebens sein würde, wenn nicht ein Wunder geschah.

»Ich hoffe, dass ich Sie mit dieser kleinen Demonstration beeindruckt habe. – Aber wahrscheinlich werden wir dieses Arsenal gar nicht zum Einsatz bringen müssen, denn wahrscheinlich sind Sie vernünftig genug, hier nicht den Helden spielen zu wollen. Manche haben das versucht, aber ich kann Ihnen versichern, es hat sich für sie nicht gelohnt. Und denken Sie bitte nicht, dass Sie vielleicht die Zähne zusammenbeißen und diese Behandlung überstehen können. Wir können die Befragung jederzeit wiederholen. Jeden weiteren Tag Ihres Lebens, so lange, bis Sie uns alles erzählt haben, was wir wissen wollen.«

»Ich weiß nichts«, sagte Fehlandt verzweifelt.

»Das macht nichts. Ich denke, dass Ihnen schon noch das eine oder andere einfallen wird. – Zunächst einmal erzähle ich Ihnen ein paar Dinge, die ich selber weiß. Vielleicht hilft Ihnen das beim Nachdenken. – Fangen wir mal an mit John Schehr. Den haben wir am 13. November 1933 in Ludwigslust verhaftet. Er war damals per Zug auf dem Weg nach Hamburg gewesen. Die Frage ist nun natürlich: Was hat er in Hamburg gewollt? Er selbst kann es uns nicht mehr verraten, denn er ist leider bei einem Fluchtversuch aus dem KZ erschossen worden. Aber vielleicht können Sie uns da weiterhelfen?« Peter Kraus machte eine Pause.

Doch so sehr sich Fehlandt auch bemühte, ihm fiel zu dem Namen John Schehr nichts ein.

»Kommen wir zum nächsten: Johann Templin war bei der KPD zuständig für die sowjetische Schifffahrt im Hamburger Hafen. Das ist so ziemlich alles, was wir bisher über ihn wissen. Er ist am 17. September 1933 im KZ Fuhlsbüttel gestorben, auf recht unangenehme Weise.« Kraus sah Fehlandt auffordernd an.

»Erhängt?«

»Nicht ganz. Sie haben ihm das Gesicht eingetreten, das rechte Handgelenk zertreten, allerlei Rippen gebrochen, die Beine zerquetscht, die Geschlechtsorgane mit einem Feuerzeug angekokelt, und natürlich haben sie ihn vorher ausgepeitscht. Schade. – Keine Ahnung, wer das gewesen sein könnte!«

Die Schläger im Hintergrund lachten.

»Ernst Wollweber ist der Vorsitzende der ISH. Das ist die *Internationale der Seeleute und Hafenarbeiter*. Aber das wissen Sie natürlich. Die ISH hat ihre Zweigstellen in allen möglichen Häfen, und seit dem spanischen Bürgerkrieg sprengen sie verstärkt Schiffe der Länder in die Luft, die den General Franco unterstützen. Die Italiener, die Japaner, die Polen und auch wir gehören zu den Opfern. Die *Claus Böge* zum Beispiel, und auch die *Vancouver* der HAPAG. Unsere Frage in diesem Fall ist ganz einfach: Wo ist Wollweber? Hält er sich womöglich noch in Hamburg auf? Was sagen Ihre kommunistischen Kontakte?«

Fehlandt wusste nicht, wovon die Rede war. Die Anschläge auf die deutschen Schiffe hatte er nicht mitbekommen. »Ich habe keine kommunistischen Kontakte«, sagte er.

»Darüber sollten Sie noch einmal ein bisschen nachdenken, Herr Fehlandt. Damit kommen wir zu dem Mann, von dem Sie nun wirklich nicht behaupten können, dass Sie ihn nicht kennen: Wilhelm Berger. Seine Ostkontakte sind uns seit Langem bekannt. Wir wissen, dass er 1917 in Westpreußen gewesen ist, im heutigen Polen also, und dass er dort intensive Kontakte zu russischen Kriegsgefangenen hatte.«

»Mein Gott, Tausende von deutschen Soldaten an der Ostfront hatten Kontakt zu russischen Kriegsgefangenen. Zehntausende.«

»Das ist sicher richtig, aber nicht alle von denen haben in der letzten Zeit aktive Kämpfer der Komintern in ihrer Wohnung versteckt. In Hamburg kenne ich eigentlich nur einen einzigen, der das getan hat: Wilhelm Berger.«

»Das ist so nicht richtig …«

»Später! Lassen Sie uns diesen Punkt erst einmal zurückstellen. Darauf können wir später noch zurückkommen. – Der letzte Name, den ich Ihnen genannt habe, das ist Carl Burmester. Wir wissen nicht genau, welche Funktionen er wirklich gehabt hat. Fest steht nur, dass er Beziehungen zu illegalen SPD unterhalten hat. Vielleicht können Sie uns in dieser Frage weiterhelfen? – Burmester kann es nicht mehr. Er hat sich bei einem intensiven Verhör hier in diesem Zimmer losgerissen und ist anschließend ums Leben gekommen. Die einen sagen, er habe sich aus dem Fenster gestürzt, die anderen behaupten, er sei die Treppe hinuntergefallen – egal, tot ist tot.«

Fehlandt überlegte, ob er nicht irgendwelche Kontakte zu Burmester zugeben sollte, um der Folter zu entgehen. Das schien ihm am unverfänglichsten zu sein, und Burmester konnte es nicht mehr schaden.

»Ach ja«, fügte Kraus hinzu, »das hätte ich vielleicht noch erwähnen sollen: heutzutage springt uns keiner mehr aus dem Fenster. Dafür passen wir schon auf. – Zieht ihn aus und schnallt ihn auf den Tisch! – Und noch etwas möchte ich erwähnen: Heutzutage passiert es uns auch nicht mehr, dass wir jemanden aus Versehen totschlagen. Jedenfalls nicht, bevor wir mit ihm fertig sind.«

An dieser Stelle unterbrach Fehlandt die Schilderung. »Ich habe alles gestanden, was sie nur hören wollten, einfach alles. Ich habe ihnen erzählt, dass ich mit Burmester zusammengearbeitet habe, dass ich dem Wollweber den Sprengstoff für seine Schiffsattentate besorgt habe, dass ich mit Johann Templin irgendwelche Todeslisten geschrieben habe und den Schehr gedrängt habe, den Vorsitz der KPD in Hamburg zu übernehmen. Das war alles nicht so schlimm, aber ich habe außerdem alles gesagt, was ich über Wilhelm Berger wusste, und noch einiges mehr, was ich nicht wusste. Ich habe ihn verraten. Ihn und seine Familie.«

»Aber es ist nichts passiert«, sagte Pagels.

»Nein, es ist nichts passiert. Herbert Richter hat eingegriffen. Was er genau gemacht hat, weiß ich nicht, aber seine ausgezeichneten Beziehungen, die hat er eingesetzt. So bin ich rechtzeitig wieder freigekommen. Ich habe unterschreiben müssen, dass sie mich anständig behandelt haben. Ich hätte alles unterschrieben. Was die Gestapo-Leute von mir zu hören gekriegt haben, das war ein großer Haufen Lügen, vermischt mit einem großen Haufen Wahrheit, und sie haben nicht unterscheiden können, welcher Anteil davon gelogen ist und welcher wahr. Berger und ich – wir haben viel, viel Glück gehabt. Besonders ich. Die Striemen auf meinem Rücken werden wieder verschwinden, und im Urin ist auch kaum noch Blut.«

»Wilhelm Berger hat dich da reingeritten«, stellte Pagels fest.

Fehlandt schüttelte den Kopf. »Das hat er nicht. An allem, was passiert ist, bin ich selbst schuld. Ich war zu naiv, zu blauäugig. Ich hatte geglaubt, uns würde alles gelingen, und weil bis jetzt alles gut gegangen war, würde auch weiterhin alles gut gehen. Ich habe mich getäuscht.«

»Und – was hat Berger dazu gesagt?«

»Gar nichts. Wilhelm Berger hat gar nichts gesagt. – Was hätte er auch sagen sollen?«

»Ihr habt euch nicht ausgesprochen nach diesem … nach diesem Vorfall?«

»Nein. Es ist auf einmal, als ob eine Wand zwischen uns wäre. Wir sehen uns täglich, und wir reden miteinander, aber nur über dienstliche Dinge. Er lebt in einer völlig anderen Welt als ich. Er hat die Dinge nicht am eigenen Leib erfahren, die ich erfahren habe. Er weiß natürlich, was im Stadthaus vor sich geht, in den Zimmern, die wir nicht betreten sollen. Und er hört auch die Schreie, die es manchmal zu hören gibt, aber er ignoriert sie. – Das klingt jetzt arrogant, ich weiß, und schließlich ignoriere ich die Schreie ja auch, aber ich ignoriere sie aus panischer Angst, denn ich weiß, was sie bedeuten. Und er – er versteckt sich hinter seiner Polizeiarbeit und gibt vor, nichts mitzubekommen.«

»Und was sollen wir deiner Meinung nach tun?«

»Ich weiß es nicht. An jenem Abend, als ich den jungen Mann aus Spanien versteckt hatte, da habe ich einen Augenblick lang gedacht, dass ich das auch hätte tun sollen, mich freiwillig melden und gegen die Faschisten kämpfen. Aber er – er wusste schon, dass es falsch war. Und eine verlorene Sache obendrein.«

»Soll ich mit Berger reden, Christian?«

»Nein, wozu? Lass ihn auf seiner selbst gewählten Insel der Pflichterfüllung und des Dienstes an der Gesellschaft leben, solange er noch glauben kann, dass es eine solche Insel gibt. Was mich erschüttert hat, Wilfried, das ist: Das sind nicht irgendwelche Fremden, die da foltern, und zwar mit größter Lust – das sind wir!«

»Wir?«

»Wir, die Polizei. Der Kraus und seine Helfer, das sind ganz normale Polizisten. In jedem von uns steckt ein Folterknecht. Und ein Mörder. Man muss ihn nur herauslassen.«

Montag, 9. Oktober 1939

Vielleicht kommen Sie bald frei.«

»Bald frei? Was heißt das?« Wilhelm Berger sah den Gefängnisaufseher skeptisch an. Seit mehr als einem Monat saß er nun hier in Świecie. Dorthin hatten sie ihn gebracht, nachdem sie ihn ordentlich verprügelt hatten. Kubala war tot, und vermutlich hatten sie auch Erika Dabrowski längst verhaftet.

Der Wärter zuckte mit den Schultern. »Weiß nicht. Fest steht nur, dass es so nicht mehr weitergeht. Unser Gefängnis hier in Schwetz hat Platz für maximal 120 Gefangene. Im Augenblick sind hier aber 376 Leute eingelocht.«

»Da muss ich ja froh sein, dass ich eine so geräumige Zelle abbekommen habe!«

»Ja, da können Sie froh sein. Aber Sie sind ja auch ein besonderer Gefangener. Der Einzige, der behauptet, ein deutscher Polizist zu sein!« Der Wärter lachte.

»Ich bin ein deutscher Polizist!«

»Ja, ja, mir brauchen Sie das nicht zu erzählen. Von mir aus können Sie der Papst sein, das ist mir egal. Wenn der Direktor sagt: einsperren, dann werden Sie eingesperrt, und wenn er sagt: freilassen, dann werden Sie freigelassen. – Aber diese Luxuszelle, die haben Sie mir zu verdanken.«

Wilhelm Berger nickte. Er war dem Wärter wirklich dankbar. Er hatte den Eindruck, dass er diese Zelle zusammen mit dem angeblichen Deserteur und dem schwachsinnigen Alten nur erhalten hatte, damit ihn die Polen nicht totschlugen.

»Jedenfalls, der Direktor hat heute mit dem Ortskommandanten gesprochen. Denn jetzt, wo der Gendarmeriekommandant abgezogen ist, das war ja dieser Leutnant Kuhn, und der ist jedenfalls heute mit seiner ganzen Truppe abgerückt, weiter nach Osten, und nun ist völlig unklar, wer denn nun für das Gefängnis zuständig ist. Der Ortskommandant hat jedenfalls gesagt, er ist nicht zuständig. Der hat gesagt, der Direktor soll selber sehen wie er klarkommt.«

In der Militärverwaltung schien das totale Chaos zu herrschen.

»Da hat sich der Direktor mit dem Kreisleiter zusammengesetzt. Dem hat er erzählt, dass Seuchengefahr besteht. Typhus und so. Und außerdem müssen wir all diese Leute im Gefängnis auch noch verpflegen, während gleichzeitig draußen ihre Frauen und Kinder der Wohlfahrt zur Last fallen. Und der Kreisleiter hat nur den Kopf geschüttelt und gesagt, dass er jedenfalls dringend Leute braucht, die für ihn arbeiten können. Und die beiden sind zu dem Ergebnis gekommen, dass es wahrscheinlich am besten wäre, wenn man wenigstens alle arbeitsfähigen und ungefährlichen Elemente freilässt. Unter gewissen Auflagen, versteht sich.«

»Auflagen?« Dann kam die Geschichte wahrscheinlich für ihn nicht infrage.

»Natürlich müssen die sich dreimal täglich bei der Polizei hier in Schwetz melden. Das heißt, es muss sich natürlich um Ortsansässige handeln, Leute aus Schwetz also, und die dürfen auch nicht irgendwie politisch gegen die Deutschen aktiv gewesen sein.«

»Ich bin nicht gegen die Deutschen aktiv gewesen«, sagte Berger. »Ich bin Deutscher.«

»Ja, das haben Sie schon gesagt. – Aber natürlich war es so, dass der Kreisleiter diese Geschichte auch nicht allein entscheiden wollte, und so hat er dann unseren Direktor nach Bromberg geschickt. Aber da hat sich auch keiner zuständig gefühlt. Der erste Mensch, den er im Rathaus angetroffen hat, das war irgend so ein Oberleutnant. Der hat gesagt, im Prinzip sei das wahrscheinlich eine vernünftige Sache, und das, was bisher gelaufen sei, also dass all die wehrfähigen Männer festgenommen worden sind, das sei nur so zu verstehen, dass man in den gefährdeten Gebieten zunächst einmal für Sicherheit sorgen wollte, dass das aber nicht für die Gegenden gelte, in denen keine Gefahr mehr besteht.«

Wilhelm Berger schöpfte wieder Hoffnung. Der Krieg war zu Ende; es war ganz offensichtlich so, dass in Schwetz keine Gefahr mehr bestand.

»Aber der Oberleutnant wollte das auch nicht allein entscheiden, sondern hat gesagt, zuständig sei der Kommandant, der Herr Oberst von Gösche. Aber den hat unser Direktor nur wenige Minuten sprechen können, dann wurde der wieder in einer anderen dringenden Angelegenheit weggerufen. Natürlich hat unser Direktor dann das Gespräch mit seinem Adjutanten fortgesetzt, und der war auch seiner Meinung. Er hat auch gesagt, er sei im Zivilberuf Richter, kenne sich also aus mit rechtlichen Dingen.«

»Sehr erfreulich.« Wilhelm Berger war nur an dem Ergebnis dieser Gespräche interessiert.

»Allerdings musste in diesem Zusammenhang natürlich berücksichtigt werden, dass der Stadtkommandant von Bromberg bis jetzt noch nicht die Kommandogewalt für das Gebiet Schwetz übertragen bekommen hat. Das ist aber angeblich nur noch eine Frage der Zeit.«

»Das ist zugegebenermaßen eine schwierige Situation«, sagte Berger ungeduldig. Scheißbürokratie, dachte er. Der Wärter genoss es offensichtlich, die Verhandlungen so kompliziert wie möglich darzustellen.

»Jedenfalls hat unser Direktor sich dann zunächst einmal an die Feldkommandantur 580 gewandt. Das ist die zuständige Kommandantur, aber der Kommandeur war gerade nicht zu sprechen, sodass er nur mit dem Adjutanten reden konnte. Und dieser Adjutant hat auch versichert, dass er nicht zuständig sei, aber jedenfalls hatte er Bedenken. Er hat gemeint, der richtige Weg sei es, die Leute, die freigelassen werden sollten, zunächst einmal von einer Kommission volksdeutscher Bürger aus Schwetz begutachten zu lassen, um sicherzustellen, dass auf keinen Fall irgendwelche verdächtigen Elemente freigelassen würden. Auch er war der Meinung, dass sofort irgendetwas geschehen müsse.«

»Immerhin.«

»Ja. Aber die Freilassung dieser Leute wollte er nicht verantworten. Er hat gesagt, es sei wohl am besten, wenn wir die Kriegsgefangenen zunächst einmal dem Herrn Stadtkommandanten von Bromberg zustellen würden, und die Verbrecher und Hetzer der Polizeibehörde, dem Sondergericht und der Gestapo in Bromberg. Am besten jeweils mit einem kleinen Begleitschreiben, wo drin steht, um was für Leute es sich jeweils handelt. Der Direktor ist dann zurück nach Schwetz gefahren und hat noch einmal mit dem Kreisleiter gesprochen sowie mit einem Hauptmann der SS aus Stargard, der war zufällig auch gerade da. Und die fanden diesen Plan wohl auch gut. Jedenfalls haben sie keine Einwände geäußert.«

»Na, dann kann es ja endlich losgehen«, sagte Berger, der inzwischen nicht mehr daran glaubte, dass irgendetwas passieren würde.

»Unser Direktor hat dann aber vorsichtshalber noch mit einem Leutnant vom Fernsprechbautrupp geredet, der gerade hier bei uns hier in Schwetz liegt. Von dem heißt es nämlich, dass der Mann vielleicht als künftiger Ortskommandant infrage kommt. Der hatte auch keine Bedenken. Da hat unser

Direktor dann eine Kommission einberufen, die aus dem Bürgermeister, aus fünf deutschen Bürgern von Schwetz und aus dem Führer der Gendarmerie besteht. Und die gehen dann die einzelnen Gefangenen durch, einen nach dem anderen.« Der Wärter macht eine Pause.

Berger fragte: »Und?«

»Na ja, erst mal haben sie natürlich geklärt, wer alles in Haft bleiben soll. Das sind zunächst einmal sämtliche militärischen Gefangenen, außerdem die Juden, die Pfaffen und alle diejenigen, die als Verbrecher infrage kommen.«

»Ich bin kein Verbrecher, ich bin Polizist.«

»Na ja, dann kann es sein, dass Sie Glück haben, und dass Sie morgen freikommen. Obwohl natürlich zu bedenken ist, dass Sie ja eigentlich kein Bürger von Schwetz sind. Aber irgendwelche Einzelheiten weiß ich noch nicht. – Ich drücke Ihnen jedenfalls die Daumen. Einen Daumen. Den anderen haben mir die Franzosen weggeschossen, damals, im Weltkrieg.«

Dienstag, 10. Oktober 1939

Ein Daumen reichte. Wilhelm Berger wurde in den frühen Morgenstunden des 10. Oktober entlassen. Er hatte erneut Glück, als ihn ein Volksdeutscher, den er nach dem Weg fragte, zum Frühstück einlud. Berger aß und aß und erzählte von seinen Erlebnissen.

»Schlimme Zeiten sind das!«, sagte der Mann.

Berger wusste nicht einmal, wie er hieß.

Zum Abschied gab der Mann ihm noch eine Handvoll Zloty mit. »Die sind jetzt nicht mehr viel wert«, sagte er, »aber vielleicht können Sie sich damit irgendwo etwas zu essen kaufen. Der einzige Weg zurück nach Deutschland geht im Augenblick über Bromberg, und das ist weit.«

Berger hatte noch einmal Glück, als ein Fuhrwerk ihn mitnahm. Der Bauer fuhr zwar nicht nach Bromberg, sondern nach Deutsch-Krone, was etwas aus der Richtung lag, aber Berger hatte keine Ahnung, wie groß der Umweg sein mochte. Er war dankbar, nicht laufen zu müssen. Es dauerte bis zum Nachmittag, bis sie in Deutsch-Krone ankamen. Dass es dort ein Zuchthaus gab, hatte er nicht gewusst. Aber niemand hielt ihn auf, er war und blieb ein freier Mann.

»Folgen Sie der Straße nach Süden«, sagte der Bauer in gebrochenem Deutsch. »Da liegt Bromberg. Sie werden übernachten müssen. Vielleicht in der Försterei von Tryszczyn. Freundliche Leute. Die nehmen Gäste auf. Jedenfalls war das immer so. Und das sind gut zwölf Kilometer, die schaffen Sie noch, bis es dunkel wird.«

Mithilfe des Bauern gelang es Berger, ein halbes Brot zu erwerben, das er auf dem Marsch nach Süden verzehrte. Er ging weiter und weiter, und er hoffte, dass er das Forsthaus finden möge, bevor es dunkel wurde. Links von der Straße sollte es liegen. Irgendwo vor dem großen Wald.

Berger hatte Glück. Da war das Forsthaus. Es lag direkt an der Straße. Verlassen? Nein, bewohnt, ohne Frage. Er sah ein Gesicht hinter dem Fenster. Ein kleines Kind hatte die Gardine zur Seite geschoben und starrte ihn an. Berger winkte ihm zu. Das Kind winkte nicht zurück.

Berger öffnete die Gartenpforte, ging die wenigen Schritte zur Eingangstür und läutete. Einen Augenblick lang geschah gar nichts. Dann wurde plötzlich die Tür aufgerissen, und ein Mann in SS-Uniform stand vor ihm.

»Noch einer«, sagte er. Der Mann hielt eine Pistole in der Hand.

In dem Augenblick kam ein zweiter SS-Mann an die Tür. Auch er hatte seine Pistole schussbereit. »Hallo Wilhelm«, sagte er. Der zweite SS-Mann war Herbert Richter.

»Nichts für ungut«, sagte derjenige, der Berger so unfreundlich begrüßt hatte. »Man kann nicht vorsichtig genug sein heutzutage. Das ganze Land ist voller Heckenschützen!«

Richter, der hinter ihm stand, schüttelte ganz leicht mit dem Kopf.

»Was ist mit dem Förster passiert?«, fragte Berger.

»Der sitzt unter dem Dach mit seiner Familie«, sagte Richter. »Schröder und ich, wir haben das Erdgeschoss requiriert. Und den Keller.«

Berger sah von einem zum anderen. Nach ihren Abzeichen schienen sie beide denselben Rang zu bekleiden. Was machten zwei einsame SS-Offiziere hier in dieser Einsamkeit?

»Ihr kennt euch?«, fragte der Unbekannte.

Richter erklärte seinem Kameraden, wer Wilhelm Berger war. Berger war froh, als der Mann endlich seine Pistole wegsteckte. Er hieß Schröder.

Schröder ging voran in das Zimmer, das offenbar das Wohnzimmer des Försters war. Berger registrierte, dass auf dem Fußboden Dreck lag, den die SS-Männer mit ihren Stiefeln hereingetragen hatten. Die kleinbürgerliche Einrichtung hatten sie nicht angerührt. Lediglich ein Bild mit zerbrochenem Rahmen lag auf dem Boden. Berger hob es auf. Es zeigte Marschall Piłsudski.

»Du fragst dich, was wir hier machen?«, sagte Richter. »Sicherheit. Wir sorgen für die Sicherheit hinter der Front.«

Berger sah ihn scharf an. Richter wirkte verstört. Irgendetwas schien ihn zutiefst erschüttert zu haben.

»Es ist ja keineswegs so, dass wir unvorbereitet in diesen Krieg hineingehen«, ergänzte Schröder. »Wir haben von Anfang an gewusst, dass eine große Aufgabe auf uns wartet. Der Sicherheitsdienst der SS war sehr fleißig. Er hat in den letzten Monaten ein spezielles Fahndungsbuch zusammengestellt, in dem all diejenigen Polen verzeichnet sind, die festgenommen beziehungsweise ausgeschaltet werden sollen.« Er wies auf das Buch, das auf dem Tisch lag.

Wilhelm Berger nahm den schmalen Band zur Hand. *Sonderfahndungsbuch Polen* stand da. *Herausgegeben vom Reichskriminalpolizeiamt Berlin C 2, Werderscher Markt 5/6.* Rasch überflog er den Inhalt. Nichts als Namen und Adressen. Das Buch umfasste 190 Seiten, jede Seite enthielt etwa sechzig Einträge. Das waren an die elftausend Personen, nach denen gefahndet wurde.

Richter ging in die Küche. Er kam mit einer Flasche Rotwein und drei Gläsern zurück. Er schenkte sie bis zum Rand voll, nahm eines der Gläser und prostete Berger zu. »Auf dein Wohl!«

Wilhelm Berger nippte an seinem Glas. Der Wein schmeckte gut, aber er wollte nüchtern bleiben. Er hatte keine Ahnung, was hier vorging, aber offenbar war es nichts Gutes. Schröders überlegenes Getue wirkte aufgesetzt.

Schröder hatte sein Glas mit einem Zug geleert. »Ah, das tut gut! – Im Keller ist noch mehr.« Wilhelm Berger nickte. Es war klar, dass niemand daran dachte, für den Wein etwa zu bezahlen. Und es war nicht das erste Glas, das heute getrunken wurde. Im Papierkorb standen zwei leere Flaschen.

»Das Fahndungsbuch … Du fragst dich wahrscheinlich, woher wir all diese Informationen haben? Diese Aufstellung ist das Ergebnis einer beispiellosen Zusammenarbeit der reichsdeutschen Dienststellen mit der deutschen Minderheit in Polen. Diese Leute haben uns Namen, Alter und Wohnort all derjenigen Personen zusammengestellt, von denen möglicherweise eine Gefahr für das Deutschtum in Polen ausgeht.«

»Es sind also keine Verbrecher im eigentlichen Sinne?«

»Das kommt drauf an, wie du diesen Begriff definierst. Es sind keine Einbrecher und Räuber, die Meisten jedenfalls nicht, aber es sind im Großen und Ganzen die Leute, die am 3. September auf den Straßen von Bromberg über die Deutschen hergefallen sind. Es sind Mörder.«

»Potenzielle Mörder«, schränkte Richter ein.

»Für mich ist das dasselbe.«

»Und diese Leute wollt ihr alle verhaften und ins Gefängnis stecken?«

»Nein, natürlich nicht.« Schröder lachte. »So viele Gefängnisse gibt es ja gar nicht. Nein, diese Leute müssen ganz einfach ausgeschaltet werden.«

»Ausgeschaltet?«

»Ja, ausgeschaltet. – Mein Gott, Wilhelm, – ich darf doch Wilhelm sagen? Tu nicht so naiv. Wir sind im Krieg gegen

Polen, und wenn wir nicht wollen, dass in den nächsten Jahren unsere deutsche Minderheit von irgendwelchen heimtückischen Banden abgeschlachtet wird, da müssen wir dafür sorgen, dass solche Banden gar nicht erst entstehen können. Dann müssen wir dafür sorgen, dass alle diejenigen, die als Bandenführer infrage kommen, rechtzeitig ausgeschaltet werden.«

»Und wer kommt deiner Meinung nach als Bandenführer infrage?«, fragte Berger entgeistert.

»Na, das ist doch selbstverständlich: Die Intelligenz. Lehrer, Priester, Geschäftsleute. Wenn die weg sind, dann haben wir gewonnen. Denn das einfache Volk, das macht ja keine Schwierigkeiten. Die sind es gewohnt, das zu tun, was man ihnen sagt. Und wenn wir ihnen sagen, jetzt arbeitet ihr für Deutschland, dann arbeiten sie eben für Deutschland. Und die polnischen Arbeiter sind gute Arbeiter, wie wir ja aus dem Ruhrgebiet wissen.«

Wilhelm Berger konnte es nicht fassen. »All diese Leute hier …« Er blätterte in dem Buch. »All diese Leute von Leon Abe aus Lodsch bis zu Salomon Zuckerberg, die sollen ›ausgeschaltet‹ werden?«

»Ja, der Zuckerberg sowieso. Alle Juden natürlich, die müssen weg, das ist ja klar. Die sind hier gar nicht erst alle einzeln aufgeführt.«

Berger blätterte das Buch noch einmal durch. Nein, es waren keine elftausend Personen. Nach jedem Buchstaben waren zwei oder drei Seiten freigelassen. Weniger als zehntausend also, wahrscheinlich weniger als neuntausend. Er blätterte bis zum Ende des Buchstabens T. Sein Herz klopfte. Tutasz hieß sie, Maria Tutasz. So hatte sie jedenfalls damals geheißen, 1917. Theresia hatte gesagt, sie sei nach Amerika ausgewandert. Aber stimmte das? Hoffentlich war sie ausgewandert! – Wie auch immer, ihr Name stand hier nicht drin. Auf Turski folgte Tuzimek.

Und wie stand es mit Theresia Drech? Nein, Theresia kam auch nicht vor. Dem Himmel sei Dank! – Aber da fiel ihm ein, dass Theresia ja wieder geheiratet hatte. Er hatte keine Ahnung, wie sie mit Nachnamen heißen mochte. Er wollte das Buch schon zuschlagen, als ihm plötzlich ein anderer Name ins Auge sprang: Erika Dabrowski, E K 16 III, Bromberg.

Schröder sah Wilhelm Berger spöttisch lächelnd an: »Na, hast du jemand gefunden, den du kennst?«

Berger schüttelte den Kopf. Erika! Das konnte nicht sein! Oder doch? Sie hatte die polnische Staatsbürgerschaft, das hatte sie selbst gesagt. Sie war Unternehmerin, sie gehörte zur Intelligenz. Hatte deshalb die deutsche Polizei in Bromberg nach ihr gesucht? »Was heißt E K 16 III? Und was bedeutet es, wenn ein Name mit Bleistift durchgestrichen ist?«

»E K 16 III, das heißt Einsatzkommando 16 oder Einsatzgruppe III. Das wäre also hier in Bromberg. Und wenn der Name durchgestrichen ist, dann heißt das, dass der Fall erledigt ist. Aber natürlich sind wir zurzeit nicht mehr ganz auf dem Laufenden …«

»Erledigt? Was heißt das?«

»Erschossen. Erledigt heißt erschossen«, sagte Richter. Seine Stimme zitterte ganz leicht.

Berger schluckte.

»In diesem Fall allerdings …« Herbert Richter besah sich den Eintrag, über den Wilhelm Berger gestolpert war. »In diesem Fall ist es so, dass die Frau noch lebt. Wir haben sie nämlich vorhin festgenommen.«

»Festgenommen?«

»Ja. Sie steckt jetzt im Keller bei den anderen Gefangenen.«

»Bei den anderen Gefangenen? Ihr habt also noch mehr Gefangene?«

Schröder nickte. »Fünf Personen insgesamt. Es wird langsam voll hier im Keller. – Und das alles nur, weil unser Kamerad Richter plötzlich Bedenken bekommen hat. Bei der Erschießung von ein paar Hundert Männern hat er zugesehen, ohne mit der Wimper zu zucken. Aber als dann plötzlich auf dem letzten Lastwagen auch Frauen dabei waren, da ist er schwach geworden.«

»Frauen! – Junge Mädchen sind das, fast noch Kinder!«

»Wenn sie auf deutsche Soldaten geschossen haben, dann müssen sie weg, Herbert! – Das ist jedenfalls meine Meinung.« Er sah Wilhelm Berger an, erwartete offenbar Zustimmung. Berger äußerte sich nicht. »Aber unser Kamerad Richter hat bestimmt, dass diese Frauen nicht erschossen werden. – Natürlich kann er das nicht einfach so bestimmen, sondern das muss in Bromberg genehmigt werden. Und auf diese Genehmigung warten wir jetzt. Bis morgen früh. Und deshalb sitzen wir jetzt hier in der Wildnis, statt in irgendeinem noblen Hotel in Bromberg. – Verdammte Scheiße!« Er trank sein Glas aus und schenkte es erneut voll.

»Ich brauche eine Zigarettenpause«, sagte Herbert Richter. »Schröder, hältst du hier so lange die Stellung?«

Schröder nickte.

»Er ist empfindlich, unser Herr Schröder. Er kann den Rauch nicht ab«, erläuterte Richter. »Komm mit raus, Wilhelm, mir scheint, du brauchst eine Einweisung in die Lage.«

Das Hellblau des wolkenlosen Himmels hatte sich inzwischen in ein Dunkelblau verwandelt. Herbert Richter ging ohne ein Wort zu sagen ein Stück weit die Straße hinunter in Richtung Bydgoszcz. Am Waldrand machte er halt. Er bot Berger eine

Eckstein an, dann nahm er sich selbst eine. Seine Finger zitterten, als er das Streichholz anriss und ihnen beiden Feuer gab. Hastig rauchte er ein paar Züge. Dann sagte er:

»Wo wir hier stehen, das ist sozusagen der nördliche Rand des polnischen Festungsringes um Bydgoszcz. Im Wald ist alles voller Bunker, das Schussfeld davor ist, wie du siehst, durch einen breiten Stacheldrahtverhau gesichert, und zwischen dem Wald und dem Stacheldraht liegt der Panzergraben, fünf Meter breit, drei Meter tief – ausreichend, um einen Panzer aufzuhalten. Aber unsere Truppen, die hier am 2. und 3. September angegriffen haben, die hatten sowieso keine Panzer. Jedenfalls haben sie es nicht geschafft, die polnischen Stellungen einzunehmen.«

»Schade«, sagte Berger. Wenn der Angriff geglückt wäre, hätte es das Blutbad in Bydgoszcz nicht gegeben.

»Dann sind unsere Truppen nördlich an Bromberg vorbeivorgestoßen. Um nicht abgeschnitten zu werden, haben die Polen ihre Stellungen aufgegeben, und sich in Richtung Toruń zurückgezogen. In der Nacht zum 4. September wurden dann die Brücken über die Brahe gesprengt – aber das weißt du ja selber. Danach gab es weit und breit keine polnischen Truppen mehr.«

Wilhelm Berger nickte. »Die Bürgerwehr hat Bydgoszcz verteidigt.«

»Ja. Die hatte natürlich gegen die Wehrmacht keine Chance. Die Deutschen haben diese Bürgerwehr zur Kapitulation aufgefordert und ihren Mitgliedern Straffreiheit zugesichert. Die Polen sind darauf eingegangen.«

»Gut«, sagte Berger.

»Nicht gut!« Herbert Richters Stimme zitterte. »Sie konnten nicht wissen, dass das Ehrenwort eines deutschen Offiziers nichts gilt. – Als die Polen die Waffen niedergelegt hatten, sind ihre Anführer sofort erschossen worden. Der Rest ist ins Gefängnis gewandert, und den erledigen wir jetzt. Alle Mitglieder der Bürgerwehr werden erschossen. Deutsche Polizei macht das zusammen mit dem Volksdeutschen Selbstschutz.«

»Deutsche Polizei?«

»Ja. Ordnungspolizei aus Berlin. Die hat hier nach Abzug der Wehrmacht die Polizeigewalt übernommen. Zusammen mit der SS, die den Selbstschutz anleitet. Das ist unsere Aufgabe hier. Dafür sorgen, dass die Erschießungen glatt laufen. Und sie laufen glatt. Die Leute lassen sich einfach erschießen. Ohne Widerstand. Da sind alte Männer dabei, aber auch Gymnasiasten und *Harcer*. Pfadfinder sind das. Und Pfadfinderinnen. – Diese Verzweiflung, Wilhelm! Ich habe das nicht ausgehalten. Ich habe gesagt: Die werden nicht erschossen. Und seitdem habe ich hier drei junge Mädchen im Keller, höchstens siebzehn Jahre alt.«

»Das hast du richtig gemacht«, sagte Berger.

»Das habe ich falsch gemacht«, widersprach Richter. »Ich habe Widerstand geleistet an einer Stelle, wo Widerstand vollkommen sinnlos ist. Ich habe das Leben dieser Mädchen um eine Nacht verlängert, das ist alles. Morgen kommt der Befehl, dass die Erschießungen durchzuführen sind, daran gibt es überhaupt keinen Zweifel.«

»Lass sie laufen!«

»Ich kann sie nicht laufen lassen. Ich habe einen klaren Befehl bekommen, Wilhelm. Ich kann diesen Befehl zur Not infrage stellen, wie ich das gemacht habe, aber wenn er dann bestätigt wird, dann kann ich nichts mehr tun.«

»Du könntest sie jetzt laufen lassen.«

»Das könnte ich nicht. Das wäre eine ganz klare Gehorsamsverweigerung, und was mir dann blüht, das kannst du dir ausmalen.«

»Und wenn sie – wenn sie nun aus dem Keller ausbrechen?«

»Das geht nicht. Die Fenster sind vergittert, die Kellertür ist sehr solide, und wenn sie die aufbrechen würden, dann stünden sie meinem Kameraden Schröder gegenüber, und der würde natürlich schießen. Und ich würde auch schießen, ich würde schießen müssen; etwas anderes bliebe mir gar nicht übrig.«

Wilhelm Berger schüttelte den Kopf.

»Dann sind uns vorhin zu allem Unglück noch diese beiden Frauen ins Netz gegangen. Kamen zu Fuß von Bromberg her, wollten angeblich nach Deutsch-Krone. Die eine kommt wohl irgendwo aus dem Norden. Von mir aus hätten sie passieren können, aber Schröder hat die Papiere kontrolliert, und dabei ist herausgekommen, dass diese Erika gesucht wird. Und da haben wir sie beide festgenommen.«

»Alle beide?«

»Ja, alle beide. Mitgegangen, mitgehangen.«

»Das ist ungesetzlich.«

»Mein Gott, Wilhelm, was wir hier tun, das ist alles ungesetzlich. Wir verhaften Tausende von Menschen, ohne zu fragen, ob das richtig ist. Wir sind im Krieg, Wilhelm, und das Gesetz macht Urlaub.«

»Vor dem Krieg hast du ganz anders geredet.«

»Das gilt nicht mehr. Wir sind getäuscht worden.«

»Tausende von Menschen«, sagte Berger. »Tausende von Menschen bringt ihr um. Das ist es doch, was du gemeint hast?«

»Ja, genau, das habe ich gemeint.« Herbert Richter zündete sich die nächste Zigarette an. Er sah Berger prüfend an. »Du bist empört«, sagte er. »Ich verstehe dich. Aber der Befehl kommt von höchster Stelle. Von den Spitzen unseres Staates.

Von der deutschen Regierung. Und wenn Deutschland dies von mir verlangt, dann muss ich es tun.«

Wilhelm Berger schüttelte den Kopf.

»Was würdest du denn machen?«, fragte Richter. »Wilhelm, was würdest du machen?«

Darauf wusste Berger keine Antwort. Noch nicht. Aber hier und jetzt würde er etwas machen, und wenn es ihn das Leben kostete.

»Noch Wein?«, fragte Schröder.

»Nein, danke.« Sie waren in das Forsthaus zurückgekehrt. Schröder hatte zwei weitere Flaschen Wein auf den Tisch gestellt; eine davon war schon fast leer. Das war gut.

Schröder grölte: »Ihr trinkt zu wenig. – Wie heißt es so schön im Deutschlandlied? *Deutsche Frauen, deutsche Treue, deutscher Wein und deutscher Sang!* Darauf kommt es an. Das gilt auch für uns Nationalsozialisten. Wir arbeiten nicht nur, sondern wir verstehen es auch zu feiern.«

»Daran zweifle ich nicht«, murmelte Berger.

»Wie dem auch sei …« Schröder hob sein Glas und trank einen ordentlichen Schluck Rotwein. Er rülpste ganz leise, wobei er sich die Hand vor den Mund hielt. »Wie dem auch sei, das Ziel muss es sein, dass die Gebiete, die ursprünglich deutsch gewesen sind, auch wieder deutsch werden, und zwar innerhalb kürzester Frist. Deshalb sind wir hier.«

»Große Teile Posens sind ganz überwiegend polnisch«, sagte Berger. »Das war schon vor dem Weltkrieg so, und das ist heute erst recht so.«

»Lass mich in Frieden mit solcher Zahlenakrobatik! Damit geben wir uns nicht ab. Wenn die Dinge nicht so sind, wie wir sie haben wollen, dann verändern wir sie eben. Wir wollen doch alle, dass das Deutsche Reich in alter Größe neu entsteht. Und dazu gehört ein deutsches Posen und ein deutsches Westpreußen.«

»Dazu diese … Hinrichtungen?«

»Ja, natürlich. Was du hier siehst, ist nur ein winziger Teil dieser Maßnahmen.«

Berger nickte. »Und … wer hat diese Aktionen angeordnet?«

»Das kommt von ganz oben.«

»Heydrich?«

»Heydrich und Himmler. Und die haben sich das Vorgehen natürlich vom Führer absegnen lassen.«

»Ja, natürlich.« Wilhelm Berger zögerte. Er war betrunken, er durfte nicht zu leichtsinnig werden. Schließlich sagte er: »Schröder, ich habe als Polizist einen Mann gejagt, der sieben Personen auf dem Gewissen hat. Von diesem Mann wurde damals gesagt, er sei ein Massenmörder. Als was würdest du dich bezeichnen?«

»Als jemanden, der seine Pflicht tut.«

»Der Mann, den ich damals verhaftet habe, war im Grunde ein sehr schlichtes Gemüt. Jemand, dem der Verstand fehlte, um seine verbrecherischen Triebe im Zaum zu halten. Aber du … Du bist ein intelligenter Mensch, hast womöglich das Abitur …«

»Ich bin Doktor der Philosophie!«

»… und da fällt dir nichts Besseres ein zu deiner Entschuldigung, als dass du sagst, du tust nur deine Pflicht?«

»Wenn ich sage, dass ich meine Pflicht tue, dann ist das nicht als Entschuldigung gemeint. Die Pflicht, alles in meiner Macht Stehende zu tun, um der Volksgemeinschaft zu nützen, ist für mich von höchster Bedeutung. Es reicht nicht aus, dass wir uns nur unseren Lebensraum sichern. Wenn es uns nicht gelingt, darüber hinaus unser Volk und unsere Rasse reinzuhalten, dann werden wir untergehen.« Schröder rülpste. Die dritte Flasche war inzwischen fast leer. Er goss sich den Rest ein und entkorkte die vierte Flasche.

Berger schüttelte den Kopf. »Und deine ganze humanistische Bildung, deine ganze christliche Erziehung, die wirfst du einfach über den Haufen?«

»Natürlich nicht. Ich bekenne mich zum Christentum. Aber nicht zu einer verweichlichten Toleranz gegenüber allem Minderwertigen und zu einem Ausgleich mit denjenigen, die unseren Untergang wollen. Nein, ich bekenne mich zu einem Christentum der Tat. Frei vom Geist des Judentums, der das ganze Alte Testament durchzieht. So wie es der Berliner Gauobmann der Deutschen Christen klar ausgesprochen hat: Unsere Religion ist die Ehre der Nation im Sinne eines kämpfenden, heldischen Christentums. Das ist ein Christentum, wie es auch Martin Luther verstanden hat.«

Schröder schenkte sich selbst und Wilhelm Berger Wein nach.

Zwei Stunden und mehrere Flaschen Wein aus den Beständen der Försterei später hatte sich die Lage im Forsthaus verändert. Schröder war zuerst eingeschlafen, schließlich sackte auch Richter über dem Tisch zusammen.

»Du hättest Pastor werden sollen, Wilhelm!«, murmelte er. Dann schlief er.

Und jetzt? Wo war der Schlüssel? Wo war dieser verdammte Schlüssel? Wilhelm Berger hatte in fieberhafter Hast Schröders Taschen durchsucht – vergeblich. Auch Herbert Richter hatte den Schlüssel nicht bei sich. Berger nahm die Kerze und stieg die Kellertreppe hinunter. Dort rechts, das musste die Tür zu dem improvisierten Gefängnis sein. Berger hatte gehofft, dass der Schlüssel vielleicht im Schloss steckte. Der Schlüssel steckte nicht. Berger rüttelte am Türgriff – natürlich vergeblich.

Der Schlüssel hing rechts neben der Tür an einem Haken an der Wand. Berger entdeckte ihn erst, als er schon fast aufgeben wollte. Einen Moment lang hielt er inne, lauschte nach oben, aber von dort war kein Geräusch zu hören. Mit zitternden Fingern schloss er die Tür auf. Als er sie öffnete, schlug ihm ein bestialischer Gestank entgegen. Im Licht der Kerze sah er fünf Frauen, die in der hintersten Ecke des Raumes kauerten und ihn erschrocken ansahen.

»Erika?«, fragte er. »Theresia?«

Einen Augenblick lang herrschte Stille. Schließlich sagte eine der Frauen: »Mein Gott, Wilhelm, bist du das?« Es war Erika.

»Leise!«, sagte Berger. »Wo ist Theresia?«

»Auch hier. Ich bin mit ihr zusammen gekommen. Sie ist verletzt. Ich habe sie aus dem Krankenhaus geholt. Wir wollten weg von Bydgoszcz, aber die Soldaten hier, die haben uns nicht durchgelassen. Die haben uns festgenommen.«

»Schnell, nach oben! Und keinen Laut!«

Trotz aller Mühe gelang es den Frauen nicht, völlig geräuschlos nach oben zu steigen. Die Pfadfinderinnen waren sehr geschwächt. Theresia und Erika mussten Ihnen helfen, die Treppe hinaufzusteigen. Im Licht der Kerzen im Wohnzimmer starrten sie auf die leblosen Körper der beiden SS-Männer. Die ehemals leuchtend blauen Kleider der *Harcer* waren stark verschmutzt und zerrissen. Die Mädchen stanken. Sie waren seit mehr als einem Monat eingesperrt gewesen, ohne eine Chance, sich zu waschen oder die Kleider zu wechseln.

»Sie haben Hunger«, sagte Erika.

Berger hatte nichts zu essen. »Komm mit«, sagte er. Gemeinsam mit Erika stieg er die Treppe ins Obergeschoss hinauf. Er klopfte. Erst zaghaft, dann immer nachdrücklicher, bis schließlich die Tür geöffnet wurde und im Kerzenschein das ängstliche Gesicht einer Frau sichtbar wurde.

»Wir brauchen Brot«, sagte Berger. Erika übersetzte.

Die Förstersfrau brachte einen Laib Brot.

»Ein Messer«, verlangte Berger.

Er bekam das Messer; sie gingen wieder nach unten, und Berger zerschnitt das Brot in fünf annähernd gleiche Teile. Eines der Mädchen weinte. Berger wusste nicht, ob sie wirklich jünger war als die anderen oder nur kleiner. Eines der großen Mädchen langte nach der Weinflasche, die noch immer halb geleert auf dem Tisch stand.

»Wasser ist besser«, sagte Berger. Er wollte ihr die Flasche aus der Hand nehmen, aber sie ließ das nicht zu. Sie trank einen kräftigen Schluck Wein, ohne dass Berger es verhindern konnte.

Plötzlich regte sich Schröder. Wilhelm Berger erschrak. Er rechnete jeden Moment damit, dass einer der beiden betrunkenen Schläfer von der Unruhe im Raum aufwachen könnte. Oder von dem Gestank.

»Puh«, murmelte Schröder.

Das Mädchen, das den Wein getrunken hatte, bückte sich, um dem Betrunkenen die Pistole abzunehmen. Mitten in der Bewegung hielt sie inne. Herbert Richter hatte die Augen geöffnet und starrte sie böse an. Auf einmal wusste Wilhelm Berger, dass sein Vorgesetzter keineswegs so betrunken war, wie er es ihm und Schröder vorgespielt hatte.

»Es wird Zeit, dass ihr geht.«

Die Frauen stolperten nach draußen. Berger ließ die Türen offen, um etwas frische Luft in das Wohnzimmer zu lassen. Die Pfadfinderinnen standen zusammen und beratschlagen offenbar, was zu tun sei.

Berger fragte Erika: »Wo wollen sie hin?«

»Zurück nach Hause, zu ihren Eltern.«

Das war gefährlich. Aber gab es irgendetwas, das in dieser Situation nicht gefährlich war? Erika sagte: »Sie sollen im Wald warten, bis es hell ist. Wer im Dunkeln geht, ist verdächtig.«

In diesem Aufzug waren die Pfadfinderinnen auf jeden Fall verdächtig, ganz gleich, ob sie nun im Dunkeln oder im Hellen nach Bydgoszcz hineinmarschierten. Und wenn sie wirklich bis Bydgoszcz kamen, waren sie noch lange nicht in Sicherheit. Glück würden sie brauchen, viel, viel Glück!

Das Mädchen, das den Wein getrunken hatte, reichte Wilhelm Berger die Hand. Sie sagte irgendetwas, was vielleicht »Danke« hieß. Zögernd verabschiedeten sich auch die anderen beiden Pfadfinderinnen von Berger. Dann machten sie sich auf den Weg nach Süden.

»Und was macht ihr beide?«

Erika sagte: »Wir gehen nach Deutsch-Krone. Dort wollten wir sowieso hin. Dort kenne ich einen Fuhrmann, der wird uns weiterhelfen. Wir müssen versuchen, nach Ostpreußen zu kommen. Dort sucht mich keiner. Und von dort dann nach Litauen. Und von dort weiter nach Schweden und nach Amerika.«

Wilhelm Berger schüttelte den Kopf. »Das schafft ihr nie«, sagte er.

»Hast du eine bessere Idee?«

Nein, eine bessere Idee hatte Wilhelm Berger auch nicht.

»Ich habe Geld«, sagte Erika. »Genügend deutsches Geld, um in Ostpreußen eine Weile zu überleben. Und über tausend Dollar, um schließlich ins Ausland zu kommen.«

»Und Theresia?«

»Sie hat mir das Leben gerettet. Ich nehme sie mit.«

So wie es aussah, hatten sie sich alle gegenseitig das Leben gerettet. »Und – deine Familie, Theresia?«

»Alle tot.«

»Mein Gott! Woher weißt du das?«

»Ich habe mit Karsin telefoniert. Das hat funktioniert, erstaunlicherweise. Die Nachbarn haben mir erzählt, was passiert ist. Unser Sohn ist nach Hause gelaufen, als die Front zusammengebrochen ist. Aber Karsin liegt im Korridor, wie du weißt. Der Volksdeutsche Selbstschutz ist gekommen und hat die beiden abgeknallt.«

»Einfach so?« Berger konnte es nicht fassen.

»Nicht einfach so. Ich weiß es jetzt: Die Nazis haben entschieden: Die polnische Oberschicht muss weg. Und die Intelligenz. Mein Mann ist doch – war doch Lehrer, genau wie ich. Und unser Sohn …«

Wilhelm Berger wusste nicht, was er sagen sollte. Dass es ihm leid tue vielleicht? Das erschien ihm lächerlich angesichts der Verbrechen, die hier abliefen.

Die beiden Frauen wandten sich zum Gehen. »Mach's gut!«, sagte Erika.

»Ich habe noch eine Frage, bevor ihr verschwindet«, bremste sie Berger. »Was hast du denn nun wirklich in Hamburg gewollt, Erika?«

»Spielt das noch eine Rolle?«

»Für mich ja.«

»Glaubst du, ich habe Inez Reuther erschlagen?«

»Einen Moment lang habe ich es gedacht. Als du den Schürhaken genommen und den polnischen Polizisten niedergeschlagen hast.«

»Ich habe sie nicht ermordet.«

»Nein. – Aber was hast du in Hamburg gewollt? Auf der Beerdigung.«

»Die Fotos natürlich.«

»Was für Fotos?«

»Die Nacktaufnahmen. – Ja, ich habe auch in Hamburg an diesen Orgien teilgenommen. Ich war sehr einsam damals. Über Geschäftspartner in der Hansestadt habe ich die Frau Reuther kennengelernt. Und über Frau Reuther habe ich meinen Mann kennengelernt. Waldemar Trapp. Er gehörte nicht dazu …«

»Komm!«, drängte Theresia.

»Gleich. – Er gehörte nicht dazu, er war völlig anders als diese leichtlebige Gesellschaft. Dass er ein Schwein war, habe ich erst gemerkt, als es zu spät war. Als er meine 25.000 Mark angeblich verloren hat, da habe ich gewusst, dass ich ihn loswerden muss. So schnell wie möglich. Ich bin einfach hingegangen und habe behauptet, dass ich Jüdin bin. Auf dem Standesamt konnte niemand meine polnischen Dokumente lesen, aber mein Wort reichte völlig aus, dass wir sofort geschieden wurden. Dass ich als Jüdin später von der Polizei gesucht werden würde, konnte ich nicht ahnen.«

»Bitte, komm!« Theresia fasste ihre Gefährtin an der Hand.

»Diese Bilder – hast du sie bekommen?«

»Ja, ich habe sie bekommen und vernichtet.«

Erika wurde nicht nur gesucht, weil sie angeblich Jüdin war, sondern auch, weil sie zur polnischen Intelligenz gehörte, aber das war jetzt egal. Beides war tödlich. »Ich wünsche euch viel Glück«, sagte Berger.

Die beiden Frauen machten sich auf den Weg. Vielleicht hatten sie eine Chance. Sie sahen jedenfalls nicht besonders auffällig aus, und die eintägige Gefangenschaft hatte keine sichtbaren Spuren hinterlassen. Berger sah ihnen nach, bis sie hinter dem nächsten Hügel in Richtung Deutsch-Krone verschwanden. Als er sich umdrehte, lehnte Herbert Richter in der Haustür. Er wirkte kein bisschen betrunken.

»Danke«, sagte Berger.

Richter winkte ab. »Wilhelm Berger, du bist ein Idiot. Aber das macht nichts, denn du bist gleichzeitig auch großartig. Ein großartiger Idiot – oder vielleicht doch ein Vorbild?«

»Blödsinn.« Herbert Richter war doch betrunken, aber er war noch handlungsfähig.

»So, Wilhelm, und damit nun nicht zu guter Letzt noch alles in die Brüche geht, tust du jetzt genau das, was ich dir sage. Als Erstes gehst du nach oben und schließt die Tür zum Dachgeschoss von außen zu. Doppelt, wenn das geht. Und den Schlüssel lässt du im Schloss stecken. Damit ganz klar ist, dass die Försterfamilie mit dieser Schweinerei nichts zu tun hat. Die Gefangenen haben sich selbst befreit. Das geht theoretisch, wenn man von innen den Schlüssel aus dem Schloss stößt und ihn sich dann auf irgendeine Weise unter der Tür hindurch angelt. Ich werde aussagen, dass der Schlüssel im Schloss gesteckt hat.«

Wilhelm Berger nickte.

»Hör genau zu, Wilhelm, denn jetzt kommt der schwierige Teil. Spätestens um 9.00 Uhr kommt ein Lastwagen mit weiteren Pfadfinderinnen für die nächste Erschießung. Vielleicht auch mehrere Lastwagen, vielleicht sind auch Busse dabei, ich weiß es nicht. Männer vielleicht, Lehrer, Pastoren und natürlich Juden. Warum diese Leute erschossen werden – ich habe keine Ahnung. Ich weiß nur, dass diese Erschießung stattfinden wird. Und weder du noch ich noch der liebe Herrgott kann das verhindern. Deswegen wirst du auch nichts Derartiges versuchen. Die Herrschaften vom Volksdeutschen Selbstschutz sind ziemlich rigoros, und wenn du dich querstellst, dann liegst du selbst als Leiche in einem polnischen Panzergraben.«

»Es muss einen Weg geben …«

»Es gibt keinen Weg. Jedenfalls nicht hier, nicht jetzt. – Was du hier durchgezogen hast, das ist ungeheuerlich. Du hast Glück gehabt. Dir wird nichts passieren, aber Schröder und ich sind verantwortlich für den reibungslosen Ablauf dieser Aktion hier. Wir werden die Quittung kriegen. Sie werden uns nicht gleich umbringen dafür, dass wir im Suff unsere Gefangenen haben entkommen lassen, das nicht, aber vergessen werden sie es auch nicht.«

»Wenn ich irgendetwas tun kann …«

»Das Einzige, was du tun kannst, und worum ich dich herzlich bitte, ist, dass du nichts tust. Jedenfalls nicht hier. Du wartest ab, bis die – bis die Mörder ihre Arbeit erledigt haben, und dann fährst du mit ihnen zurück nach Bydgoszcz. Sie werden wahrscheinlich unterwegs bei irgendeiner Kneipe anhalten und sich sinnlos besaufen. Tu nichts, sprich nicht mehr mit ihnen als nötig, trink wenig, bleib nüchtern. Geh zurück nach Deutschland, die Bahn fährt wieder. Sprich mit den Leuten, die du kennst. Sprich mit dem Gauleiter, vielleicht kann der irgendetwas bewirken, was du selbst nicht bewirken kannst. Oder deine Bekannten in Berlin.«

Wilhelm Berger schwieg. Einen Moment lang erwog er, die beiden SS-Männer zu entwaffnen und sich mit dem Volksdeutschen Selbstschutz eine Schießerei zu liefern, in deren Verlauf die Gefangenen vielleicht entkommen konnten. Aber die Chancen waren zu gering. Herbert Richter hatte recht: Wenn er irgendetwas erreichen wollte, dann ging das nur über die Machthaber in Berlin.

»Wilhelm, da ist noch etwas, was ich dir sagen möchte. Ich glaube nicht, dass ich diesen Krieg lebend überstehe. Grüß bitte Susanne von mir. – Willst du das für mich tun?«

Berger nickte.

Freitag, 13. Oktober 1939

Kommen Sie doch herein«, sagte Hjalmar Schacht, »das ist ja eine Überraschung!« Das Gesicht des Ministers verriet nicht, ob es sich um eine gute oder eher unangenehme Überraschung handelte.

»Ich bin gerade in Berlin«, sagte Berger, »und da wollte ich die Gelegenheit nutzen, um einmal bei Ihnen vorbeizuschauen.« Er hatte Glück gehabt. Schacht hielt sich nicht auf seinem Landsitz Gühlen am Gudelack-See auf, sondern in seiner Berliner Wohnung.

»Ich finde das wirklich nett!« Schacht führte Berger in sein Wohnzimmer und deutete auf einen der gewaltigen Sessel: »Nehmen Sie doch Platz!«

»Danke.« Berger setzte sich. Er hatte das Gefühl, geradezu in den tiefen Polstern zu versinken. Er beschloss, keine Zeit mit einer überflüssigen Vorrede zu vergeuden. »Ich komme direkt aus Polen.«

»Aus Polen? Sind Sie als Polizist da gewesen?«

Wilhelm Berger berichtete, was ihn nach Polen geführt hatte, und was er dort erlebt hatte. Als er geendet hatte, sah er den Minister erwartungsvoll an.

»Das ist ja furchtbar«, sagte Schacht. Er sagte es so, als ob es sich um eine alltägliche Katastrophe handelte, eine Verspätung der Reichsbahn etwa oder den Verlust des Handgepäcks. »Ich glaube, jetzt können Sie einen Cognac gebrauchen.«

Wilhelm Berger stand nicht der Sinn nach Cognac, aber er nahm das Angebot dennoch dankend an, um seinen Gastgeber nicht zu verstimmen. Die Chance, hier etwas zu erreichen, war ohnehin niedrig genug.

»Herr Berger«, sagte Schacht, nachdem er an seinem Cognac genippt hatte, »was Sie erlebt haben, das ist entsetzlich und der deutschen Wehrmacht – nein, nicht nur der Wehrmacht, sondern des ganzen deutschen Volkes unwürdig.«

»Ich möchte Sie bitten, diese Vorfälle an höchster Stelle zur Sprache zu bringen. Ich möchte Sie bitten, dafür zu sorgen, dass dieses Morden aufhört und dass die Verantwortlichen zur Rechenschaft gezogen werden.«

Der Minister lächelte. »Mein lieber Herr Berger, ich glaube, da überschätzen Sie meine Möglichkeiten. Ich bin nur ein Minister ohne Geschäftsbereich im Kabinett Hitler, und in dieser Funktion praktisch ohne Einfluss auf alle wichtigen Entscheidungen. Hinzu kommt, dass im Unterschied zu den meisten ausländischen Regierungen unser Kabinett so gut wie niemals zusammentritt. Die letzte gemeinsame Sitzung war Anfang 1938. Wenn es Dinge zu besprechen gibt, die der Führer nicht allein entscheiden kann oder will, dann setzt er sich jeweils mit den Leuten zusammen, die er konsultieren will. Und dazu gehöre ich leider nicht mehr.«

»Das kann ich so nicht akzeptieren. Als Minister sollte es Ihnen doch möglich sein, eine Audienz beim Führer zu beantragen und zu bekommen!«

»Das sollte man annehmen, ja. In Wirklichkeit ist es aber leider nicht so. Und selbst wenn ich die Absicht hätte, in Ihrer Angelegenheit aktiv zu werden, so würde das nichts bringen. Ich habe im August dieses Jahres, als ich von meiner Indien-Reise zurückgekommen bin, versucht, wenigstens mit dem Oberbefehlshaber des Heeres, dem Herrn Generaloberst von Brauchitsch, ein Gespräch zu bekommen. Meiner Meinung nach war unsere Rohstoffversorgung so katastrophal, dass wir es auf keinen Fall riskieren durften, einen größeren Krieg anzufangen. Und wissen Sie, was passiert ist? – Sie haben mich nicht vorgelassen. Brauchitsch hat erklärt, wenn ich dennoch käme, würde er mich sofort festnehmen lassen.«

»Er wollte Sie festnehmen lassen?«

»Ja. – Offenbar hatte er auf irgendeine Weise davon Kenntnis erhalten, dass ich mich 1938 während der Sudetenkrise bemüht habe, einige führende Militärs zum Staatsstreich zu bewegen. Daraus ist, wie Sie ja wissen, nichts geworden.«

Wenn das so war, warum war Schacht dann immer noch Mitglied des Kabinetts? Warum saß er nicht längst im Gefängnis?

»Sie wundern sich vielleicht, dass ich noch im Amt bin. Das hat verschiedene Gründe. Zum einen bin ich im Ausland hoch angesehen, und die Regierungen in England und den USA schätzen mich als einen Wirtschaftsfachmann, der kein Nazi ist. Dies hat den Vorteil, dass ich mit diesen Leuten offen reden kann, was natürlich dem Außenminister Ribbentrop und seiner Mannschaft vollkommen unmöglich ist. Auf diese Weise könnte ich Verbindungen knüpfen, die geeignet wären, uns alle aus diesem Krieg wieder herauszuführen und die wirtschaftliche Katastrophe Deutschlands abzuwenden.«

Wilhelm Berger schwieg.

»Sie wissen wahrscheinlich gar nicht, wie prekär unsere finanzielle Lage ist. Auch wenn seit März 1938 keine weiteren MeFo-Wechsel ausgegeben worden sind, ist die Verschuldung des Reiches dennoch rasant weiter gestiegen. Die Rüstungskosten sind jetzt mit Lieferschatzanweisungen finanziert worden, die zu drei Prozent verzinst wurden und nach sechs Monaten fällig waren. Und selbst der Graf Schwerin von Krosigk hat schließlich zugeben müssen …«

»Sie haben also noch Kontakte zu den Westmächten?«, unterbrach ihn Berger. Die finanzpolitischen Details der angeblichen Wirtschaftskrise interessierten ihn nicht.

Hjalmar Schacht nickte. »Ich habe bei meiner Rückkehr aus Indien in der Schweiz Station gemacht und mich mit meinem englischen Kollegen getroffen.«

»Wenn ich Sie recht verstehe, wären Sie also noch immer bereit, Hitler zu retten, anstatt ihn zu stürzen?«

»Junger Freund, es geht nicht um Hitler. Jetzt, wo wir im Krieg sind, sind personelle Fragen zweitrangig. Es geht um Deutschland. Unsere vordringliche Aufgabe ist es, den Untergang Deutschlands zu verhindern. Und ob das nun mit oder ohne Hitler passiert, das spielt keine Rolle.«

»Und was mit den Polen passiert, das ist Ihnen völlig gleichgültig? Und mit den Juden?«

»Das ist mir nicht gleichgültig. Natürlich nicht. Ich habe immer gesagt, dass es aus wirtschaftlichen Gründen verhängnisvoll ist, Repressalien gegen die jüdischen Unternehmer überhaupt in Erwägung zu ziehen. Und solange ich Präsident der Reichsbank war, habe ich dafür gesorgt, dass so etwas in meinem Einflussbereich nicht stattgefunden hat.«

»Das ist sehr löblich«, sagte Berger bitter. Der Mann verstand ihn nicht. Hjalmar Schacht bewegte sich auf einer völlig anderen Ebene, und in seiner Welt der Hochfinanz war für persönliches Leid kein Platz.

* * *

Hamburg wirkte auf den ersten Blick unverändert. Aber dann stellte Wilhelm Berger fest, dass es in seiner Abwesenheit doch Veränderungen gegeben hatte. Er hatte eigentlich eine Tasse Kaffee trinken wollen, bevor er sich auf den Weg nach Hause machte. Das erwies sich als unmöglich. Ohne Bezugsschein gab es keinen Kaffee. Und so wie Wilhelm Berger nach mehr als einem Monat Polen aussah, wäre auch niemand bereit gewesen, für ihn eine Ausnahme zu machen.

Beim näheren Hinsehen wurden noch weitere Veränderungen sichtbar. Die Kantsteine an den Rändern der Fahrbahn waren weiß gestrichen worden, damit man sie bei der Verdunkelung besser sehen konnte. Und die wenigen Autos, die noch fuhren, hatten abgeklebte Scheinwerfer. Bomben waren bisher nicht auf Hamburg abgeworfen worden, lediglich Flugblätter. Es sah nicht so aus, als würden die Engländer oder Franzosen ernsthaft gegen Deutschland in den Krieg ziehen.

Es war noch früh am Nachmittag, und Berger gefiel der Gedanke nicht, jetzt in sein leeres Haus zurückzukehren. In seine Dienststelle im Stadthaus wollte er auch nicht, jedenfalls nicht, bevor er nicht gebadet und sauberes Zeug angezogen hatte. Was tun? Bernhard Rogge fiel ihm ein. Das wäre jemand, mit dem er offen über seine Erlebnisse sprechen konnte. Aber war Rogge zu Hause? Er war Marineoffizier. Wahrscheinlich war er längst mit irgendeinem Kriegsschiff unterwegs.

Kurz entschlossen ging Berger in die Post und rief bei Rogge an.

»Rogge.« Eine Frauenstimme.

»Guten Tag, Frau Rogge. Hier ist Wilhelm Berger. – Ist Ihr Mann vielleicht zu Hause?«

Ja, er war zu Hause. Berger hörte seine Stimme im Hintergrund. »Was gibt es denn?«

»Für dich, Bernhard!«

Und dann hatte er tatsächlich den Freund am Telefon. Ja, natürlich konnte Wilhelm Berger gern bei den Rogges vorbeikommen. Ja, gleich so, wie er war.

Es war spät am Abend, als Wilhelm Berger sich seinem Haus näherte. Berger öffnete die Gartenpforte, ging den kurzen Weg bis zur Haustür. Der Rasen müsste einmal wieder gemäht werden. Die Haustür – plötzlich durchfuhr Wilhelm Berger ein gewaltiger Schreck. Der Schlüssel war weg! In Polen verloren gegangen, genau wie der Inhalt seiner Brieftasche. Wie sollte er jetzt ins Haus kommen? Die Haustür war natürlich zu, und Berger war sich sicher, dass er sie obendrein bei seiner Abreise abgeschlossen hatte.

Unschlüssig ging um das Haus herum. Der Garten sah traurig aus. Wilhelm Berger wurde bewusst, dass er in den nächsten Wochen und Monaten viel Zeit haben würde, sich um den Garten zu kümmern. Womöglich viele Jahre. Es kam ihm sinnlos vor. Susanne und Dagmar und Horst waren weit weg. Für sich selbst hätte er nie so einen großen Garten angelegt. Vom Garten aus führten vier Stufen aus Beton auf die Terrasse, und dort war auch die Küchentür. Sinnloserweise drückte Wilhelm Berger die Klinke herunter. Die Tür war offen.

Einbrecher! Oder Gestapo? Waren sie am Ende noch dort? Kurz entschlossen öffnete Berger die Tür und trat ins Innere. Das Haus war leer.

Nein, das Haus war nicht leer! Berger hörte Schritte, und im nächsten Augenblick wurde die Küchentür aufgerissen. »Papa!«, schrie Horst. »Mama, Mama! Es ist Papa! Papa ist wieder da!«

Dagmar erschien in der Tür. »Hallo, Wilhelm«, sagte sie. Dann zog sie ihn zu sich heran und gab ihm einen Kuss.

»Ich denke, ihr seid in Indien!«

Gleichzeitig stellte Dagmar fest: »Du riechst nach Rotwein.«

»Ich war bei Bernhard Rogge. – Ja, wir haben Rotwein getrunken. Ich habe ja nicht gewusst, dass ihr wieder da seid.«

»Nein das konntest du nicht wissen«, sagte Dagmar. »Es ist schön, wieder zu Hause zu sein. Und es ist schön, dass du wieder da bist, Wilhelm!«

»Es ist wunderschön, dass ihr wieder da seid«, erwiderte Wilhelm Berger. Er nahm seine Frau ganz fest in den Arm.

»Und ich?«, rief Horst. Er drängte sich zwischen die beiden, und sie bezogen ihn in ihre Umarmung ein.

Eine Weile sagte niemand etwas. Wilhelm Berger war schließlich der Erste, der das Wort ergriff. »Dagmar, was ist passiert?«

»Wir sind nicht weit gekommen. Der Kapitän hat offenbar über Funk den Befehl bekommen, nach Deutschland zurückzukehren. Da hatten wir aber schon den englischen Kanal passiert, und da war offenbar der Krieg bereits im Gange. Wir haben nichts gewusst, und die Besatzung hat uns nichts erzählt. Aber schließlich habe ich doch herausgefunden, dass wir nach Norden fahren.«

»Ich habe die ganze Zeit Wache gehalten, ob uns keine feindlichen U-Boote folgen«, rief Horst.

Wilhelm Berger dachte, dass die größte Gefahr wahrscheinlich von freundlichen U-Booten ausging, von deutschen U-Booten. Von Rogge hatte er gehört, dass die deutsche Kriegsmarine sofort den uneingeschränkten U-Boots-Krieg aus der Endphase des Weltkrieges wieder aufgenommen hatte. Sogar ein Passagierschiff war versenkt worden, die *Athenia*. »Ich hatte mir schon gedacht, dass es sehr knapp wird mit eurer Fahrt nach Indien.«

»Eigentlich hatten wir ja zuerst nach Italien fahren sollen, aber als dann England in den Krieg eingetreten ist, da konnten wir die Meerenge von Gibraltar natürlich nicht mehr passieren. Und den Suezkanal sowieso nicht. Und nach Indien konnten wir auch nicht mehr fahren, denn die Kolonien waren ja jetzt auch im Krieg mit uns.«

»Wann wart ihr in Antwerpen? Hättet ihr nicht in Antwerpen von Bord gehen können?«

»Wir haben ja nichts gewusst, Wilhelm. Wir hatten keine Ahnung, wie ernst die Lage ist. Unter den Passagieren war eine junge Frau aus Hamburg, eine Jüdin, die hat ernsthaft erwogen, einfach in Belgien zu bleiben. Aber sie hat sich dann doch nicht getraut. Der Kapitän hatte unsere Papiere, und er hat uns nicht an Land gehen lassen. – Jedenfalls sind wir dann schließlich in großem Bogen um England herumgefahren, immer mit langsamer Fahrt, damit wir nicht so sehr auffallen, denn die *Rauenfels* ist ja ein Dampfer, und bei voller Fahrt kann man die Rauchfahne sehen, selbst wenn das Schiff hinter dem Horizont steht.«

»Bis an den Eisrand sind wir gefahren! – Papa, das kannst du dir gar nicht vorstellen: das ganze Meer war voller Eis!«

»Ja, wir sind nördlich um Island herumgefahren, dicht an der Grenze des Packeises. Und dann, als wir schon fast in Norwegen waren, da habe ich gedacht, dass jetzt doch noch alles schiefgeht.«

»Da war auf einmal ein Kriegsschiff, Papa!«

»Ja, irgendein kleines Kriegsschiff hat uns verfolgt. Es war aber wohl ein norwegisches Torpedoboot – jedenfalls haben die Leute von der Besatzung das hinterher gesagt. Und wir sind nicht angehalten worden, sondern wir durften weiterfahren. Das war eine lange Seereise, fast so lange wie die Fahrt nach Indien. Wir sind erst am 23. September wieder in Hamburg angekommen.«

»Es ist schön, dass ihr wieder da seid«, wiederholte Wilhelm Berger. Auf einmal wurde ihm bewusst, dass damit keines der Probleme gelöst war. Dagmar war zurück in Nazi-Deutschland, und als Halbjüdin musste sie mit Schwierigkeiten rechnen. Und der Krieg war nicht zu Ende. Es bestand weiterhin die Gefahr, dass Hamburg bombardiert wurde. Und Wilhelm Berger wollte nicht ins Stadthaus zurück. Er hatte sich nach dem Gespräch mit Rogge zur Marine gemeldet. Er seufzte. »Ich glaube, ich habe eine große Dummheit gemacht.«

Dagmar schüttelte den Kopf. »Irgendetwas musst du ja schließlich machen«, sagte sie. »Wenn du nicht mehr für die Nazi-Polizei arbeiten willst, ist dies wahrscheinlich der beste Ausweg. Und Bernhard ist ein anständiger Mensch. Der begeht keine Verbrechen, weder im Frieden noch im Kriege.«

»Nein. Aber Bernhard ist der Kommandant eines Hilfskreuzers. Wenn der erst einmal einsatzfähig ist und wir auslaufen, dann werden wir uns monatelang nicht sehen. Vielleicht jahrelang.«

Dagmar legte ihm den Arm um die Schulter. »Jetzt haben wir uns«, sagte sie. »Das ist alles, was zählt. Diesen Tag kann uns keiner nehmen. Lass ihn uns genießen.« Wenn Wilhelm fortging, würde sie versuchen, erneut mit den Engländern Kontakt aufzunehmen. Der Konsul hatte ihr eine Adresse hinterlassen, für den Fall, dass etwas schiefginge: Den Haag, Nieuwe Parklaan 57.

»Und du bist in Polen gewesen?«, wollte Horst wissen. »Von Anfang bis Ende mit dabei gewesen? Hier, ich habe alles darüber gelesen.«

Das Heft, das er in der Hand hielt, hieß *Deutsche Infanterie, Sonderdienst/Oktober 1939. Feldzug in Polen.*

Wilhelm Berger nahm ihm das Heft aus der Hand, blätterte darin. Eine Siegesmeldung nach der anderen. Ein Foto zeigte polnische Kriegsgefangene. Der Text dazu lautete: *Sie freuen sich, in guten Händen zu sein. Man sieht es diesen gefangenen polnischen Soldaten an ihren lachenden Gesichtern an, dass sie sich bei uns wohlfühlen und unter schlechter Behandlung bestimmt nicht zu leiden haben.* Berger dachte an Tryszczyn.

»Ist es so gewesen, wie sie hier schreiben?«

»Nicht ganz«, sagte sein Vater. Dagmar warf ihm einen warnenden Blick zu. »Nicht ganz – aber so ähnlich.«

»Wir könnten zum Beispiel ins Theater gehen«, schlug Berger vor. »Hier zum Beispiel: Franz Lehárs Meisteroperette *Schön ist die Welt*. Oder hier, in der Flora: *Drei lustige Gesellen, bekannt durch die frohen Samstag-Nachmittage des Reichssenders Köln*. Oder hier, in der Wilhelmshalle: *Auch während der Verdunkelung Lachendes Varieté.* Da ist sogar der Eintritt frei.«

»Vielleicht sollten wir lieber ins Kino gehen. Der *Hamburger Anzeiger* schreibt, dass die Filmwirtschaft des zusammengebrochenen polnischen Staates mehr als kläglich war. Eine kaum nennenswerte Eigenproduktion, ein schlecht organisierter Verleih und eine überraschend geringe Anzahl von Kinos. In Polen gab es insgesamt nur 741 Kinos. In Deutschland haben wir dagegen 6617 Kinos. – Kein Wunder, dass wir Polen besiegt haben! – Und du bist dort gewesen! Wie hast du das nur ausgehalten mit so wenigen Kinos? Du musst entsetzlich gelitten haben.«

»Kino – das wäre eine Möglichkeit.« Über seine Erlebnisse in Polen wollte Berger jetzt nicht sprechen. »Wie wäre das hier? *Wer lacht, hat mehr vom Leben,* im Union-Kino. Mit Heinz Rühmann.«

»Ach, der ist immer so albern. Dann vielleicht lieber dies: *Umwege zum Glück*, mit Lil Dagover. Lockstedter Weg 41 ist das.«

»Lockstedter Weg? Wo ist das überhaupt?«

»In Eppendorf, Wir fahren einfach mit der U-Bahn bis Kellinghusenstraße …«

Wilhelm Berger wollte nicht zur Kellinghusenstraße. Nicht jetzt jedenfalls. Nicht heute.

»Oder wir gehen in die Scala: *Die Nacht der großen Liebe …*«

Wilhelm Berger sagte: »Umwege zum Glück haben wir jetzt genug gehabt. Dann schon lieber die Nacht der großen Liebe. Aber nicht mit Lil Dagover und auch nicht in der Scala, sondern mit Dagmar Berger und hier zu Hause.«

Der nächste Morgen wirkte stark ernüchternd. Als Wilhelm Berger ins Stadthaus kam, fiel ihm sofort die ungewohnte Leere auf. Zahlreiche Kollegen waren eingezogen oder wie Herbert Richter für polizeiliche Aufgaben im besetzten Polen abkommandiert worden. Am schwarzen Brett hingen die ersten kriegsbedingten Todesanzeigen: *Auf dem Felde der Ehre fiel am 15. September 1939 an der Ostfront unser Freund und Kollege Karl Dörfler …*

Auf dem Felde der Ehre! Nach dem, was Berger gesehen hatte, war dies der blanke Hohn. Berger widerstand der Versuchung, den Zettel einfach herunterzureißen. Sie wussten es ja nicht besser.

Peter Kraus kam ihm auf der Treppe entgegen, grüßte höflich. Wilhelm Berger grüßte geistesabwesend zurück.

Pagels war schon da. Ein echter Frühaufsteher! »Willkommen in der Heimat«, begrüßte er Berger.

»Bin froh, wieder hier zu sein«, sagte Berger knapp.

Es roch nach Kaffee. »Echter Kaffee? Hast du den gekocht?«

»Echt ist er nicht, aber wir bekommen jetzt auf die neuen Marken zwanzig Gramm Bohnenkaffee zusätzlich zu dem üblichen Muckefuck. Das macht schon einen kleinen Unterschied.«

Berger schenkte sich einen Becher ein. »Und? Habt ihr unseren Mörder inzwischen festgenommen?«

»Dasselbe wollte ich dich fragen. Hast du diese Polin festgenommen?«

Berger schüttelte den Kopf. »Die Polin hat mit der Geschichte nichts zu tun, das ist jetzt ganz sicher. Meiner Meinung nach muss es der Trapp gewesen sein.«

»Das haben wir ja auch geglaubt, aber es funktioniert nicht. Der Kerl mag so verdächtig sein, wie er will, er kann einfach nicht zur Tatzeit in Hamburg gewesen sein und am nächsten morgen früh wieder in Berlin.«

»Das heißt, ihr habt bei euren Vernehmungen in Berlin gar nichts erreicht?«

Pagels widersprach. Er berichtete vom Fund der Platinringe und von der Haussuchung in Waldemar Trapps Wohnung.

»Wie hat er die Ringe erklärt?«

»Ein Hochzeitsgeschenk von Inez. Er hatte sie im Büro versteckt, weil er zu Hause Angst vor Einbrechern hatte.«

Berger schüttelte den Kopf. »Das kann nicht sein. Ihr habt irgendetwas übersehen. Ihr müsst irgendetwas übersehen haben!«

»Wenn du das glaubst, dann fahr doch hin und mach es besser als wir!«

In diesem Augenblick kam Fehlandt zur Tür herein. »Was ist denn hier für ein Krach?«

»Es ist gar kein Krach«, sagte Berger. »Wir haben nur gerade herausgefunden, dass wir noch einmal nach Berlin müssen. Wir alle drei.«

* * *

Der Schnelltriebwagen der Reichsbahn sauste in Richtung Berlin. Es war wie im tiefsten Frieden. Wilhelm Berger hatte Kaffee für alle bestellt.

Fehlandt sagte plötzlich: »Das muss ich dir noch erzählen, Wilhelm. Jetzt, wo ich im Archiv gearbeitet habe, da hatte ich natürlich viel Zeit. Und da habe ich angefangen, die alten Akten einmal auf Vollständigkeit zu überprüfen.«

»Eine lobenswerte Arbeit«, sagte Berger uninteressiert.

»Du glaubst ja gar nicht, wie viele Dinge falsch abgelegt worden sind! In vielen Fällen stimmt die Reihenfolge der Dokumente nicht – dabei ist doch jede Seite klar sichtbar mit Blaustift markiert worden! Und in manchen Fällen stecken Sachen in einem völlig falschen Ordner.«

»Oh«, sagte Berger. Ihm war plötzlich klar geworden, worauf das hinauslief.

»Du erinnerst dich doch sicher an die Untersuchungen, die wir damals angestellt haben, als das Attentat auf den Gauleiter verübt worden ist?«

»Das ist doch ewig lange her. Wann war das? 1934? 1935?«

»Nein, 1933 ist das gewesen. Ich war mir sicher, dass das Ermittlungsergebnis falsch war. Das waren gar nicht die Kommunisten, die diesen Brandsatz werfen wollten, sondern Kaufmanns Freunde von der NSDAP, die damit die Wahl beeinflussen wollten ...«

»Vergiss es! – Selbst wenn das so gewesen sein sollte, kannst du damit heute niemandem kommen.«

Fehlandt war nicht zu bremsen. »Die Unterlagen waren doch damals auf unerklärliche Weise verschwunden, erinnerst du dich? – Ja, und jetzt, jetzt sind sie wieder aufgetaucht. Sie steckten mitten in diesen Ermittlungsakten aus den Zwanzigerjahren!«

»Vergiss es!«, wiederholte Berger. »Fehlandt, ich bitte dich, vergiss es!«

»Ja, ich weiß, dass ich damit im Augenblick nichts anfangen kann. Aber jedenfalls weiß ich jetzt, wo die Unterlagen stecken. Und außerdem weiß ich, dass jemand daran gedreht hat.«

»Wo wir gerade dabei sind«, sagte Pagels, »es gibt auch noch ganz andere Dinge, an denen gedreht worden ist. Du erinnerst dich doch, Wilhelm, dass ich Zweifel daran hatte, dass das Geständnis dieses Becker auf normale Weise zustande gekommen ist. Nun – ich habe ein paar Nachforschungen angestellt.«

»Nachforschungen?«

»Ich habe einfach den Fridolin Becker im Zuchthaus besucht. Es war gar nicht so schwierig, die entsprechende Genehmigung zu bekommen. Ich habe gesagt, wir hätten da noch Fragen im Zusammenhang mit einem anderen Fall.«

»Und dann?«

»Und dann hat mir der Becker alles erzählt. Ich hatte ja gedacht, der Schmitz und seine Kollegen hätten das Geständnis aus dem Becker herausgeprügelt. Das haben sie nicht getan. Das hatten sie gar nicht nötig. Sie haben ganz einfach gesagt, es sei ja nun erwiesen, dass der Becker ein Berufsverbrecher ist. Und als Berufsverbrecher werde er nicht nach Verbüßung seiner Strafe in Freiheit gesetzt, sondern er komme direkt ins KZ. Und wie es dort zuginge, das wisse er ja wohl. Seine einzige Chance, einigermaßen glimpflich davonzukommen, sei sein Geständnis, dass er Else Kleist getötet habe.«

»Und darauf ist er eingegangen?«

»Ja, darauf ist er eingegangen. – Wilhelm, im Vergleich zu einem Konzentrationslager ist das Zuchthaus das reinste Sanatorium.«

»Verdammte Scheiße«, sagte Berger.

»Sie haben von Anfang an eine Verurteilung wegen Totschlags angestrebt. In diesem Punkte waren sie durchaus fair. – Schade nur, dass der Becker die Else Kleist wirklich nicht ermordet hat. Bei seinem schriftlichen Geständnis hat er behauptet, er habe sie erwürgt. Dass er ihr obendrein die Kehle durchgeschnitten hatte, das wusste er gar nicht. Sie haben es nachträglich in den Text eingefügt«

Wilhelm Berger nahm noch einen Schluck Kaffee. Der war doch nicht so gut, wie er am Anfang gedacht hatte. Gar nicht so gut.

»Dass das mit dem Geständnis keine gute Idee gewesen ist, das hat der Fridolin Becker im Laufe der Zeit dann herausbekommen. Doch da war es zu spät. Aber Kopf hoch«, sagte Pagels. »Der Becker lebt ja noch. Und irgendwann, wenn sich die Zeiten ändern sollten, kann er sich ja um eine Wiederaufnahme des Verfahrens bemühen.«

»Du bist zynisch«, bemerkte Fehlandt.

»Wundert dich das? In diesen herrlichen Zeiten kann man nur mit Zynismus überleben. Oder mit Beziehungen. Manche Leute haben einfach Glück damit. Dieser SA-Mann zum Beispiel. Wie hieß er doch noch gleich? Richtig, Otto. Dieser Otto also. Wegen Vergewaltigung sollte er vor Gericht gestellt werden, aber zum Glück ist es nicht dazu gekommen. Er kannte nämlich einen Polizisten, und auf diese Weise bekam er ein Alibi.«

»Vergewaltigung? – Ich hatte gedacht, es ginge um sogenannte Rassenschande.« Berger war rot geworden.

»Reg dich nicht auf«, sagte Pagels. »Du bist getäuscht worden. Warum du dem Otto dieses Alibi verschafft hast, das weiß ich nicht, das will ich auch gar nicht wissen. Ich hoffe nur, dass es sich gelohnt hat.«

Wilhelm Berger sprang auf und schlug Pagels mit der flachen Hand ins Gesicht. Die Kaffeekanne stürzte dabei zu Boden.

Pagels blieb ruhig sitzen. Er sagte: »Diese Schnelltriebwagen fahren etwas unruhig. Schade um den Kaffee. Wir werden neuen bestellen müssen.«

Auch Fehlandt war sitzen geblieben. Er ergänzte: »Zum Glück ist es kein Milchkaffee. So kann man die Flecken ganz leicht rauswaschen.«

Es war nicht zu übersehen, dass Fehlandt einen erheblichen Teil seines Selbstbewusstseins zurückgewonnen hatte. Wilhelm Berger hatte auf einmal das Gefühl, er wäre der einsamste Mensch der Welt.

* * *

»Der Waldemar Trapp und ich, ja, wir sind ziemlich gut befreundet. Als ich das von seiner Schwiegermutter gehört habe, dass sie ermordet worden ist, das hat mir ganz entsetzlich leid getan für ihn. Das muss ja ein furchtbarer Schock gewesen sein.«

»Ein Mord ist immer schockierend«, sagte Berger.

»Ja. – Ich kann nur hoffen, dass sich die Geschichte bald aufklärt.«

»Deswegen sind wir hier. Sie können sich sicher vorstellen, dass wir sehr daran interessiert sind, den Täter zu fassen. Inzwischen ist mehr als ein Monat vergangen, und der Kerl ist noch immer auf freiem Fuß.«

»Dabei darf man natürlich nicht vergessen«, ergänzte Pagels, »dass wir uns ja inzwischen im Krieg befinden. Darunter haben die Ermittlungen natürlich gelitten.« Sie wirkten wie eine eingespielte Mannschaft. Dass sie sich gerade noch geprügelt hatten, konnte Bucher nicht ahnen.

»Ja, das verstehe ich. – Aber mir ist noch nicht ganz klar, was Sie denn nun eigentlich von mir wollen. Ich kenne diese Inez Reuther ja überhaupt gar nicht.«

»Aber Sie kennen Waldemar Trapp.«

»Ja, den kenne ich schon seit vielen Jahren. Aber wenn Sie über den etwas Näheres wissen wollen, dann könnte Ihnen doch wahrscheinlich seine Frau am ehesten Auskunft geben. Oder er selbst.«

»Wir müssen alle Informationen einbeziehen«, behauptete Berger. Und bevor Bucher weitere Fragen stellen konnte, setzte er nach: »Sie sind also befreundet. – Was heißt das denn nun genau?«

»Ja, wir unternehmen Sachen zusammen. Wir haben verschiedene gemeinsame Interessen. Da ist zum Beispiel der Fußball. Interessieren Sie sich für Fußball?«

Berger nickte. Pagels grinste, aber das konnte Bucher nicht sehen. Pagels wusste, dass Wilhelm Berger keine Ahnung von Fußball hatte.

»Jetzt im Frühjahr, als die Deutschen Meisterschaften waren, das haben wir uns natürlich angesehen. Die Spiele in Berlin jedenfalls. Blau-Weiß 90 war Meister der Gauliga Berlin-Brandenburg geworden, und wir waren in der Gruppe eins, zusammen mit dem Hamburger SV, dem Vfl Osnabrück und Hindenburg Allenstein. Wir haben gleich gedacht, dass das schwer wird, aber zum Glück hatten wir hier die Österreicher nicht mit in der Gruppe. Admira Wien. Und dann gleich das erste Spiel gegen den Hamburger SV bei uns hier im Olympiastadion. Eine Bombenstimmung, kann ich Ihnen sagen. 3:3 haben wir gespielt, und da habe ich schon geglaubt, wir kommen weiter …«

»Ja, der Sport ist schon eine wunderbare Sache«, sagte Pagels. Auch er war kein Sportler.

»Und dann das zweite Spiel, auswärts in Allenstein …«

»Man kann nicht immer gewinnen«, sagte Berger, um die Geschichte abzukürzen.

»Aber wir haben ja gewonnen! Und als dann im nächsten Spiel …«

»Und was machen Sie, wenn gerade kein Fußballspiel stattfindet?«, wollte Pagels wissen.

»Was wir sonst noch so machen? – Nun ja, wir wandern gern. Wir fahren dann mit der Bahn irgendwohin, wo es schön ist. – Aber das nächste Spiel haben wir dann verloren.«

»Sie wandern also zusammen …«

»Ja, in Potsdam sind wir neulich gewesen, oder auch in Neuruppin. Das muss so im Mai gewesen sein. – Und manchmal machen wir auch Fahrten in andere Städte, um uns dort die Sehenswürdigkeiten anzusehen. Ja, in Hamburg sind wir auch schon gewesen.«

»In Hamburg?«, erkundigte sich Pagels, so als wäre das die nebensächlichste Sache der Welt. »Jetzt kürzlich?«

»Nein, das ist schon etwas länger her. Lassen Sie mich mal überlegen, das war – das war kurz bevor hier bei uns das Treppenhaus gestrichen wurde. Und das ist im Juni gewesen. Nein, im Juli. Jetzt weiß ich wieder, Ende Juli. Da sind wir zusammen nach Hamburg gefahren.«

Wilhelm Berger hielt den Atem an.

Pagels verzog keine Miene. »Ende Juli – das war sicher an einem Wochenende, oder?«

»Ja, natürlich, mitten in der Woche geht das nicht, da haben wir ja nicht frei. Außer wenn wir Urlaub haben natürlich, aber das war nicht im Urlaub. Sie haben nicht zufällig einen Kalender dabei? Dann kann ich es Ihnen genau sagen.«

Berger hatte einen Taschenkalender dabei. Er legte ihn auf den Tisch.

»Der Juli. Ja, da ist ja der Juli. – Also, das muss gewesen sein an dem Wochenende 22./23. Juli. Da sind wir nach Hamburg gefahren.«

»Mit dem Auto?«, fragte Fehlandt.

»Auto? – Sie machen Witze! Nein, so was können wir uns nicht leisten. Wir können auch gar nicht fahren.«

Das Hauptproblem war nicht das fehlende Auto, sondern der Termin. Es war das falsche Wochenende! »Und mit dem Datum sind Sie sich ganz sicher?«

»Ja, natürlich. Wegen des Malers im Treppenhaus. Der war nämlich da, als wir an dem Sonnabend losgefahren sind. Der Waldemar, der hat mich hier in der Wohnung abgeholt, und als wir die Treppe runtergegangen sind, da war dieser Maler. Er hatte schon angefangen, die alten Tapeten abzukratzen.«

»Könnte das nicht auch eine Woche später gewesen sein?«

»Eine Woche später? – Nein, das kann nicht sein. Das wäre ja das Wochenende gewesen, an dem – an dem Waldemars Schwiegermutter ums Leben gekommen ist. Nein, das war am 22. Juli, da bin ich mir ganz sicher.«

»Und am nächsten Wochenende?«

»Da musste ich am Sonnabend arbeiten. Und am Sonntag habe ich mich frühmorgens mit Waldemar getroffen, und wir haben einen Spaziergang durch den Grunewald gemacht. Aber das hätten wir vielleicht besser lassen sollen. Ich kann Ihnen sagen, das war vielleicht heiß den Tag! Eigentlich hatten wir von Spandau bis ganz nach Potsdam wandern wollen. Aber wir sind nur bis zum Stößensee gekommen. Restaurant *Wilhelmshöhe,* wenn Sie das kennen. Da haben wir uns auf die Terrasse gesetzt, in den Schatten, und erst einmal ein Bier getrunken. Und dann noch eins. Man schwitzt das ja sonst gleich wieder aus bei der Hitze!«

Fehlanzeige, dachte Berger.

»Und was haben Sie sich dann in Hamburg angesehen?«, fragte Pagels.

»Na ja, was man sich eben so ansieht. Wir waren ja schließlich nur für einen Tag da, und ein großer Teil der Zeit ist schon allein für die Bahnfahrt draufgegangen. Wir haben den Schnellzug genommen, kurz nach zehn vom Lehrter Bahnhof. Es hätte schon noch einen früheren Zug gegeben, so gegen 8.00 Uhr, aber das war uns zu früh. Irgendwie will man sich ja auch erholen am Wochenende.«

»Ja, das ist wahr.« An einem Tag von Berlin nach Hamburg und zurück! Wilhelm Berger fragte sich, wie man eine solche Gewalttour als Erholung bezeichnen konnte.

»Jedenfalls sind wir erst einmal mit der U-Bahn an den Hafen gefahren und haben eine Hafenrundfahrt gemacht. Und dann sind wir auf den Michel gestiegen. Und dann sind wir noch nach *Planten un Blomen*. Eigentlich wollten wir ja in das Orchideen-Café, aber da war es zu voll. Und dann kam Waldemar plötzlich auf die Idee, bei seiner Schwiegermutter anzurufen. Ich hatte gehofft, wir würden da vielleicht zum Kaffeetrinken hingehen können, denn mir taten schon ganz schön die Füße weh. Aber Waldemar hat gesagt, dass das nicht geht. Er wollte seine Schwiegermutter treffen, allein, und ich sollte sie anrufen.«

»Was?« Was für ein seltsames Ansinnen!

»Eigentlich wollte ich das gar nicht. Aber er hat gesagt: Du rufst sie an und sagst ihr schöne Grüße, und du seist ein Kollege von – von Volker Krafft. Krafft, mit zwei F, merk dir das. Und du hast ein Paket für sie, das du ihr persönlich aushändigen sollst.«

»Und was war das für ein Paket?«

»Das wollte ich auch wissen. Ich habe gesagt: ›Was mache ich denn, wenn sie nun fragt, was das für ein Paket ist? Wenn sie nun wissen will, was in dem Paket drin ist?‹ Und er hat gesagt: ›Das ist unwichtig.‹ Sie sei eine Frau, hat er gesagt, Frauen seien neugierig.«

»Verrückt!«

»Ja, das war ziemlich verrückt. Je länger ich darüber nachgedacht habe, desto schwachsinniger kam mir der Auftrag vor. – Aber so ist er eben, der Waldemar, immer voller skurriler Einfälle.«

»Aber Sie hatten doch gar kein Paket.«

»Nein. Waldemar hat gesagt: ›Sie soll zum Dammtorbahnhof kommen, und dann geht ihr zusammen in Richtung Stephansplatz.‹ Ich sollte ihr sagen: ›Da liegt das Paket auf der Post.‹ Und dann würde er uns zufällig entgegenkommen. ›Ach, Schatz, bist du das? Nein, so ein Zufall!‹, das wollte er sagen. Und dann wollten die beiden zusammen in den Botanischen Garten gehen.«

»Und dann haben Sie da angerufen?«

»Ja. Es blieb mir nichts anderes übrig. Ich habe also gewartet, bis eine Telefonzelle frei ist, und der Waldemar, der hat inzwischen seine Schuhe gewechselt.«

»Seine Schuhe gewechselt?« Die Geschichte wurde immer mysteriöser.

»Ja. Er hatte tatsächlich ein zweites Paar Schuhe dabei. In seiner Aktentasche. ›Die anderen sind mir zu unbequem‹, hat er gesagt. ›Wenn ich gleich im Park spazieren gehen soll, da will ich mir lieber ein bequemeres Paar anziehen.‹«

»Und Sie haben dann dieses Telefongespräch geführt?«

»Nein. Erst habe ich ganz lange warten müssen. Im Dammtorbahnhof gab es nur eine Telefonzelle, und die war natürlich besetzt. Als die Zelle endlich frei war, habe ich die Nummer gewählt, die der Waldemar mir aufgeschrieben hatte. Aber es hat alles nichts genützt; es ist niemand rangegangen.«

Berger und Pagels sahen sich an. Was hatte das zu bedeuten?

»Ja, und dann habe ich gefragt, ob wir denn nun nach St. Pauli gehen wollten.«

»Moment mal«, unterbrach ihn Berger. »Wenn ich Sie richtig verstanden habe, sind Sie erst nachmittags so gegen 13.30

Uhr in Hamburg angekommen. Dann sind Sie zu den Landungsbrücken gefahren, haben eine Hafenrundfahrt gemacht, anschließend den Michel bestiegen, sind von dort zum Dammtor gegangen ...«

»Wir haben die U-Bahn und die S-Bahn genommen.«

»Ja, von mir aus.« Das war auch keine große Zeitersparnis. »Aber da muss es doch schon ziemlich spät gewesen sein. Und dann wollten Sie noch anschließend nach St. Pauli und dann nach Berlin zurückfahren? Am gleichen Abend? Der letzte Zug geht doch schon um – wann war das? 21.40 Uhr, glaube ich!«

Pagels nickte.

»Ja, das ist der letzte Schnellzug. Aber so viel Geld wollten wir nicht ausgeben. Das heißt – ich sowieso nicht, der Waldemar hat den ganzen Ausflug bezahlt. Jedenfalls sind wir dann mit dem Personenzug genau um Mitternacht vom Hamburger Hauptbahnhof abgefahren.«

»Und wann waren Sie da wieder in Berlin?«

»Na, am nächsten Morgen. So gegen 5.20 Uhr. – Aber dann mussten wir natürlich noch vom Lehrter Bahnhof nach Hause.«

Berger und Pagels sahen sich an. Beide dachten dasselbe: Das Alibi des Waldemar Trapp war jetzt nichts mehr wert.

»Herr Bucher«, sagte Berger schließlich, »lassen Sie uns noch einmal auf den 29. Juli zurückkommen. An dem Tag haben Sie sich also morgens mit Waldemar Trapp getroffen, ist das richtig?«

»Ja, hab ich doch schon gesagt. Das war so, dass der Waldemar mich von zu Hause abgeholt hat.«

»Wann?«

»So genau kann ich das nicht mehr sagen, aber es war jedenfalls ziemlich früh. Wir wussten ja beide, dass es ziemlich warm werden würde an dem Tag, und da sind wir eben früh losgegangen.«

»Was heißt früh? 7.00 Uhr?«

»Vor acht ist das gewesen. Der Waldemar, der hat mich ja geradezu aus dem Bett geklingelt. ›Aufstehen‹, hat er gesagt. ›Spazierengehen!‹ Ja, da habe ich uns dann erst einmal eine Tasse Kaffee gemacht, und dann sind wir losgegangen.«

»Das heißt also, er ist früher gekommen, als Sie erwartet haben?«

»Ja, das kann man so sagen. Aber wir hatten natürlich keine genaue Zeit abgemacht, das war mir schon recht, dass wir früh losgingen.«

»Ist Ihnen irgendetwas Besonderes aufgefallen an dem Morgen?«

»Nee, was denn?«

»Das frage ich Sie, Herr Bucher! War der Herr Trapp vielleicht besonders munter oder besonders müde?«

»Ein bisschen müde war er schon. Jedenfalls hatte ich den Eindruck. Aber das lag natürlich an dem Wetter. Es war ja so heiß.«

Wilhelm Berger seufzte.

»Ach ja, wenn ich da jetzt so drüber nachdenke, eine Besonderheit gab es da noch. Der Waldemar, der hat mir diesen Gepäckschein gegeben. Und hat gesagt, ich sollte für ihn bitte einen Koffer von der Gepäckaufbewahrung am Lehrter Bahnhof abholen und ihn in Verwahrung nehmen.«

War der Mann so dumm, oder tat er nur so? Alle drei Polizisten redeten gleichzeitig. Fehlandt sagte: »Ich fasse es nicht!« Pagels sagte: »Mein Gott, warum haben Sie uns das nicht gleich erzählt?« Und Wilhelm Berger sagte: »Wo ist dieser Koffer?«

»Sie haben mich ja nicht danach gefragt«, sagte Bucher in Richtung Pagels, und an Berger gewandt: »Hier bei mir im Schlafzimmer.«

Gustav Bucher ging und holte den Koffer. Es war ein mittelgroßer, etwas älterer Koffer aus Leder, an den Ecken leicht ramponiert. Bucher stellt ihn auf den Küchentisch. Berger hob ihn an. Schwer war das Gepäckstück nicht. Es konnte nicht viel drin sein. Berger prüfte die Schlösser; der Koffer war abgeschlossen.

»Einen Schlüssel haben Sie nicht?«

Bucher schüttelte den Kopf. »Nein. Aber Sie können doch nicht einfach …«

»Doch, Herr Bucher, das können wir!«

»Da sind Sachen drin, die Waldemars Frau nicht sehen soll!«, protestierte Bucher.

»Waldemar Trapp ist nicht hier«, sagte Pagels. Und zu Berger: »Die Schlösser kann ich mit einer Büroklammer öffnen!«

Das dauerte Berger zu lange. »Herr Bucher, haben Sie bitte mal einen kräftigen Schraubenzieher? Wir müssen die Schlösser aufbrechen.«

»Das geht doch nicht«, murmelte Bucher. Aber er brachte den Schraubenzieher.

Wilhelm Berger hatte mehr Mühe mit den Schlössern, als erwartet. Aber am Ende gab das Metall nach, und Berger öffnete den Koffer.

Der Koffer enthielt drei unordentlich zusammengeknüllte Kleidungsstücke: ein Herrenoberhemd, ein Jackett und eine Hose.

»Ach, du Scheiße«, sagte Bucher. »Ach, du Scheiße!«

»Ja«, sagte Pagels trocken, »da haben Sie recht.« Alle Kleidungsstücke waren blutverschmiert. Das mussten die Sachen gewesen sein, die Waldemar Trapp bei der Tat getragen hatte.

»Das habe ich nicht gewusst!«, stöhnte Bucher. »Mein Gott, das habe ich doch nicht wissen können. Sie werden mich doch jetzt nicht etwa verhaften?«

»Wir nehmen Sie erst einmal mit ins Präsidium«, sagte Berger. Der Mann musste für ein paar Stunden aus dem Verkehr gezogen werden, damit der nicht etwa seinen Freund alarmieren konnte.

* * *

Waldemar Trapp war an seinem Arbeitsplatz. Er starrte die beiden Polizisten entsetzt an. Ihm war sofort klar, dass irgendetwas schiefgegangen war.

»Herr Trapp«, sagte Berger, »das Spiel ist aus. Sie sind vorläufig festgenommen.«

Berger hatte erwartet, dass der wortgewandte Trapp versuchen würde, sich auch aus dieser Situation herauszureden. Dass er zum Beispiel behaupten würde, das Blut in den Kleidungsstücken stamme daher, dass er Nasenbluten gehabt habe. Aber nichts davon. Der Mann legte sofort ein Geständnis ab:

»Ja, ich habe Inez Reuther umgebracht. Ich bin zweimal deswegen nach Hamburg gefahren. Das erste Mal zusammen mit meinem Freund Bucher; da hat es nicht geklappt. Das zweite Mal zusammen mit meiner Frau.«

Pagels zog die Augenbrauen hoch. Auch Wilhelm Berger war überrascht. Er hatte nicht geglaubt, dass die junge Frau aktiv an dem Mord an ihrer Mutter beteiligt gewesen sein könnte.

Trapp schilderte den Ablauf der ersten Fahrt nach Hamburg. Er bestätigte dabei die Angaben Buchers. Dann machte er eine kurze Pause. »Herr Kommissar, Inez Reuther war eine ganz furchtbare Frau.«

»Es gibt viele furchtbare Frauen auf der Welt«, sagte Pagels. »Furchtbare Männer auch. Trotzdem darf man sie nicht umbringen.«

Berger warf seinem Kollegen einen ärgerlichen Blick zu: Er sollte den Mund halten.

Trapp sagte: »Meine Schwiegermutter und ich, wir haben uns überhaupt nicht verstanden. Sie war dagegen, dass ihre Tochter zu mir nach Berlin gezogen ist, und sie hat mir furchtbare Vorwürfe gemacht, als Ingeborg dann schwanger geworden ist.«

Kein Wunder, dachte Berger. Immerhin hatte Waldemar Trapp die junge Frau nicht nur geschwängert, sondern sie obendrein mit dem Kind sitzen gelassen. Aber er behielt seine Gedanken für sich, um den Redefluss des Mannes nicht zu unterbrechen.

»Nicht einmal zu unserer Hochzeit ist sie gekommen! Und um ihren Enkel hat sie sich auch nicht gekümmert. Dabei hatte sie doch weiß Gott in ihrer großen Wohnung in Hamburg genug Platz gehabt, um das Kind bei sich aufzunehmen.«

Ihr hättet auch genug Platz gehabt in Berlin, dachte Berger. Und immerhin war es euer Kind!

»Sie hat uns auch in keiner Weise finanziell unterstützt oder irgendetwas zur Aussteuer beigetragen. Jede normale Mutter hätte das doch wohl gemacht! Wir haben uns schließlich einen Anwalt genommen, um zu klären, ob man nicht gerichtlich dagegen vorgehen könnte, dass sie ihr ganzes Vermögen verschleuderte. Ob man sie nicht vielleicht entmündigen lassen könnte.«

Dieser Versuch war erwartungsgemäß gescheitert.

»Es ging also um das Vermögen?«, fragte Berger.

»Nein, eigentlich nicht. Eigentlich ging es darum, dass sie solch ein sittenloses Leben führte. Und nicht nur sie allein, sondern ihre Töchter hat sie da mit reingeritten. Dafür sollte sie bestraft werden.«

»Ich verstehe«, sagte Berger. Es war absurd! Waldemar Trapp hatte sich erst an den sexuellen Ausschweifungen in dem Haus an der Eppendorfer Landstraße beteiligt, sich aus dem Angebot an Damen den besten Bissen herausgepickt und sich dann anschließend über die unhaltbaren Zustände aufgeregt.

»Natürlich konnte ich nicht noch einmal mit Bucher nach Hamburg fahren. Dann hätte er am Ende doch noch Verdacht geschöpft. So habe ich ihn nur gebeten, mir für den Sonnabend zwei Kinokarten zu besorgen, damit wir nachweisen konnten, dass wir zur Tatzeit in Berlin gewesen sind. Und natürlich habe ich mir den Film vorher einige Male angesehen; ich hatte schon geahnt, dass ich hinterher nach dem Inhalt gefragt werden würde.«

Berger nickte. Dass Trapp sich in Wirklichkeit zu gut vorbereitet hatte, verriet er ihm nicht.

»Als wir dann mit der S-Bahn zum Lehrter Bahnhof gefahren sind, da habe ich festgestellt, dass ich das Messer nicht dabei hatte. Ich hatte vorher extra unser größtes Küchenmesser in aller Sorgfalt geschliffen, und nun lag es zu Hause in der Wohnung. Die Zeit reichte nicht mehr aus, um es noch zu holen. Da musste es eben auf andere Weise gehen. Die einzige Waffe, die ich dabei hatte, das war ein Schlagring.«

»Sie hätten das Vorhaben auch abbrechen können«, sagte Pagels.

Trapp schüttelte den Kopf. »Dazu war es zu spät. Wir waren beide entschlossen, die Sache jetzt zu einem Ende zu bringen. – Der Zug hatte Verspätung, sodass wir erst gegen 14.00 Uhr in Hamburg angekommen sind. Wir hatten uns nichts zu essen mitgenommen. So sind wir dann erst einmal in das Restaurant *Wallhof* gegangen. Am Glockengießerwall ist das. Und da ist uns der rettende Gedanke gekommen. Ich habe eines der Messer eingesteckt. Das war so ein silbernes Messer mit einer schönen, scharfen Klinge.«

Damit hatten die beiden ein Messer, aber wie sie nun weiter vorgehen sollten, das wussten sie noch immer nicht. Sie diskutierten verschiedene Möglichkeiten, die sie alle wieder verwarfen. Schließlich waren sie mit der U-Bahn zum Bahnhof Kellinghusenstraße gefahren.

»Ingeborg wusste, dass es dort diesen kleinen Park gab. Den haben wir uns gemeinsam angesehen. Da war nicht viel los, selbst um diese frühe Zeit, und da haben wir dann die Stelle gefunden, die uns für unser Vorhaben geeignet erschien.«

»Und der Stein?«

»Die Gehwegplatte, die haben wir erst später gefunden, als wir schon auf dem Weg zu Inez Reuthers Wohnung waren. Wir sind dann noch einmal zurückgegangen und haben den Stein neben der Bank in Schröders Park deponiert. – Ich habe dann bei meiner Schwiegermutter angerufen und gesagt, ich hätte Geld für sie. Das Geld stammte angeblich aus irgendwelchen Schwarzhandelsgeschäften, und ich wollte es bei ihr deponieren. Das war natürlich eine vertrauliche Angelegenheit, und sie sollte ihrer Tochter nichts davon erzählen.«

»Das hat alles geklappt?«

Trapp nickte. »Natürlich war Inez Reuther ziemlich überrascht, als ich so plötzlich in Hamburg auftauchte. Aber sie war neugierig genug, mit mir in den Park zu gehen. Ich hatte ihr erzählt, dass ich das Geld vorsichtshalber dort versteckt hätte.«

»Und Ihre Frau? Was hat die gemacht?«

»Die Ingeborg? Die ist hinter uns hergekommen. Aber nicht bis in den Park; sie ist draußen geblieben.«

»Und dann haben Sie zugeschlagen?«

»Ja. Sie hat sich auf die Bank gesetzt, in einer ganz verführerischen Pose – richtig unanständig – und dann habe ich zugeschlagen mit dem Schlagring und mit dem Steinbrocken und mit dem Messer auf sie eingestochen, ins Gesicht, in den Hals – es war ganz, ganz furchtbar! Ich war völlig außer mir, wusste überhaupt nicht mehr, was ich tat.«

Dass er nicht mehr wusste, was er tat, nahm Berger ihm nicht ab. Immerhin hatte er seinem Opfer die Handtasche weggenommen und die Platinringe von den Fingern gestreift.

»Da bin ich weggerannt, und mit meiner Frau zusammen bin ich in den Eppendorfer Park. Dort habe ich das Messer weggeworfen, und dann habe ich mich in dem Wasser des Planschbeckens erst einmal so gut es ging von den Blutspuren gereinigt.«

»Warum? Sie hatten doch Ersatzzeug dabei!«

»Nicht bei der Tat. Den Koffer hatten wir am Hauptbahnhof in der Gepäckaufbewahrung gelassen. Wir sind dann mit der Straßenbahn zum Hauptbahnhof zurückgefahren. Eng umschlungen, wie ein junges Liebespaar, damit niemand so genau hinsehen sollte. Denn wenn jemand genau geguckt hätte, dann hätte er die Blutflecken auf der Kleidung kaum übersehen können.«

Pagels fragte: »Wenn Sie heute an die Tat zurückdenken, was empfinden Sie dann? Reue?«

Trapp schüttelte den Kopf. »Nein, keine Reue. Es musste einfach sein. Es musste sein.«

Sonnabend, 14. Oktober 1939

Sie fuhren durch die Nacht. Berger, Pagels, Fehlandt und ihre beiden Gefangenen. So einfach war das also, dachte Berger. Er war noch keine Woche im Dienst, und schon funktionierte er wieder völlig normal. Kein Drang mehr, irgendwelche heuchlerischen Traueranzeigen zu zerreißen. Polen war auf einmal weit weg. Was dort geschehen war, das war eine Ausnahmesituation gewesen. Unfassbar grausam, aber wohl durch den Krieg bedingt. Der Krieg machte den Menschen zum Tier.

Der Krieg war vorbei, für den Augenblick jedenfalls, und nun gab es andere Prioritäten. Neben ihm saß eine Mörderin. Oder war sie keine Mörderin? War all das, was geschehen war, einzig und allein Waldemar Trapps Werk gewesen? Ingeborg Trapp starrte an Berger vorbei aus dem Fenster des Schnelltriebwagens hinaus in die Dunkelheit.

»Nun erzählen Sie mal«, sagte Berger so sanft wie möglich.

»Was soll ich da erzählen? Sie wissen doch sowieso schon alles!« Es klang mutlos.

»Ich weiß gar nichts«, sagte Berger. »Fast gar nichts. Ich weiß nur, dass Sie zusammen mit Ihrem Ehemann Ihre Mutter umgebracht haben. Aber ich habe keine Ahnung, wie es dazu gekommen ist.«

»Geldgier«, sagte Pagels.

»Pagels, lass uns bitte in Ruhe. – Ich glaube, es ist am besten, wenn wir uns woanders hinsetzen.« Sie hatten zwar reservierte Plätze, aber der Triebwagen war nicht einmal halb gefüllt.

Sie setzten sich um.

»Meine Mutter – die war nicht ganz normal«, stellte Ingeborg Reuther fest.

»Nicht ganz normal? Was meinen Sie damit?«

»Ihre – ihre vollkommen ungebremste Sexualität. Sie hatte überhaupt keine Hemmungen. Ich habe das schon in Baden-Baden mitbekommen, bald nach der Scheidung, 1929 ist das gewesen. Ich war damals elf Jahre alt.«

»Diese Scheidung damals, stand die im Zusammenhang mit irgendwelchen außerehelichen Beziehungen Ihrer Mutter?«

Das wusste Ingeborg Reuther nicht. »Solche Dinge haben mich nicht interessiert. Ich war ein Kind, und was die Erwachsenen miteinander machten, das habe ich nicht gewusst, und das habe ich auch nicht wissen wollen. Ich hatte meine Spielsachen, mein eigenes Zimmer, in das ich mich zurückziehen konnte.«

»Aber dann hat es Sie auf einmal doch interessiert?«

»Dann hat meine Mutter angefangen, darüber zu sprechen. Sie hatte ja niemanden mehr, mit dem sie über solche Dinge reden konnte, seitdem mein Vater weg war.«

»Und darüber hat sie auch mit Ihrem Vater gesprochen? Mit ihrem eigenen Ehemann?«

»Das weiß ich nicht. Sie hat es später so dargestellt, aber ob das stimmt, das kann ich nicht sagen. Papa war ein ziemlich toleranter Mensch, glaube ich, überhaupt gar nicht spießig. Er hat sich eine ganze Menge gefallen lassen, aber irgendwann ist es ihm dann wohl doch zu viel geworden, und dann kam die Scheidung.«

»Jedenfalls hat Ihre Mutter Sie dann … aufgeklärt.«

»Mich und meine Schwester, ja. – Sie hat uns alles erzählt, was sie mit den Männern macht, und was die Männer mit ihr machen. Und selbst wenn sie es nicht erzählt hätte – wir haben es ja mit eigenen Augen gesehen. Sie hat sich überhaupt keine Mühe gegeben, ihr Liebesleben irgendwie privat zu halten. Sie ist nackt durch die Wohnung getobt, manchmal mit mehreren Männern gleichzeitig, hat sich jagen und einfangen lassen und vor Lust geschrien, wenn sie sich über sie hermachten. Schließlich, als die Nachbarn sich mehrfach beschwert hatten, sind wir nach Hamburg umgezogen.«

»Und in Hamburg ist dann alles so weitergegangen?«

»Ja. – Meine Mutter hat nie Schwierigkeiten gehabt, irgendwo Freunde zu finden. Reiche Freunde, denn sie war ja schließlich selbst vermögend, und andere Reiche lieben es, wenn Geld bei ihren Vergnügungen keine Rolle spielt.«

Regelrechte Orgien hatten sich in der Wohnung in der Eppendorfer Landstraße abgespielt. Die ältere Tochter, die anfangs mitgespielt hatte, hatte sich schließlich mehr und mehr von ihrer Mutter gelöst. Zwar wohnten sie noch in derselben Wohnung, aber sie hatte ihre eigenen Freunde und war oft nicht zu Hause, wenn ihre Mutter ihre Feste feierte.

»Und Sie – haben Sie nie versucht, sich von Ihrer Mutter zu lösen?«

»Ja, doch, das habe ich schon gewollt, aber so einfach war das nicht. Ich hatte Tänzerin werden wollen, aber das hat nicht geklappt. Und die Arbeit in Ochsenzoll, die ist auch nicht so gut bezahlt worden, dass ich mir davon eine eigene Wohnung hätte leisten können.«

Wilhelm Berger sah sie zweifelnd an. Er vermutete, dass die junge Frau den Lebensstil ihrer Mutter auch irgendwie attraktiv gefunden hatte. »Und dann?«

Ingeborg Trapp schwieg einen Moment. Der Triebwagen ratterte über die Weichen eines abgedunkelten Bahnhofs, Ludwigslust wahrscheinlich. Dann sagte sie: »Dann hat meine Mutter gewollt, dass ich auch mitmache. Sie hatte zwei ältere Herren zu Besuch, und sie zogen sich aus und gingen zusammen ins Bett. Dann sagte sie: ›Komm doch auch zu uns!‹ – Und einer der Herren sagte: ›Na los, junges Fräulein, wir beißen doch nicht!‹ Dann haben sie alle gelacht.«

»Und dann sind Sie auch zu den dreien ins Bett gestiegen«, mutmaßte Berger.

»Nein, nicht gleich. Ich wusste nicht, was ich machen sollte. Und die haben immer weiter geredet und mich geneckt, und meine Mutter hat gesagt: ›Nun sei doch kein Frosch, mach dich doch nicht lächerlich!‹ Und einer der Herren hat mich dann bei der Hand genommen, und dann haben sie angefangen, mich auszuziehen.«

»Und Sie sind nicht weggelaufen«, stellte Berger fest.

Ingeborg Trapp sah ihn ärgerlich an. »Ich habe schon gewusst, dass Sie das nicht verstehen. Sie sind ja nicht in der Lage gewesen. Es ist nicht Ihre Mutter gewesen, die das von Ihnen verlangt hat, sondern irgendeine fremde Frau, zu der Sie keine Beziehung haben, und deren Worte man einfach ignorieren kann. – Aber es ist meine eigene Mutter gewesen.«

»Wie alt waren Sie damals?«

»Ich war ungefähr sechzehn, siebzehn damals. – Ich hatte gedacht, ich will das gar nicht. Aber ich hatte auch gedacht, wenn meine Mutter das will, dann muss ich das tun, und dann ist es gar nicht so schlimm. Und dann habe ich mich zu den dreien ins Bett gelegt. Und ich muss sagen, die Herren, die sind sehr anständig gewesen. Die haben gesehen, dass ich das eigentlich nicht wollte, und die haben gar nichts mit mir gemacht, mich nur ein bisschen gestreichelt, das war alles. – Das weiß ich noch: Einer von denen wohnte in der Eimsbütteler Chaussee.«

»Aber später haben Sie dann doch mitgemacht.«

»Ja, später habe ich mitgemacht. – Es ist schön, wenn man gestreichelt wird und gemocht wird, und wenn man einsam ist, dann lässt man sich eine Menge gefallen. Meine Schwester hat gelacht, als sie einmal dazugekommen ist, wie ich mit einem der Besucher Geschlechtsverkehr gehabt habe, und sie hat ein Foto davon gemacht, aber dann ist der Mann böse geworden, und sie musste das Bild am Ende doch herausrücken.«

Berger schwieg. Es gab viele Dinge, die sich niemand vorstellen konnte, der so wie er das Glück gehabt hatte, in behüteten Verhältnissen aufzuwachsen.

»Sie glauben jetzt vielleicht, dass wir ein ungeheuer glückliches Leben geführt haben, mit all diesen rauschenden Festen. Das Gegenteil war der Fall. Meine Mutter war oft krank, vielleicht hat sie auch Drogen genommen, oder nur zu viel getrunken, das weiß ich nicht, jedenfalls hat sie mich dann gerufen, und ich musste bis zum Morgen bei ihr am Bett sitzen. Sie hatte Angst vor der Dunkelheit, und sie hat es verstanden, auch mir diese Angst einzujagen. Das hat ihr regelrecht Freude bereitet. Außerdem hat sie davon fantasiert, dass sie mir etwas tun wollte, unaussprechliche Dinge, ich habe es nicht wirklich geglaubt, aber manchmal war ich mir nicht sicher.«

»Und dann haben Sie Ihren Mann kennengelernt.«

»Ja. – Das war, als die Feiern bei meiner Mutter immer wilder und ausgelassener wurden, regelrechte Orgien. Es waren oft drei, vier Männer daran beteiligt. Ärzte, Architekten, Rechtsanwälte, die Zusammensetzung der Gäste wechselte ziemlich häufig. Einer der Männer hatte dann bei einer solchen Gelegenheit seinen Schäferhund mitgebracht. Und als wir alle miteinander gespielt haben, nackt natürlich, da ist auch dieser Hund gekommen und hat angefangen, mich zu lecken. ›Der mag dich‹, hat der Apotheker gesagt. – Ich war ziemlich betrunken an dem Abend.« Ingeborg schwieg.

Sie brauchte nichts zu sagen; Wilhelm Berger konnte sich auch so vorstellen, was weiter geschehen war.

»Jedenfalls war mir danach klar, dass ich nicht länger in der Wohnung meiner Mutter bleiben konnte. Und als ein paar Wochen später der Waldemar gekommen ist – ich weiß gar nicht mehr, wer ihn eigentlich mitgebracht hat –, da habe ich mich sofort an ihn rangemacht. Wir sind zusammen nach Berlin gezogen, und alles war wunderbar, und dann bin ich schwanger geworden, und ich habe mir vorgestellt, wie schön es sein würde, von jetzt an bis zum Ende meines Lebens als Frau Trapp eine brave Bürgerin und Mutter zu sein.«

»Aber das hat nicht geklappt.«

»Nein, das hat nicht geklappt. Waldemar hat es nicht gefallen, dass wir gar kein Geld hatten. Er hat irgendwie gehofft, dass Mutter uns großzügig unterstützen würde, aber das war nicht der Fall. Und als er dann noch gehört hat, dass ich schwanger bin, da hat er vorgeschlagen, dass ich das Kind abtreiben lassen soll. Er hat gesagt, er habe inzwischen in Heidelberg eine ganz wunderbare Frau kennengelernt, eine reiche Frau, und die werde er heiraten. Und das hat er dann auch gemacht. Und damit war in unserer Wohnung in Berlin kein Platz mehr für mich.«

»Und was haben Sie dann gemacht?« Wilhelm Berger hoffte, dass sie ihm die Bratpfanne über den Schädel gehauen hatte. Aber das hatte sie nicht getan. Sie war kein gewalttätiger Mensch.

»Ich bin dann wieder nach Hamburg zu meiner Mutter gefahren. Es war alles wieder so wie vorher. – Nein, eigentlich stimmt das nicht, es war noch schlimmer.«

Ingeborg Reuther hatte einen Ausbruchsversuch unternommen und war gescheitert.

»Der Schäferhund war noch immer da. Er hat mich sehr wild begrüßt. Die anderen haben ihm Socken über die Pfoten gezogen, dass er mich nicht so zerkratzt. – Drei Monate später habe ich dann einen Brief von Waldemar bekommen. Darin stand, dass es ihm leid tue, sich von mir getrennt zu haben. Er sei inzwischen schon wieder geschieden, und er würde sich freuen, wenn ich wieder zu ihm zurückkäme.«

»Das war keine gute Idee«, sagte Berger.

»Nein, vielleicht nicht. Aber in dem Augenblick schien mir alles besser, als mit meiner Mutter zusammen in dieser Wohnung in Eppendorf zu bleiben. – Und dann ist das Baby gekommen. Waldemar hat gemeint, dass wir uns das nicht leisten können, und so ... und so haben wir ... haben wir das Kind schließlich in ein Heim gegeben.« Sie weinte.

Wilhelm Berger hatte das Gefühl, dass die junge Frau ohne eigenes Verschulden in diese Geschichte hineingeraten war, so wie sie es nun darstellte. Er wartete, bis sie sich beruhigt hatte. »Und was geschah dann?«

Waldemar Trapp war noch immer hinter dem Geld seiner Schwiegermutter her. Zur Hochzeit hatten sie nichts von ihr bekommen. Nun fragte er sich, ob man die Frau nicht erpressen könne.

»Das ging nicht«, sagte Ingeborg. »Das habe ich ihm ganz klar gesagt: Meine Mutter lässt sich nicht erpressen. Sie hat schon immer mit Gewalt gedroht, und wenn wir so etwas versuchen, dann bringt sie mich um. Oder uns beide.«

»Und wer von Ihnen ist dann auf die Idee gekommen, Inez Reuther zu töten?«

»Er war das. – Er hat mir erst gar nichts davon erzählt, weil er gewusst hat, dass ich das nicht gut finden würde. Er ist dann einfach mit diesem Gustav Bucher – das ist ein Arbeitskollege von ihm – nach Hamburg gefahren. Dass er die

Absicht gehabt hatte, bei dieser Gelegenheit meine Mutter umzubringen, das hat er mir erst hinterher erzählt.«

Stimmte das? Möglich war es natürlich. Aber vor Gericht würde es darauf ankommen, was Waldemar Trapp in dieser Angelegenheit zu erzählen hatte. Und so wie Berger den Mann einschätzte, würde er sich bemühen, so viel Schuld wie möglich auf seine Frau abzuwälzen.

»Er hat berichtet, was sie getan haben, und dass es nicht geklappt hat, und dann hat er gesagt, dass wir es zusammen machen müssen, und zwar am nächsten Sonnabend, denn da hatte er frei.«

»Und was haben Sie dazu gesagt?«

»Ich habe Nein gesagt.«

Wilhelm Berger wartete einen Moment. Als Ingeborg weiter nichts sagte, fragte er nach: »Aber es ist nicht bei diesem Nein geblieben?«

»Nein. – Er hat geredet und geredet, bis ich schließlich gar nicht mehr wusste, was ich noch sagen sollte. Er hat gesagt, bei dem, was meine Mutter mit mir gemacht habe, da hat sie auf jeden Fall den Tod verdient. Er hat gesagt, dass meine Mutter meine Ehre befleckt habe, meine Ehre und die Ehre meiner Schwester, und dass er sie deshalb umbringen würde. – Am Ende habe ich schließlich zu allem Ja gesagt.«

»Haben Sie Ihren Mann denn nicht darauf hingewiesen, dass er sich bei der Befleckung Ihrer Ehre tatkräftig beteiligt hatte?«

»Er hat – ich weiß nicht, ich war ihm einfach nicht gewachsen. So sind wir schließlich nach Hamburg gefahren.«

»Und wer hat die Tat dann schließlich ausgeführt? Sie beide?«

»Nein, das ist er gewesen. Er hat meine Mutter angerufen, sich mit ihr auf der Straße getroffen und ist dann mit ihr in den Park gegangen und hat sie dort erschlagen. Ich bin ihnen hinterhergegangen, aber nicht bis in den Park hinein, ich habe dort, wo man durch das Tor hindurchgehen muss, gestanden und auf meinen Mann gewartet.«

»Hatten Sie denn gar keine Angst, dass Sie erwischt werden würden?«

»Nein, Waldemar hat gesagt, dass er sich alles genau überlegt hat. Er hatte ja auch den Koffer mitgebracht, mit dem zweiten Anzug, damit er sich anschließend umziehen konnte.«

Er hat es allein gemacht, dachte Berger. Und diese hilflose, junge Frau, die hat sich von ihm beeinflussen lassen, die hat sich von allen Leuten beeinflussen lassen, ihr ganzes Leben lang. Wenn sie Glück hatte, würde sie um die Hinrichtung herumkommen.

»Und ich hatte extra das Leukoplast mitgebracht, womit der sich die Fingerkuppen beklebt hat, damit er keine Fingerabdrücke hinterlässt.«

Berger starrte die junge Frau an.

Ingeborg Trapp deutete seinen Gesichtsausdruck richtig. Dieser Satz war ihr Todesurteil. Angstvoll wartete sie darauf, dass Wilhelm Berger etwas sagen möge, aber der wusste nicht, was er sagen sollte. Er schwieg.

Der Triebwagen verlangsamte seine Fahrt. Waren sie schon in Hamburg? Nein, sicher nicht. Selbst bei der Verdunkelung würde man erkennen, wenn man sich in einer Stadt befand. Es gab irgendeinen Halt auf freier Strecke. Keine Einfahrt.

In diesem Augenblick sprang Ingeborg Trapp auf. Bevor Berger sie aufhalten konnte, war sie an ihm vorbei und rannte zum Ausgang.

Sie kam nicht weit. Pagels stellte ihr ein Bein, sodass sie der Länge nach hinfiel. Dann war Berger heran; er half ihr auf die Füße.

»Was geht denn hier vor?«, rief ein kräftiger, junger Mann. Er baute sich vor Berger auf. »Ich verlange, dass Sie sofort …«

»Polizei«, sagte Berger. Er zeigte seine Marke.

Der Mann setzte sich wieder.

»Handschellen?«, fragte Pagels.

»Nicht nötig«, sagte Berger.

»Durch einen solchen Fluchtversuch bringen Sie sich nur noch weiter in Schwierigkeiten«, bemerkte Pagels.

Fehlandt legte ihm die Hand auf die Schulter: »Was für ein Fluchtversuch? Ich habe nichts gesehen. – Die junge Dame wollte zur Toilette, glaube ich, und dabei muss sie gestolpert sein.«

Pagels sah Berger an.

»Ist das richtig?«, fragte der.

Ingeborg Trapp nickte. Sie ging zur Toilette, während der Zug langsam wieder Fahrt aufnahm. Noch hätte sie springen können. Aber sie sprang nicht.

Freitag, 20. Oktober 1939

Bruno Streckenbach hatte wieder einmal seinen Nachfolger in Hamburg besucht und anschließend die Gelegenheit genutzt, um bei Karl Kaufmann vorbeizuschauen. Er hoffte, dass der Gauleiter helfen würde, die Zusammenarbeit zwischen Abwehr und Gestapo zu verbessern. Kaufmann wirkte nicht sehr enthusiastisch.

»Was ist eigentlich aus der Geschichte mit den Fotos geworden?«, fragte er.

»Welche Fotos?«

»Na, die Aufnahmen von dem Schlachtschiff, das bei *Blohm & Voss* gebaut wird. Einer deiner Mitarbeiter hatte mich seinerzeit darauf angesprochen. Ich hatte gedacht, du seist im Bilde …«

»Ach, die alte Geschichte! Hat Feldmeyer dir nicht gesagt, dass das alles aufgeklärt ist? Das ist wieder typisch! – Also, wir wissen inzwischen, wer die Aufnahmen gemacht hat. Ein gewisser Otto Krüger, ein Ingenieur. III F – das ist das Referat Gegenspionage – hat ihn monatelang beobachtet und dann schließlich festgenommen.« Ärgerlich, dass der Gauleiter nicht unterrichtet worden war. Da er gleichzeitig Reichsverteidigungskommissar im Wehrkreis X war, musste er selbstverständlich über alle wichtigen Ereignisse informiert werden.

»Und der Mann hat die Bilder ins Konsulat gebracht?«

»Ja, wahrscheinlich. Er hat es zwar nie zugegeben, aber die Beweise gegen ihn waren erdrückend.«

»Hm. – Und wenn nun doch noch jemand anderes an der Geschichte beteiligt sein sollte?«

»Ganz unwahrscheinlich. Aber wenn – dann macht das auch nichts. Der Fotograf ist geschnappt, und der Konsul ist auch weg. Der Mann, wenn es ihn denn gäbe, säße völlig auf dem Trocknen.«

»Was würde er machen?«

»Seit wann interessierst du dich für Spionage? – Ich kann dir sagen, was er machen würde. Er würde nach Holland fahren. Nach Den Haag. Da gibt es ein Büro des britischen Passport Control Office, das ist ein Zentrum der englischen Spionage, und das haben wir gut unter Kontrolle. Wenn er da auftaucht, haben wir ihn.«

Sonnabend, 21. Oktober 1939

Wilhelm Berger war am Nachmittag mit Dagmar und Horst mit der S-Bahn nach Blankenese gefahren. Er hatte vorgehabt, von dort aus am Ufer der Elbe entlang nach Hamburg zurückzuwandern, aber jetzt fühlte er sich müde. Sie hatten sich in ein Café gesetzt und dort auf ihre Marken jeder Kaffee und ein Stück Kuchen bekommen. Der Kuchen war akzeptabel. Jetzt standen sie auf dem Anleger und sahen hinaus auf den großen Strom.

Dagmar legte ihrem Mann die Hand auf die Schulter. »Es ist richtig, was du gemacht hast«, sagte sie. »Mehr konntest du nicht tun.«

Wilhelm Berger wusste, dass sie recht hatte. Wegen der Ereignisse in Polen hatte er sich nichts vorzuwerfen. Sein Fehler lag länger zurück. »Wir hätten alle gemeinsam das Land verlassen sollen, solange das noch möglich war.«

Dagmar lächelte. »Wenn du mit uns an Bord gegangen wärst, dann wärst du auch mit uns zusammen nach Hamburg zurückgekommen, und alles wäre genau wie jetzt auch.«

»Ja, vielleicht.« Sie hätten früher auswandern sollen, viel früher. Spätestens 1938.

»Mach dir keine Vorwürfe. Der Krieg ist so gut wie vorbei. Polen ist besiegt, und wenn England und Frankreich wirklich gegen uns kämpfen wollten, dann hätten sie das längst getan. Aber sie haben ihre Gelegenheit verpasst, und irgendwann werden sie einsehen, dass es keinen Sinn macht, diesen Sitzkrieg weiter fortzusetzen.«

»Ja, vielleicht.«

»Und wenn wieder Frieden ist, dann wird sich auch wieder die Vernunft durchsetzen. Wenn die Bedrohung durch das Ausland aufhört, dann werden auch bei uns wieder Recht und Gesetz einkehren, so wie es immer war. Und wenn nicht, dann können wir immer noch auswandern.«

»Ja, das sollten wir tun.« – Was hatte er gedacht? Der Krieg machte den Menschen zum Tier? Das war falsch. Das Tier steckte in jedem Menschen. Man konnte nur versuchen, es zu beherrschen. Waldemar und Ingeborg Trapp hatten es nicht geschafft. Genau wie so viele andere. Die beiden würden für ihre Tat zur Rechenschaft gezogen werden. Die meisten anderen Mörder nicht.

Die Sonne strahlte von einem wolkenlosen Himmel, aber es war ein kühler Tag. Irgendwo hatte es angeblich schon Nachtfrost gegeben. Dagmar fasste Wilhelms Hand. Sie sahen hinaus auf die Elbe, und im Augenblick schien es, als ob der Fluss bergauf flösse. Aber das war nur eine kurzfristige Umkehrung durch den Flutstrom; insgesamt gesehen floss der braune Strom weiter bergab.

Nachwort

Leider sind die bösen Dinge, die in diesem Buch beschrieben werden, fast alle wahr; die guten Dinge sind dagegen fast alle frei erfunden. Wilhelm Berger gibt es nicht, und irgendjemand, der versucht hätte, die Mädchen in Tryszczyn zu retten, hat es nicht gegeben. Keiner der Gefangenen konnte fliehen. Alle, die erschossen werden sollten, sind auch erschossen worden.

Der »gewöhnliche Mord« in Schröders Park hat sich im Wesentlichen so abgespielt, wie ich ihn beschrieben habe. Das bizarre Verhalten der Täter entspricht den Tatsachen. Neben den knappen Berichten im *Hamburger Anzeiger* habe ich mich auf das Buch von Walter Ebeling gestützt *Schwarze Chronik einer Weltstadt* (1980). Lediglich den Zeitpunkt der Tat habe ich verändert. In Wahrheit hat sich der Mord im Herbst 1942 ereignet. Ingeborg und Waldemar Trapp sind dafür zum Tode verurteilt und hingerichtet worden.

Der Prozess gegen Fridolin Becker hat sich im Sommer 1939 in der beschriebenen Weise abgespielt. Wilfried Eggers hat mir freundlicherweise die Grundregeln eines solchen Prozesses mitgeteilt und diesen Teil meines Manuskripts verbessert.

Bezüglich der Verhörmethoden der Hamburger Polizei habe ich mich vor allem auf zwei Quellen gestützt:

- Herbert Diercks (2012): *Dokumentation Stadthaus. Die Hamburger Polizei im Nationalsozialismus*

- Jan Valtin (1957): *Tagebuch der Hölle*

Der Sohn des von der Polizei ermordeten Sozialdemokraten Carl Burmester war mein Arbeitskollege in der Behörde für Stadtentwicklung und Umwelt in Hamburg.

Was geschah wirklich am 3. September 1939 in Bromberg? Haben die Polen angesichts der drohenden Niederlage ein Blutbad unter der deutschen Minderheit angerichtet? Oder war es so, dass die deutsche Minderheit einen Aufstand riskiert und verloren hat? Die Meinungen darüber gehen weit auseinander.

Die deutsche Version ist von der Presse des Dritten Reiches weit verbreitet worden. Die gerichtlichen Untersuchungen der Vorfälle nebst Fotos von grässlich verstümmelten Leichen sind vom Auswärtigen Amt in der Publikation *Dokumente polnischer Grausamkeit* (1940) dargestellt worden, wobei sich die Zahl der angeblichen Opfer von anfänglich gut fünftausend auf später gut fünfzigtausend erhöht hat. Selbst wenn man annimmt, dass diese Zahlen übertrieben sind, so bleiben doch mehrere Hundert durch Gerichtsakten belegte und durch Fotos dokumentierte Fälle von brutalster Gewalt.

Die polnische Version ist in dem Buch von Wlodzimierz Jastrzebski (1990): *Der Bromberger Blutsonntag – Legende und Wirklichkeit* dargestellt. Hier wird die »Diversion«, d. h. der (angebliche?) deutsche Aufstand detailliert beschrieben und durch Zeugenaussagen belegt.

Eine neue Sichtweise eröffnet sich durch jüngere Darstellungen, in denen die chaotischen Zustände beim Vordringen der deutschen Truppen nach Polen beschrieben werden. Aus Furcht vor Partisanen ist es immer wieder zu grundlosen Schießereien gekommen. Die Furcht der bedrängten polnischen Truppen, die sich von der deutschen Minderheit bedroht fühlten, dürfte sich ähnlich ausgewirkt haben.

Die Diskussion über den »Bromberger Blutsonntag« wird noch heute sehr emotional geführt. Polnische Zeugen geben an, dass im Zuge dieser Ereignisse auch polnische Soldaten tot auf der Straße lagen. Ob es sich dabei nun um Opfer einer

»Diversion«, also eines organisierten Aufstandes, gehandelt hat, oder ob irgendwo einzelne Deutsche versucht haben, mit der Waffe in der Hand ihr Leben so teuer wie möglich zu verkaufen, sei dahingestellt. Selbst wenn es in Wirklichkeit nur einen einzigen Toten gegeben hätte, der an jenem Sonntag in Bromberg von der aufgebrachten Menge erschlagen worden wäre, dann wäre das einer zu viel.

Der Terror der deutschen Besatzer gegenüber der polnischen Bevölkerung und vor allem gegenüber den Juden (wovon in diesem Buch nicht die Rede ist) stellt alles in den Schatten, was während des »Bromberger Blutsonntages« passiert ist. Die Erschießung von etwa 700 Polen in Tryszczyn im September/Oktober 1939 einschließlich der Oberschüler und Pfadfinderinnen sind nur ein Beispiel. Die Quellen stehen bei Christian Jansen und Arno Weckbecker (1992): *Der »Volksdeutsche Selbstschutz« in Polen 1939/40*. Sehr illustrativ ist auch der Kurzfilm *Tryszczyn 1939* der polnischen Regisseure Robert Grochowski und Sławomir Brett aus dem Jahre 2012.

Über die Vorgänge in Schwetz (Świecie) im Herbst 1939 berichtet ein Aufsatz von Barbara Bojarska, den mir freundlicherweise das *Instytut Zachodni* in Poznań zur Verfügung stellte (*Materialy – Zbrodnie niemieckie na terenie powiatu Świecie nad Wisła (1939 R.)*) – In: Przegląd Zachodni 1966, 1: 97-117).

Der Film *Ada! To nie wypada!* aus dem Jahre 1938, der noch 1939 in den polnischen Kinos lief, sowie die Wochenschau von 1939 sind im Internet verfügbar. Die Reichstagsrede Adolf Hitlers vom 1.9.1939 ist im *Internet Archive* als Text und Tondokument verfügbar. Sie müsste in Bromberg über den *Reichssender Breslau* zu hören gewesen sein.

Meine Hauptquellen bezüglich des Angriffs auf Polen sind – neben der polnischen Fernsehdokumentation *Wrzesień 1939*

– folgende Bücher: Jochen Böhler (2006): *Auftakt zum Vernichtungskrieg* und Jochen Böhler (2009): *Der Überfall – Deutschlands Krieg gegen Polen*, Janusz Piekalkiewicz (1982): *Polenfeldzug*, Alexander B. Rossino (2003): *Hitler strikes Poland*. Das Titelbild des Buches von Rossino zeigt eine bestürzte Leni Riefenstahl inmitten ihres Filmteams; sie ist soeben Zeugin der Erschießung von Juden durch Angehörige der Wehrmacht geworden (in dem Ort Konskie, 12.9.1939).

Meine Informationen über den Einsatz der deutschen Polizei in Polen stammen aus den Büchern von Christopher R. Browning (1993) *Ganz normale Männer. Das Reserve-Polizeibataillon 101 und die Endlösung in Polen*, Klaus-Michael Mallmann, Jochen Böhler und Jürgen Matthäus (2008): *Einsatzgruppen in Polen* sowie aus dem Aufsatz von Walter Kopitzsch (1997) *Hamburger Polizeibataillone im Zweiten Weltkrieg* (in: Angelika Ebbinghaus und Karsten Linne (Hrsg.): *Kein abgeschlossenes Kapitel: Hamburg im »Dritten Reich«*). Das *Sonderfahndungsbuch Polen* ist als PDF-Datei im Internet verfügbar (Śląska biblioteka Cyfrowa). Es enthält etwa 8250 Namenseinträge.

Meine Informationen über die Spionageabwehr in Hamburg beruhen auf dem Buch von Uwe Brammer (1989): *Spionageabwehr und »Geheimer Nachrichtendienst« – Die Abwehrstelle im Wehrkreis X Hamburg 1935-1945*. Meine Quellen zur englischen Außenpolitik 1939 sind John Charmley (1989): *Chamberlain and the Lost Peace* und Neville Henderson (1941): *Failure of a Mission*.

Die *Rauenfels* ist tatsächlich am 20. August, zwei Tage später als geplant, mit Ziel Bombay aus dem Hamburger Hafen ausgelaufen. Sie hat Antwerpen am 26. August verlassen. Am 23. September war sie wieder in Hamburg. An Bord war die jüdische Wissenschaftlerin Hedwig Klein; der englische

Konsul hatte ihr die nötigen Papiere besorgt (Eckart Krause, Ludwig Huber und Holger Fischer (1991): *Hochschulalltag im »Dritten Reich«, die Hamburger Universität 1933-1945,* Teil II). Hedwig Klein ist 1942 in Auschwitz umgekommen.

Bezüglich der polnischen Geschichte habe ich das Buch von Jerzy Lukowski und Hubert Zawadzki (2006) zurate gezogen: *A Concise History of Poland, Second Edition*. Über das Aussehen von Bydgoszcz im Jahre 1939 gibt es verschiedene Beiträge im Internet sowie das reich illustrierte Buch von Michał Pszczółkowski (2013): *Bydgoszcz między wojnami*. Bei der Übersetzung der polnischen Quellen hat mir Frau Anna Mankowski geholfen, der ich hiermit herzlich danken möchte.

Das Tagebuch der Ostpreußenfahrt, das Ilse Protze den Bergers zeigt, beruht auf dem Tagebuch, das meine Kusine Maria als junges Mädchen auf einer entsprechenden Fahrt im Sommer 1939 geführt hat.

Wäre es in Wirklichkeit möglich gewesen, über Litauen und Schweden nach Amerika zu fliehen, wie es Erika und Theresia versuchen wollen? Im Prinzip ja. In dem Buch *My name is Million* (1940) beschreibt eine Engländerin ihre Flucht aus Polen in Richtung Osten über Litauen-Lettland-Estland-Stockholm. Die Reise dauerte mehrere Monate.

Die historischen Kriminalromane um Kommissar Wilhelm Berger sind nicht in chronologischer Reihenfolge erschienen. Die Serie beginnt eigentlich im Jahr 1917 mit *Blutrot blüht die Heide*. Dann folgen der erste Teil von *Die Nacht von Barmbeck,* der die Jahre 1919 bis 1922 behandelt, *Mitgegangen* (1929-1930) und die Jahre 1932/33 im zweiten Teil von *Die Nacht von Barmbeck*. Die beiden Teile von *Die Nacht von Barmbeck* sind in einem Band erschienen. Wilhelm Berger ermittelt wieder 1938 in *In Deinem schönen Leibe* und 1939 in *Nur ein gewöhnlicher Mord*. Den Abschluss bilden die Jahre 1959 bis 1966 in *Neben dem Gleis*.

In vorliegendem Buch werden deutsche und polnische Namen für dieselben Orte verwendet. Hier sind die polnischen Ortsnamen und ihre deutschen Entsprechungen:

Bydgoszcz – Bromberg
Czyżkówo – Jägerhof
Grudziądz – Graudenz
Koronowo – Crone an der Brahe, Deutsch-Krone
Smukała – Mühltal
Świecie – Schwetz
Toruń – Thorn
Tryszczyn – Trischin.

Karsin und Czersk hießen in der preußischen Zeit (vor dem Ersten Weltkrieg) schon Karsin und Czersk. »Schröders Park« in Hamburg, der Fundort der Leiche, wird heute meist als »Kellinghusenpark« bezeichnet.

KBV HISTORISCHER KRIMINALROMAN

Regine Kölpin

DAS SIGNUM DER TÄUFER

Taschenbuch, 376 Seiten
ISBN 978-3-95441-157-3
9,95 EURO

Ostfriesland 1549 – Der harte Winter will kein Ende finden, die Herrlichkeit Gödens ist seit Wochen von der Außenwelt abgeschnitten. Da taucht vor der Tür der Hebamme Hiske Aalken eine völlig entkräftete Frau auf, die behauptet, Hinrich Krechting, der ehemalige Täuferführer aus Münster, der in Gödens Zuflucht gefunden hat, habe vor Jahren ihren Vater ermordet. Sie bittet Hiske um Hilfe, doch der widerstrebt es, sich gegen ihren Ziehvater zu stellen. Kurz darauf tauchen bei Krechting bedrohliche biblische Botschaften und geheimnisvolle Münzen auf, die ihn zutiefst erschrecken. Hat ihn seine Vergangenheit eingeholt? Sind die Papisten ihm erneut auf den Fersen?

Als Jan Valkensteyn, Hiskes nach Ostfriesland heimkehrender Verlobter, entführt wird und sein Reisebegleiter einem brutalen Mord zum Opfer fällt, findet man auch bei dem Toten eine der mysteriösen Münzen. Hiske muss auf der Suche nach ihrem Jan einen Kampf gegen finstere religiöse Machenschaften antreten, den sie eigentlich nicht gewinnen kann.

KBV HISTORISCH

Wolfgang Schüler

SHERLOCK HOLMES UND DIE SCHWARZE HAND

Taschenbuch, 240 Seiten
ISBN 978-3-95441-159-7
9,50 EURO

Im Frühjahr 1914 erhält der britische Geheimdienst Hinweise auf das geplante Attentat auf den österreichisch-ungarischen Thronfolger Erzherzog Franz Ferdinand, hinter dem die serbische Geheimorganisation Schwarze Hand stecken soll.
Um mögliche internationale Verwicklungen und die Gefahr eines drohenden Krieges zu vermeiden, entschließt sich der Premierminister zu einem verzweifelten Schritt: Der berühmte Detektiv Sherlock Holmes und sein Assistent Dr. Watson werden zwangsrekrutiert. Ihr Auftrag lautet, die Verschwörer um jeden Preis zu stoppen.
Holmes und Dr. Watson wissen, dass sie für diese Aufgabe kaum geeignet sind. Sie besitzen keine Sprachkenntnisse und sind mit den Verhältnissen auf dem Balkan nicht vertraut. Schon bald beschleicht sie daher der Verdacht, dass ihnen in Wirklichkeit eine ganz andere Rolle zugedacht wurde: Sie sollen lediglich die Lockvögel spielen, um die Terroristen abzulenken und in die Irre zu führen.
Als es ihnen schließlich doch gelingt, bis an die Spitze der Macht vorzudringen, müssen sie zu ihrem Erschrecken feststellen, dass den eigentlichen Drahtziehern inzwischen die Fäden entglitten sind. Die Sache hat eine Eigendynamik entwickelt, die von Belgrad aus nicht mehr zu stoppen ist.

»… treffliche Charakterisierung in Verbindung mit raffinierten, typisch englischen Geistesblitzen. – Breit empfohlen.«
(ekz.bibliotheksservice GmbH zu ›Sherlock Holmes in Dresden‹)

KBV MORDLANDSCHAFTEN

Lüpkes & Franke

EBBE, FLUT UND TODESZEITEN

Taschenbuch, 312 Seiten
ISBN 978-3-95441-165-8
9,90 EURO

Muscheln, Strandkörbe, glitzerndes Watt, Dünen, Sanddorn und Pferdegetrappel. All diese Dinge lassen spontan an die perfekte Inselidylle denken.

Und doch – auf Wangerooge, Spiekeroog, Langeoog, Baltrum, Norderney, Juist oder Borkum, auf Helgoland, Amrum, Langeneß, Föhr oder Sylt lauert auch das Grauen. Obs der Urlauber tut, der Kurgast oder der Inselbewohner – im Dünensand der Nordseeinseln lässt sich wunderbar eine Leiche verbuddeln.
Doris Gercke, Nina George, Peter Gerdes, Regula Venske, Jürgen Kehrer, Norbert Horst, Tatjana Kruse und viele andere namhafte deutschsprachige Autorinnen und Autoren haben ihren literarischen Mordgelüsten nachgegeben und haben mit Wonne zugeschlagen. Mal hinterrücks und bitterböse, mal amüsant und hundsgemein. Die norddeutschen Krimi-Fachfrauen Sandra Lüpkes und Christiane Franke haben eine abwechslungsreiche Mischung zusammengestellt, die wie die Gezeitenwelle von Borkum hoch bis Sylt schwappt.